朱熹集註

詩集傳

中華書局印行

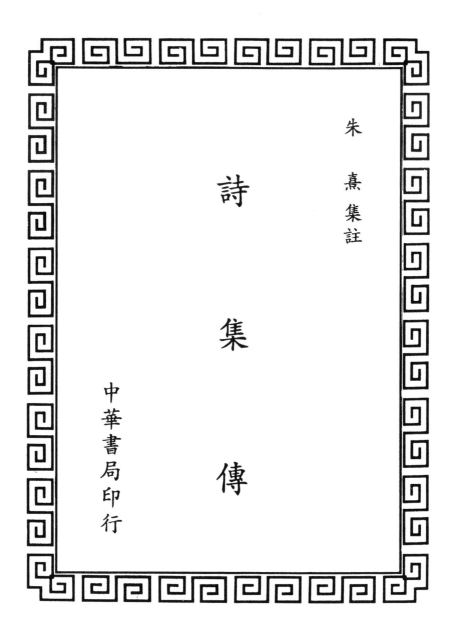

詩集傳編目

唐一之十

秦一之十一

陳一之十二

檜一之十三

曹一之十四

豳一之十五

小雅二

詩集傳序

或有問於予曰、詩何爲而作也。予應之曰、人生而靜、天之性也。感於物而動、性之欲也。夫既有欲矣、則不能無思。既有思矣、則不能無言。既有言矣、則言之所不能盡、而發於咨嗟咏歎之餘者、必有自然之音響節族(音奏)而不能已焉。此詩之所以作也。曰、然則其所以教者何也。曰、詩者、人心之感物而形於言之餘也。心之所感有邪正、故言之所形有是非。惟聖人在上、則其所感者無不正、而其言皆足以爲教。其或感之之雜、而所發不能無可擇者、則上之人必思所以自反、而因有以勸懲之。是亦所以爲教也。昔周盛時、上自郊廟朝廷而下達於鄉黨閭巷、其言粹然無不出於正者、聖人固已協之聲律、而用之鄉人、用之邦國、以化天下。至於列國之詩、則天子巡狩、亦必陳而觀之、以行黜陟之典。降自昭穆而後、寖以陵夷。至於東遷、而遂廢不講矣。孔子生於其時、既不得位、無以行勸懲黜陟之政、於是特擧其籍而討論之、去其重複、正其紛亂、而其善之不足以爲法、惡之不足以爲戒者、則亦刊而去之、以從簡約、示久遠、使夫學者卽是而有以考其得失、善者師之而惡者改焉。是以其政雖不足以行於一時、而其教實被於萬世、是則詩之所以爲教者然也。曰、然則國風雅頌之體、其不同若是、何也。曰、吾聞之、凡詩之所謂風者、多出於里巷歌謠之作、所謂男女相與詠歌、各言其情者也。惟周南召南親被文王之化以成德、而人皆有以得其性情之正、故其發於言者、樂而不過於淫、哀而不及於傷、是以二篇獨爲風詩之正經。自邶而下、則其國之治亂不同、人之賢否亦異。其所感而發者、有邪正是非之不齊、而所謂先王之風者、於此焉變矣。若夫雅頌之篇、則皆成周之世、朝廷郊廟樂歌之辭、其語和而莊、其義寬而密、其作者往往聖人之徒、固所以爲萬世法程而不可易者也。至於雅之變者、亦皆一時賢人君子、閔時病俗之所爲、而聖人取之、其忠厚惻怛之心、陳善閉邪之意、尤非後世能言之士所能及之。此詩之爲經、所以人事浹於下、天道備於上、而無一理之不具也。曰、然則其學之也當奈何。曰、本之二南以求其端、參之列國以盡其變、正之於雅以大其規、和之於頌以要其止、此學詩之大旨也。於是乎章句以綱之、訓詁以紀之、諷詠以昌之、涵濡以體之、察之情性隱微之間、審之言行樞機之始、則修身及家、平均天下之道、其亦不待他求而得之於此矣。問者唯唯而退。余時方輯詩傳、因悉次是語以冠其篇云。

淳熙四年丁酉冬十月戊子、新安朱熹序。

詩卷第一

朱熹集傳

國風一

國者、諸侯所封之域、而風者、民俗歌謠之詩也。謂之風者、以其被上之化以有言、而其言又足以感人、如物因風之動以有聲、而其聲又足以動物也。是以諸侯采之以貢於天子、天子受之而列於樂官、於以考其俗尚之美惡、而知其政治之得失焉。舊說二南爲正風、所以用之閨門鄕黨邦國而化天下也。十三國爲變風、則亦領在樂官、以時存肄、備觀省而垂監戒耳。合之凡十五國云。

周南一之一

周、國名。南、南方諸侯之國也。周國本在禹貢雍州境內岐山之陽、后稷十三世孫古公亶甫始居其地。傳子王季歷、至孫文王昌、辟國寖廣。於是徙都于豐、而分岐周故地以爲周公旦召公奭之采邑、且使周公爲政於國中、而召公宣布於諸侯。於是德化大成於內、而南方諸侯之國、江沱汝漢之間、莫不從化。蓋三分天下而有其二焉。至子武王發、又遷于鎬、遂克商而有天下。武王崩、子成王誦立。周公相之、制作禮樂、乃采文王之世風化所及民俗之詩、被之筦弦、以爲房中之樂、而又推之以及於鄕黨邦國、所以著明先王風俗之盛、而使天下後世之修身齊家治國平天下者、皆得以取法焉。蓋其得之國中者、雜以南國之詩、而謂之周南。言自天子之國而被於諸侯、不但國中而已也。其得之南國者、則直謂之召南。言自方伯之國被於南方、而不敢以繫于天子也。岐周、在今鳳翔府岐山縣。豐、在今京兆府鄠縣終南山北。南方之國、卽今興元府京西湖北等路諸州。鎬、在豐東二十五里。小序曰、關雎麟趾之化、王者之風、故繫之周公。南、言化自北而南也。鵲巢騶虞之德、諸侯之風也。先王之所以敎、故繫之召公。斯言得之矣。

關關雎七余反。**鳩、在河之洲。窈**烏了反。**窕**徒了反。**淑女、君子好逑。**音求。○興也。關關、雌雄相應之和聲也。雎鳩、水鳥、一名王雎、狀類鳧鷖、今江淮間有之。生有定偶而不相亂、偶常並遊而不相狎、故毛傳以爲摯而有別、列女傳以爲人未嘗見其乘居而匹處者、蓋其性然也。河、北方流水之通名。洲、水中可居之地也。窈窕、幽閒之意。淑、善也。女者、未嫁之稱、蓋指文王之妃大姒爲處子時而言也。君子、則指文王也。好、亦善也。逑、匹也。毛傳云、摯字與至通、言其情意深至也。○興者、先言他物以引起所詠之詞也。周之文王生有聖德、又得聖女姒氏以爲之配。宮中之人、於其始至、見其有幽閒貞靜之德、故作是詩。言彼關關然之雎鳩、則相與和鳴於河洲之上矣。此窈窕之淑女、則豈非君子之善匹乎。言其相與和樂而恭敬、亦若雎鳩之情摯而有別也。後凡言興者、其文意皆放此云。漢康衡曰、窈窕淑女、君子好仇、言能致其貞淑、不貳其操、情欲之感無介乎容儀、宴私之意不形乎動靜。夫然後可以配至尊而爲宗廟主。此綱紀之首、王教之端也。可謂善說詩矣。

○參初金反。差初宜反。荇行孟反。菜、左右流之。窈窕淑女、寤寐求之。求之不得、寤寐思服。叶蒲北反。悠哉悠哉、輾哲善反。轉反側。

興也。參差、長短不齊之貌。荇、接余也、根生水底、莖如釵股、上青下白、葉紫赤、圓徑寸餘、浮在水面。或左或右、言無方也。流、順水之流而取之也。或寤或寐、言無時也。服、猶懷也。悠、長也。輾者、轉之半。轉者、輾之周。反者、輾之過。側者、轉之留。皆臥不安席之意。○此章本其未得而言。彼參差之荇菜、則當左右無方以流之矣。此窈窕之淑女、則當寤寐不忘以求之矣。蓋此人此德、世不常有、求之不得、則無以配君子而成其內治之美、故其憂思之深、不能自已、至於如此也。

○參差荇菜、左右采叶此履反。之。窈窕淑女、琴瑟友叶羽已反。之。參差荇菜、左右芼莫報反、叶音邈。之。窈窕淑女、鍾鼓樂音洛。之。

興也。采、取而擇之也。芼、熟而薦之也。琴、五弦或七弦。瑟、二十五弦。皆絲屬、樂之小者也。友者、親愛之意也。鍾、金屬。鼓、革屬。樂之大者也。樂則和平之極也。○此章據今始得而言。彼參差之荇菜、既得之、則當采擇而亨芼之矣。此窈窕之淑女、既得之、則當親愛而娛樂之矣。蓋此人此德、世不常有、幸而得之、則有以配君子而成內治、故其喜樂尊奉之意、不能自已、又如此云。

關雎三章、一章四句、二章章八句。

孔子曰、關雎樂而不淫、哀而不傷。愚謂此言爲此詩者、得其性情之正、聲氣之和也。蓋德如雎鳩、摯而有別、則后妃性情之正固可以見其一端矣。至於寤寐反側、琴瑟鍾鼓、極其哀樂而皆不過其則焉。則詩人性情之正、又可以見其全體也。獨其聲氣之和、有不可得而聞者、雖若可恨。然學者姑即其詞而玩其理以養心焉、則亦可以得學詩之本矣。○康衡曰、妃匹之際、生民之始、萬福之原。婚姻之禮正、然後品物遂而天命全。孔子論詩、以關雎爲始。言太上者民之父母。后夫人之行、不侔乎天地、則無以奉神靈之統而理萬物之宜。自上世以來、三代興廢、未有不由此者也。

葛之覃兮、施（以豉反）于中谷。維葉萋萋、黃鳥于飛、集于灌木、其鳴喈喈。（叶居奚反）○賦也。葛、草名、蔓生、可爲絺綌者。覃、延。施、移也。中谷、谷中也。萋萋、盛貌。黃鳥、鸝也。灌木、叢木也。喈喈、和聲之遠聞也。○賦者、敷陳其事而直言之者也。蓋后妃既成絺綌而賦其事、追敍初夏之時、葛葉方盛、而有黃鳥鳴於其上也。後凡言賦者放此。

○葛之覃兮、施于中谷。維葉莫莫、是刈（魚廢反）是濩。（胡郭反）爲絺（恥知反）爲綌、（去逆反、叶去略反）服之無斁。（音亦、叶弋灼反）○賦也。莫莫、茂密貌。刈、斬。濩、煮也。精曰絺。麤曰綌。斁、厭也。○此言盛夏之時、葛既成矣、於是治以爲布、而服之無厭。蓋親執其勞、而知其成之不易、所以心誠愛之、雖極垢弊而不忍厭棄也。

○言告師氏、言告言歸。薄汙我私、薄澣（戶管反）我衣、害（戶葛反）澣害否、（方九反）歸寧父母。（莫後反）○賦也。言、辭也。師、女師也。薄、猶少也。汙、煩撋之以去其汙、猶治亂而曰亂也。澣、則濯之而已。私、燕服也。衣、禮服也。害、何也。寧、安也、謂問安也。○上章既成絺綌之服矣、此章遂告其師氏、使告于君子以將歸寧之意。且曰、盍治其私服之汙、而澣其禮服之衣乎、何者當澣、而何者可以未澣乎、我將服之以歸寧於父母矣。

葛覃三章、章六句。

此詩后妃所自作、故無贊美之詞。然於此可以見其已貴而能勤、已富而能儉、已長而敬不弛於師傅、已嫁而孝不衰於父母、是皆德之厚而人所難也。小序以爲后妃之本、庶幾近之。

采采卷耳、（上聲）不盈頃（音傾）筐。嗟我懷人、寘彼周行。（叶戶郎反）○賦也。采采、非一采也。卷耳、枲耳、葉如鼠耳、叢生如盤。頃、欹也。筐、竹器。懷、思也。人、蓋謂文王也。寘、舍也。周行、大道也。○后妃以君子不在而思念之、故賦此詩。託言方采卷耳、未滿頃筐、而心適念其君子、故不能復采、而寘之大道之旁也。

○陟彼崔（徂回反）嵬、（五回反）我馬虺（呼回反）隤。（徒回反）我姑酌彼金罍、維以不永懷。（叶胡隈反）○賦也。陟、升也。崔嵬、土山之戴石者。虺隤、馬罷不能升高之病。姑、且也。罍、酒器、刻爲雲雷之象、以黃金飾之。永、長也。○此又託言欲登此崔嵬之山、以望所懷之人而往從之、則馬罷病而不能進。於是且酌金罍之酒、而欲其不至於長以爲念也。

○**陟彼高岡、我馬玄黃。我姑酌彼兕**徐履反。**觥、**古橫反、叶古黃反。**維以不永傷。**

賦也。山脊曰岡。玄黃、玄馬而黃、病極而變色也。兕、野牛、一角、青色、重千斤。觥、爵也、以兕角爲爵也。

○**陟彼砠**七餘反。**矣、我馬瘏**音塗。**矣、我僕痡**音敷。**矣、云何吁矣。**

賦也。石山戴土曰砠。瘏、馬病不能進也。痡、人病不能行也。吁、憂嘆也。爾雅注引此作盱、張目望遠也。詳見何人斯篇。

卷耳四章、章四句。

此亦后妃所自作、可以見其貞靜專一之至矣。豈當文王朝會征伐之時、羑里拘幽之日而作歟。然不可考矣。

南有樛居虯反。**木、葛藟**力軌反。**纍**力追反。**之。樂**音洛。**只**之氏反。**君子、福履綏之。**

興也。南、南山也。木下曲曰樛。藟、葛類。纍、猶繫也。只、語助辭。君子、自衆妾而指后妃、猶言小君內子也。履、祿。綏、安也。○后妃能逮下而無嫉妬之心、故衆妾樂其德而稱願之曰、南有樛木、則葛藟纍之矣。樂只君子、則福履綏之矣。

○**南有樛木、葛藟荒之。樂只君子、福履將之。**

興也。荒、奄也。將、猶扶助也。

○**南有樛木、葛藟縈**烏營反。**之。樂只君子、福履成之。**

興也。縈、旋。成、就也。

樛木三章、章四句。

螽音終。**斯羽、詵詵**所巾反。**兮。宜爾子孫、振振**音眞。**兮。**

比也。螽斯、蝗屬、長而青、長角長股、能以股相切作聲、一生九十九子。詵詵、和集貌。爾、指螽斯也。振振、盛貌。○比者、以彼物比此物也。后妃不妬忌而子孫衆多、故衆妾以螽斯之羣處和集而子孫衆多比之。言其有是德而宜有是福也。後凡言比者放此。

○**螽斯羽、薨薨兮。宜爾子孫、繩繩兮。**

比也。薨薨、羣飛聲。繩繩、不絕貌。

○**螽斯羽、揖揖**側立反。**兮。宜爾子孫、蟄蟄**直立反。**兮。**

比也。揖揖、會聚也。蟄蟄、亦多意。

螽斯三章、章四句。

桃之夭夭、於驕反。灼灼其華。芳無呼瓜二反。之子于歸、宜其室家。古胡古牙二反。○興也。桃、木名、華紅、實可食。夭夭、少好之貌。灼灼、華之盛也。木少則華盛。之子、是子也。此指嫁者而言也。婦人謂嫁曰歸。周禮、仲春令會男女。然則桃之有華、正婚姻之時也。宜者、和順之意。室、謂夫婦所居。家、謂一門之內。○文王之化、自家而國、男女以正、婚姻以時。故詩人因所見以起興、而歎其女子之賢、知其必有以宜其室家也。○桃之夭夭、有蕡浮雲反。其實。之子于歸、宜其家室。興也。蕡、實之盛也。家室、猶室家也。○桃之夭夭、其葉蓁蓁。側巾反。之子于歸、宜其家人。興也。蓁蓁、葉之盛也。家人、一家之人也。

桃夭三章、章四句。

肅肅兔罝、子斜反、又子余反、與夫叶。椓之丁丁。陟耕反。赳赳武夫、公侯干城。興也。肅肅、整飭貌。罝、罟也。丁丁、椓杙聲也。赳赳、武貌。干、盾也。干城、皆所以扞外而衛內者。○化行俗美、賢才衆多、雖罝兔之野人、而其才之可用猶如此。故詩人因其所事以起興而美之、而文王德化之盛、因可見矣。○肅肅兔罝、施于中逵。赳赳武夫、公侯好仇。叶渠之反。○興也。逵、九達之道。仇、與逑同。康衡引關雎亦作仇字。公侯善匹、猶曰聖人之耦、則非特干城而已。歎美之無已也。下章放此。○肅肅兔罝、施于中林。赳赳武夫、公侯腹心。興也。中林、林中。腹心、同心同德之謂。則又非特好仇而已也。

兔罝三章、章四句。

采采芣音浮。苢、音以。薄言采叶此履反。之。采采芣苢、薄言有叶羽己反。之。賦也。芣苢、車前也、大葉長穗、好生道旁。采、始求之也。有、既得之也。○化行俗美、家室和平、婦人無事、相與采此芣苢、而賦其事以相樂也。采之未詳何用。或曰、其子治難產。

○采采芣苢、薄言掇（都奪反）之。采采芣苢、薄言捋（力活反）之。賦也。掇、拾也。捋、取其子也。

○采采芣苢、薄言袺（音結）之。采采芣苢、薄言襭（戶結反）之。賦也。袺、以衣貯之而執其衽也。襭、以衣貯之而扱其衽於帶間也。

芣苢三章、章四句。

南有喬木、不可休息。（吳氏曰、韓詩作思。）漢有游女、不可求思。漢之廣（叶古曠反）矣、不可泳（叶于誑反）思。江之永（叶弋亮反）矣、不可方（叶甫妄反）思。興而比也。上竦無枝曰喬。思、語辭也、篇內同。漢水、出興元府嶓冢山、至漢陽軍大別山入江。江漢之俗、其女好遊、漢魏以後猶然、如大堤之曲可見也。泳、潛行也。江水出永康軍岷山、東流與漢水合、東北入海。永、長也。方、桴也。○文王之化、自近而遠、先及於江漢之間、而有以變其淫亂之俗。故其出游之女、人望見之、而知其端莊靜一、非復前日之可求矣。因以喬木起興、江漢爲比、而反復詠歎之也。

○翹翹（祈遙反）錯薪、言刈其楚。之子于歸、言秣其馬（叶滿補反）。漢之廣矣、不可泳思。江之永矣、不可方思。興而比也。翹翹、秀起之貌。錯、雜也。楚、木名、荊屬。之子、指游女也。秣、飼也。○以錯薪起興而欲秣其馬、則悅之至。以江漢爲比而歎其終不可求、則敬之深。

○翹翹錯薪、言刈其蔞（力俱反）。之子于歸、言秣其駒。漢之廣矣、不可泳思。江之永矣、不可方思。興而比也。蔞、蔞蒿也、葉似艾、青白色、長數寸、生水澤中。駒、馬之小者。

漢廣三章、章八句。

遵彼汝墳、伐其條枚（叶莫悲切）。未見君子、惄（乃歷反）如調（張留反）飢。賦也。遵、循也。汝水出汝州天息山、逕蔡潁州入淮。墳、大防也。枝曰條。榦曰枚。惄、飢意也。調、一作輖、重也。○汝旁之國、亦先被文王之化者、故婦人喜其君子行役而歸、因記其未歸之時、思望之情如此、而追賦之也。

○**遵彼汝墳、伐其條肄。**以自反。**既見君子、不我遐棄。**賦也。斬而復生曰肄。遐、遠也。○伐其枚而又伐其肄、則踰年矣。至是乃見其君子之歸、而喜其不遠棄我也。

○**魴**符方反。**魚赬**敕貞反。**尾、王室如燬。**音毀。**雖則如燬、父母孔邇。**比也。魴、魚名、身廣而薄、少力細鱗。赬、赤也。魚勞則尾赤。魴尾本白而今赤、則勞甚矣。王室、指紂所都也。燬、焚也。父母、指文王也。孔、甚。邇、近也。○是時文王三分天下有其二、而率商之叛國以事紂、故汝墳之人、猶以文王之命供紂之役。其家人見其勤苦而勞之曰、汝之勞既如此、而王室之政方酷烈而未已。雖其酷烈而未已、然文王之德如父母然、望之甚近、亦可以忘其勞矣。此序所謂婦人能閔其君子、猶勉之以正者。蓋曰、雖其別離之久、思念之深、而其所以相告語者、獨有尊君親上之意、而無情愛狎昵之私、則其德澤之深、風化之美、皆可見矣。一說、父母甚近、不可以懈於王事而貽其憂、亦通。

汝墳三章、章四句。

麟之趾、振振音眞。**公子。**叶獎履反。**于**音吁、下同。**嗟麟兮。**興也。麟、麕身、牛尾、馬蹄、毛蟲之長也。趾、足也。麟之足不踐生草、不履生蟲。振振、仁厚貌。于嗟、歎辭。文王后妃德修於身、而子孫宗族皆化於善、故詩人以麟之趾興公之子。言麟性仁厚、故其趾亦仁厚。文王后妃仁厚、故其子亦仁厚。然言之不足、故又嗟歎之。言是乃麟也、何必麕身牛尾而馬蹄、然後爲王者之瑞哉。

○**麟之定、**都佞反。**振振公姓。于嗟麟兮。**興也。定、額也。麟之額未聞。或曰、有額而不以抵也。公姓、公孫也。姓之爲言生也。

○**麟之角、**叶盧谷反。**振振公族。于嗟麟兮。**興也。麟一角、角端有肉。公族、公同高祖、祖廟未毀、有服之親。

麟之趾三章、章三句。序以爲關雎之應、得之。

周南之國十一篇、三十四章、百五十九句。按此篇首五詩皆言后妃之德。關雎、舉其全體而言也。葛覃、卷耳、言其志行之在己。樛木、螽斯、美其德惠之及人。皆指其一事而言也。其詞雖主於后妃、然其實則皆所以著明文王身修家齊之效也。至於桃夭、兎罝、芣苢、則家齊而國治之效。漢廣、汝墳、則以南國之詩附焉、而見天下已有可平之漸矣。若麟之趾、則又王者之瑞、有非人力所致而自至者、故復以是終焉、而序者以爲關雎之應也。夫其所以至此、后妃之德、固不爲無所助矣。然妻道無成、則亦豈得而專之哉。今言詩者、或乃專美后妃而不本於文王、其亦誤矣。

召南一之二

召實照反、後同。○召、地名、召公奭之采邑也。舊說扶風雍縣南有召亭、即其地。今雍縣析爲岐山天興二縣、未知召亭的在何縣。餘已見周南說。

維鵲有巢、維鳩居叶姬御反。**之。之子于歸、百兩**如字、又音亮。**御**五嫁反、叶魚據反。**之。**興也。鵲、鳩、皆鳥名。鵲善爲巢、其巢最爲完固。鳩性拙不能爲巢、或有居鵲之成巢者。之子、指夫人也。兩、一車也。一車兩輪、故謂之兩。御、迎也。諸侯之子嫁於諸侯、送御皆百兩也。○南國諸侯被文王之化、能正心修身以齊其家、其女子亦被后妃之化、而有專靜純一之德。故嫁於諸侯、而其家人美之曰、維鵲有巢、則鳩來居之、是以之子于歸、而百兩迎之也。此詩之意、猶周南之有關雎也。

○維鵲有巢、維鳩方之。之子于歸、百兩將之。興也。方、有之也。將、送也。

○維鵲有巢、維鳩盈之。之子于歸、百兩成之。興也。盈、滿也。謂衆媵姪娣之多。成、成其禮也。

鵲巢三章、章四句。

于以采蘩、于沼于沚。于以用之、公侯之事。叶上止反。○賦也。于、於也。蘩、白蒿也。沼、池也。沚、渚也。事、祭事也。○南國被文王之化、諸侯夫人能盡誠敬以奉祭祀、而其家人敍其事以美之也。或曰、蘩所以生蠶。蓋古者后夫人有親蠶之禮。此詩亦猶周南之有葛覃也。

○于以采蘩、于澗之中。于以用之、公侯之宮。賦也。山夾水曰澗。宮、廟也。或曰、即記所謂公桑蠶室也。

○被皮寄反。**之僮僮、**音同。**夙夜在公。被之祁祁、薄言還歸。**賦也。被、首飾也、編髮爲之。僮僮、竦敬也。夙、早也。公、公所也。祁祁、舒遲貌、去事有儀也。祭義曰、及祭之後、陶陶遂遂、如將復入然、不欲遽去、愛敬之無已也。或曰、公、亦即所謂公桑也。

采蘩三章、章四句。

喓喓（於遙反。）草蟲、趯趯（託歷反。）阜螽。未見君子、憂心忡忡。（敕中反。）亦既見止、亦既覯止、我心則降。（戶江反、叶乎攻反。○賦也。喓喓、聲也。草蟲、蝗屬、奇音青色。趯趯、躍貌。阜螽、蠜也。忡忡、猶衝衝也。止、語辭。覯、遇。降、下也。○南國被文王之化、諸侯大夫行役在外、其妻獨居、感時物之變、而思其君子如此。亦若周南之卷耳也。）

○陟彼南山、言采其蕨。未見君子、憂心惙惙。（張劣反。）亦既見止、亦既覯止、我心則說。（音悅。○賦也。登山蓋託以望君子。蕨、鱉也、初生無葉時可食。亦感時物之變也。惙、憂貌。）

○陟彼南山、言采其薇。未見君子、我心傷悲。亦既見止、亦既覯止、我心則夷。（賦也。薇、似蕨而差大、有芒而味苦、山間人食之、謂之迷蕨。胡氏曰、疑即莊子所謂迷陽者。夷、平也。）

草蟲三章、章七句。

于以采蘋、南澗之濱。于以采藻、于彼行潦。（音老。○賦也。蘋、水上浮萍也、江東人謂之薸。濱、厓也。藻、聚藻也、生水底、莖如釵股、葉如蓬蒿。行潦、流潦也。○南國被文王之化、大夫妻能奉祭祀、而其家人敘其事以美之也。）

○于以盛（音成。）之、維筐及筥。（居呂反。）于以湘之、維錡（宜綺反。）及釜。（符甫反。○賦也。方曰筐、圓曰筥。湘、烹也。蓋粗熟而淹以爲菹也。錡、釜屬。有足曰錡。無足曰釜。○此足以見其循序有常、嚴敬整飭之意。）

○于以奠之、宗室牖下。（叶後五反。）誰其尸之、有齊（側皆反。）季女。（賦也。奠、置也。宗室、大宗之廟也。大夫士祭於宗室。牖下、室西南隅、所謂奧也。尸、主也。齊、敬貌。季、少也。祭祀之禮、主婦主薦豆、實以葅醢。少而能敬、尤見其質之美、而化之所從來者遠矣。）

采蘋三章、章四句。

蔽芾（非貴反。）甘棠、勿翦勿伐、召伯所茇。（蒲曷反。○賦也。蔽芾、盛貌。甘棠、杜梨也。白者爲棠、赤者爲杜。翦、翦其枝葉也。伐、伐其條榦也。伯、方伯也。茇、草舍也。○召伯循行南國、以布文王之政、或舍甘棠之下。其後人思其德、故愛其樹而不忍傷也。）○蔽芾甘棠、勿翦勿敗、（叶蒲寐反。）召伯所憩。（起例反。○賦也。敗、折。憩、息也。勿敗、則非特勿伐而已。愛之愈久而愈深也。下章放此。）○蔽芾甘棠、勿翦勿拜、（叶變制反。）召伯所說。（始銳反。○賦也。拜、屈。說、舍也。勿拜、則非特勿敗而已。）

甘棠三章、章三句。

厭（於葉反。）浥（於及反。）行露、豈不夙夜、（叶羊茹反。）謂行多露。（賦也。厭浥、濕意。行、道。夙、早也。○南國之人遵召伯之敎、服文王之化、有以革其前日淫亂之俗。故女子有能以禮自守、而不爲强暴所汚者、自述己志、作此詩以絕其人。言道間之露方濕、我豈不欲早夜而行乎、畏多露之沾濡而不敢爾。蓋以女子早夜獨行、或有强暴侵陵之患、故託以行多露而畏其沾濡也。）○誰謂雀無角、（叶盧谷反。）何以穿我屋。誰謂女（音汝。）無家、（叶音谷。）何以速我獄。雖速我獄、室家不足。（興也。家、謂以媒聘求爲室家之禮也。速、召致也。○貞女之自守如此、然猶或見訟而召致於獄。因自訴而言、人皆謂雀有角、故能穿我屋、以興人皆謂汝於我嘗有求爲室家之禮、故能致我於獄。然不知汝雖能至我於獄、而求爲室家之禮、初未嘗備、如雀雖能穿屋、而實未嘗有角也。）○誰謂鼠無牙、（叶五紅反。）何以穿我墉。誰謂女無家、（叶各空反。）何以速我訟。（叶祥容反。）雖速我訟、亦不女從。（興也。牙、牡齒也。墉、墻也。○言汝雖能致我於訟、然其求爲室家之禮、有所不足則我亦終不汝從矣。）

行露三章、一章三句、二章章六句。

羔羊之皮、叶蒲何反。素絲五紽。徒何反。退食自公、委於危反。蛇音移、叶唐何反。委蛇。賦也。小曰羔。大曰羊。皮、所以爲裘、大夫燕居之服。素、白也。紽、未詳、蓋以絲飾裘之名也。退食、退朝而食於家也。自公、從公門而出也。委蛇、自得之貌。○南國化文王之政、在位皆節儉正直、故詩人美其衣服有常、而從容自得如此也。○羔羊之革、叶訖力反。素絲五緎。音域。委蛇委蛇、自公退食。賦也。革、猶皮也。緎、裘之縫界也。○羔羊之縫、符龍反。素絲五總。子公反。委蛇委蛇、退食自公。賦也。縫、縫皮合之以爲裘也。總、亦未詳。

羔羊三章、章四句。

殷音隱。其靁、在南山之陽。何斯違斯、莫敢或遑。振振音眞。君子、歸哉歸哉。興也。殷、靁聲也。山南曰陽。何斯、斯此人也。違斯、斯此所也。遑、暇也。振振、信厚也。○南國被文王之化、婦人以其君子從役在外而思念之、故作此詩。言殷殷然雷聲則在南山之陽矣、何此君子獨去此而不敢少暇乎。於是又美其德、且冀其早畢事而還歸也。○殷其靁、在南山之側。叶莊力反。何斯違斯、莫敢遑息。振振君子、歸哉歸哉。興也。息、止也。○殷其靁、在南山之下。叶後五反。何斯違斯、莫或遑處。尺煮反。振振君子、歸哉歸哉。興也。

殷其靁三章、章六句。

摽婢小反。有梅、其實七兮。求我庶士、迨其吉兮。賦也。摽、落也。梅、木名、華白、實似杏而酢。庶、衆。迨、及也。吉、吉日也。○南國被文王之化、女子知以貞信自守、懼其嫁不及時、而有强暴之辱也、故言梅落而在樹者少、以見時過而太晩矣、求我之衆士、其必有及此吉日而來者乎。○摽有梅、其實三叶疏簪反。兮。求我庶士、迨其今兮。賦也。梅在樹者三、則落者又多矣。今、今日也。蓋不待吉矣。○摽有梅、頃音傾筐塈許器反。之。求我庶士、迨其謂之。賦也。塈、取也。頃筐取之、則落之盡矣。謂之、則但相告語而約可定矣。

摽有梅三章、章四句。

嘒呼惠反。彼小星、三五在東。肅肅宵征、夙夜在公。寔命不同。興也。嘒、微貌。三五、言其稀、蓋初昏或將旦時也。肅肅、齊遬貌。宵、夜。征、行也。寔與實同。命、謂天所賦之分也。○南國夫人承后妃之化、能不妬忌以惠其下、故其衆妾美之如此。蓋衆妾進御於君、不敢當夕、見星而往、見星而還、故因所見以起興。其於義無所取、特取在東在公兩字之相應耳。遂言其所以如此者、由其所賦之分不同於貴者、是以深以得御於君爲夫人之惠、而不敢致怨於來往之勤也。○嘒彼小星、維參所林反。與昴。叶力求反。肅肅宵征、抱衾與裯。直留反。寔命不猶。興也。參、昴、西方二宿之名。衾、被也。裯、襌被也。興亦取與昴與裯二字相應。猶、亦同也。

小星二章、章五句。呂氏曰、夫人無妬忌之行、而賤妾安於其命、所謂上好仁而下必好義者也。

江有汜、音祀、叶羊里反。之子歸、不我以。不我以、其後也悔。叶虎洧反。○興也。水決復入爲汜、今江陵漢陽安復之間蓋多有之。之子、媵妾指嫡妻而言也。婦人謂嫁曰歸。我、媵自我也。能左右之曰以、謂挾己而偕行也。○是時汜水之旁、媵有待年於國、而嫡不與之偕行者、其後嫡被后妃夫人之化、乃能自悔而迎之。故媵見江水之有汜而因以起興、言江猶有汜、而之子之歸、乃不我以、雖不我以、然其後也亦悔矣。○江有渚、之子歸、不我與。不我與、其後也處。興也。渚、小洲也、水岐成渚。與、猶以也。處、安也。得其所安也。○江有沱、徒何反。之子歸、不我過。音戈。不我過、其嘯也歌。興也。沱、江之別者。過、謂過我而與俱也。嘯、蹙口出聲以舒憤懣之氣、言其悔時也。歌、則得其所處而樂矣。

江有汜三章、章五句。陳氏曰、小星之夫人惠及媵妾、而媵妾盡其心。江沱之嫡惠不及媵妾、而媵妾不怨。蓋父雖不慈、子不可以不孝、各盡其道而已矣。

野有死麕、俱倫反、與春叶。白茅包叶補苟反。之。有女懷春、吉士誘之。興也。麕、獐也、鹿屬、無角。懷春、當春而有懷也。吉士、猶美士也。○南國被文王之化、女子有貞潔自守、不爲强暴所汚者。故詩人因所見以興其事而美之。或曰賦也。言美士以白茅包死麕、而誘懷春之女也。○林有樸蒲木反。樕、音速。野有死鹿。白茅純徒尊反。束、有女如玉。興也。樸樕、小木也。鹿、獸名、有角。純束、猶包之也。如玉者、美其色也。上三句興下一句也。或曰賦也。言以樸樕藉死鹿、束以白茅、而誘此如玉之女也。○舒而脫脫勑外反。兮、無感我帨始銳反。兮、無使尨美邦反。也吠。符廢反。○賦也。舒、遲緩也。脫脫、舒緩貌。感、動。帨、巾。尨、犬也。○此章乃述女子拒之之辭。言姑徐徐而來、毋動我之帨、毋驚我之犬、以甚言其不能相及也。其凜然不可犯之意、蓋可見矣。

野有死麕三章、二章章四句、一章三句。

何彼襛如容反、與雝叶。矣、唐棣徒帝反。之華。芳無胡瓜二反。曷不肅雝、王姬之車。斤於尺奢二反。○興也。襛、盛也、猶曰戎戎也。唐棣、栘也、似白楊。肅、敬。雝、和也。周王之女姬姓、故曰王姬。○王姬下嫁於諸侯、車服之盛如此、而不敢挾貴以驕其夫家。故見其車者、知其能敬且和以執婦道、於是作詩美之曰、何彼戎戎而盛乎、乃唐棣之華也。此何不肅肅而敬、雝雝而和乎、乃王姬之車也。此乃武王以後之詩、不可的知其何王之世。然文王太姒之敎、久而不衰、亦可見矣。○何彼襛矣、華如桃李。平王之孫、齊侯之子。叶獎履反。○興也。李、木名、華白、實可食。舊說、平、正也。武王女、文王孫、適齊侯之子。或曰、平王、卽平王宜臼。齊侯、卽襄公諸兒。事見春秋、未知孰是。○以桃李二物興男女二人也。○其釣維何、維絲伊緡。齊侯之子、平王之孫。叶須倫反。○興也。伊、亦維也。緡、綸也。絲之合而爲綸、猶男女之合而爲婚也。

何彼襛矣三章、章四句。

彼茁則劣反。者葭。音加。壹發五豝。百加反。于音吁、下同。嗟乎騶虞。叶音牙。○賦也。茁、生出壯盛之貌。葭、蘆也、亦名葦。發、發矢。豝、牡豕也。一發五豝、猶言中必疊雙也。騶虞、獸名、白虎黑文、不食生物者也。○南國諸侯承文王之化、修身齊家以治其國、而其仁民之餘恩、又有以及於庶類。故其春田之際、草木之茂、禽獸之多、至於如此。而詩人述其事以美之、且歎之曰、此其仁心自然、不由勉强。是卽眞所謂騶虞矣。○彼茁者蓬。壹發五豵。子公反。于嗟乎騶虞。叶五紅反。○賦也。蓬、草名。一歲曰豵、亦小豕也。

騶虞二章、章三句。

文王之化始於關雎、而至於麟趾、則其化之入人者深矣。形於鵲巢、而及於騶虞、則其澤之及物者廣矣。蓋意誠心正之功、不息而久、則其熏烝透徹、融液周徧、自有不能已者、非智力之私所能及也。故序以騶虞爲鵲巢之應、而見王道之成、其必有所傳矣。

召南之國十四篇、四十章、百七十七句。

愚按鵲巢至采蘋、言夫人大夫妻、以見當時國君大夫被文王之化、而能修身以正其家也。甘棠以下、又見由方伯能布文王之化、而國君能修之家以及其國也。其詞雖無及於文王者、然文王明德新民之功、至是而其所施者溥矣。抑所謂其民皞皞而不知爲之者與。唯何彼襛矣之詩爲不可曉、當闕所疑耳。○周南召南二國、凡二十五篇、先儒以爲正風、今姑從之。○孔子謂伯魚曰、女爲周南召南矣乎。人而不爲周南召南、其猶正牆面而立也與。○儀禮、鄕飮酒鄕射燕禮、皆合樂周南關雎葛覃卷耳、召南鵲巢采蘩采蘋。燕禮又有房中之樂。鄭氏注曰、弦歌周南召南之詩而不用鍾磬。云房中者、后夫人之所諷誦以事其君子。○程子曰、天下之治、正家爲先。天下之家正、則天下治矣。二南、正家之道也。陳后妃夫人大夫妻之德、推之士庶人之家一也。故使邦國至於鄕黨皆用之。自朝廷至於委巷、莫不謳吟諷誦、所以風化天下。

詩卷第二

朱熹集傳

邶一之三

邶、鄘、衞、三國名、在禹貢冀州、西阻太行、北逾衡漳、東南跨河、以及兗州桑土之野。及商之季、而紂都焉。武王克商、分自紂城、朝歌而北謂之邶、南謂之鄘、東謂之衞、以封諸侯。邶鄘不詳其始封。衞則武王弟康叔之國也。衞本都河北、朝歌之東、淇水之北、百泉之南。其後不知何時幷得邶鄘之地。至懿公爲狄所滅。戴公東徙渡河、野處漕邑。文公又徙居于楚丘。朝歌故城在今衞州衞縣西二十二里、所謂殷墟。衞故都卽今衞縣。漕、楚丘、皆在滑州、大抵今懷衞澶相滑濮等州、開封大名府界、皆衞境也。但邶鄘地既入衞、其詩皆爲衞事、而猶繫其故國之名、則不可曉。而舊說以此下十三國皆爲變風焉。

汎芳劍反。彼柏舟、亦汎其流。耿耿古幸反。不寐、如有隱憂。微我無酒、以敖五羔反。以遊。

比也。汎、流貌。柏、木名。耿耿小明、憂之貌也。隱、痛也。微、猶非也。○婦人不得於其夫、故以柏舟自比。言以柏爲舟、堅緻牢實、而不以乘載、無所依薄、但汎然於水中而已。故其隱憂之深如此、非爲無酒可以遨遊而解之也。列女傳以此爲婦人之詩。今考其辭氣卑順柔弱、且居變風之首、而與下篇相類、豈亦莊姜之詩也歟。

○我心匪鑒、不可以茹。如預反。亦有兄弟、不可以據。薄言往愬、逢彼之怒。

賦也。鑒、鏡。茹、度。據、依。愬、告也。○言我心既非鑒而不能度物、雖有兄弟、而又不可依以爲重、故往告之而反遭其怒也。

○我心匪石、不可轉也。我心匪席、不可卷眷勉反。也。威儀棣棣、不可選也。

賦也。棣棣、富而閑習之貌。選、簡擇也。○言石可轉而我心不可轉、席可卷而我心不可卷、威儀無一不善、又不可得而簡擇取舍、皆自反而無闕之意。

○憂心悄悄、七小反。慍于羣小。覯古豆反。閔既多、受侮不少。靜言思之、寤辟避亦反。有摽。婢小反。

○賦也。悄悄、憂貌。慍、怒意。羣小、衆妾也。言見怒於衆妾也。覯、見。閔、病也。辟、拊心也。摽、拊心貌。

○日居月諸、胡迭待結反。而微。心之憂矣、如匪澣戶管反。

衣。靜言思之、不能奮飛。比也。居、諸、語辭。迭、更。微、虧也。匪澣衣、謂垢汙不濯之衣。奮飛、如鳥奮翼而飛去也。○言日當常明、月則有時而虧、猶正嫡當尊、衆妾當卑。今衆妾反勝正嫡、是日月更迭而虧。是以憂之至於煩寃憒眊、如衣不澣之衣、恨其不能奮起而飛去也。

柏舟五章、章六句。

綠兮衣兮、綠衣黃裏。心之憂矣、曷維其已。比也。綠、蒼勝黃之閒色。黃、中央土之正色。閒色賤而以爲衣、正色貴而以爲裏、言皆失其所也。已、止也。○莊公惑於嬖妾、夫人莊姜賢而失位、故作此詩。言綠衣黃裏、以比賤妾尊顯而正嫡幽微、使我憂之不能自已也。○綠兮衣兮、綠衣黃裳。心之憂矣、曷維其亡。比也。上曰衣、下曰裳。記曰、衣正色、裳閒色。今以綠爲衣、而黃者自裏轉而爲裳、其失所益甚矣。亡之爲言忘也。○綠兮絲兮、女音汝。所治平聲。兮。我思古人、俾無訧音尤、叶于其反。兮。比也。女、指其君子而言也。治、謂理而織之也。俾、使。訧、過也。○言綠方爲絲而女又治之、以比妾方少艾而女又嬖之也。然則我將如之何哉。我思古人有嘗遭此而善處之者、以自厲焉。使不至於有過而已。○絺兮綌兮、淒七西反。其以風。叶孚愔反。我思古人、實獲我心。比也。淒、寒風也。○絺綌而遇寒風、猶已之過時而見棄也。故思古人之善處此者、眞能先得我心之所求也。

綠衣四章、章四句。莊姜事見春秋傳、此詩無所考、姑從序說。下三篇同。

燕燕于飛、差初宜反。池其羽。之子于歸、遠送于野。叶上與反。瞻望弗及、泣涕如雨。興也。燕、鳦也。謂之燕燕者、重言之也。差池、不齊之貌。之子、指戴嬀也。歸、大歸也。○莊姜無子、以陳女戴嬀之子完爲己子。莊公卒、完卽位、嬖人之子州吁弒之。故戴嬀大歸于陳、而莊姜送之、作此詩也。○燕燕于飛、頡戶結反。之頏戶郎反。之。之子于歸、遠于將之。瞻望弗及、佇立以泣。興也。飛而上曰頡、飛而下曰頏。將、送也。佇立、久立也。○燕燕于飛、下上時掌反。其音。之子于歸、遠送于南。叶尼心反。瞻望弗及、實勞我心。興也。鳴而上曰上音、鳴而下曰下音。送于南者、陳在衞南。○仲氏任而今反。只、音紙。其心塞淵。叶一均反。終溫且惠、淑愼其身。先君之思、以勗凶肉反。寡人。賦也。仲氏、戴嬀字也。以恩相信曰任。只、語辭。塞、實。淵、深。終、竟。溫、和。惠、順。淑、善也。先君、謂莊公也。勗、勉也。寡人、寡德之人、莊姜自稱也。○言戴嬀之賢如此、又以先君之思勉我、使我常念之而不失其守也。楊氏曰、州吁之暴、桓公之死、戴嬀之去、皆夫人失位不見答於先君所致也。而戴嬀猶以先君之思勉其夫人、眞可謂溫且惠矣。

燕燕四章、章六句。

日居月諸、照臨下土。乃如之人兮、逝不古處。昌呂反。胡能有定、寧不我顧。叶果五反。○賦也。日居月諸、呼而訴之也。之人、指莊公也。逝、發語辭。古處、未詳。或云、以古道相處也。胡、寧、皆何也。○莊姜不見答於莊公、故呼日月而訴之。言日月之照臨下土久矣、今乃有如是之人、而不以古道相處、是其心志回惑、亦何能有定哉、而何爲其獨不我顧也。見棄如此、而猶有望之之意焉。此詩之所以爲厚也。○日居月諸、下土是冒。乃如之人兮、逝不相好。呼報反。胡能有定、寧不我報。賦也。冒、覆。報、答也。○日居月諸、出自東方。乃如之人兮、德音無良。胡能有定、俾也可忘。賦也。日旦必出東方、月望亦出東方。德音、美其辭。無良、醜其實也。俾也可忘、言何獨使我爲可忘者邪。○日居月諸、東方自出。父兮母兮、畜我不卒。胡能有定、報我不述。賦也。畜、養。卒、終也。不得於夫、而歎父母養我之不終、蓋憂患疾痛之極、必呼父母、人之至情也。述、循也。言不循義理也。

日月四章、章六句。此詩當在燕燕之前。下篇放此。

終風且暴、顧我則笑。叶音燥。謔許約反。浪笑敖、五報反。中心是悼。比也。終風、終日風也。暴、疾也。謔、戲言也。浪、放蕩也。悼、傷也。○莊公之爲人狂蕩暴疾、莊姜蓋不忍斥言之、故但以終風且暴爲比。言雖其狂暴如此、然亦有顧我而笑之時。但皆出於戲慢之意、而無愛敬之誠、則又使我不敢言而心獨傷之耳。蓋莊公暴慢無常、而莊姜正靜自守、所以忤其意而不見答也。○終風且霾、亡皆反、叶音貍。惠然肯來。叶如字、又陵之反。莫往莫來、悠悠我思。叶新才新齎二反。○比也。霾、雨土蒙霧也。惠、順也。悠悠、思之長也。○終風且霾、以比莊公之狂惑也。雖云狂惑、然亦或惠然而肯來。但又有莫往莫來之時、則使我悠悠而思之、望其君子之深、厚之至也。○終風且曀、於計反。不日有曀。寤言不寐、願言則嚏。都麗反。○比也。陰而風曰曀。有、又也。不日有曀、言既曀矣、不旋日而又曀也。亦比人之狂惑暫開而復蔽也。願、思也。嚏、鼽嚏也。人氣感傷閉鬱、又爲風霧所襲、則有是疾也。○曀曀其陰、虺虺虛鬼反。其靁。寤言不寐、願言則懷。叶胡隈反。○比也。曀曀、陰貌。虺虺、靁將發而未震之聲。以比人之狂惑愈深而未已也。懷、思也。

終風四章、章四句。說見上。

擊鼓其鏜、吐當反。踊躍用兵。叶晡芒反。土國城漕、我獨南行。叶戶郎反。○賦也。鏜、擊鼓聲也。踊躍、坐作擊刺之狀也。兵、謂戈戟之屬。土、土功也。國、國中也。漕、衞邑名。○衞人從軍者自言其所爲、因言衞國之民或役土功於國、或築城於漕、而我獨南行、有鋒鏑死亡之憂、危苦尤甚也。○從孫子仲、平陳與宋。不我以歸、憂心有忡。敕中反、叶敕衆反。○賦也。孫、氏。子仲、字。時軍帥也。平、和也、合二國之好也。舊說以此爲春秋隱公四年、州吁自立之時、宋衞陳蔡伐鄭之事、恐或然也。以、猶與也。言不與我而歸也。○爰居爰處、爰喪息浪反。其馬。叶滿補反。于以求之、于林之下。叶後五反。○賦也。爰、於也。於是居、於是處、於是喪其馬、而求之於林下、見其失伍離次、無鬭志也。○死生契苦結反。闊、叶苦劣反。與子成說。執子之手、與子偕老。叶魯吼反。○賦也。契闊、隔遠之意。成說、謂成其約誓之言。○從役者念其室家、因言始爲室家之時、期以死生契闊、不相忘棄、又相與執手、而期以偕老也。○于音吁、下同。嗟闊叶苦劣反。兮、不我活叶戶劣反。兮。于嗟洵音荀。兮、不我信叶師人反。兮。賦也。吁嗟、歎辭也。闊、契闊也。活、生。洵、信也。信與申同。○言昔者契闊之約如此、而今不得活、偕老之信如此、而今不得伸。意必死亡、不復得與其室家遂前約之信也。

擊鼓五章、章四句。

凱風自南、叶尼心反。吹彼棘心。棘心夭夭、於驕反。母氏劬勞。叶音僚。○比也。南風、謂之凱風、長養萬物者也。棘、小木、叢生、多刺、難長、而心又其稚弱而未成者也。夭夭、少好貌。劬勞、病苦也。○衛之淫風流行、雖有七子之母、猶不能安其室。故其子作此詩、以凱風比母、棘心比子之幼時。蓋曰、母生衆子、幼而育之、其劬勞甚矣。本其始而言、以起自責之端也。○凱風自南、吹彼棘薪。母氏聖善、我無令人。興也。聖、叡。令、善也。○棘可以爲薪則成矣、然非美材、故以興子之壯大而無善也。復以聖善稱其母、而自謂無令人、其自責也深矣。○爰有寒泉、在浚之下。叶後五反。有子七人、母氏勞苦。興也。浚、衛邑。○諸子自責。言寒泉在浚之下、猶能有所滋益於浚、而有子七人、反不能事母、而使母至於勞苦乎。於是乃若微指其事、而痛自刻責、以感動其母心也。母以淫風流行、不能自守、而諸子自責、但以不能事母、使母勞苦爲詞。婉詞幾諫、不顯其親之惡、可謂孝矣。下章放此。○睍胡顯反。睆華板反。黃鳥、載好其音。有子七人、莫慰母心。興也。睍睆、清和圓轉之意。○言黃鳥猶能好其音以悅人、而我七子獨不能慰悅母心哉。

凱風四章、章四句。

雄雉于飛、泄泄移世反。其羽。我之懷矣、自詒伊阻。興也。雉、野雞。雄者有冠、長尾、身有文采、善鬭。泄泄、飛之緩也。懷思。詒、遺。阻、隔也。○婦人以其君子從役于外、故言雄雉之飛舒緩自得如此、而我之所思者、乃從役於外、而自遺阻隔也。

○雄雉于飛、下上時掌反。其音。展矣君子、實勞我心。興也。下上其音、言其飛鳴自得也。展、誠也。言誠又言實、所以甚言此君子之勞我心也。

○瞻彼日月、悠悠我思。叶新齎反。道之云遠、曷云能來。叶陵之反。○賦也。悠悠、思之長也。見日月之往來、而思其君子從役之久也。

○百爾君子、不知德行。下孟反、叶戶郎反。不忮之豉反。不求、何用不臧。賦也。百、猶凡也。忮、害。求、貪。臧、善也。○言凡爾君子、豈不知德行乎。若能不忮害又不貪求、則何所爲而不善哉。憂其遠行之犯患、冀其善處而得全也。

雄雉四章、章四句。

匏有苦葉、濟有深涉。深則厲、淺則揭。苦例反。○比也。匏、瓠也。匏之苦者不可食、特可佩以渡水而已。然今尚有葉、則亦未可用之時也。濟、渡處也。行渡水曰涉。以衣而涉曰厲。褰衣而涉曰揭。○此刺淫亂之詩。言匏未可用、而渡處方深、行者當量其深淺而後可渡。以比男女之際、亦當量度禮義而行也。

○有瀰彌爾反。濟盈、有鷕以小反。雉鳴。濟盈不濡軌、居美反、叶居有反。雉鳴求其牡。比也。瀰、水滿貌。鷕、雌雉聲。軌、車轍也。飛曰雌雄、走曰牝牡。○夫濟盈必濡其轍、雉鳴當求其雄、此常理也。今濟盈而曰不濡軌、雉鳴而反求其牡、以比淫亂之人不度禮義、非其配耦、而犯禮以相求也。

○雝雝鳴鴈、叶魚旰反。旭許玉反。日始旦。士如歸妻、迨冰未泮。賦也。雝雝、聲之和也。鴈、鳥名、似鵝、畏寒、秋南春北。旭、日初出貌。婚禮、納采用鴈。親迎以昏、而納采請期以旦。歸妻以冰泮、而納采請期迨冰未泮之時。○言古人之於婚姻、其求之不暴而節之以禮如此、以深刺淫亂之人也。

○招招照遙反。舟子、叶奬履反。人涉卬五郎反。否。叶補美反。人涉卬否、卬須我友。叶羽軌反。○比也。招招、號召之貌。舟子、舟人主濟渡者。卬、我也。○舟人招人以渡、人皆從之、而我獨否者、待我友之招而後從之也。以比男女必待其配耦而相從、而刺此人之不然也。

匏有苦葉四章、章四句。

習習谷風、以陰以雨。黽勉同心、不宜有怒。叶暖五反。采葑孚容反。采菲、妃鬼反。無以下體。德音莫違、及爾同死。叶想止反。○比也。習習、和舒也。東風謂之谷風。葑、蔓菁也。菲、似葍、莖麤、葉厚而長、有毛。下體、根也。葑菲根莖皆可食、而其根則有時而美惡。德音、美譽也。○婦人爲夫所棄、故作此詩、以敘其悲怨之情。言陰陽和而後雨澤降、如夫婦和而後家道成。故爲夫婦者、當黽勉以同心、而不宜至於有怒。又言采葑菲者、不可以其根之惡、而棄其莖之美。如爲夫婦者、不可以其顏色之衰、而棄其德音之善。但德音之不違、則可以與爾同死矣。○行道遲遲、中心有違。不遠伊邇、薄送我畿。音祈。誰謂荼音徒。苦、其甘如薺。齊禮反。宴爾新昏、如兄如弟。待禮反。○賦而比也。遲遲、舒行貌。違、相背也。畿、門內也。荼、苦菜、蓼屬也、詳見良耜。薺、甘菜。宴、樂也。新昏夫所更娶之妻也。○言我之被棄、行於道路、遲遲不進。蓋其足欲前而心有所不忍、如相背然。而故夫之送我、乃不遠而甚邇、亦至其門內而止耳。又言荼雖甚苦、反甘如薺、以比已之見棄、其苦有甚於荼、而其夫方且宴樂其新婚、如兄如弟而不見恤。蓋婦人從一而終、今雖見棄、猶有望夫之情、厚之至也。○涇以渭濁、湜湜音殖。其沚。音止。宴爾新昏、不我屑以。毋逝我梁、毋發我笱。古口反。我躬不閱、遑恤我後。胡口反。○比也。涇渭二水名。涇水出今原州百泉縣笄頭山東、南至永興軍高陵入渭。渭水出渭州渭源縣鳥鼠山、至同州馮翊縣入河。湜湜、清貌。沚、水渚也。屑、潔。以、與。逝、之也。梁、堰石障水而空其中、以通魚之往來者也。笱、以竹爲器、而承梁之空以取魚者也。閱、容也。○涇濁渭清、然涇未屬渭之時、雖濁而未甚見、由二水既合、而清濁益分。然其別出之渚、流或稍緩、則猶有清處。婦人以自比其容貌之衰久矣、又以新婚形之、益見憔悴、然其心則固猶有可取者。但以故夫之安於新婚、故不以我爲潔而與之耳。又言毋逝我之梁、毋發我之笱、以比欲戒新婚毋居我之處、毋行我之事。而又自思我身且不見容、何暇恤我已去之後哉。知不能禁而絕意之辭也。○就其深矣、方之舟之。就其淺矣、泳之游之。何有何亡、黽勉求之。凡民有喪、匍音蒲。匐蒲北反。救叶居尤反。之。興也。方、桴。舟、船也。潛行曰泳、浮水曰游。

匍匐、手足並行、急遽之甚也。○婦人自陳其治家勤勞之事。言我隨事盡其心力而爲之、深則方舟、淺則泳游、不計其有與亡、而强勉以求之。又周睦其鄰里鄉黨、莫不盡其道也。○不我能慉、許六反。反以我爲讎。既阻我德、賈音古。用不售。市救反、叶市周反。昔育恐育鞫、居六反。及爾顛覆。芳服反。既生既育、比予于毒。賦也。慉、養。阻、却。鞫、窮也。○承上章言我於女家勤勞如此、而女既不我養、而反以我爲仇讎。惟其心既拒却我之善、故雖勤勞如此、而不見取、如賈之不見售也。因念其昔時相與爲生、惟恐其生理窮盡、而及爾皆至於顛覆、今既遂其生矣、乃反比我於毒而棄之乎。張子曰、育恐、謂生於恐懼之中、育鞫、謂生於困窮之際、亦通。○我有旨蓄、勑六反。亦以御冬。魚呂反、下同。宴爾新昏、以我御窮。有洸音光。有潰、戶對反。既詒我肄。以世反。不念昔者、伊余來塈。許器反。○興也。旨、美。蓄、聚。御、當也。○洸、武貌。潰、怒色也。肄、勞。塈、息也。○又言我之所以蓄聚美菜者、蓋欲以禦冬月乏無之時至於春夏、則不食之矣。今君子安於新婚而厭棄我、是但使我禦其窮苦之時、至於安樂則棄之也。又言於我極其武怒、而盡遺我以勤勞之事、曾不念昔者我之來息時也。追言其始見君子之時接禮之厚、怨之深也。

谷風六章、章八句。

式微式微、胡不歸。微君之故、胡爲乎中露。賦也。式、發語辭。微、猶衰也。再言之者、言衰之甚也。微、猶非也。中露、露中也。言有霑濡之辱、而無所芘覆也。○舊說以爲黎侯失國、而寓於衛、其臣勸之曰、衰微甚矣、何不歸哉。我若非以君之故、則亦胡爲而辱於此哉。○式微式微、胡不歸。微君之躬、胡爲乎泥中。賦也。泥中、言有陷溺之難、而不見拯救也。

式微二章、章四句。此無所考、姑從序說。

旄丘之葛叶居謁反。兮、何誕之節兮。叔兮伯叶音逼。兮、何多日也。興也。前高後下曰旄丘。誕、闊也。叔伯、衞之諸臣也。○舊說黎之臣子自言久寓於衞、時物變矣、故登旄丘之上、見其葛長大而節疎闊、因託以起興曰、旄丘之葛、何其節之闊也、衞之諸臣、何其多日而不見救也。此詩本責衞君、而但斥其臣、可見其優柔而不迫矣。

○何其處也、必有與也。何其久叶舉里反。也、必有以也。賦也。處、安處也。與、與國也。以、他故也。○因上章何多日也而言何其安處而不來、意必有與國相俟而俱來耳。又言何其久而不來、意其或有他故而不得來耳。詩之曲盡人情如此。

○狐裘蒙戎、匪車不東。叔兮伯兮、靡所與同。賦也。大夫狐蒼裘。蒙戎、亂貌、言弊也。○又自言客久而裘弊矣。豈我之車不東告於女乎。但叔兮伯兮不與我同心、雖往告之而不肯來耳。至是始微諷切之。或曰、狐裘蒙戎、指衞大夫而譏其憒亂之意。匪車不東、言非其車不肯東來救我也、但其人不肯與俱來耳。今按黎國在衞西、前說近是。

○瑣素果反。兮尾兮、流離之子。叶奬履反。叔兮伯兮、褎由救反。如充耳。賦也。瑣、細。尾、末也。流離、漂散也。褎、多笑貌。充耳、塞耳也。耳聾之人恆多笑。○言黎之君臣、流離瑣尾、若此其可憐也、而衞之諸臣、褎然如塞耳而無聞、何哉。至是然後盡其詞焉。流離患難之餘、而其言之有序而不迫如此、其人亦可知矣。

旄丘四章、章四句。說同上篇。

簡兮簡兮、方將萬舞。日之方中、在前上處。賦也。簡、簡易不恭之意。萬者、舞之總名。武用干戚、文用羽籥也。日之方中、在前上處、言當明顯之處。○賢者不得志而仕於伶官、有輕世肆志之心焉、故其言如此、若自譽而實自嘲也。

○碩人俁俁、疑矩反。公庭萬舞。有力如虎、執轡如組。音祖。○賦也。碩、大也。俁俁、大貌。轡、今之韁也。組、織絲爲之、言其柔也。御能使馬、則轡柔如組矣。○又自譽其才之無所不備、亦上章之意也。

○左手執籥、餘若反。右手秉翟。亭歷反、叶直角反。赫如渥於角反。赭、音者、叶陟略反。公言錫爵。賦也。執籥秉翟者、文舞也。籥如笛而六孔、或曰三孔。翟、雉羽也。赫、赤貌。渥、厚漬也。赭、赤色也。言其顏色之充盛也。公言錫爵、卽儀禮燕飲而獻工之禮也。以碩人而得此、則亦辱矣、乃反以其賚予之親洽爲榮而誇美之、亦玩世不恭之意也。○山有榛、側巾反。隰有苓。音零。云誰之思、西方美人。彼美人兮、西方之人兮。興也。榛、似栗而小。下濕曰隰。苓、一名大苦、葉似地黃、卽今甘草也。西方美人、託言以指西周之盛王、如離騷亦以美人目其君也。又曰西方之人者、歎其遠而不得見之詞也。○賢者不得志於衰世之下國、而思盛際之顯王、故其言如此、而意遠矣。

簡兮四章、三章章四句、一章六句。舊三章章六句、今改定。○張子曰、爲祿仕而抱關擊柝、則猶恭其職也。爲伶官、則雜於侏儒俳優之間、不恭甚矣、其得謂之賢者。雖其迹如此、而其中固有以過人、又能卷而懷之、是亦可以爲賢矣。東方朔似之。

毖悲位反。彼泉水、亦流于淇。有懷于衛、靡日不思。叶新齎反。孌力轉反。彼諸姬、聊與之謀。叶謨悲反。○興也。毖、泉始出之貌。泉水、卽今衛州共城之百泉也。淇水、出相州林慮縣東流、泉水自西北而東南來注之。孌、好貌。諸姬、謂姪娣也。○衛女嫁於諸侯、父母終、思歸寧而不得、故作此詩。言毖然之泉水亦流于淇矣、我之有懷于衛、則亦無日而不思矣。是以卽諸姬而與之謀爲歸衛之計、如下兩章之云也。○出宿于泲、子禮反。飲餞音踐。于禰。乃禮反。女子有行、遠于萬反。父母兄弟。待禮反。問我諸姑、遂及伯姊。叶奬禮反。○賦也。泲、地名。飲餞者、古之行者必有祖道之祭、祭畢、處者送之、飲於其側而後行也。禰、亦地名、皆自衛來時所經之處也。諸姑伯姊、卽所謂諸姬也。○言始嫁來時、則固已遠其父母兄弟矣、況今父母既終、而復可歸哉。是以問於諸姑伯姊、而謀其可否云爾。鄭氏曰、國君夫人、父母在則歸寧、沒則使大夫寧於兄弟。○出宿于干、叶居焉反。飲餞于言。載脂載舝、胡瞎反、叶下介反。還音旋。車言邁。遄市專反。臻于衛、此字本與邁害叶、今讀誤。不瑕有害。賦也。干、言、地名、適衛所經之地也。脂、以脂膏塗其舝使滑澤也。舝、車軸也、不駕則脫之、設之而後行也。還、回旋也。旋其嫁來之車也。遄、疾。臻、至也。瑕、何、古音相近、通用。○言如是則其至衛疾矣、然豈不害於義理乎。疑之而不敢遂之辭也。○我思肥泉、茲之永歎。

反。叶它涓思須與漕、叶徂侯反。我心悠悠。駕言出遊、以寫我憂。賦也。肥泉、水名。須、漕、衞邑也。悠悠、思之長也。寫、除也。○既不敢歸、然其思衞地不能忘也、安得出遊於彼而寫其憂哉。

泉水四章、章六句。楊氏曰、衞女思歸、發乎情也。其卒也不歸、止乎禮義也。聖人著之於經、以示後世、使知適異國者、父母終、無歸寧之義。則能自克者知所處矣。

出自北門、叶眉貧反。憂心殷殷。終窶其矩反。且貧、莫知我艱。叶居銀反。已焉哉、叶將其反、下同。天實爲之、謂之何哉。比也。北門背陽向陰。殷殷、憂也。窶者、貧而無以爲禮也。○衞之賢者處亂世、事暗君、不得其志、故因出北門而賦以自比。又歎其貧窶、人莫知之、而歸之於天也。

○王事適我、政事一埤避支反。益我。我入自外、室人交徧讁知革反、叶竹棘反。我。已焉哉、天實爲之、謂之何哉。賦也。王事、王命使爲之事也。適、之也。政事、其國之政事也。一、猶皆也。埤、厚。室、家。讁、責也。○王事既適我矣、政事又一切以埤益我、其勞如此、而窶貧又甚、室人至無以自安、而交徧讁我、則其困於內外極矣。

○王事敦叶都回反。我、政事一埤遺唯季反、叶夷回反。我。我入自外、室人交徧摧徂回反。我。已焉哉、天實爲之、謂之何哉。賦也。敦、猶投擲也。遺、加。摧、沮也。

北門三章、章七句。楊氏曰、忠信重祿、所以勸士也。衞之忠臣至於窶貧而莫知其艱、則無勸士之道矣。仕之所以不得志也。先王視臣如手足、豈有以事投遺之而不知其艱哉。然不擇事而安之、無懟憾之辭、知其無可奈何而歸之於天、所以爲忠臣也。

北風其涼、雨于付反。雪其雱。普康反。惠而好呼報反、下同。我、攜手同行。叶戶郎反。其虛其邪、音徐、下同。既亟只音紙、下同。

且。子餘反、下同。○比也。北風、寒涼之風也。涼、寒氣也。雱、雪盛也。惠、愛。行、去也。虛、寬貌。邪、一作徐、緩也。亟、急也。只且、語助辭。○言北風雨雪、以比國家危亂將至、而氣象愁慘也。故欲與其相好之人去而避之。且曰是尚可以寬徐乎、彼其禍亂之迫已甚、而去不可不速矣。○北風其喈、音皆、叶居奚反。雨雪其霏。芳非反。惠而好我、攜手同歸。其虛其邪、既亟只且。比也。喈、疾聲也。霏、雨雪分散之狀。歸者、去而不反之辭也。○莫赤匪狐、莫黑匪烏。惠而好我、攜手同車。其虛其邪、既亟只且。比也。狐、獸名、似犬、黃赤色。烏、鵶、黑色。皆不祥之物、人所惡見者也。所見無非此物、則國將危亂可知。同行、同歸、猶賤者也、同車則貴者亦去矣。

北風三章、章六句。

靜女其姝、赤朱反。俟我於城隅。愛而不見、搔蘇刀反。首踟直知反。躕。直誅反。○賦也。靜者、閒雅之意。姝、美色也。城隅、幽僻之處。不見者、期而不至也。踟躕、猶躑躅也。此淫奔期會之詩也。○靜女其孌、貽我彤徒冬反。管。叶古竟反。彤管有煒、于鬼反。說音悅。懌音亦。女美。賦也。孌、好貌。於是則見之矣。彤管、未詳何物。蓋相贈以結慇懃之意耳。煒、赤貌。言既得此物、而又悅懌此女之美也。○自牧歸荑、徒兮徒計二反。洵美且異。夷曳二音。匪女音汝。之爲美、美人之貽。與異同。○賦也。牧、外野也。歸、亦貽也。荑、茅之始生者。洵、信也。女、指荑而言也。○言靜女又贈我以荑、而其荑亦美且異、然非此荑之爲美也、特以美人之所贈、故其物亦美耳。

靜女三章、章四句。

新臺有泚、此禮反。河水瀰瀰。莫邇反。燕婉之求、籧音渠。篨音除。不鮮。期踐反、叶想止反。○賦也。泚、鮮明也。瀰瀰、盛也。燕、安。婉、順也。籧篨、不能俯、疾之醜者也。蓋籧篨本竹席之名、人或編以爲囷、其狀如人之擁腫而不能俯者、故又因以名此疾也。鮮、少也。○舊說以爲衛宣公爲其子伋娶於齊、而聞其美、欲自娶之、乃作新臺於河上而要之。國人惡之、而作此詩以刺之。言齊女本求與伋為燕婉之好、而反得宜公醜惡之人也。○新臺有洒、十罪反、叶先典反。河水浼浼。每罪反、叶美辯反。燕婉之求、籧篨不殄。賦也。洒、高峻也。浼浼、平也。殄、絕也。言其病不已也。○魚網之設、鴻則離之。燕婉之求、得此戚施。興也。鴻、鴈之大者。離、麗也。戚施、不能仰、亦醜疾也。○言設魚網而反得鴻、以興求燕婉而反得醜疾之人、所得非所求也。

新臺三章、章四句。凡宣姜事、首末見春秋傳。然於詩則皆未有考也。諸篇放此。

二子乘舟、汎汎芳劍反。其景。叶舉兩反。願言思子、中心養養。以兩反。○賦也。二子、謂伋壽也。乘舟、渡河如齊也。景、古影字。養養、猶漾漾、憂不知所定之貌。○舊說以為宣公納伋之娶、是為宣姜。生壽及朔。朔與宣姜愬伋於公、公令伋之齊、使賊先待於隘而殺之。壽知之、以告伋。伋曰、君命也、不可以逃。壽竊其節而先往。賊殺之。伋至、曰、君命殺我、壽有何罪。賊又殺之。國人傷之而作是詩也。

○二子乘舟、汎汎其逝。此字本與害叶、今讀誤。願言思子、不瑕有害。賦也。逝、往也。不瑕、疑詞、義見泉水。此則見其不歸而疑之也。

二子乘舟二章、章四句。太史公曰、今讀世家言、至於宣公之子以婦見誅、弟壽爭死以相讓、此與晉太子申生不敢明驪姬之過同、俱惡傷父之志。然卒死亡、何其悲也。或父子相殺、兄弟相戮、亦獨何哉。

邶十九篇、七十二章、三百六十三句。

詩卷第三

朱熹集傳

鄘一之四 說見上篇。

汎彼柏舟、在彼中河。髧徒坎反。**彼兩髦、**音毛。**實維我儀。**叶牛何反。**之死矢靡他。**湯河反。**母也天**叶鐵因反。**只、**音紙、下同。**不諒人只。**興也。中河、中於河也。髧、髮垂貌。兩髦者、翦髮夾囟、子事父母之飾、親死然後去之。此蓋指共伯也。我、共姜自我也。儀、匹。之、至。矢、誓。靡、無也。只、語助辭。諒、信也。○舊說以爲衞世子共伯蚤死、其妻共姜守義、父母欲奪而嫁之、故共姜作此以自誓。言柏舟則在彼中河、兩髦則實我之匹、雖至於死、誓無他心。母之於我、覆育之恩、如天罔極、而何其不諒我之心乎。不及父者、疑時獨母在、或非父意耳。

○汎彼柏舟、在彼河側。髧彼兩髦、實維我特。之死矢靡慝。他得反。**母也天只、不諒人只。**興也。特、亦匹也。慝、邪也。以是爲慝、則其絕之甚矣。

柏舟二章、章七句。

牆有茨、不可埽叶蘇后反。**也。中冓**古候反。**之言、不可道**叶徒厚反。**也。所可道也、言之醜也。**興也。茨、蒺藜也、蔓生、細葉、子有三角、刺人。中冓、謂舍之交積材木也。道、言。醜、惡也。○舊說以爲宣公卒、惠公幼、其庶兄頑烝於宣姜、故詩人作此詩以刺之。言其閨中之事皆醜惡而不可言。理或然也。

○牆有茨、不可襄也。中冓之言、不可詳也。所可詳也、言之長也。興也。襄、除也。詳、詳言之也。言之長者、不欲言而託以語長難竟也。

○牆有茨、不可束

也。中冓之言、不可讀也。所可讀也、言之辱也。興也。東、東而去之也。讀、誦言也。辱、猶醜也。

牆有茨三章、章六句。楊氏曰、公子頑通乎君母、閨中之言至不可讀、其汙甚矣、聖人何取焉而著之於經也。蓋自古淫亂之君、自以謂密於閨門之中、世無得而知者、故自肆而不反。聖人所以著之於經、使後世爲惡者、知雖閨中之言、亦無隱而不彰也。其爲訓戒深矣。

君子偕老、副笄六珈。音加、叶居河反。委委於危反。佗佗、待何反。如山如河、象服是宜。叶牛何反。子之不淑、云如之何。賦也。君子、夫也。偕老、言偕生而偕死也。女子之生、以身事人、則當與之同生、與之同死。故夫死稱未亡人、言亦待死而已、不當復有他適之志也。副、祭服之首飾、編髮爲之。笄、衡笄也、垂于副之兩旁當耳、其下以紞懸瑱。珈之言加也、以玉加於笄而爲飾也。委委佗佗、雍容自得之貌。如山、安重也。如河、弘廣也。象服、法度之服也。淑、善也。○言夫人當與君子偕老、故其服飾之盛如此、而雍容自得、安重寬廣、又有以宜其象服。今宣姜之不善乃如此、雖有是服、亦將如之何哉。言不稱也。

○玼音此。兮玼兮、其之翟叶去聲。也。鬒眞忍反。髮如雲、不屑蘇節反。髢徒帝反。也。玉之瑱吐殿反。也、象之揥勑帝反。也、揚且子餘反。之晳星曆反、叶征例反。也。胡然而天也、胡然而帝也。賦也。玼、鮮盛貌。翟衣、祭服、刻繒爲翟雉之形、而彩畫之以爲飾也。鬒、黑也。如雲、言多而美也。屑、潔也。髢、髲髢也。人少髮則以髢益之、髮自美則不潔於髢而用之矣。瑱、塞耳也。象、象骨也。揥、所以摘髮也。揚、眉上廣也。且、語助辭。晳、白也。胡然而天、胡然而帝、言其服飾容貌之美、見者驚猶鬼神也。

○瑳七我反。兮瑳兮、其之展陟戰反、叶諸延反。也。蒙彼縐側救反。絺、是紲息列反。袢薄慢反、叶汾乾反。也。子之清揚、揚且之顏叶魚堅反。也。展如之人兮、邦之媛于眷反、叶于權反。也。賦也。瑳、亦鮮盛貌。展衣者、以禮見於君及見賓客之服也。蒙、覆也。縐絺、絺之蹙蹙者、當暑之服也。紲袢、束縛意。以展衣蒙絺綌而爲之紲袢、所以自歛飭也。或曰、蒙謂加絺綌於褻衣之上、所謂表而出之也。清、視清明也。揚、眉上廣也。顏、額角豐滿也。展、誠也。美女曰媛。見其徒有美色、而無人君之德也。

君子偕老三章、一章七句、一章九句、一章八句。東萊呂氏曰、首章之末云、子之不淑、云如之何、責之也。二章之末云、胡然而天也、胡然而帝也、問之也。三章之末云、展如之人兮、邦之媛也、惜之也。辭益婉而意益深矣。

爰采唐矣、沬音妹。之鄉矣。云誰之思、美孟姜矣。期我乎桑中、叶諸良反。要於遙反。我乎上宮、叶居王反。送我乎淇之上叶辰羊反。矣。賦也。唐、蒙菜也、一名兎絲。沬、衛邑也、書所謂妹邦者也。孟、長也。姜、齊女。言貴族也。桑中、上宮、淇上、又沬鄉之中小地名也。要、猶迎也。○衛俗淫亂、世族在位、相竊妻妾。故此人自言將采唐於沬、而與其所思之人相期會迎送如此也。○爰采麥叶訖力反。矣、沬之北矣。云誰之思、美孟弋矣。期我乎桑中、要我乎上宮、送我乎淇之上矣。賦也。麥、穀名、秋種夏熟者。弋、春秋或作姒。蓋杞女、夏后氏之後、亦貴族也。○爰采葑矣、沬之東矣。云誰之思、美孟庸矣。期我乎桑中、要我乎上宮、送我乎淇之上矣。賦也。葑、蔓菁也。庸、未聞、疑亦貴姓也。

桑中三章、章七句。樂記曰、鄭衛之音、亂世之音也、比於慢矣。桑間濮上之音、亡國之音也。其政散、其民流、誣上行私而不可止也。按桑間卽此篇、故小序亦用樂記之語。

鶉音純。之奔奔、鵲之彊彊。音姜。人之無良、我以爲兄。叶虛王反。○興也。鶉、鵪屬。奔奔、彊彊、居有常匹、飛則相隨之貌。人、謂公子頑。良、善也。○衛人刺宣姜與頑非匹耦而相從也、故爲惠公之言以刺之曰、人之無良、鶉鵲之不若、而我反以爲兄、何哉。○鵲之彊彊、鶉之奔奔。叶逋珉反。人之無良、我以爲君。興也。人、謂宣姜。君、小君也。

鶉之奔奔二章、章四句。范氏曰、宣姜之惡、不可勝道也。國人疾而刺之、或遠言焉、或切言焉。遠言之者、君子偕老是也。切言之者、鶉之奔奔是也。衛詩至此、而人道盡、天理滅矣。中國無以異於夷狄、人類無以異於禽獸、而國隨以亡矣。胡氏曰、楊時有言、詩載此篇、以見衞爲狄所滅之因也、故在定之方中之前。因以是說考於歷代、凡淫亂者、未有不至於殺身敗國而亡其家者、然後知古詩垂戒之大。而近世有獻議、乞於經筵不以國風進講者、殊失聖經之旨矣。

定(丁佞反。)**之方中、作于楚宮。揆之以日、作于楚室。樹之榛栗、椅**(於宜反。)**桐梓漆、爰伐琴瑟。**賦也。定、北方之宿、營室星也。此星昏而正中、夏正十月也。於是時可以營制宮室、故謂之營室。楚宮、楚丘之宮也。揆、度也。樹八尺之臬、而度其日出入之景、以定東西、又參日中之景、以正南北也。楚室、猶楚宮、互文以協韻耳。榛、栗、二木。其實榛小栗大、皆可供籩實。椅、梓實桐皮。桐、梧桐也。梓、楸之疎理白色而生子者。漆、木有液黏黑、可飾器物。四木皆琴瑟之材也。爰、於也。○衞爲狄所滅、文公徙居楚丘、營立宮室、國人悅之而作是詩以美之。蘇氏曰、種木者求用於十年之後、其不求近功、凡此類也。

○**升彼虛**(起居反、叶起呂反。)**矣、以望楚矣。望楚與堂、景山與京、**(叶居良反。)**降觀于桑。卜云其吉、終然允臧。**賦也。虛、故城也。楚、楚丘也。堂、楚丘之旁邑也。景、測景以正方面也、與既景迺岡之景同。或曰、景、山名、見商頌。京、高丘也。桑、木名、葉可飼蠶者。觀之以察其土宜也。允、信。臧、善也。○此章本其始之望景觀卜而言、以至於終、而果獲其善也。

○**靈雨既零、命彼倌**(音官。)**人、星言夙駕、說**(始銳反。)**于桑田。**(叶徒因反。)**匪直也人、秉心塞淵、**(叶一均反。)**騋**(音來。)**牝三千。**(叶倉新反。)賦也。靈、善。零、落也。倌人、主駕者也。星、見星也。說、舍止也。秉、操。塞、實。淵、深也。馬七尺以上爲騋。○言方春時雨既降、而農桑之務作。文公於是命主駕者晨起駕車、亟往而勞勸之。然非獨此人所以操其心者誠實而淵深也、蓋其所畜之馬、七尺而牝者、亦已至於三千之衆矣。蓋人操心誠實而淵深、則無所爲而不成、其致此富盛宜矣。記曰、問國君之富、數馬以對。今言騋牝之衆如此、則生息之蕃可見、而衞國之富亦可知矣。此章又要其終而言也。

定之方中三章、章七句。

按春秋傳、衞懿公九年冬、狄入衞。懿公及狄人戰于熒澤而敗、死焉。宋桓公迎衞之遺民渡河而南、立宣姜子申以廬於漕、是爲戴公。是年卒、立其弟燬、是爲文公。於是齊桓公合諸侯以城楚丘而遷衞焉。文公大布之衣、大帛之冠、務材訓農、通商惠工、敬教勸學、授方任能。元年革車三十乘、季年乃三百乘。

蝃丁計反。蝀都動反。在東、莫之敢指。女子有行、遠于萬反。父母兄弟。叶待里反。○比也。蝃蝀、虹也。日與雨交、倏然成質、似有血氣之類、乃陰陽之氣不當交而交者、蓋天地之淫氣也。在東者、莫虹也。虹隨日所映、故朝西而莫東也。○此刺淫奔之詩。言蝃蝀在東、而人不敢指、以比淫奔之惡、人不可道。況女子有行、又當遠其父母兄弟、豈可不顧此而冒行乎。○朝隮子西反。于西、崇朝其雨。女子有行、遠兄弟父母。叶滿補反。○比也。隮、升也。周禮十煇、九曰隮、注以爲虹、蓋忽然而見、如自下而升也。崇、終也。從旦至食時爲終朝。言方雨而虹見、則其雨終朝而止矣。蓋淫慝之氣有害於陰陽之和也。今俗謂虹能截雨、信然。○乃如之人也、懷昏姻也、大無信叶斯人反。也、不知命叶彌幷反。也。賦也。乃如之人、指淫奔者而言。昏姻、謂男女之欲。程子曰、女子以不自失爲信。命、正理也。○言此淫奔之人、但知思念男女之欲、是不能自守其貞信之節、而不知天理之正也。程子曰、人雖不能無欲、然當有以制之。無以制之、而惟欲之從、則人道廢而入於禽獸矣。以道制欲、則能順命。

蝃蝀三章、章四句。

相息亮反。鼠有皮、叶蒲何反。人而無儀。叶牛何反。人而無儀、不死何爲。叶吾禾反。○興也。相、視也。鼠、蟲之可賤惡者。○言視彼鼠而猶必有皮、可以人而無儀乎。人而無儀、則其不死亦何爲哉。○相鼠有齒、人而無止。人而無止、不死何俟。叶羽已反、又音始。○興也。止、容止也。俟、待也。○相鼠有體、人而無禮。人而無禮、胡不遄死。叶想止反。○興也。體、支體也。遄、速也。

相鼠三章、章四句。

孑孑（居熱反。）干旄、在浚（蘇俊反。）之郊。（叶音高。）素絲紕（符至反。）之、良馬四之。彼姝（赤朱反。）者子、何以畀（必寐反。）之。賦也。孑孑、特出之貌。干旄、以旄牛尾注於旗干之首、而建之車後也。浚、衞邑名。邑外謂之郊。紕、織組也。蓋以素絲織組而維之也。四之、兩服兩驂、凡四馬以載之也。姝、美也。子、指所見之人也。畀、與也。○言衞大夫乘此車馬、建此旌旄、以見賢者。彼其所見之賢者、將何以畀之、而答其禮意之勤乎。○孑孑干旟、在浚之都。素絲組（音祖。）之、良馬五之。彼姝者子、何以予（音與。）之。賦也。旟、州里所建鳥隼之旗也、上設旌旄、其下繫斿、斿下屬縿、皆畫鳥隼也。下邑曰都。五之、五馬、言其盛也。○孑孑干旌、在浚之城。素絲祝之、良馬六之。彼姝者子、何以告（姑沃反。）之。賦也。析羽爲旌。干旌、蓋析翟羽設於旗干之首也。城、都城也。祝、屬也。六之、六馬、極其盛而言也。

干旄三章、章六句。此上三詩、小序皆以爲文公時詩。蓋見其列於定中載馳之間故爾、他無所考也。然衞本以淫亂無禮、不樂善道而亡其國。今破滅之餘、人心危懼、正其有以懲創往事而興起善端之時也。故其爲詩如此。蓋所謂生於憂患、死於安樂者、小序之言、疑亦有所本云。

載馳載驅、（叶祛尤反。）歸唁衞侯。驅馬悠悠、言至於漕。（叶徂侯反。）大夫跋（蒲末反。）涉、我心則憂。賦也。載、則也。吊失國曰唁。悠悠、遠而未至之貌。草行曰跋、水行曰涉。○宣姜之女爲許穆公夫人、閔衞之亡、馳驅而歸、將以唁衞侯於漕邑。未至、而許之大夫有奔走跋涉而來者。夫人知其必將以不可歸之義來告、故心以爲憂也。既而終不果歸、乃作此詩以自言其意爾。○既不我嘉、不能旋反。視爾不臧、我思不遠。既不我嘉、不能旋濟。視爾不臧、我思不閟。賦也。嘉、臧、皆善也。遠、猶忘也。濟、渡也。自許歸衞、必有所渡之水也。閟、閉也、止也。言思之不止也。○言大夫既至、而果不以我歸爲善、則我亦不能旋反而濟以至於衞矣。雖視爾不以我爲善、然我之所思、終不能自已也。○陟彼阿丘、言采其蝱。（音盲、叶謨郎反。）女子善懷、亦各有行。（叶戶郎反。）許人尤之、衆穉（直吏反。）且狂。賦也。偏高曰阿丘。蝱、貝母也、主療鬱結之病。善懷、多憂思也。猶漢書云、岸、善崩也。行、道。尤、過也。○又言以其既不適衞而思終不止也、故其在塗或升高以舒憂想之情、或采蝱以療鬱結之病。蓋女子所以善懷者、亦各有道。而許國之衆人以爲過、則亦少不更事而狂妄之人爾。許人守禮、非穉且狂也。但以其不知己情之切至、而言若是爾。然而卒不敢違焉、則亦豈眞以爲穉且狂哉。

○我行其野、芃芃蒲紅反。其麥。叶訖力反。控苦貢反。于大邦、誰因誰極。大夫君子、無我有尤。叶于其反。百爾所思、叶新齋反。不如我所之。

賦也。芃芃、麥盛長貌。控、持而告之也。因、如因魏莊子之因。極、至也。大夫、卽跋涉之大夫。君子、謂許國之衆人也。○又言歸途在野、而涉芃芃之麥、又自傷許國之小而力不能救、故思欲爲之控告于大邦、而又未知其將何所因而何所至乎。大夫君子無以我爲有過、雖爾所以處此百方、然不如使我得自盡其心之爲愈也。

載馳四章、二章章六句、二章章八句。

事見春秋傳。舊說此詩五章、一章六句、二章三章四句、四章六句、五章八句。蘇氏合二章三章以爲一章。按春秋傳、叔孫豹賦載馳之四章、而取其控于大邦誰因誰極之意、與蘇說合、今從之。范氏曰、先王制禮、父母沒則不得歸寧者、義也。雖國滅君死、不得往赴焉、義重於亡故也。

鄘國十篇、二十九章、百七十六句。

衛一之五

瞻彼淇奧、於六反。綠竹猗猗。於宜反、叶於何反。有匪君子、如切如磋、七河反。如琢如磨。瑟兮僩兮、遐版反、下同。赫兮咺兮。況晚反、下同。有匪君子、終不可諼兮。況元反、叶況遠反、下並同。

興也。淇、水名。奧、隈也。綠、色也。淇上多竹、漢世猶然、所謂淇園之竹是也。猗猗、始生柔弱而美盛也。匪、斐通、文章著見之貌也。君子、指武公也。治骨角者、既切以刀斧、而復磋以鑢鐋。治玉石者、既琢以槌鑿、而復磨以沙石。言其德之修飭、有進而無已也。瑟、矜莊貌。僩、威嚴貌。咺、宣著貌。諼、忘也。○衞人美武公之德、而以綠竹始生之美盛、與其學問自修之進益也。大學傳曰、如切如磋者、道學也。如琢如磨者、自修也。瑟兮僩兮者、恂慄也。赫兮喧兮者、威儀也。有斐君子終不可諠兮者、道盛德至善、民之不能忘也。

○瞻彼淇奧、綠竹青青。子丁反。有匪君子、充耳琇瑩、音營。會古外反。弁如星。瑟兮僩兮、赫兮咺兮。有匪君子、終不可諼兮。興也。青青、堅剛茂盛之貌。充耳、瑱也。琇瑩、美石也。天子玉瑱、諸侯以石。會、縫也。弁、皮弁也。以玉飾皮弁之縫中、如星之明也。○以竹之堅剛茂盛、與其服飾之尊嚴、而見其德之稱也。

○瞻彼淇奧、綠竹如簀。音責、叶側歷反。有匪君子、如金如錫、如圭如璧。寬兮綽兮、猗於綺反。重直恭反。較古岳反。兮。善戲謔兮、不為虐兮。興也。簀、棧也。竹之密比似之、則盛之至也。金、錫、言其鍛鍊之精純。圭、璧、言其生質之溫潤。寬、宏裕也。綽、開大也。猗、嘆辭也。重較、卿士之車也。較兩輢上出軾者、謂車兩傍也。善戲謔不為虐者、言其樂易而有節也。○以竹之至盛、與其德之成就、而又言其寬廣而自如、和易而中節也。蓋寬綽無斂束之意、戲謔非莊厲之時、皆常情所忽、而易致過差之地也。然猶可觀而必有節焉、則其動容周旋之間、無適而非禮、亦可見矣。禮曰、張而不弛、文武不能也。弛而不張、文武不為也。一張一弛、文武之道也。此之謂也。

淇奧三章、章九句。按國語、武公年九十有五、猶箴儆于國曰、自卿以下、至于師長士、苟在朝者、無謂我老耄而舍我、必恪恭於朝以交戒我。遂作懿戒之詩以自警。而賓之初筵亦武公悔過之作。則其有文章而能聽規諫、以禮自防也可知矣。衛之他君、蓋無足以及此者。故序以此詩為美武公、而今從之也。

考槃在澗、叶居賢反。碩人之寬。叶區權反。獨寐寤言、永矢弗諼。況元反。○賦也。考、成也。槃、盤桓之意。言成其隱處之室也。陳氏曰、考、扣也。槃、器名。蓋扣之以節歌、如鼓盆拊缶之為樂也。二說未知孰是。山夾水曰澗。碩、大。寬、廣。永、長。矢、誓。諼、忘也。○詩人美賢者隱處澗谷之間、而碩大寬廣、無戚戚之意、雖獨寐而寤言、猶自誓其不忘此樂也。

○考槃在阿、碩人之薖。苦禾反。獨寐寤歌、永矢弗過。古禾反。○賦也。曲陵曰阿。薖、義未詳。或云、亦寬大之意也。永矢弗過、自誓所願不踰於此、若將終身之意也。

○考槃在陸、

碩人之軸。獨寐寤宿、永矢弗告。姑沃反。○賦也。高平曰陸。軸、盤桓不行之意。寤宿、已覺而猶臥也。弗告者、不以此樂告人也。

考槃三章、章四句。

碩人其頎、其機反。衣於既反。錦褧苦迥反。衣。齊侯之子、衛侯之妻、東宮之妹、邢侯之姨、譚公維私。息夷反。○賦也。碩人、指莊姜也。頎、長貌。錦、文衣也。褧、禪也。錦衣而加褧焉、爲其文之太著也。東宮、太子所居之宮、齊太子得臣也。繫太子言之者、明與同母、言所生之貴也。女子後生曰妹。妻之姊妹曰姨。姊妹之夫曰私。邢侯、譚公、皆莊姜姊妹之夫、互言之也。諸侯之女嫁於諸侯則尊同、故歷言之。○莊姜事見邶風綠衣等篇。春秋傳曰、莊姜美而無子、衛人爲之賦碩人、卽謂此詩。而其首章極稱其族類之貴、以見其爲正嫡小君、所宜親厚、而重歎莊公之昏惑也。

○手如柔荑。徒奚反。膚如凝脂。領如蝤似修反。蠐。音齊。齒如瓠戶故反。犀。螓音秦。首蛾我波反。眉。巧笑倩七薦反。兮。美目盼匹莧反、叶匹見反。兮。○賦也。茅之始生曰荑、言柔而白也。凝脂、脂寒而凝者、亦言白也。領、頸也。蝤蠐、木蠹之白而長者。瓠犀、瓠中之子方正潔白、而比次整齊也。螓、如蟬而小、其額廣而方正。蛾、蠶蛾也。其眉細而長曲。倩、口輔之美也。盼、白黑分明也。○此章言其容貌之美、猶前章之意也。

○碩人敖敖、五刀反。說始銳反。于農郊。叶音高。四牡有驕、起橋反。叶音高。朱幩符云反。鑣鑣、表驕反、叶音褒。翟茀音弗。以朝。直遙反、叶直豪反。大夫夙退、無使君勞。賦也。敖敖、長貌。說、舍也。農郊、近郊也。四牡、車之四馬。驕、壯貌。幩、鑣飾也。鑣者馬銜外鐵、人君以朱纏之也。鑣鑣、盛也。翟、翟車也。夫人以翟羽飾車。茀、蔽也。婦人之車、前後設蔽。夙、早也。玉藻曰、君日出而視朝、退適路寢聽政、使人視大夫、大夫退、然後適小寢釋服。○此言莊姜自齊來嫁、舍止近郊、乘是車馬之盛、以入君之朝、國人樂得以爲莊公之配、故謂諸大夫朝於君者宜早退、無使君勞於政事、不得與夫人相親、而歎今之不然也。

○河水洋洋、北流活活。古闊反、叶戶劣反。施罛音孤。濊濊、呼活反、叶許月反。鱣陟連反。鮪于軌反。發發、補末反、叶方月反。葭音加。菼他覽反。揭揭。居謁反。庶姜孽孽、魚竭反。庶士有朅。欺列反。○賦也。

河在齊西衛東、北流入海。洋洋、盛大貌。活活、流貌。施、設也。罛、魚罟也。濊濊、罟入水聲也。鱣魚、似龍、黃色、銳頭、口在頷下、背上腹下皆有甲、大者千餘斤。鮪似鱣而小、色青黑。發發、盛貌。菼、薍也、亦謂之荻。揭揭、長也。庶姜、謂姪娣。孽孽、盛飾也。庶士、謂媵臣。朅、武貌。○言齊地廣饒、而夫人之來、士女佼好。禮儀盛備如此、亦首章之意也。

碩人四章、章七句。

氓之蚩蚩、尺之反。抱布貿莫豆反。絲。叶新齋反。匪來貿絲、來卽我謀。叶謨悲反。送子涉淇、至于頓丘。叶祛奇反。匪我愆期、子無良媒。叶謨悲反。將七羊反。子無怒、秋以爲期。賦也。氓、民也。蓋男子而不知其誰何之稱也。蚩蚩、無知之貌、蓋怨而鄙之也。布、幣。貿、買也。貿絲、蓋初夏時也。頓丘、地名。愆、過也。將、願也、請也。○此淫婦爲人所棄、而自叙其事以道其悔恨之意也。夫既與之謀而不遂往、又責所無以難其事、再爲之約以堅其志、此其計亦狡矣。以御蚩蚩之氓、宜其有餘、而不免於見棄。蓋一失其身、人所賤惡、始雖以欲而迷、後必有時而悟、是以無往而不困耳。士君子立身一敗、而萬事瓦裂者、何以異此。可不戒哉。

○乘彼垝俱毀反。垣、音袁。以望復關。叶圭員反。不見復關、泣涕漣漣。音連。既見復關、載笑載言。爾卜爾筮、體無咎言。以爾車來、以我賄呼罪反。遷。賦也。垝、毀。垣、墻也。復關、男子之所居也。不敢顯言其人、故託言之耳。龜曰卜。蓍曰筮。體、兆卦之體也。賄、財。遷、徙也。○與之期矣、故及期而乘垝垣以望之。既見之矣、於是問其卜筮所得卦兆之體。若無凶咎之言、則以爾之車來迎、當以我之賄往遷也。

○桑之未落、其葉沃若。于音吁、下同。嗟鳩兮、無食桑葚。音甚、叶知林反。于嗟女兮、無與士耽。叶持林反。士之耽兮、猶可說也、女之耽兮、不可說也。比而興也。沃若、潤澤貌。鳩、鶻鳩也、似山雀而小、短尾、青黑色、多聲。葚、桑實也。鳩食葚多則致醉。耽、相樂也。說、解也。○言桑之潤澤、以比已之容色光麗、然又念其不可恃此而從欲忘反、故遂戒鳩無食桑葚、以興下句戒女無與士耽也。士猶可說、而女不可說者、婦人被棄之後、深自愧悔之辭。主言婦人無外事、唯以貞信爲節、一失其正、則餘無可觀爾。不可便謂士之耽惑、實無所妨也。○桑之落矣、其黃而隕。叶于貧反。自我徂爾、三歲食貧。淇水湯湯、音傷。漸子廉反。車帷裳。女也不爽、叶師莊反。士貳其行。下孟反、叶戶郎反。士也罔極、二三其德。比也。隕、落。徂、往也。湯湯、水盛貌。漸、漬也。帷裳、車飾、亦名童容、婦人之車則有之。爽、差。極、至也。○言桑之黃落、以比己之容色凋謝。遂言自我往之爾家、而値爾之貧、於是見棄、復乘車而度水以歸。復自言其過不在此而在彼也。○三歲爲婦、靡室勞矣。夙興夜寐、靡有朝叶直豪反。矣。言既遂矣、至于暴矣。兄弟不知、咥許意反。其笑叶音燥。矣。靜言思之、躬自悼矣。賦也。靡、不。夙、早。興、起也。咥、笑貌。○言我三歲爲婦、盡心竭力、不以室家之務爲勞。早起夜臥、無有朝旦之暇、與爾始相謀約之言既遂、而爾遽以暴戾加我。兄弟見我之歸、不知其然、但咥然其笑而已。蓋淫奔從人、不爲兄弟所齒、故其見棄而歸、亦不爲兄弟所恤、理固有必然者、亦何所歸咎哉、但自痛悼而已。○及爾偕老、老使我怨。淇則有岸、叶魚戰反。隰則有泮。音畔、叶匹見反。總角之宴、言笑晏晏。叶伊佃反、信誓旦旦、叶得絹反。不思其反。叶孚絢反。反是不思、叶新齎反。亦已焉哉。叶將黎反。○賦而興也。及、與也。泮、涯也、高下之判也。總角、女子未許嫁則未笄、但結髮爲飾也。晏晏、和柔也。旦旦、明也。○言我與女本期偕老、不知老而見棄如此、徒使我怨也。淇則有岸矣、隰則有泮矣。而我總角之時、與爾宴樂言笑、成此信誓、曾不思其反復以至於此也。此則興也。既不思其反復而至此矣、則亦如之何哉、亦已而已矣。傳曰、思其終也、思其復也、思其反之謂也。

氓六章、章十句。

籊籊他歷反。竹竿、以釣于淇。豈不爾思、遠莫致之。賦也。籊籊、長而殺也。竹、衛物、淇、衛地也。○衛女嫁於諸侯、思歸寧而不可得、故作此詩。言思以竹竿釣于淇水、而遠不可至也。○泉源在左、淇水在右。叶羽軌反。女子有行、遠于萬反。兄弟父母。叶滿彼反。○賦也。泉源、即百泉也、在衛之西北、而東南流入淇、故曰在左。淇在衛之西南、而東流與泉源合、故曰在右。○思二水之在衛、而自歎其不如也。

○淇水在右、泉源在左。巧笑之瑳、七可反。佩玉之儺。乃可反。○賦也。瑳、鮮白色。笑而見齒。其色瑳然、猶所謂粲然皆笑也。儺、行有度也。○承上章言二水在衛、而自恨其不得笑語遊戲於其閒也。

○淇水滺滺、音由。檜楫松舟。駕言出遊、以寫我憂。賦也。滺滺、流貌。檜、木名、似柏。楫、所以行舟也。○與泉水之卒章同意。

竹竿四章、章四句。

芄音丸。蘭之支、童子佩觿。許規反。雖則佩觿、能不我知。容兮遂兮、垂帶悸其季反。兮。興也。芄蘭、草、一名蘿摩、蔓生、斷之有白汁、可啖。支、枝同。觿、錐也、以象骨爲之、所以解結、成人之佩、非童子之飾也。知、猶智也。言其才能不足以知於我也。容、遂、舒緩放肆之貌。悸、帶下垂之貌。

○芄蘭之葉、童子佩韘。失涉反。雖則佩韘、能不我甲。叶古協反。容兮遂兮、垂帶悸兮。興也。韘、決也、以象骨爲之、著右手大指、所以鉤弦闓體。鄭氏曰、沓也、卽大射所謂朱極三是也。以朱韋爲之、用以彄沓右手食指將指無名指也。甲、長也。言其才能不足以長於我也。

芄蘭二章、章六句。此詩不知所謂、不敢强解。

誰謂河廣、一葦韋鬼反。杭戶郎反。之。誰謂宋遠、跂丘豉反。予望叶武方反。之。賦也。葦、蒹葭之屬。杭、度也。衛在河北、宋在河南。○宣姜之女爲宋桓公夫人、生襄公而出歸于衛。襄公卽位、夫人思之而義不可往。蓋嗣君承父之重、與祖爲體、母出與廟絕、不可以私反、故作此詩。言誰謂河廣乎、但以一葦加之、則可以渡矣。誰謂宋國遠乎、但一跂足而望、則可以見矣。明非宋遠而不可至也、乃義不可往耳。

○誰謂河廣、曾不容刀。誰謂宋遠、曾不崇朝。賦也。小船曰刀。不容刀、言小也。崇、終也。行不終朝而至、言近也。

河廣二章、章四句。范氏曰、夫人之不往、義也。天下豈有無母之人歟。有千乘之國而不得養其母、則人之不幸也。爲襄公者、將若之何。生則致其孝、沒則盡其禮而已。衞有婦人之詩、自共姜至於襄公之母六人焉、皆止於禮義而不敢過也。夫以衞之政教淫僻、風俗傷敗、然而女子乃有知禮而畏義如此者、則以先王之化猶有存焉故也。

伯兮朅丘列反。兮、邦之桀兮。伯也執殳、市朱反。爲于僞反。王前驅。賦也。伯、婦人目其夫之字也。朅、武貌。桀、才過人也。殳、長丈二而無刃。○婦人以夫久從征役而作是詩、言其君子之才之美如是、今方執殳而爲王前驅也。○自伯之東、首如飛蓬。豈無膏沐、誰適都歷反。爲容。賦也。蓬、草名、其華似柳絮、聚而飛、如亂髮也。膏、所以澤髮者。沐、滌首去垢也。適、主也。○言我髮亂如此、非無膏沐可以爲容、所以不爲者、君子行役、無所主而爲之故也。傳曰、女爲說己容。○其雨其雨、杲杲古老反。出日。願言思伯、甘心首疾。比也。其者、冀其將然之辭。○冀其將雨、而杲然日出、以比望其君子之歸而不歸也。是以不堪憂思之苦、而寧甘心於首疾也。○焉於虔反。得諼況袁反。草、言樹之背。音佩。願言思伯、使我心痗。呼內反。○賦也。諼、忘也。諼草合歡、食之令人忘憂者。背、北堂也。痗、病也。○言焉得忘憂之草樹之於北堂、以忘吾憂乎、然終不忍忘也。是以寧不求此草、而但願言思伯、雖至於心痗而不辭爾。心痗則其病益深、非特首疾而已也。

伯兮四章、章四句。范氏曰、居而相離則思、期而不至則憂、此人之情也。文王之遣戍役、周公之勞歸士、皆敍其室家之情、男女之思以閔之、故其民悅而忘死。聖人能通天下之志、是以能成天下之務。兵者、毒民於死者也。孤人之子、寡人之妻、傷天地之和、召水旱之災、故聖王重之。如不得已而行、則告以歸期、念其勤勞、哀傷慘怛、不啻在己。是以治世之詩則言其君上閔恤之情、亂世之詩則錄其室家怨思之苦。以爲人情不出乎此也。

有狐綏綏、在彼淇梁。心之憂矣、之子無裳。比也。狐者、妖媚之獸。綏綏、獨行求匹之貌。石絕水曰梁。在梁、則可以裳矣。○國亂民散、喪其妃耦、有寡婦見鰥夫而欲嫁之、故託言有狐獨行、而憂其無裳也。○有狐綏綏、在彼淇厲。心之憂矣、之子無帶。叶丁計反。○比也。厲、深水可厲處也。帶、所以申束衣也。在厲、則可以帶矣。○有狐綏綏、在彼淇側。心之憂矣、之子無服。叶蒲北反。○比也。濟乎水、則可以服矣。

有狐三章、章四句。

投我以木瓜、叶攻乎反。報之以瓊琚。音居。匪報也、永以爲好呼報反。也。比也。木瓜、楙木也、實如小瓜、酢可食。瓊、玉之美者。琚、佩玉名。○言人有贈我以微物、我當報之以重寶、而猶未足以爲報也、但欲其長以爲好而不忘耳。疑亦男女相贈答之詞、如靜女之類。○投我以木桃、報之以瓊瑤。匪報也、永以爲好也。比也。瑤、美玉也。○投我以木李、報之以瓊玖。音久、叶舉里反。匪報也、永以爲好也。比也。玖、亦玉名也。

木瓜三章、章四句。

衞國十篇、三十四章、二百三句。張子曰、衞國地濱大河、其地土薄、故其人氣輕浮。其地平下、故其人質柔弱。其地肥饒、不費耕耨、故其人心怠惰。其人情性如此、則其聲音亦淫靡。故聞其樂、使人懈慢而有邪僻之心也。鄭詩放此。

詩卷第四

朱熹集傳

王一之六

王、謂周東都洛邑王城畿內方六百里之地、在禹貢豫州太華外方之間、北得河陽、漸冀州之南也。周室之初、文王居豐、武王居鎬、至成王時、周公始營洛邑、爲時會諸侯之所。以其土中、四方來者道里均故也。自是謂豐鎬爲西都、而洛邑爲東都。至幽王嬖褒姒生伯服、廢申后及太子宜臼、宜臼奔申。申侯怒、與犬戎攻宗周、弒幽王于戲。晉文侯鄭武公迎宜臼于申而立之、是爲平王。徙居東都王城、於是王室遂卑、與諸侯無異、故其詩不爲雅而爲風。然其王號未替也、故不曰周而曰王。其地則今河南府及懷孟等州是也。

彼黍離離、彼稷之苗。行邁靡靡、中心搖搖。知我者、謂我心憂、不知我者、謂我何求。悠悠蒼天、叶鐵因反、下同。此何人哉。賦而興也。黍、穀名、苗似蘆、高丈餘、穗黑色、實圓重。離離、垂貌。稷、亦穀也、一名穄、似黍而小。或曰、粟也。邁、行也。靡靡、猶遲遲也。搖搖、無所定也。悠悠、遠意。蒼天者、據遠而視之蒼蒼然也。○周既東遷、大夫行役至于宗周、過故宗廟宮室、盡爲禾黍。閔周室之顚覆、傍徨不忍去、故賦其所見黍之離離、與稷之苗、以興行之靡靡、心之搖搖。既歎時人莫識己意、又傷所以致此者、果何人哉。追怨之深也。

○彼黍離離、彼稷之穗。音遂。行邁靡靡、中心如醉。知我者、謂我心憂、不知我者、謂我何求。悠悠蒼天、此何人哉。賦而興也。穗、秀也。稷穗下垂、如心之醉、故以起興。

○彼黍離離、彼稷之實。行邁靡靡、中心如噎。於結反、叶於悉反。知我者、謂我心憂、不知我者、謂我何求。悠悠蒼天、此何人哉。賦而興也。噎、憂深不能喘息、如噎之然。稷之實猶心之噎、故以起興。

黍離三章、章十句。元城劉氏曰、常人之情、於憂樂之事、初遇之、則其心變焉。次遇之、則其變少衰。三遇之、則其心如常矣。至於君子忠厚之情則不然。其行役往來、固非一見也。初見稷之苗矣、又見稷之穗矣、又見稷之實矣、而所感之心終始如一、不少變而愈深、此則詩人之意也。

君子于役、不知其期、曷至哉。叶將黎反。雞棲音西。于塒、音時。日之夕矣、羊牛下來。叶陵之反。君子于役、如之何勿思。叶新齎反。○賦也。君子、婦人目其夫之辭。鑿墻而棲曰塒。日夕則羊先歸而牛次之。○大夫久役于外、其室家思而賦之曰、君子行役、不知其還反之期、且今亦何所至哉。雞則棲于塒矣、日則夕矣、羊牛則下來矣。是則畜產出入、尚有旦暮之節、而行役之君子乃無休息之時、使我如何而不思也哉。○君子于役、不日不月、曷其有佸。戶括反、叶戶劣反。雞棲于桀、日之夕矣、羊牛下括。古活反、叶古劣反。君子于役、苟無飢渴。叶巨列反。○賦也。佸、會。桀、杙。括、至。苟、且也。○君子行役之久、不可計以日月、而又不知其何時可以來會也。亦庶幾其免於飢渴而已矣。此憂之深而思之切也。

君子于役二章、章八句。

君子陽陽、左執簧、音黃。右招我由房。其樂音洛。只音止。且。子徐反。○賦也。陽陽、得志之貌。簧、笙竽管中金葉也。蓋笙竽皆以竹管植於匏中、而竅其管底之側、以薄金葉障之、吹則鼓之而出聲、所謂簧也。故笙竽皆謂之簧。笙十三簧或十九簧、竽三十六簧也。由、從也。房、東房也。只且、語助聲。○此詩疑亦前篇婦人所作。蓋其夫既歸、不以行役爲勞、而安於貧賤以自樂、其家人又識其意而深歎美之、皆可謂賢矣。豈非先王之澤哉。或曰、序說亦通、宜更詳之。○君子陶陶、左執翿、徒刀反。右招我由敖。五刀反。其樂只且。賦也。陶陶、和樂之貌。翿、舞者所持羽旄之屬。敖、舞位也。

君子陽陽二章、章四句。

揚之水、不流束薪。彼其音記。之子、不與我戍申。懷叶胡威反、下同。哉懷哉、曷月予還音旋、下同。歸哉。興也。揚、悠揚也。水緩流之貌。彼其之子、戍人指其室家而言也。戍、屯兵以守也。申、姜姓之國、平王之母家也、在今鄧州信陽軍之境。懷、思。曷、何也。○平王以申國近楚、數被侵伐、故遣畿內之民戍之。而戍者怨思、作此詩也。興取之不二字、如小星之例。○揚之水、不流束楚。彼其之子、不與我戍甫。懷哉懷哉、曷月予還歸哉。興也。楚、木也。甫、卽呂也、亦姜姓。書呂刑禮記作甫刑、而孔氏以爲呂侯、後爲甫侯是也。當時蓋以申故而幷戍之。今未知其國之所在、計亦不遠於申許也。○揚之水、不流束蒲。叶滂古反。彼其之子、不與我戍許。懷哉懷哉、曷月予還歸哉。興也。蒲、蒲柳。春秋傳云、董澤之蒲。杜氏云、蒲、楊柳可以爲箭者是也。許、國名、亦姜姓、今潁昌府許昌縣是也。

揚之水三章、章六句。申侯與犬戎攻宗周而弒幽王、則申侯者、王法必誅、不赦之賊、而平王與其臣庶不共戴天之讎也。今平王知有母而不知有父、知其立己爲有德、而不知其弒父爲可怨、至使復讎討賊之師、反爲報施酬恩之舉、則其忘親逆理、而得罪於天已甚矣。又況先王之制、諸侯有故、則方伯連帥以諸侯之師討之。王室有故、則方伯連帥以諸侯之師救之。天子鄉遂之民、供貢賦、衞王室而已。今平王不能行其威令於天下、無以保其母家、乃勞天子之民、遠爲諸侯戍守、故周人之戍申者、又以非其職而怨思焉。則其衰懦微弱而得罪於民、又可見矣。嗚呼、詩亡而後春秋作、其不以此也哉。

中谷有蓷、吐雷反。暵呼但反。其乾矣。有女仳匹指反。離、嘅口愛反。其嘆土丹反。矣。嘅其嘆矣、遇人之艱難矣。興也。蓷、鵻也、葉似萑、方莖白華、華生節間、卽今益母草也。暵、燥。仳、別也。嘅、歎聲。艱難、窮厄也。○凶年饑饉、室家相棄、婦人覽物起興、而自述其悲歎之詞也。○中谷有蓷、暵其修叶先竹反。矣。有女仳離、條其歗叶息六反。矣。條其歗矣、遇人之不淑矣。興也。修、長也。或曰、乾也、如脯之謂修也。條、條然歗貌。歗、蹙口出聲也。悲恨之深、不止於嘆矣。淑、善也。古者謂死喪飢饉、皆曰不淑。蓋以吉慶爲善事、凶禍爲不善事、雖今人語猶然也。○曾氏曰、凶年而遽相棄背、蓋衰薄之甚者。而詩人乃曰遇斯人之艱難、遇斯人之不淑、而無怨懟過甚之辭焉、厚之至也。

○中谷有蓷、嘆其濕矣。有女仳離、啜張劣反。其泣矣。啜其泣矣、何嗟及矣。興也。嘆濕者、旱甚則草之生於濕者亦不免也。啜、泣貌。何嗟及矣、言事已至此、末如之何、窮之甚也。

中谷有蓷三章、章六句。范氏曰、世治則室家相保者、上之所養也。世亂則室家相棄者、上之所殘也。伊尹曰、其使之也勤、其取之也厚、則夫婦日以衰薄、而凶年不免於離散矣。匹夫匹婦不獲自盡、民主罔與成厥功。故讀詩者於一物失所、而知王政之惡、一女見棄、而知人民之困。周之政荒民散、而將無以爲國、於此亦可見矣。

有兔爰爰、雉離于羅。我生之初、尚無爲。叶吾禾反。我生之後、逢此百罹。叶良何反。尚寐無吪。比也。兔性陰狡。爰爰、緩意。雉性耿介。離、麗。羅、網。尚、猶。罹、憂也。尚、庶幾也。吪、動也。○周室衰微、諸侯背叛、君子不樂其生、而作此詩。言張羅本以取兔、今兔狡得脫、而雉以耿介、反離于羅、以比小人致亂、而以巧計幸免、君子無辜、而以忠直受禍也。爲此詩者、蓋猶及見西周之盛。故曰、方我生之初、天下尚無事。及我生之後、而逢時之多難如此。然既無如之何、則但庶幾寐而不動以死耳。或曰、興也。以兔爰興無爲、以雉離興百罹也。下章放此。

○有兔爰爰、雉離于罦。音孚、叶步廟反。我生之初、尚無造。我生之後、逢此百憂。叶一笑反。尚寐無覺。居孝反、叶居笑反。○比也。罦、覆車也、可以掩兔。造、亦爲也。覺、寤也。

○有兔爰爰、雉離于罿。昌鍾反。我生之初、尚無庸。我生之後、逢此百凶。尚寐無聰。比也。罿、罬也、卽罦也。或曰、施羅於車上也。庸、用。聰、聞也。無所聞、則亦死耳。

兔爰三章、章七句。

緜緜葛藟、力軌反。在河之滸。呼五反。終遠于萬反。兄弟、謂他人父。叶夫矩反。謂他人父、亦莫我顧。叶公五反。○興也。緜緜、長而不絕之貌。岸上曰滸。○世衰民散、有去其鄉里家族、而流離失所者、作此詩以自歎。言綿綿葛藟、則在河之滸矣。今乃終遠兄弟、而謂他人爲己父。己雖謂彼爲父、而彼亦不我顧、則其窮也甚矣。○緜緜葛藟、在河之涘。音俟、叶矣始二音。終遠兄弟、謂他人母。叶滿彼反。謂他人母、亦莫我有。叶羽已反。○興也。水涯曰涘。謂他人父者、其妻則母也。有、識有也。春秋傳曰、不有寡君。○緜緜葛藟、在河之漘。順春反。終遠兄弟、謂他人昆。叶古勻反。謂他人昆、亦莫我聞。叶微勻反。○興也。夷上洒下曰漘。漘之爲言脣也。昆、兄也。聞、相聞也。

葛藟三章、章六句。

彼采葛兮。叶居謁反。一日不見、如三月兮。賦也。采葛所以爲絺綌、蓋淫奔者託以行也。故因以指其人、而言思念之深、未久而似久也。○彼采蕭兮。叶疎鳩反。一日不見、如三秋兮。賦也。蕭、荻也、白葉、莖麤、科生、有香氣。祭則焫以報氣、故采之。曰三秋、則不止三月矣。○彼采艾兮。一日不見、如三歲兮。本與艾叶。賦也。艾、蒿屬、乾之可灸、故采之。曰三歲、則不止三秋矣。

采葛三章、章三句。

大車檻檻、毳尺銳反。衣如菼。吐敢反。豈不爾思、畏子不敢。賦也。大車、大夫車。檻檻、車行聲也。毳衣、天子大夫之服。菼、蘆之始生也。毳衣之屬、衣繪而裳繡、五色皆備、其青者如菼爾。淫奔者相命之辭也。子、大夫也。不敢、不敢奔也。○周衰、大夫猶有能以刑政治其私邑者、故淫奔者畏而歌之如此。然其去二南之化則遠矣。此可以觀世變也。○大車哼哼、他敦反。毳衣如璊。音門。豈不爾思、畏子不奔。賦也。啍啍、重遲之貌。璊、玉赤色。五色備則有赤。○穀則異室、死則同穴。叶戶橘反。謂予不信、有如皦古了反。日。賦也。穀、生。穴、壙。皦、白也。○民之欲相奔者、畏其大夫、自以終身不得如其志也。故曰、生不得相奔以同室、庶幾死得合葬以同穴而已。謂予不信、有如皦日、約誓之辭也。

大車三章、章四句。

丘中有麻、彼留子嗟。彼留子嗟、將七羊反。其來施施。叶時遮反。○賦也。麻、穀名、子可食、皮可績爲布者。子嗟、男子之字也。將、願也。施施、喜悅之意。○婦人望其所與私者而不來、故疑丘中有麻之處、復有與之私而留之者、今安得其施施然而來乎。○丘中有麥、彼留子國。彼留子國、將其來食。賦也。子國、亦男子字也。來食、就我而食也。○丘中有李、彼留之子。叶奬履反。彼留之子、貽我佩玖。叶舉里反。○賦也。之子、幷指前二人也。貽我佩玖、冀其有以贈己也。

丘中有麻三章、章四句。

王國十篇、二十八章、百六十二句。

鄭一之七 鄭、邑名、本在西都畿內咸林之地。宣王以封其弟友爲采地。後爲幽王司徒、而死於犬戎之難、是爲桓公。其子武公掘突、定平王於東都、亦爲司徒。又得虢檜之地、乃徙其封而施舊號於新邑、是爲新鄭。咸林、在今華州鄭縣。新鄭、卽今之鄭州是也。其封域山川、詳見檜風。

緇衣之宜兮、敝、予又改爲兮。適子之館叶古玩反。兮、還、予授子之粲兮。賦也。緇、黑色。緇衣、卿大夫居私朝之服也。宜、稱。改、更。適、之。館、舍。粲、餐也。或曰、粲粟之精鑿者。○舊說鄭桓公武公相繼爲周司徒、善於其職、周人愛之、故作是詩。言子之服緇衣也甚宜、敝則我將爲子更爲之。且將適子之館、旣還而又授子以粲、言好之無已也。○緇衣之好兮、敝、予又改造（叶在早反。）兮。適子之館兮、還、予授子之粲兮。賦也。好、猶宜也。○緇衣之蓆（叶祥籥反。）兮、敝、予又改作兮。適子之館兮、還、予授子之粲兮。賦也。蓆、大也。程子曰、蓆有安舒之義。服稱其德則安舒也。

緇衣三章、章四句。記曰、好賢如緇衣。又曰、於緇衣見好賢之至。

將（七羊反。）仲子兮、無踰我里、無折（之舌反。）我樹杞。豈敢愛之、畏我父母。（叶滿彼反。）仲可懷（叶胡威反、下同。）也、父母之言、亦可畏（叶於非反。）也。賦也。將、請也。仲子、男子之字也。我、女子自我也。里、二十五家所居也。杞、柳屬也、生水傍、樹如柳、葉麤而白、色理微赤。蓋里之地域溝樹也。○莆田鄭氏曰、此淫奔者之辭。○將仲子兮、無踰我墻、無折我樹桑。豈敢愛之、畏我諸兄。（叶虛王反。）仲可懷也、諸兄之言、亦可畏也。賦也。墻、垣也。古者樹墻下以桑。○將仲子兮、無踰我園、無折我樹檀。（叶徒沿反。）豈敢愛之、畏人之多言。仲可懷也、人之多言、亦可畏也。賦也。園者圃之藩、其內可種木也。檀、皮青、滑澤、材彊韌、可爲車。

將仲子三章、章八句。

叔于田、（叶地因反。）巷無居人。豈無居人、不如叔也、洵美且仁。賦也。叔、莊公弟共叔段也。事見春秋。田、取禽也。巷、里塗也。洵、信。美、好也。仁、愛人也。○段不義而得衆、國人愛之、故作此詩。言叔出而田、則所居之巷若無居人矣。非實無居人也、雖有而不如叔之美且仁、是以若無人耳。或疑此亦民間男女相說之詞也。○叔于狩、（叶始九反。）巷無飲酒。豈無飲酒、不如叔也、洵美且好。（叶許厚反。○賦也。冬獵曰狩。）○叔適野、（叶上與反。）巷無服馬。（叶滿補反。）豈無服馬、不如叔也、洵美且武。賦也。適、之也。郊外曰野。服、乘也。

叔于田三章、章五句。

叔于田、乘乘〔下繩證反〕。馬。〔叶滿補反〕。執轡如組、〔音祖〕。兩驂如舞。叔在藪、〔素口反、叶素苦反〕。火烈具舉。襢〔音但〕。裼〔素歷反〕。暴虎、獻于公所。將〔七羊反〕。叔無狃、〔女九反、叶女古反〕。戒其傷女。〔音汝〕。○賦也。叔、亦段也。車衡外兩馬曰驂。如舞、謂諸和中節。皆言御之善也。藪、澤也。火、焚而射也。烈、熾盛貌。具、俱也。襢裼、肉袒也。暴、空手搏獸也。公、莊公也。狃、習也。國人戒之曰、請叔無習此事、恐其或傷女也。蓋叔多材好勇、而鄭人愛之如此。○叔于田、乘乘黃。兩服上襄、兩驂鴈行。〔戶郎反〕。叔在藪、火烈具揚。叔善射忌、〔音記〕。又良御〔吁魚駕反〕。忌、抑磬〔苦定反〕。控〔口貢反〕。忌、抑縱送忌。賦也。乘黃、四馬皆黃也。衡下夾轅兩馬曰服。襄、駕也。馬之上者爲上駕、猶言上駟也。鴈行者、驂少次服後、如鴈行也。揚、起也。忌、抑、皆語助辭。騁馬曰磬。止馬曰控。舍拔曰縱。覆簫曰送。○叔于田、乘乘鴇。〔音保、叶補苟反〕。兩服齊首、兩驂如手。叔在藪、火烈具阜。〔符有反〕。叔馬慢〔叶黃半反〕。忌、叔發罕〔叶虛旰反〕。忌、抑釋掤〔音冰〕。忌、抑鬯〔敕亮反〕。弓〔叶姑弘反〕。忌。賦也。驪白雜毛曰鴇、今所謂烏驄也。齊首、如手、兩服並首在前、而兩驂在旁稍次其後、如人之兩手也。阜、盛。慢、遲也。發、發矢也。罕、希。釋、解也。掤、矢箙蓋、春秋傳作冰。鬯、弓囊也。與韔同。言其田事將畢、而從容整暇如此。亦喜其無傷之詞也。

大叔于田三章、章十句。陸氏曰、首章作大叔于田者誤。蘇氏曰、二詩皆曰叔于田、故加大以別之。不知者乃以段有大叔之號、而讀曰泰、又加大于首章、失之矣。

清人在彭、〔叶普郎反〕。駟介旁旁、〔補彭反、叶補岡反〕。二矛重〔直龍反〕。英、〔叶於良反〕。河上乎翱翔。賦也。清、邑名。清人、清邑之人也。彭、河上地名。駟介、四馬而被甲也。旁旁、馳驅不息之貌。二矛、酋矛夷矛也。英、以朱羽爲矛飾也。酋矛長二丈、夷矛長二丈四尺、並建於車上、則其英重累而見。翶翔、遊戲之貌。○鄭文公惡高克、使將清邑之兵、禦狄于河上、久而不召、師散而歸、鄭人爲之賦此詩。言其師出之久、無事而不得歸、但相與遊戲如此、其勢必至於潰敗而後已爾。

○**清人在消、駟介麃麃、**表驕反。**二矛重喬、河上乎逍遙。**賦也。消、亦河上地名。麃麃、武貌。矛之上句曰喬、所以懸英也。英弊而盡、所存者喬而已。

○**清人在軸、**叶音冑。**駟介陶陶、**徒報反、叶徒候反。**左旋右抽、**叶勑救反。**中軍作好。**呼報反、叶許候反。○賦也。軸、亦河上地名。陶陶、樂而自適之貌。左、謂御在將車之左、執轡而御馬者也。旋、還車也。右、謂勇力之士、在將車之右、執兵以擊刺者也。抽、拔刃也。中軍、謂將在鼓下、居車之中、卽高克也。好、謂容好也。○東萊呂氏曰、言師久而不歸、無所聊賴、姑遊戲以自樂、必潰之勢也。不言已潰而言將潰、其詞深、其情危矣。

清人三章、章四句。事見春秋。○胡氏曰、人君擅一國之名寵、生殺予奪、惟我所制爾。使高克不臣之罪已著、按而誅之可也。情狀未明、黜而退之可也。愛惜其才、以禮馭之亦可也。烏可假以兵權、委諸竟上、坐視其離散而莫之卹乎。春秋書曰、鄭棄其師。其責之深矣。

羔裘如濡、叶而朱而由二反。**洵直且侯。**叶洪姑洪鉤二反。**彼其**音記。**之子、舍**音赦。**命不渝。**叶容朱容周二反。○賦也。羔裘、大夫服也。如濡、潤澤也。洵、信。直、順。侯、美也。其、語助辭。舍、處。渝、變也。○言此羔裘潤澤、毛順而美、彼服此者當生死之際、又能以身居其所受之理而不可奪。蓋美其大夫之詞、然不知其所指矣。

○**羔裘豹飾、孔武有力。彼其之子、邦之司直。**賦也。飾、緣袖也。禮、君用純物、臣下之、故羔裘而以豹皮爲飾也。孔、甚也。豹甚武而有力、故服其所飾之裘者如之。司、主也。

○**羔裘晏兮、三英粲兮。彼其之子、邦之彥**叶魚肝反。**兮。**賦也。晏、鮮盛也。三英、裘飾也。未詳其制。粲、光明也。彥者、士之美稱。

羔裘三章、章四句。

遵大路兮、摻所覽反。執子之袪叶起據反。兮。無我惡烏路反。兮、不寁市坎反。故也、賦也。遵、循。摻、擥。袪、袂。寁、速。故、舊也。○淫婦爲人所棄、故於其去也、擥其袪而留之曰、子無惡我而不留、故舊不可以遽絕也。宋玉賦有遵大路兮攬子祛之句。亦男女相說之詞也。○遵大路兮、摻執子之手兮。無我魗市由反、叶齒九反。兮、不寁好叶許口反。也。賦也。魗、與醜同。欲其不以己爲醜而棄之也。好、情好也。

遵大路二章、章四句、

女曰雞鳴、士曰昧旦。子興視夜、明星有爛。將翺將翔、弋鳧音符。與鴈。賦也。昧、晦。旦、明也。昧旦、天欲旦、晦明未辯之際也。明星、啓明之星先日而出者也。弋、繳射、謂以生絲繫矢而射也。鳧、水鳥、如鴨、青色、背上有文。○此詩人述賢夫婦相警戒之詞。言女曰雞鳴、以警其夫、而士曰昧旦、則不止於雞鳴矣。婦人又語其夫曰、若是則子可以起而視夜之如何、意者明星已出而爛然、則當翺翔而往、弋取鳧鴈而歸矣。其相與警戒之言如此、則不留於宴昵之私可知矣。○弋言加叶居之居何二反。之、與子宜叶魚奇魚何二反。之。宜言飲酒、與子偕老。叶魯吼反。琴瑟在御、莫不靜好。叶許厚反。○賦也。加、中也。史記所謂以弱弓微繳加諸鳧鴈之上是也。宜、和其所宜也。內則所謂鴈宜麥之屬是也、○射者男子之事、而中饋婦人之職。故婦謂其夫既得鳧鴈以歸、則我當爲子和其滋味之所宜、以之飲酒相樂、期於偕老。而琴瑟之在御者、亦莫不安靜而和好。其和樂而不淫可見矣。○知子之來叶六直反。之、雜佩以贈叶音則。之。知子之順之、雜佩以問之。知子之好呼報反。之、雜佩以報之。賦也。來之、致其來者、如所謂修文德以來之。雜佩者、左右佩玉也。上橫曰珩、下繫三組、貫以蠙珠。中組之半貫一大珠、曰瑀。末懸一玉、兩端皆銳、曰衝牙。兩旁組半各懸一玉、長博而方、曰琚。其末各懸一玉、如半璧而內向、曰璜。又以兩組貫珠、上繫珩兩端、下交貫於瑀、而下繫於兩璜、行則衝牙觸璜而有聲也。呂氏曰、非獨玉也、觿燧箴管、凡可佩者皆是也。贈、送。順、愛。問、遺也。○婦又語其夫曰、我苟知子之所致而來、及所親愛者、則將解此雜佩以送遺報答之。蓋不唯治其門內之職、又欲其君子親賢友善、結其驩心、而無所愛於服飾之玩也。

女曰雞鳴三章、章六句。

有女同車、顏如舜華。叶芳無反。將翺將翔、佩玉瓊琚。彼美孟姜、洵美且都。賦也。舜、木槿也、樹如李、其華朝生暮落。孟、字。姜、姓。洵、信。都、閑雅也。○此疑亦淫奔之詩。言所與同車之女其美如此。而又歎之曰、彼美色之孟姜、信美矣而又都也。

○有女同行、叶戶郎反。顏如舜英。叶於良反。將翺將翔。佩玉將將。七羊反。彼美孟姜。德音不忘。賦也。英、猶華也。將將、聲也。德音不忘、言其賢也。

有女同車二章、章六句。

山有扶蘇、隰有荷華。叶芳無反。不見子都、乃見狂且。子餘反。○興也。扶蘇、扶胥、小木也。荷華扶渠也。子都、男子之美者也。狂、狂人也。且、辭也。○淫女戲其所私者曰、山則有扶蘇矣、隰則有荷華矣、今乃不見子都、而見此狂人何哉。

○山有橋松、隰有游龍。不見子充、乃見狡童。興也。上竦無枝曰橋、亦作喬。游、枝葉放縱也。龍、紅草也、一名馬蓼、葉大而色白、生水澤中、高丈餘。子充、猶子都也。狡童、狡獪之小兒也。

山有扶蘇二章、章四句。

蘀他落反。兮蘀兮、風其吹女。音汝。叔兮伯兮、倡昌亮反。予和胡臥反、叶戶圭反。女。興也。蘀、木槁而將落者也。女、指蘀而言也。叔、伯、男子之字也。予、女子自予也。女、叔伯也。○此淫女之詞、言蘀兮蘀兮、則風將吹女矣。叔兮伯兮、則盍倡予、而予將和女矣。

○蘀兮蘀兮、風其漂匹遙反。女。叔兮伯兮、倡予要於遙反。

女。興也。漂、飄同。要、成也。

蘀兮二章、章四句。

彼狡童兮、不與我言兮。維子之故、使我不能餐七丹反、叶七宣反。兮。賦也。此亦淫女見絕而戲其人之詞。言悅已者衆、子雖見絕、未至於使我不能餐也。○彼狡童兮、不與我食兮。維子之故、使我不能息兮。賦也。息、安也。

狡童二章、章四句。

子惠思我、褰裳涉溱。側巾反。子不我思、豈無他人。狂童之狂也且。子餘反。○賦也。惠、愛也。溱、鄭水名。狂童、猶狂且狡童也。且、語辭也。○淫女語其所私者曰、子惠然而思我、則將褰裳而涉溱以從子。子不我思、則豈無他人之可從、而必於子哉。狂童之狂也且、亦謔之之辭。○子惠思我、褰裳涉洧。叶于已反。子不我思、豈無他士。鉏里反。狂童之狂也且。賦也。洧、亦鄭水名。士、未娶者之稱。

褰裳二章、章五句。

子之丰芳容反、叶芳用反。兮、俟我乎巷叶胡貢反。兮。悔予不送兮。賦也。丰、豐滿也。巷、門外也。○婦人所期之男子已俟乎巷、而婦人以有異志不從、既則悔之、而作是詩也。○子之昌兮、俟我乎堂兮。悔予不將兮。賦也。昌、盛壯貌。將、亦送也。○衣於既反。錦褧苦迥反。衣、裳錦褧裳。叔兮伯兮、駕予與行。叶戶郎反。○賦也。褧、禪也。叔、伯、或人之字也。○婦人既悔其始之不送而失此人也、則曰我之服飾既盛備矣、豈無駕車以迎我而偕行者乎。○裳錦褧裳、衣錦

駁衣　叔兮伯兮、駕予與歸。賦也。婦人謂嫁曰歸。

丰四章、二章章三句、二章章四句。

東門之墠、音善、叶上演反。茹藘在阪。音反、叶孚欇反。茹音如。藘力於反。其室則邇、其人甚遠。賦也。東門、城東門也。墠、除地町町者。茹藘、茅蒐也、一名茜、可以染絳。陂者曰阪。門之旁有墠、墠之外有阪、阪之上有草、識其所與淫者之居也。室邇人遠者、思之而未得見之詞也。○東門之栗、有踐家室。豈不爾思、子不我即。賦也。踐、行列貌。門之旁有栗、栗之下有成行列之家室、亦識其處也。即、就也。

東門之墠二章、章四句。

風雨淒淒、子西反。雞鳴喈喈。音皆、叶居奚反。既見君子、云胡不夷。賦也。淒淒、寒涼之氣。喈喈、雞鳴之聲。風雨晦冥、蓋淫奔之時。君子、指所期之男子也。夷、平也。○淫奔之女言當此之時見其所期之人而心悅也。○風雨瀟瀟、雞鳴膠膠。叶音驕。既見君子、云胡不瘳。叶憐蕭反。○賦也。瀟瀟、風雨之聲。膠膠、猶喈喈也。瘳、病愈也。言積思之病至此而愈也。○風雨如晦、叶呼洧反。雞鳴不已。既見君子、云胡不喜。賦也。晦、昏。已、止也。

風雨三章、章四句。

青青子衿、音金。悠悠我心。縱我不往、子寧不嗣音。賦也。青青、純緣之色。具父母、衣純以青。子、男子也。衿、領也。悠悠、思之長也。我、女子自我也。嗣音、繼續其聲問也。此亦淫奔之詩。○青青子佩、叶蒲眉反。悠悠我思。叶新齋反。縱我不往、子寧不來。叶陵之反。○賦也。青青、組綬之色。佩、佩玉也。○挑他刀反。兮達他末反、叶他悅反。兮、在城闕兮。一日不見、如三月兮。賦也。挑、輕儇跳躍之貌。達、放恣也。

子衿三章、章四句。

揚之水、不流束楚。終鮮息淺反。兄弟、維予與女。女汝同。無信人之言、人實迋居望反。女。興也。兄弟、婚姻之稱、禮所謂不得嗣爲兄弟是也。予、女、男女自相謂也。人、它人也。迋、與誑同。○淫者相謂、言揚之水則不流束楚矣、終鮮兄弟、則維予與女矣。豈可以它人離間之言而疑之哉。彼人之言特誑女耳。○揚之水、不流束薪。終鮮兄弟、維予二人。無信人之言、人實不信。叶斯人反。○興也。

揚之水二章、章六句。

出其東門、有女如雲。雖則如雲、匪我思存。縞古老反。衣綦巨基反。巾、聊樂音洛。我員。于云反。○賦也。如雲、美且衆也。縞、白色。綦、蒼艾色。縞衣綦巾、女服之貧陋者、此人自目其室家也。員、與云同、語詞也。○人見淫奔之女而作此詩。以爲此女雖美且衆、而非我思之所存、不如己之室家、雖貧且陋、而聊可自樂也。是時淫風大行、而其間乃有如此之人、亦可謂能自好而不爲習俗所移矣。羞惡之心、人皆有之、豈不信哉。○出其闉音因。闍、音都。有女如荼。音徒。雖則如荼、匪我思且。子餘反。縞衣茹藘、聊可與娛。賦也。闉、曲城也。闍、城臺也。荼、茅華、輕白可愛者也。且、語助詞。茹藘、可以染絳、故以名衣服之色。娛、樂也。

出其東門二章、章六句。

野有蔓草、零露漙徒端反、叶上兗反。兮。有美一人、清揚婉兮。邂逅相遇、適我願叶五遠反。兮。賦而興也。蔓、延也。漙、露多貌。清揚、眉目之間婉然美也。邂逅、不期而會也。○男女相遇於野田草露之間、故賦其所在以起興。言野有蔓草、則零露漙矣、有美一人、則清揚婉矣、邂逅相遇、則得以適我願矣。○野有蔓草、零露瀼瀼。有美一人、婉如清揚。邂逅相遇、與子偕臧。賦而興也。瀼瀼、亦露多貌。臧、美也。與子偕臧、言各得其所欲也。

野有蔓草二章、章六句。

溱與洧、方渙渙叶于元反。兮。士與女、方秉蕑古顏反、叶古賢反。兮。女曰觀乎。士曰既且。子餘反。且往觀乎。洧之外、洵訏況于反。且樂。音洛。維士與女、伊其相謔、贈之以勺藥。賦而興也。渙渙、春水盛貌。蓋冰解而水散之時也。蕑、蘭也、其莖葉似澤蘭、廣而長節、節中赤、高四五尺。且、語辭。洵、信。訏、大也。勺藥、亦香草也、三月開華、芳色可愛。○鄭國之俗、三月上巳之辰、采蘭水上以祓除不祥。故其女問於士曰、盍往觀乎。士曰、吾既往矣。女復要之曰、且往觀乎。蓋洧水之外、其地信寬大而可樂也。於是士女相與戲謔、且以勺藥相贈而結恩情之厚也。此詩淫奔者自敘之詞。○溱與洧、瀏音留。其清矣。士與女、殷其盈矣。女曰觀乎。士曰既且。且往觀乎。洧之外、洵訏且樂。維士與女、伊其將謔、贈之以勺藥。賦而興也。瀏、深貌。殷、衆也。將、當作相、聲之誤也。

溱洧二章、章十二句。

鄭國二十一篇、五十三章、二百八十三句。鄭衞之樂、皆爲淫聲。然以詩考之、衞詩三十有九、而淫奔之詩才四之一、鄭詩二十有一、而淫奔之詩已不翅七之五。衞猶爲男悅女之詞、而鄭皆爲女惑男之語。衞人猶多刺譏懲創之意、而鄭人幾於蕩然無復羞愧悔悟之萌。是則鄭聲之淫、有甚於衞矣。故夫子論爲邦、獨以鄭聲爲戒而不及衞、蓋舉重而言、固自有次第也。詩可以觀、豈不信哉。

詩卷第五

朱熹集傳

齊一之八

齊、國名、本少昊時爽鳩氏所居之地、在禹貢爲青州之域、周武王以封太公望、東至于海、西至于河、南至于穆陵、北至于無棣。太公、姜姓、本四岳之後、既封於齊、通工商之業、便魚鹽之利、民多歸之、故爲大國。今青齊淄濰德棣等州、是其地也。

雞既鳴矣、朝音潮。既盈矣。匪雞則鳴、蒼蠅之聲。賦也。言古之賢妃御於君所、至於將旦之時、必告君曰、雞既鳴矣、會朝之臣既已盈矣、欲令君早起而視朝也。然其實非雞之鳴也、乃蒼蠅之聲也。蓋賢妃當夙興之時、心常恐晚、故聞其似者而以爲眞、非其心存警畏、而不留於逸欲、何以能此。故詩人敘其事而美之也。

○東方明叶謨郎反。矣、朝既昌矣。匪東方則明、同上。月出之光。賦也。東方明則日將出矣。昌、盛也。此再告也。

○蟲飛薨薨、甘與子同夢。叶莫滕反。會且歸矣、無庶予子憎。賦也。蟲飛、夜將旦而百蟲作也。甘、樂。會、朝也。○此三告也。言當此時、我豈不樂與子同寢而夢哉。然羣臣之會於朝者、俟君不出、將散而歸矣。無乃以我之故而幷以子爲憎乎。

雞鳴三章、章四句。

子之還音旋。兮、遭我乎峱乃刀反。之閒叶居賢反。兮。並驅從兩肩兮、揖我謂我儇許全反。兮。賦也。還、便捷之貌。峱、山名也。從、逐也。獸三歲曰肩。儇、利也。○獵者交錯於道路、且以便捷輕利相稱譽如此、而不自知其非也、則其俗之不美可見、而其來亦必有所自矣。

○子之茂叶莫口反。兮、遭我乎峱之道叶徒厚反。兮。並驅從兩牡兮、揖我謂我好叶許厚反。兮。賦也。茂、美也。

○子之昌兮、遭我乎峱之陽兮。並驅從

兩狼兮、揖我謂我臧兮。賦也。昌、盛也。山南曰陽。狼、似犬、銳頭白頰、高前廣後。臧、善也。

還三章、章四句。

俟我於著直據反、叶直居反。乎而、充耳以素叶孫租反。乎而、尙之以瓊華叶芳無反。乎而。賦也。俟、待也。我、嫁者自謂也。著、門屏之間也。充耳、以纊懸瑱、所謂紞也。尙、加也。瓊華、美石似玉者、卽所以爲瑱也。○東萊呂氏曰、婚禮壻往婦家親迎、既奠鴈御輪而先歸、俟于門外、婦至則揖以入。時齊俗不親迎、故女至壻門、始見其俟己也。○俟我於庭乎而、充耳以青乎而、尙之以瓊瑩音榮。乎而。賦也。庭、在大門之內、寢門之外。瓊瑩、亦美石似玉者。○呂氏曰、此婚禮謂壻道婦及寢門、揖入時也。○俟我於堂乎而、充耳以黃乎而、尙之以瓊英叶於良反。乎而。賦也。瓊英、亦美石似玉者。○呂氏曰、升階而後至堂、此婚禮所謂升自西階之時也。

著三章、章三句。

東方之日兮。彼姝赤朱反。者子、在我室兮。在我室兮、履我卽兮。興也。履、躡。卽、就也。言此女躡我之跡而相就也。○東方之月兮。彼姝者子、在我闥叶它悅反。兮。在我闥兮、履我發叶方月反。兮。興也。闥、門內也。發、行去也。言躡我而行去也。

東方之日二章、章五句。

東方未明、叶謨郎反。顚倒都老反。衣裳。顚之倒叶都妙反。之、自公召之。賦也。自、從也。羣臣之朝、別色始入。○此詩人刺其君興居無節、號令不時。言東方未明而顚倒其衣裳、則既早矣、而又已有從君所而來召之者焉、蓋猶以爲晚也。或曰、所以然者、以有自公所而召之者故也。○東方未晞、顚倒裳衣。倒之顚叶典因反。之、自公令力證反、叶力呈反。之。賦也。晞、明之始升也。令、號令也。○折音哲。柳樊圃、博故反。狂夫瞿瞿。俱具反。不能辰夜、叶羊茹反。不夙則莫。音慕。○比也。柳、楊之下垂者、柔脆之木也。樊、藩也。圃、菜園也。瞿瞿、驚顧之貌。夙、早也。○折柳樊圃、雖不足恃、然狂夫見之、猶驚顧而不敢越。以比辰夜之限甚明、人所易知、今乃不能知、而不失之早、則失之莫也。

東方未明三章、章四句。

南山崔崔、子雖反。雄狐綏綏。魯道有蕩、齊子由歸。既曰歸止、曷又懷叶胡威反。止。比也。南山、齊南山也。崔崔、高大貌。狐、邪媚之獸。綏綏、求匹之貌。魯道、適魯之道也。蕩、平易也。齊子、襄公之妹、魯桓公夫人文姜、襄公通焉者也。由、從也。婦人謂嫁曰歸。懷、思也。止、語辭。○言南山有狐、以比襄公居高位而行邪行。且文姜既從此道歸乎魯矣、襄公何為而復思之乎。

○葛屨五兩、如字、又音亮。冠緌加誰反。雙叶所終反。止。魯道有蕩、齊子庸止。既曰庸止、曷又從止。比也。兩、二屨也。緌、冠上飾也。屨必兩、緌必雙、物各有偶、不可亂也。庸、用也。用此道以嫁于魯也。從、相從也。

○蓺麻如之何、衡音橫。從子容反。其畝。莫後反。取七喻反。妻如之何、必告工毒反。父母。莫後反。既曰告同上。止、曷又鞠居六反。止。興也。蓺、樹。鞠、窮也。○欲樹麻者、必先縱橫耕治其田畝。欲取妻者、必先告其父母。今魯桓公既告父母而取妻矣、又曷為使之得窮其欲而至此哉。

○析薪如之何、匪斧不克。取妻如之何、匪媒不得。既曰得止、曷又極止。興也。克、能也。極、亦窮也。

南山四章、章六句。春秋桓公十八年、公與夫人姜氏如齊、公薨于齊。傳曰、公將有行、遂與姜氏如齊。申繻曰、女有家、男有室、無相瀆也、謂之有禮、易此必敗。公會齊侯于濼、遂及文姜如齊、齊侯通焉。公謫之以告。夏四月、享公、使公子彭生乘公、公薨于車。此詩前二章刺齊襄、後二章刺魯桓也。

無田音佃。甫田、維莠羊九反。驕驕。叶音高。無思遠人、勞心忉忉。音刀。○比也。田、謂耕治之也。甫、大也。莠、害苗之草也。驕驕、張王之意。忉忉、憂勞也。○言無田甫田也、田甫田而力不給、則草盛矣。無思遠人也、思遠人而人不至、則心勞矣。以戒時人厭小而務大、忽近而圖遠、將徒勞而無功也。

○無田甫田、維莠桀桀。無思遠人、勞心怛怛。叶旦悅反。○比也。桀桀、猶驕驕也。怛怛、猶忉忉也。

○婉兮孌兮、叶龍眷反。總角丱兮。古患反、叶古縣反。未幾居豈反。見兮、突而弁兮。比也。婉孌、少好貌。丱、兩角貌。未幾、未多時也。突、忽然高出之貌。弁、冠名。○言總角之童、見之未久、而忽然戴弁以出者、非其躐等而強求之也、蓋循其序而勢有必至耳。此又以明小之可大、邇之可遠、能循其序而脩之、則可以忽然而至其極。若躐等而欲速、則反有所不達矣。

甫田三章、章四句。

盧令令、音零。其人美且仁。賦也。盧、田犬也。令令、犬頷下環聲。○此詩大意與還略同。

○盧重環、直龍反。其人美且鬈。音權。○賦也。重環、子母環也。鬈、鬚鬢好貌。

○盧重鋂、音梅。其人美且偲。七才反。○賦也。鋂、一環貫二也。偲、多鬚之貌。春秋傳所謂于思、即此字、古通用耳。

盧令三章、章二句。

敝笱在梁、其魚魴鰥。古頑反、叶古倫反。齊子歸止、其從才用反。如雲。比也。敝、壞。笱、罟也。魴鰥、大魚也。歸、歸齊也。如雲、言衆也。○齊人以敝笱不能制大魚、比魯莊公不能防閑文姜、故歸齊而從之者衆也。

○敝笱在梁、其魚魴鱮。才呂反。齊子歸止、其從如雨。比也。鱮、似魴、厚而頭大、或謂之鰱。如雨、亦多也。

○敝笱在梁、其魚唯唯。唯癸反。齊子歸止、其從如水。比也。唯唯、行出入之貌。如水、亦多也。

敝笱三章、章四句。按春秋魯莊公二年、夫人姜氏會齊侯于禚。四年、夫人姜氏享齊侯于祝丘。五年、夫人姜氏如齊師。七年、夫人姜氏會齊侯于防、又會齊侯于穀。

載驅薄薄、普各反。簟茀朱鞹。苦郭反。魯道有蕩、齊子發夕。叶祥龠反。○賦也。薄薄、疾驅聲。簟、方文席也。茀、車後戶也。朱、朱漆也。鞹、獸皮之去毛者。蓋車革質而朱漆也。夕、猶宿也。發夕、謂離於所宿之舍。○齊人刺文姜乘此車而來會襄公也。

○四驪力馳反。濟濟、子禮反。垂轡濔濔。乃禮反。魯道有蕩、齊子豈開改反、後同。弟。叶待禮反。○賦也。驪、馬黑色也。濟濟、美貌。濔濔、柔貌。豈弟、樂易也。言無忌憚羞愧之意也。

○汶音問。水湯湯、失章反。行人彭彭。必亡反。魯道有蕩、齊子翱翔。○賦也。汶、水名、在齊南魯北二國之竟。湯湯、水盛貌。彭彭、多貌。言行人之多、亦以見其無恥也。

○汶水滔滔、吐刀反。行人儦儦。表驕反、叶音褒。魯道有蕩、齊子遊遨。○賦也。滔滔、流貌。儦儦、衆貌。遊遨、猶翱翔也。

載驅四章、章四句。

猗嗟昌兮、頎音祈。而長兮、抑若揚兮、美目揚兮。巧趨蹌兮、射則臧兮。賦也。猗嗟、歎辭。昌、盛也。頎、長貌。抑而若揚、美之盛也。揚、目之動也。蹌、趨翼如也。臧、善也。○齊人極道魯莊公威儀技藝之美如此、所以刺其不能以禮防閑其母、若曰惜乎其獨少此耳。

○猗嗟名兮、美目清兮。儀既成兮。終日射食亦反。侯、不出正音征。兮。展我甥叶桑經反。兮。○賦也。名、猶稱也。言其威儀技藝之可名也。清、目清明也。儀既成、言其終事而禮無違也。侯、張布而射之者也。正、設的於侯中而射之者也。大射則張皮侯而設鵠、賓射則張布侯而設正。展、誠也。姊妹之子曰甥。言稱其爲齊之甥、而又以明非齊侯之子、此詩人之微詞也。按春秋桓公二年、夫人姜氏至自齊。六年九月、子同生、即莊公也。十八年、桓公乃與夫人如齊、則莊公誠非齊侯之子也。

○猗嗟孌叶龍眷反。兮、清揚婉叶紆願反。兮。舞則選雪戀反。兮、射則貫叶扃縣反。兮。四矢反叶孚絢反。兮、兮、以禦亂叶靈眷反。兮。賦也。孌、好貌。清、目之美也。揚、眉之美也。婉、亦好貌。選、異於衆也。或曰、齊於樂節也。貫、中而貫革也。四矢、禮射每發四矢。反復也、中皆得其故處也。言莊公射藝之精、可以禦亂。如以金僕姑射南宮長萬可見矣。

猗嗟三章、章六句。

或曰、子可以制母乎。趙子曰、夫死從子、通乎其下、況國君乎。君者人神之主、風教之本也。不能正家、如正國何。若莊公者、哀痛以思父、誠敬以事母、威刑以馭下、車馬僕從、莫不俟命、夫人徒往乎。夫人之往也、則公哀敬之不至、威命之不行耳。東萊呂氏曰、此詩三章、譏刺之意皆在言外、嗟嘆再三、則莊公所大闕者、不言可見矣。

齊國十一篇、三十四章、一百四十三句。

魏一之九

魏、國名、本舜禹故都、在禹貢冀州雷首之北、析城之西、南枕河曲、北涉汾水。其地陿隘、而民貧俗儉、蓋有聖賢之遺風焉。周初以封同姓、後爲晉獻公所滅而取其地。今河中府解州、卽其地也。蘇氏曰、魏地入晉久矣、其詩疑皆爲晉而作、故列於唐風之前、猶邶鄘之於衞也。今按篇中公行公路公族皆晉官、疑實晉詩。又恐魏亦嘗有此官、蓋不可考矣。

糾糾吉黝反。葛屨、可以履霜。摻摻所銜反。女手、可以縫裳。要於遙反。之襋紀力反。之、好人服叶蒲北反。之。興也。糾糾、繚戾寒涼之意。夏葛屨、冬皮屨。摻摻、猶纖纖也。女、婦未廟見之稱也。娶婦三月廟見、然後執婦功。要、裳要。襋、衣領。好人、猶大人也。○魏地陿隘、其俗儉嗇而褊急。故以葛屨履霜起興、而刺其使女縫裳、又使治其要襋而遂服之也。此詩疑卽縫裳之女所作。

○好人提提、徒兮反。宛於阮反。然左辟、音避。佩其象揥。敕帝反。維是褊心、是以爲刺。叶音砌。○賦也。提提、安舒之意。宛然、讓之貌也。讓而辟者必左。揥所以摘髮、用象爲之、貴者之飾也。其人如此、若無有可刺矣、所以刺之者、以其褊迫急促、如前章之云耳。

葛屨二章、一章六句、一章五句。

廣漢張氏曰、夫子謂與其奢也寧儉、則儉雖失中、本非惡德。然而儉之過則至於吝嗇迫隘、計較分毫之間、而謀利之心始急矣。

葛屨汾沮洳園有桃三詩、皆言其急迫瑣碎之意。

彼汾沮洳、言采其莫。音慕。彼其音記。之子、美無度。美無度、殊異乎公路。興也。汾、水名、出太原府晉陽山、西南入河。沮洳、水浸處下濕之地。莫、菜也、似柳、葉厚而長、有毛刺、可爲羹。無度、言不可以尺寸量也。公路者、掌公之路車。晉以卿大夫之庶子爲之。○此亦刺儉不中禮之詩。言若此人者、美則美矣、然其儉嗇褊急之態、殊不似貴人也。○彼汾一方、言采其桑。彼其之子、美如英。叶於良反。美如英、殊異乎公行。戶郎反。○興也。一方、彼一方也。史記、扁鵲視見垣一方人。英、華也。公行、卽公路也。以其主兵車之行列、故謂之公行也。○彼汾一曲、言采其藚。音續。彼其之子、美如玉。美如玉、殊異乎公族。興也。一曲、謂水曲流處。藚、水舃也、葉如車前草。公族、掌公之宗族、晉以卿大夫之適子爲之。

汾沮洳三章、章六句。

園有桃、其實之殽。心之憂矣、我歌且謠。音遙。不我知者、謂我士也驕。彼人是哉、叶將黎反。子曰何其。音基。心之憂矣、其誰知之。其誰知之、蓋亦勿思。叶新齋反。○興也。殽、食也。合曲曰歌、徒歌曰謠。其、語辭。○詩人憂其國小而無政、故作是詩。言園有桃、則其實之殽矣。心有憂、則我歌且謠矣。然不知我之心者、見其歌謠而反以爲驕。且曰、彼之所爲已是矣、而子之言獨何爲哉。蓋舉國之人莫覺其非、而反以憂之者爲驕也。於是憂者重嗟歎之、以爲此之可憂、初不難知、彼之非我、特未之思耳。誠思之、則將不暇非我而自憂矣。○園有棘、其實之食。心之憂矣、聊以行國。叶于逼反。不我知者、謂我士也罔極。彼人是哉、子曰何其。心之憂矣、其誰知之。其誰知之、蓋亦勿思。興也。棘、棗之短者。聊、且略之辭也。歌謠之不足、則出遊於國中而爲憂也。極、至也。罔極、言其心縱恣無所至極。

園有桃二章、章十二句。

陟彼岵音戶。兮、瞻望父兮。父曰嗟、予子行役、夙夜無已。上愼旃哉、猶來無止。賦也。山無草木曰岵。上、猶尙也。○孝子行役不忘其親、故登山以望其父之所在。因想像其父念己之言曰、嗟乎我之子行役、夙夜勤勞、不得止息。又祝之曰、庶幾愼之哉、猶可以來歸、無止於彼而不來也。蓋生則必歸、死則止而不來矣。或曰、止、獲也。言無爲人所獲也。

○陟彼屺音起。兮、瞻望母叶滿彼反。兮。母曰嗟、予季行役、夙夜無寐。上愼旃哉、猶來無棄。賦也。山有草木曰屺。季、少子也。尤憐愛少子者、婦人之情也。無寐、亦言其勞之甚也。棄、謂死而棄其尸也。

○陟彼岡兮、瞻望兄叶虛王反。兮。兄曰嗟、予弟行役、夙夜必偕。叶擧里反。上愼旃哉、猶來無死。叶想止反。○賦也。山脊曰岡。必偕、言與其儕同作同止、不得自如也。

陟岵三章、章六句。

十畝之閒叶居賢反。兮、桑者閑閑叶胡田反。兮。行與子還叶音旋。兮。賦也。十畝之閒、郊外所受場圃之地也。閑閑、往來者自得之貌。行、猶將也。還、猶歸也。○政亂國危、賢者不樂仕於其朝、而思與其友歸於農圃、故其詞如此。○十畝之外叶五墜反。兮、桑者泄泄以世反。兮、行與子逝兮。賦也。十畝之外、鄰圃也。泄泄、猶閑閑也。逝、往也。

十畝之閒二章、章三句。

坎坎伐檀叶徒沿反。兮、寘之河之干叶居焉反。兮、河水清且漣力廛反。猗。於宜反。不稼不穡、胡取禾三百廛直連反。兮。不狩不獵、胡瞻爾庭有縣音玄。貆音暄。兮。彼君子兮、不素餐七丹反、叶七宣反。兮。比也。坎坎、用力之聲。檀、木可爲車者。寘、與置同。干、厓也。漣、風行水成文也。猗、與兮同、語詞也。書斷斷猗、大學作兮、莊子亦云、而我猶爲人猗、是也。種之曰稼、斂之曰穡。胡、何也。一夫所居曰廛。狩、亦獵也。貆、貉類。素、空。餐、食也。○詩人言有人於此、用力伐檀、將以爲車而行陸也。今乃寘之河干、則河水清漣而無所用、雖欲自食其力而不可得矣。然其志則自以爲不耕則不可以得禾、不獵則不可以得獸、是以甘心窮餓而不悔也。詩人述其事而歎之、以爲是眞能不空食者。後世若徐穉之流、非其力不食、其厲志蓋如此。

○坎坎伐輻音福、叶筆力反。兮、寘之河之側叶莊力反。兮、河水清且直猗。不稼不穡、胡取禾三百億兮。不狩不獵、胡瞻爾庭有縣特兮。彼君子兮、不素食兮。比也。輻、車輻也。伐木以爲輻也。直、波文之直也。十萬曰億、蓋言禾秉之數也。獸三歲曰特。

○坎坎伐輪兮、寘之河之漘順倫反。兮、河水清且淪猗。不稼不穡、胡取禾三百囷丘倫反。兮。不狩不獵、胡瞻爾庭有縣鶉音純。兮。彼君子兮、不素飧素門反、叶素倫反。兮。比也。輪、車輪也。伐木以爲輪也。淪、小風水成文、轉如輪也。囷、圓倉也。鶉、鵪屬。熟食曰飧。

伐檀三章、章九句。

碩鼠碩鼠、無食我黍。三歲貫古亂反。女、音汝。莫我肯顧。叶公五反。逝將去女、適彼樂音洛、下同。土。樂土樂土、爰得我所。比也。碩、大也。三歲、言其久也。貫、習。顧、念。逝、往也。樂土、有道之國也。爰、於也。○民困於貪殘之政、故託言大鼠害己而去之也。

○碩鼠碩鼠、無食我麥。

叶訖力反。三歲貫女、莫我肯德。逝將去女、適彼樂國。叶于逼反樂國樂國、爰得我直。比也。德、歸恩也。直、猶宜也。○碩鼠碩鼠、無食我苗。叶音毛。三歲貫女、莫我肯勞。逝將去女、適彼樂郊。叶音高。樂郊樂郊、誰之永號。尸毛反。○比也。勞、勤勞也。謂不以我爲勤勞也。永號、長呼也。言既往樂郊、則無復有害己者、當復爲誰而永號乎。

碩鼠三章、章八句。

魏國七篇、十八章、一百二十八句。

詩卷第六

朱熹集傳

唐一之十

唐、國名、本帝堯舊都、在禹貢冀州之域、太行恆山之西、太原太岳之野。周成王以封弟叔虞爲唐侯。南有晉水、至子燮、乃改國號曰晉。後徙曲沃、又徙居絳。其地土瘠民貧、勤儉質朴、憂深思遠、有堯之遺風。其詩不謂之晉而謂之唐、蓋仍其始封之舊號耳。唐叔所都、在今太原府。曲沃及絳、皆在今絳州。

蟋蟀在堂、歲聿其莫。允橘反。音慕。今我不樂、音洛、下同。日月其除。直慮反。無已大音泰。康、職思其居。叶音據。好樂無荒、呼報反。良士瞿瞿。俱具反。○賦也。蟋蟀、蟲名、似蝗而小、正黑有光澤如漆、有角翅、或謂之促織。九月在堂。聿、遂。莫、晚。除、去也。大康、過於樂也。職、主也。瞿瞿、却顧之貌。○唐俗勤儉、故其民間終歲勞苦、不敢少休。及其歲晚務閒之時、乃敢相與燕飲爲樂。而言今蟋蟀在堂、而歲忽已晚矣、當此之時而不爲樂、則日月將舍我而去矣。然其憂深而思遠也。故方燕樂而又遽相戒曰、今雖不可以不爲樂、然不已過於樂乎。盍亦顧念其職之所居者、使其雖好樂而無荒、若彼良士之長慮却顧焉、則可以不至於危亡也。蓋其民俗之厚、而前聖遺風之遠如此。

○蟋蟀在堂、歲聿其逝。今我不樂、日月其邁。叶力制反。無已大康、職思其外。叶五隊反。好樂無荒、良士蹶蹶。俱衞反。○賦也。逝、邁、皆去也。外、餘也。其所治之事、固當思之、而所治之餘、亦不敢忽。蓋以事變或出於平常思慮之所不及、故當過而備之也。蹶蹶、動而敏於事也。

○蟋蟀在堂、役車其休。今我不樂、日月其慆。吐刀反、叶他侯反。無已大康、職思其憂。好樂無荒、良士休休。賦也。庶人乘役車。歲晚則百工皆休矣。慆、過也。休休、安閑之貌。樂而有節、不至於淫、所以安也。

蟋蟀三章、章八句。

山有樞、烏侯昌朱二反。隰有榆。夷周以朱二反。子有衣裳、弗曳弗婁。力侯力俱二反。子有車馬、弗馳弗驅。祛尤虧于二反。宛於阮反。其死矣、他人是愉。他侯以朱二反。○興也。樞、荎也、今刺榆也。榆、白枌也。婁、亦曳也。馳、走。驅、策也。宛、坐見貌。愉、樂也。○此詩蓋以答前篇之意而解其憂。故言山則有樞矣、隰則有榆矣、子有衣裳車馬而不服不乘、則一旦宛然以死、而它人取之以爲己樂矣。蓋言不可不及時爲樂、然其憂愈深而意愈蹙矣。○山有栲、音考、叶去九反。隰有杻。女九反。子有廷內、弗洒弗埽。叶蘇后反。子有鐘鼓、弗鼓弗考。叶去九反。宛其死矣、他人是保。叶補苟反。○興也。栲、山樗也、似樗、色小白、葉差狹。杻、檍也、葉似杏而尖、白色、皮正赤、其理多曲少直、材可爲弓弩幹者也。考、擊也。保、居有也。○山有漆、音七。隰有栗。子有酒食、何不日鼓瑟。且以喜樂、音洛。且以永日。宛其死矣、他人入室。興也。君子無故琴瑟不離於側。永、長也。人多憂則覺日短、飲食作樂、可以永長此日也。

山有樞三章、章八句。

揚之水、白石鑿鑿。子洛反。素衣朱襮、音博。從子于沃。叶鬱縛反。既見君子、云何不樂。音洛。○比也。鑿鑿、巉巖貌。襮、領也。諸侯之服、繡黼領而丹。朱、純也。子、指桓叔也。沃、曲沃也。○晉昭侯封其叔父成師于曲沃、是爲桓叔。其後沃盛强而晉微弱、國人將叛而歸之、故作此詩。言水緩弱而石巉巖、以比晉衰而沃盛、故欲以諸侯之服從桓叔于曲沃、且自喜其見君子而無不樂也。○揚之水、白石皓皓。古老反、叶胡暴反。素衣朱繡、叶先妙反。從子于鵠。叶居號反。既見君子、云何其憂。叶一笑反。○比也。朱繡、即朱襮也。鵠、曲沃邑也。○揚之水、白石粼粼。利新反。我聞有命、叶彌賓反。不敢以告人。比也。粼粼、水清石見之貌。聞其命而不敢以告人者、爲之隱也。桓叔將以傾晉、而民爲之隱、蓋欲其成矣。○李氏曰、古者不軌之臣欲行其志、必先施小惠以收衆情、然後民翕然從之。田氏之於齊亦猶是也。故其召公子陽生於魯國、人皆知其已至而不言、所謂我聞有命、不敢以告人也。

揚之水三章、二章章六句、一章四句。

椒聊之實、蕃衍盈升。彼其音記。之子、碩大無朋。椒聊且、子餘反。遠條且。興而比也。椒、樹似茱萸、有針刺、其實味辛而香烈。聊、語助也。朋、比也。且、歎詞。遠條、長枝也。○椒之蕃盛則采之盈升矣。彼其之子則碩大而無朋矣。椒聊且、遠條且、歎其枝遠而實益蕃也。此不知其所指、序亦以爲沃也。○椒聊之實、蕃衍盈匊。九六反。彼其之子、碩大且篤。椒聊且、遠條且。興而比也。兩手曰匊。篤、厚也。

椒聊二章、章六句。

綢直留反。繆芒侯反。束薪、三星在天。叶鐵因反。今夕何夕、見此良人。子兮子兮、如此良人何。興也。綢繆、猶纏綿也。三星、心也。在天、昏始見於東方、建辰之月也。良人、夫稱也。○國亂民貧、男女有失其時而後得遂其婚姻之禮者。詩人敘其婦語夫之詞曰、方綢繆以束薪也、而仰見三星之在天、今夕不知何夕也、而忽見良人之在此。既又自謂曰、子兮子兮、其將奈此良人何哉。喜之甚而自慶之詞也。○綢繆束芻、叶側九反。三星在隅。叶語口反。今夕何夕、見此邂戶懈反。逅。胡豆反、叶很口反。子兮子兮、如此邂逅何。興也。隅、東南隅也。昏見之星至此、則夜久矣。邂逅、相遇之意。此爲夫婦相語之詞也。○綢繆束楚、三星在戶。侯古反。今夕何夕、見此粲采旦反。者。叶章與反。子兮子兮、如此粲者何。興也。戶、室戶也。戶必南出。昏見之星至此、則夜分矣。粲、美也。此爲夫語婦之詞也。或曰、女三爲粲、一妻二妾也。

綢繆三章、章六句。

有杕之杜、其葉湑湑。私敍反。獨行踽踽。俱禹反。豈無他人、不如我同父。扶雨反。嗟行之人、胡不比毗志反。焉。人無兄弟、胡不佽七利反。焉。興也。杕、特也。杜、赤棠也。湑湑盛貌。踽踽、無所親之貌。同父、兄弟也。比、輔。佽、助也。○此無兄弟者自傷其孤特而求助於人之詞。言杕然之杜、其葉猶湑湑然、而人無兄弟、則獨行踽踽、曾杜之不如矣。然豈無他人之可與同行也哉、特以其不如我兄弟、是以不免於踽踽耳。於是嗟嘆行路之人、何不閔我之獨行而見親、憐我之無兄弟而見助乎。○有杕之杜、其葉菁菁。子零反。獨行睘睘。求螢反。豈無他人、不如我同姓。叶桑經反。嗟行之人、胡不比焉。人無兄弟、胡不佽焉。興也。菁菁、亦盛貌。睘睘、無所依貌。

杕杜二章、章九句。

羔裘豹袪、起居起據二反。自我人居居。斤於斤御二反。豈無他人、維子之故。攻乎古慕二反。○賦也。羔裘、君純羔、大夫以豹飾。袪、袂也。居居、未詳。○羔裘豹褎、徐救反。自我人究究。豈無他人、維子之好。呼報反、叶呼侯反。○賦也。褎、猶袪也。究究、亦未詳。

羔裘二章、章四句。此詩不知所謂、不敢强解。

肅肅鴇羽、集于苞栩。況禹反。王事靡盬、音古。不能蓺稷黍、父母何怙。候古反。悠悠蒼天、曷其有所。比也。肅肅、羽聲。鴇、鳥名、似鴈而大、無後趾。集、止也。苞、叢生也。栩、柞櫟也、其子爲皂斗、殼可以染皂者是也。盬、不攻緻也。蓺、樹。怙、恃也。○民從征役而不得養其父母、故作此詩。言鴇之性不樹止、而今乃飛集于苞栩之上、如民之性本不便於勞苦、今乃久從征役、而不得耕田以供子職也。悠悠蒼天、何時使我得其所乎。○肅肅鴇翼、集于苞棘。王事靡盬、不能蓺黍稷、父母何食。悠悠蒼天、曷其有極。比也。極、已也。○肅肅鴇行、戶郎反。集于苞桑。王事靡盬、不能蓺稻粱、父母何嘗。悠悠蒼天、曷其有常。比也。行、列也。稻、即今南方所食稻米、水生而色白者也。粱、粟類也、有數色。嘗、食也。常、復其常也。

鴇羽三章、章七句。

豈曰無衣七兮、不如子之衣、安且吉兮。賦也。侯伯七命、其車旗衣服皆以七爲節。子、天子也。○史記、曲沃桓叔之子武公、伐晉滅之、盡以其寶器賂周釐王。王以武公爲晉君、列於諸侯。此詩蓋述其請命之意。言我非無是七章之衣也、而必請命者、蓋以不如天子之命服之爲安且吉也。蓋當是時周室雖衰、典刑猶在。武公既負弑君簒國之罪、則人得討之、而無以自立於天地之間、故賂王請命、而爲說如此。然其倨慢無禮、亦已甚矣、釐王貪其寶玩、而不思天理民彝之不可廢、是以誅討不加、而爵命行焉。則王綱於是乎不振、而人紀或幾乎絕矣、嗚呼痛哉。○豈曰無衣六兮、不如子之衣、安且燠於六反。兮。賦也。天子之卿六命、變七言六者、謙也。不敢必當侯伯之命、得受六命之服、比於天子之卿亦幸矣。燠、煖也。言其可以久也。

無衣二章、章三句。

有杕之杜、生于道左。彼君子兮、噬韓詩作逝。肯適我。中心好呼報反。之、曷飲於鴆反。食音嗣。之。比也。左、東也。噬、發語詞也。曷、何也。○此人好賢而恐不足以致之、故言此杕然之杜生于道左、其蔭不足以休息、如己之寡弱不足恃賴、則彼君子者亦安肯顧而適我哉。然其中心好之、則不已也。但無自而得飲食之耳。夫以好賢之心如此、則賢者安有不至、而何寡弱之足患哉。○有杕之杜、生于道周。彼君子兮、噬肯來遊。中心好之、曷飲食之。比也。周、曲也。

有杕之杜二章、章六句。

葛生蒙楚、蘞音廉。蔓于野。叶上與反。予美亡此、誰與獨處。興也。蘞、草名、似括樓、葉盛而細。蔓、延也。予美、婦人指其夫也。○婦人以其夫久從征役而不歸、故言葛生而蒙於楚、蘞生而蔓于野、各有所依託、而予之所美者獨不在是、則誰與而獨處於此乎。○葛生蒙棘、蘞蔓于域。予美亡此、誰與獨息。興也。域、塋域也。息、止也。○角枕粲兮、錦衾爛兮。予美亡此、誰與獨旦。賦也。粲、爛、華美鮮明之貌。獨旦、獨處至旦也。○夏之日、冬之夜、叶羊茹反。百歲之後、歸于其居。叶姬御反。○賦也。夏日永、冬夜永。居、墳墓也。○夏日冬夜、獨居憂思、於是爲切。然君子之歸無期、不可得而見矣、要死而相從耳。鄭氏曰、言此者、婦人專一、義之至、情之盡。蘇氏曰、思之深而無異心、此唐風之厚也。○冬之夜、夏之日、同上。百歲之後、叶胡故反。歸于其室。賦也。室、壙也。

葛生五章、章四句。

采苓采苓、首陽之巓。叶典因反。人之爲言、苟亦無信。叶斯人反。舍音捨、下同。旃之然反。舍旃、苟亦無然。人之爲言、胡得焉。比也。首陽、首山之南也。巓、山頂也。旃、之也。○此刺聽讒之詩。言子欲采苓於首陽之巓乎、然人之爲是言以告子者、未可遽以爲信也。姑舍置之、而無遽以爲然、徐察而審聽之、則造言者無所得而止矣。或曰、興也。下章放此。○采苦采苦、首陽之下。叶後五反。人之爲言、苟亦無與。舍旃舍旃、苟亦無然。人之爲言、胡得焉。比也。苦、苦菜、生山田及澤中、得霜甜脆而美。與、許也。○采葑采葑、首陽之東。人之爲言、苟亦無從。舍旃舍旃、苟亦無然。人之爲言、胡得焉。比也。從、聽也。

采苓三章、章八句。

唐國十二篇、三十三章、二百三句。

秦一之十一

秦、國名、其地在禹貢雍州之域、近鳥鼠山。初、伯益佐禹治水有功、賜姓嬴氏。其後中潏居西戎以保西垂。六世孫大駱生成及非子、非子事周孝王、養馬於汧渭之間、馬大繁息、孝王封爲附庸而邑之秦。至宣王時、犬戎滅成之族、宣王遂命非子曾孫秦仲爲大夫、誅西戎不克、見殺。及幽王爲西戎犬戎所殺、平王東遷、秦仲孫襄公以兵送之。王封襄公爲諸侯、曰能逐犬戎、卽有岐豐之地、襄公遂有周西都畿內八百里之地。至玄孫德公又徙於雍。秦、卽今之秦州。雍、今京兆府興平縣是也。

有車鄰鄰、有馬白顚。鄰田反、叶典因反。未見君子、寺人之令。力呈反。○賦也。鄰鄰、衆車之聲。白顚、額有白毛、今謂之的顙。君子、指秦君。寺人、內小臣也。令、使也。○是時秦君始有車馬及此寺人之官、將見者必先使寺人通之。故國人創見而誇美之也。

○阪音反。有漆、隰有栗。既見君子、並坐鼓瑟。今者不樂、音洛。逝者其耋。田節反、叶地一反。○興也。八十曰耋。○阪則有漆矣、隰則有栗矣。既見君子、則並坐鼓瑟矣。失今不樂、則逝者其耋矣。

○阪有桑、隰有楊。既見君子、並坐鼓簧。音黃。今者不樂、逝者其亡。興也。簧、笙中金葉、吹笙則鼓動之以出聲者也。

車鄰三章、一章四句、二章章六句。

駟驖田結反。孔阜、符有反。六轡在手。公之媚眉冀反。子、從公于狩。叶始九反。○賦也。駟驖、四馬皆黑色如鐵也。孔、甚也。阜、肥大也。六轡者、兩服兩驂各兩轡、而驂馬兩轡納之於觼、故惟六轡在手也。媚子、所親愛之人也。此亦前篇之意也。

○奉時辰牡、辰牡孔碩。叶常灼反。公曰左之、舍音捨。拔蒲末反。則獲。叶黃郭反。○賦也。時、是。辰、時也。牡、獸之牡者也。辰牡者、冬獻狼、夏獻麋、春獻鹿豕之類。奉之者、虞人翼以待射也、碩、肥大也。公曰左之者、命御者使左其車以射獸之左也。蓋射必中其左、乃爲中殺。五御所謂逐禽左者、爲是故也。拔、矢括也。曰左之而捨拔無不獲者、言獸之多而射御之善也。○遊于北園、四馬旣閑。叶胡田反。輶音由。車鸞鑣、彼驕反。載獫力驗反。歇許竭反。驕。許喬反。○賦也。田事已畢、故遊于北園。閑調習也。輶、輕也。鸞、鈴也、效鸞鳥之聲。鑣、馬銜也。驅逆之車、置鸞於馬銜之兩旁、乘車則鸞在衡、和在軾也。獫、歇驕、皆田犬名、長喙曰獫、短喙曰歇驕。以車載犬、蓋以休其足力也。韓愈畫記有騎擁田犬者、亦此類。

駟驖三章、章四句。

小戎俴錢淺反。收、五楘音木。梁輈、陟留反。游環脅驅、叶居懼反、又居錄反。陰靷音胤。鋈音沃。續、叶辭屨反、又如字。文茵音因。暢敕亮反。轂、叶又去聲。駕我騏音其。馵。之樹反、又之錄反。言念君子、溫其如玉。在其板屋、亂我心曲。賦也。小戎、兵車也。俴、淺也。收、軫也。謂車前後兩端橫木、所以收斂所載者也。凡車之制、廣皆六尺六寸。其平地任載者爲大車、則軫深八尺。兵車則軫深四尺四寸、故曰小戎俴收也。五、五束也。楘、歷錄然文章之貌也。梁輈、從前軫以前稍曲而上、至衡則向下鉤之、衡橫於輈下、而輈形穹隆上曲如屋之梁、又以皮革五處束之、其文章歷錄然也。游環、靷環也。以皮爲環當兩服馬之背上、游移前却無定處。引兩驂馬之外轡貫其中而執之、所以制驂馬使不得外出。左傳曰、如驂之有靳是也。脅驅、亦以皮爲之、前係於衡之兩端、後係於軫之兩端、當服馬脅之外、所以驅驂馬使不得內入也。陰、揜軓也。軓在軾前而以板橫側揜之、以其陰映此軓、故謂之陰也。靷、以皮二條前係驂馬之頸、後係陰版之上也。鋈續、陰板之上有續靷之處、消白金沃灌其環以爲飾也。蓋車衡之長六尺六寸、止容二服、驂馬之頭不當於衡、故別爲二靷以引車、亦謂之靳。左傳曰、兩靷將絕是也。文茵、車中所坐虎皮褥也。暢、長也。轂者、車輪之中、外持輻內受軸者也。大車之轂一尺有半、兵車之轂長三尺二寸、故兵車曰暢轂。騏、騏文也。馬左足白曰馵。君子、婦人目其夫也。溫其如玉、美之之詞也。板屋者、西戎之俗以板爲屋。心曲、心中委曲之處也。○西戎者、秦之臣子所與不共戴天之讎也。襄公上承天子之命、率其國人往而征之、故其從役者之家人先誇車甲之盛如此、而後及其私情。蓋以義興師、則雖婦人亦知勇於赴敵而無所怨矣。○四牡孔阜、扶有反。六轡在手、騏駵音留。是中、叶諸仍反。騧古花反。驪是騧、叶疏簪反。龍盾順允反。之合、鋈以觼古穴反。軜。音納。言念君子、溫其在邑。叶烏合反。方何爲期、胡然我念之。賦也。赤馬黑鬣曰騮。中、兩服馬也。黃馬黑喙曰騧。驪、黑色也。盾、干也。畫龍於盾、合而載之、以爲車上之衞。必二者、備破毀也。觼、環之有舌者。軜、驂內轡也。置觼於軾前以係軜、故謂之觼軜。亦消沃白金以爲飾也。邑、西鄙之邑也。方、將也。將以何時爲歸期乎、何爲使我思念之極也。○俴駟孔羣、厹音求。矛鋈錞、徒對反、叶朱倫反。蒙伐有苑、叶音氳。虎韔敕亮反。鏤膺、交韔二弓、叶姑弘反。竹閉緄古本反。縢。直登反。言念君子、載寢載興。厭厭於鹽反。良人、秩秩德音。叶一陵反。○賦也。俴駟、四馬皆以淺薄之金爲甲、欲其輕而易於馬之旋習也。孔、甚。羣、和也。厹矛、三隅矛也。鋈錞、以白金沃矛之下端平底者也。蒙、雜也。伐、中干也、盾之別名。苑、文貌。畫雜羽之文於盾上也。虎韔、以虎皮爲弓室也。鏤膺、鏤金以飾馬當胸帶也。交韔、交二弓於韔中、謂顚倒安置之。必二弓、以備壞也。閉、弓檠也、儀禮作韥。緄、繩。縢、約也。以竹爲閉、而以繩約之於弛弓之裏、檠弓體使正也。載寢載興、言思之深而起居不寧也。厭厭、安也。秩秩、有序也。

小戎三章、章十句。

蒹古恬反。葭音加。蒼蒼、白露爲霜。所謂伊人、在水一方。遡蘇路反。洄音回。從之、道阻且長。遡遊從之、宛在水中央。賦也。蒹、似萑而細、高數尺、又謂之薕。葭、蘆也。蒹葭未敗、而露始爲霜、秋水時至、百川灌河之時也。伊人、猶言彼人也。一方、彼一方也。遡洄、逆流而上也。遡遊、順流而下也。宛然、坐見貌。在水之中央、言近而不可至也。○言秋水方盛之時、所謂彼人者、乃在水之一方、上下求之而皆不可得。然不知其何所指也。○蒹葭淒淒、白露未晞。所謂伊人、在水之湄。遡洄從之、道阻且躋。遡游從之、宛在水中坻。直戶反。○賦也。淒淒、猶蒼蒼也。晞、乾也。湄、水草之交也。躋、升也。言難至也。小渚曰坻。○蒹葭采采、叶此履反。白露未已。所謂伊人、在水之涘。叶以始二反。遡洄從之、道阻且右。叶羽軌反。遡游從之、宛在水中沚。賦也。采采、言其盛而可采也。已、止也。右、不相直而出其右也。小渚曰沚。

蒹葭三章、章八句。

終南何有、有條有梅。叶莫悲反。君子至止、錦衣狐裘。叶渠之反。顏如渥於角反。丹、其君也哉。叶將黎反。○興也。終南、山名、在今京兆府南。條、山楸也、皮葉白、色亦白、材理好、宜爲車板。君子、指其君也。至止、至終南之下也。錦衣狐裘、諸侯之服也。玉藻曰、君衣狐白裘、錦衣以裼之。渥、漬也。其君也哉、言容貌衣服稱其爲君也。此秦人美其君之詞、亦車鄰駟驖之意也。

○終南何有、有紀有堂。君子至止、黻音弗。衣繡裳、佩玉將將、七羊反。壽考不忘。興也。紀、山之廉角也。堂、山之寬平處也。黻之狀亞、兩已相戾也。繡、刺繡也。將將、佩玉聲也。壽考不忘者、欲其居此位、服此服、長久而安寧也。

終南二章、章六句。

交交黃鳥、止于棘。誰從穆公、子車奄息。維此奄息、百夫之特。臨其穴、叶戶橘反。惴惴其慄。彼蒼者天、叶鐵因反。殲子廉反。我良人。如可贖兮、人百其身。興也。交交、飛而往來之貌。從穆公、從死也。子車、氏。奄息、名。特、傑出之稱。穴、壙也。惴惴、懼貌。慄、懼。殲、盡。良、善。贖、貿也。○秦穆公卒、以子車氏之三子爲殉、皆秦之良也。國人哀之、爲之賦黃鳥。事見春秋傳、卽此詩也。言交交黃鳥、則止于棘矣。誰從穆公、則子車奄息也。蓋以所見起興也。臨穴而惴慄、蓋生納之壙中也。三子皆國之良、而一旦殺之、若可貿以它人、則人皆願百其身以易之矣。

○交交黃鳥、止于桑。誰從穆公、子車仲行。戶郎反。維此仲行、百夫之防。臨其穴、惴惴其慄。彼蒼者天、殲我良人。如可贖兮、人百其身。興也。防、當也。言一人可當百夫也。○交交黃鳥、止于楚。誰從穆公、子車鍼虎。維此鍼虎、百夫之禦。臨其穴、惴惴其慄。彼蒼者天、殲我良人。如可贖兮、人百其身。興也。禦、猶當也。

黃鳥三章、章十二句。春秋傳曰、君子曰、秦穆之不爲盟主也宜哉、死而棄民。先王違世、猶詒之法、而況奪之善人乎。今縱無法以遺後嗣、而又收其良以死、難以在上矣。君子是以知秦之不復東征也。愚按穆公於此、其罪不可逃矣。但或以爲穆公遺命如此、而三子自殺以從之、則三子亦不得爲無罪。今觀臨穴惴慄之言、則是康公從父之亂命、迫而納之於壙、其罪有所歸矣。又按史記、秦武公卒、初以人從死、死者六十六人。至穆公遂用百七十七人、而三良與焉。蓋其初特出於戎翟之俗、而無明王賢伯以討其罪、於是習以爲常、則雖以穆公之賢而不免。論其事者、亦徒閔三良之不幸、而歎秦之衰。至於王政不綱、諸侯擅命、殺人不忌、至於如此、則莫知其爲非也。嗚呼、俗之敝也久矣。其後始皇之葬、後宮皆令從死、工匠生閉墓中、尙何怪哉。

鴥伊橘反。彼晨風、叶孚愔反。鬱彼北林。未見君子、憂心欽欽。如何如何、忘我實多。興也。鴥、疾飛貌。晨風、鸇也。鬱、茂盛貌。君子、指其夫也。欽欽、憂而不忘之貌。○婦人以夫不在、而言鴥彼晨風、則歸于鬱然之北林矣、故我未見君子、而憂心欽欽也。彼君子者、如之何而忘我之多乎。此與扊扅之歌同意、蓋秦俗也。

○山有苞櫟、盧狄反、叶歷各反。隰有六駮。邦角反。未見君子、憂心靡樂。音洛。如何如何、忘我實多。興也。駮、梓榆也、其皮青白如駮。○山則有苞櫟矣、隰則有六駮矣、未見君子、則憂心靡樂矣。靡樂則憂之甚也。

○山有苞棣、音悌。隰有樹檖。未見君子、憂心如醉。如何如何、忘我實多。興也。棣、唐棣也。檖、赤羅也、實似梨而小、酢可食。如醉、則憂又甚矣。

晨風三章、章六句。

豈曰無衣、與子同袍。抱毛反、叶步謀反。王于興師、修我戈矛、與子同仇。賦也。袍、襺也。戈、長六尺六寸。矛、長二丈。王于興師、以天子之命而興師也。○秦俗強悍、樂於戰鬭、故其人平居而相謂曰、豈以子之無衣、而與子同袍乎。蓋以王于興師、則將修我戈矛、而與子同仇也。其懽愛之心、足以相死如此。蘇氏曰、秦本周地、故其民猶思周之盛時而稱先王焉。或曰、興也。取與子同三字為義。後章放此。○豈曰無衣、與子同澤。叶徒洛反。王于興師、修我矛戟、叶訖約反。與子偕作。賦也。澤、裏衣也。以其親膚、近於垢澤、故謂之澤。戟、車戟也、長丈六尺。○豈曰無衣、與子同裳。王于興師、修我甲兵、叶晡茫反。與子偕行。叶戶郎反。○賦也。行、往也。

無衣三章、章五句。秦人之俗、大抵尚氣槩、先勇力、忘生輕死、故其見於詩如此。然本其初而論之、岐豐之地、文王用之以興二南之化、如彼其忠且厚也。秦人用之、未幾而一變其俗、至於如此、則已悍然有招八州而朝同列之氣矣、何哉。雍州土厚水深、其民厚重質直、無鄭衛驕墮浮靡之習。以善導之、則易以興起而篤於仁義、以猛驅之、則其強毅果敢之資、亦足以強兵力農而成富強之業、非山東諸國所及也。嗚呼、後世欲為定都立國之計者、誠不可不監乎此。而凡為國者、其於導民之路、尤不可以不審其所之也。

我送舅氏、曰至渭陽。何以贈之、路車乘成證反。黃。賦也。舅氏、秦康公之舅、晉公子重耳也。出亡在外、穆公召而納之。時康公為太子、送之渭陽而作此詩。渭、水名。秦時都雍、至渭陽者、蓋東行送之於咸陽之地也。路車、諸侯之車也。乘黃、四馬皆黃也。○我送舅氏、悠悠我思。叶新齋反。何以贈之、瓊瑰古回反。玉佩。叶蒲眉反。○賦也。悠悠、長也。序以為時康公之母穆姬已卒、故康公送其舅而念母之不見也。或曰、穆姬之卒不可考、此但別其舅而懷思耳。瓊瑰、石而次玉。

渭陽二章、章四句。按春秋傳、晉獻公烝於齊姜、生秦穆夫人、太子申生。娶大戎胡姬、生重耳。小戎子生夷吾。驪姬生奚齊、其娣生卓子。驪姬譖申生、申生自殺。又譖二公子、二公子皆出奔。獻公卒、奚齊卓子繼立、皆為大夫里克所弒。秦穆公納夷吾、是為惠公。卒、子圉立、是為懷公。立之明年、秦穆公又召重耳而納之、是為文公。王氏曰、至渭陽者、送之遠也。悠悠我思者、思之長也。路車乘黃、瓊瑰玉佩者、贈之厚也。廣漢張氏曰、康公爲太子、送舅氏而念母之不見、是固良心也。而卒不能自克於令狐之役、怨欲害乎良心也。使康公知循是心、養其端而充之、則怨欲可消矣。

於我乎、夏屋渠渠、今也每食無餘。于(音吁。)嗟乎、不承權輿。賦也。夏、大也。渠渠、深廣貌。承、繼也。權輿、始也。○此言其君始有渠渠之夏屋以待賢者、而其後禮意寖衰、供億寖薄、至於賢者每食而無餘。於是嘆之、言不能繼其始也。

○於我乎、每食四簋、(叶已有反。)今也每食不飽。(叶補苟反。)于嗟乎、不承權輿。賦也。簋、瓦器、容斗二勝。方曰簠、圓曰簋。簠盛稻粱、簋盛黍稷。四簋、禮食之盛也。

權輿二章、章五句。漢楚元王敬禮申公白公穆生。穆生不耆酒、元王每置酒、嘗爲穆生設醴。及王戊即位、常設、後忘設焉。穆生退曰、可以逝矣。醴酒不設、王之意怠、不去、楚人將鉗我於市。遂稱疾。申公白公强起之、曰、獨不念先王之德歟。今王一旦失小禮、何足至此。穆生曰、先王之所以禮吾三人者、爲道之存故也。今而忽之、是忘道也。忘道之人、胡可與久處、豈爲區區之禮哉。遂謝病去。亦此詩之意也。

秦國十篇、二十七章、一百八十一句。

詩卷第七

朱熹集傳

陳一之十二

陳、國名、太皡伏羲氏之墟、在禹貢豫州之東。其地廣平、無名山大川、西望外方、東不及孟諸。周武王時、帝舜之冑有虞閼父爲周陶正。武王賴其利器用、與其神明之後、以元女大姬妻其子滿、而封之於陳。都於宛丘之側、與黃帝帝堯之後、共爲三恪、是爲胡公。大姬婦人尊貴、好樂巫覡歌舞之事、其民化之。今之陳州、卽其地也。

子之湯他郎反**兮、宛丘之上**辰羊反**兮。洵**音荀**有情兮、而無望**武方反**兮。**賦也。子、指遊蕩之人也。湯、蕩也。四方高中央下曰宛丘。洵、信也。望、人所瞻望也。○國人見此人常遊蕩於宛丘之上、故敍其事以刺之。言雖信有情思而可樂矣、然無威儀可瞻望也。

○**坎其擊鼓、宛丘之下。**叶後五反。**無冬無夏、**叶與、下同。**値**直置反**其鷺羽。**賦也。坎、擊鼓聲。値、植也。鷺、舂鉏、今鷺鷥、好而潔白、頭上有長毛十數枚。羽、以其羽爲翳、舞者持以指麾也。言無時不出遊、而鼓舞於是也。

○**坎其擊缶、**方有反。**宛丘之道。**叶徒厚反。**無冬無夏、値其鷺翿。**音導、叶殖有反。○賦也。缶、瓦器、可以節樂。翿、翳也。

宛丘三章、章四句。

東門之枌、符云反。**宛丘之栩。**況甫反。**子仲之子、婆娑**素何反。**其下。**叶後五反。○賦也。枌、白楡也、先生葉、郤著莢、皮色白。子仲之子、子仲氏之女也。婆娑、舞貌。○此男女聚會歌舞、而賦其事以相樂也。

○**穀旦于差、**初佳反、叶七何反。**南方之原。**無韻未詳。**不績其麻、**叶謨婆反。**市也婆娑。**賦也。穀、善。差、擇也。○既差擇善且以會于南方之原、於是棄其業以舞於市而往會也。

○**穀旦于逝、越以鬷**子公反**邁。**叶力制反。**視爾如荍、**祁饒反。**貽我握椒。**賦也。逝、往。

越、於。鬷、衆也。邁、行也。荍、芘芣也、又名荊葵、紫色。椒、芬芳之物也。○言又以善旦而往、於是其衆行。而男女相與道其慕悅之詞曰、我視女顏色之美、如芘芣之華。於是遺我以一握之椒、而交情好也。

東門之枌三章、章四句。

衡門之下、可以棲音西。遲。泌悲位反。之洋洋、可以樂音洛。飢。賦也。衡門、橫木為門也。門之深者、有阿塾堂宇、此惟橫木為之。棲遲、游息也。泌、泉水也。洋洋、水流貌。○此隱居自樂而無求者之詞。言衡門雖淺陋、然亦可以遊息。泌水雖不可飽、然亦可以玩樂而忘飢也。

○豈其食魚、必河之魴。音房。豈其取音娶。妻、必齊之姜。賦也。姜、齊姓。

○豈其食魚、必河之鯉。豈其取妻、必宋之子。叶獎履反。○賦也。子、宋姓。

衡門三章、章四句。

東門之池、可以漚烏豆反。麻。叶謨婆反。彼美淑姬、可與晤五故反。歌。興也。池、城池也。漚、漬也。治麻者必先以水漬之。晤、猶解也。○此亦男女會遇之詞。蓋因其會遇之地、所見之物、以起興也。

○東門之池、可以漚紵。直呂反。彼美淑姬、可與晤語。興也。紵、麻屬。

○東門之池、可以漚菅。古顏反、叶居賢反。彼美淑姬、可與晤言。興也。菅、葉似茅而滑澤、莖有白粉、柔韌宜為索也。

東門之池三章、章四句。

東門之楊、其葉牂牂。子桑反。昏以為期、明星煌煌。興也。東門、相期之地也。楊、柳之揚起者也。牂牂、盛貌。明星、啓明也。煌煌、大明貌。○此亦男女期會而有負約不至者、故因其所見以起興也。

○東門之楊、其葉肺肺。普計反。昏以為期、明星晢晢。之世反。○興也。肺肺、猶牂牂也。晢晢、猶煌煌也。

東門之楊二章、章四句。

墓門有棘、斧以斯之。所宜也。夫也不良、國人知之。知而不已、誰昔然矣。興也。墓門、凶僻之地、多生荊棘。斯、析也。夫、指所刺之人也。誰昔、昔也、猶言疇昔也。○言墓門有棘、則斧以斯之矣。此人不良、則國人知之矣。國人知之而猶不自改、則自疇昔而已然、非一日之積矣。所謂不良之人、亦不知其何所指也。

○墓門有梅、有鴞萃止。夫也不良、歌以訊叶息悴反。之。訊予不顧、叶果五反。顚倒思予。叶演女反。○興也。鴞、惡聲之鳥也。萃、集。訊、告也。顚倒、狼狽之狀。○墓門有梅、則有鴞萃之矣。夫也不良、則有歌其惡以訊之者矣。訊之而不予顧、至於顚倒、然後思予、則豈有所及哉。或曰、訊予之予、疑當依前章作而字。

墓門二章、章六句。

防有鵲巢、邛其恭反。有旨苕。徒雕反、叶徒刀反。誰侜陟留反。予美、心焉忉忉。都勞反。○興也。防、人所築以捍水者。邛、丘。旨、美也。苕、苕饒也、莖如勞豆而細、葉似蒺藜而青、其莖葉綠色、可生食、如小豆藿也。侜、侜張也、猶鄭風之所謂迋也。予美、指所與私者也。忉忉、憂貌。○此男女之有私而憂或間之之詞。故曰防則有鵲巢矣、邛則有旨苕矣。今此何人、而侜張予之所美、使我憂之而至於忉忉乎。

○中唐有甓、蒲歷反。邛有旨鷊。五歷反。誰侜予美、心焉惕惕。吐歷反。○興也。廟中路謂之唐。甓、瓴甋也。鷊、小草、雜色如綬。惕惕、猶忉忉也。

防有鵲巢二章、章四句。

月出皎古卯反。兮、佼人僚音了。兮。舒窈烏了反。糾已小反。兮、勞心悄七小反。兮。興也。皎、月光也。佼人、美人也。僚、好貌。窈、幽遠也。糾、愁結也。悄、憂也。○此亦男女相悅而相念之辭。言月出則皎然矣、佼人則僚然矣、安得見之而舒窈糾之情乎。是以爲之勞心而悄然也。

○月出皓胡老反。兮、佼人懰力久反、叶朗老反。兮。舒懮於久反。

受叶時倒反。兮、勞心慅七老反。兮。興也。懰、好貌。懮受、憂思也。慅、猶悄也。○月出照兮、佼人燎力召反。兮。舒夭於表反。紹實照反。兮、勞心慘當作懆、七弔反。兮。興也。燎、明也。夭紹、糾緊之意。慘、憂也。

月出三章、章四句。

胡爲乎株林、從夏戶雅反。南。叶尼心反、下同。匪適株林、從夏南。賦也。株林、夏氏邑也。夏南、徵舒字也。○靈公淫於夏徵舒之母、朝夕而往夏氏之邑、故其民相與語曰、君胡爲乎株林乎、曰從夏南耳。然則非適株林也、特以從夏南故耳。蓋淫乎夏姬、不可言也、故以從其子言之。詩人之忠厚如此。○駕我乘繩證反。馬、叶滿補反。說音稅。于株野。叶上與反。乘我乘駒。朝食于株。賦也。說、舍也。馬六尺以下曰駒。

株林二章、章四句。

春秋傳、夏姬、鄭穆公之女也、嫁於陳大夫夏御叔。靈公與其大夫孔寧儀行父通焉。泄冶諫不聽而殺之、後卒爲其子徵舒所弒。而徵舒復爲楚莊王所誅。

彼澤之陂、叶音波。有蒲與荷。音何。有美一人、傷如之何。寤寐無爲、涕他弟反。泗音四。滂普光反。沱。徒何反。○興也。陂、澤障也。蒲、水草、可爲席者。荷、芙蕖也。自目曰涕、自鼻曰泗。○此詩大旨與月出相類。言彼澤之陂、則有蒲與荷矣。有美一人而不可見、則雖憂傷而如之何哉。寤寐無爲、涕泗滂沱而已矣。○彼澤之陂、有蒲與蕑。古顏反、叶居賢反。有美一人、碩大且卷。其員反。寤寐無爲、中心悁悁。烏玄反。○興也。蕑、蘭也。卷、鬢髮之美也。悁悁、猶悒悒也。○彼澤之陂、有蒲菡戶感反。萏。大感反、叶待檢反。有美一人、碩大且儼。魚檢反。寤寐無爲、輾轉伏枕。叶知險反。○興也。菡萏、荷華也。儼、矜莊貌。輾轉伏枕、臥而不寐、思之深且久也。

澤陂三章、章六句。

陳國十篇、二十六章、百二十四句。東萊呂氏曰、變風終於陳靈。其閒男女夫婦之詩一何多邪。曰、有天地然後有萬物、有萬物然後有男女、有男女然後有夫婦、有夫婦然後有父子、有父子然後有君臣、有君臣然後有上下、有上下然後禮義有所錯。男女者、三綱之本、萬事之先也。正風之所以爲正者、舉其正者以勸之也。變風之所以爲變者、舉其不正者以戒之也。道之升降、時之治亂、俗之汙隆、民之死生、於是乎在。錄之煩悉、篇之重複、亦何疑哉。

檜一之十三

檜、國名、高辛氏火正祝融之墟、在禹貢豫州外方之北、滎波之南、居溱洧之閒。其君妘姓、祝融之後。周衰、爲鄭桓公所滅而遷國焉。今之鄭州、卽其地也。蘇氏以爲檜詩皆爲鄭作、如邶鄘之於衛也。未知是否。

羔裘逍遙、狐裘以朝。直遙反、叶直勞反。豈不爾思、勞心忉忉。音刀。○賦也。緇衣羔裘、諸侯之朝服。錦衣狐裘、其朝天子之服也。○舊說檜君好潔其衣服、逍遙遊宴、而不能自强於政治、故詩人憂之。○羔裘翺翔、狐裘在堂。豈不爾思、我心憂傷。賦也。翺翔、猶逍遙也。堂、公堂也。○羔裘如膏、古報反。日出有曜。羊照反、叶羊号反。豈不爾思、中心是悼。賦也。膏、脂所漬也。日出有曜、日照之則有光也。

羔裘三章、章四句。

庶見素冠兮、棘人欒欒兮、力端反。勞心慱慱兮。徒端反。賦也。庶、幸也。縞冠素紕、既祥之冠也。黑經白緯曰縞、緣邊曰紕。棘、急也。喪事欲其揔揔爾哀遽之狀也。欒欒、瘠貌。慱慱、憂勞之貌。○祥冠、祥則冠之、禫則除之。今人皆不能行三年之喪矣、安得見此服乎。當時賢者庶幾見之、至於憂勞也。○庶見素衣兮、我心傷悲兮、聊與子同歸兮。賦也。素冠則素衣矣。與子同歸、愛慕之詞也。〇庶見素韠音畢。兮、我心蘊於粉反。結叶訖力反。兮、聊與子如一兮。賦也。韠、蔽膝也、以韋爲之。冕服謂之韍、其餘曰韠。韠從裳色、素衣素裳則素韠也。蘊結、思之不解也。與子如一、甚於同歸矣。

素冠三章、章三句。按喪禮、爲父爲君、斬衰三年。昔宰予欲短喪、夫子曰、子生三年、然後免於父母之懷、予也有三年之愛於其父母乎。三年之喪、天下之通喪也。傳曰、子夏三年之喪畢、見於夫子、援琴而絃、衎衎而樂。作而曰、先王制禮、不敢不及。夫子曰、君子也。閔子騫三年之喪畢、見於夫子、援琴而絃、切切而哀。作而曰、先王制禮、不敢過也。夫子曰、君子也。子路曰、敢問何謂也。夫子曰、子夏哀已盡、能引而致之於禮、故曰君子也。閔子騫哀未盡、能自割以禮、故曰君子也。夫三年之喪、賢者之所輕、不肖者之所勉。

隰有萇丈羊切。楚、猗於可反。儺乃可反。其枝。夭於驕反。之沃沃、烏毒反。樂音洛。子之無知。賦也。萇楚、銚弋、今羊桃也、子如小麥、亦似桃。猗儺、柔順也。夭、少好貌。沃沃、光澤貌。子、指萇楚也。〇政煩賦重、人不堪其苦、嘆其不如草木之無知而無憂也。〇隰有萇楚、猗儺其華。芳無胡瓜二反。夭之沃沃、樂子之無家。古胡古牙二反。〇賦也。無家、言無累也。〇隰有萇楚、猗儺其實。夭之沃沃、樂子之無室。賦也。無室、猶無家也。

隰有萇楚三章、章四句。

匪風發叶方月反。兮、匪車偈起竭反。兮、顧瞻周道、中心怛都達反、叶旦悅反。兮。賦也。發、飄揚貌。偈、疾驅貌。周道、適周之路也。怛、傷也。〇周室衰微、賢人憂歎而作此詩。言常時風發而車偈、則中心怛然。今非風發也、非車偈也、特顧瞻周道而思王室之陵遲、故中心爲之怛然耳。〇匪風飄符遙反、叶匹妙反。兮、匪車嘌匹遙反、叶匹妙反。兮。顧瞻周道、中心弔兮。賦也。回風曰飄。嘌、漂搖不安之貌。弔、亦傷也。〇誰能亨普庚反。魚、溉古愛反。之釜符甫反。鬵音尋。誰將西歸、懷之好音。興也。溉、滌也。鬵、釜屬。西歸、歸于周也。○誰能亨魚乎、有則我願爲之溉其釜鬵。誰將西歸乎、有則我願慰之以好音。以見思之之甚、但有西歸之人、卽思有以厚之也。

匪風三章、章四句。

檜國四篇、十二章、四十五句。

曹一之十四 曹、國名、其地在禹貢兗州陶丘之北、雷夏菏澤之野。周武王以封其弟振鐸。今之曹州、卽其地也。

蜉蝣之羽、衣裳楚楚。叶創擧反。心之憂矣、於我歸處。比也。蜉蝣、渠略也、似蛣蜣、身狹而長角、黃黑色、朝生暮死。楚楚、鮮明貌。○此詩蓋以時人有玩細娛而忘遠慮者、故以蜉蝣爲比而刺之。言蜉蝣之羽翼、猶衣裳之楚楚可愛也。然其朝生暮死、不能久存、故我心憂之、而欲其於我歸處耳。序以爲刺其君、或然而未有考也。○蜉蝣之翼、采采衣服。叶蒲北反。心之憂矣、於我歸息。比也。采采、華飾也。息、止也。○蜉蝣掘求勿反。閱、麻衣如雪。心之憂矣、於我歸說。音稅、叶輸爇反。○比也。掘閱、未詳。說、舍息也。

蜉蝣三章、章四句。

彼候人兮、何何可切。戈與祋。都律都外二反。彼其音記。之子、三百赤芾。芳勿蒲昧二反。○興也。候人、道路迎送賓客之官。何、揭。祋、殳也。之子、指小人。芾、冕服之韠也。一命、緼芾黝珩。再命、赤芾黝珩。三命、赤芾葱珩。大夫以上、赤芾乘軒。○此刺其君遠君子而近小人之詞。言彼候人而何戈與祋者、宜也。彼其之子、而三百赤芾、何哉。晉文公入曹、數其不用僖負羈、而乘軒者三百人、其謂是歟。

○維鵜徒低反。在梁、不濡其翼。彼其之子、不稱尺證反。其服。叶蒲北反。○興也。鵜、鴮澤水鳥也、俗所謂淘河也。○維鵜在梁、不濡其咮。陟救反。彼其之子、不遂其媾。古豆反。○興也。咮、喙。遂、稱。媾、寵也。遂之爲稱、猶今人謂遂意曰稱意。○薈烏會反。兮蔚於貴反。兮、南山朝隮子兮反。婉於阮反。兮孌力轉反。兮、季女斯飢。比也。薈、蔚、草木盛多之貌。朝隮、雲氣升騰也。婉、少貌。孌、好貌。○薈蔚朝隮、言小人衆多而氣燄盛也。季女婉孌自保、不妄從人、而反飢困、言賢者守道而反貧賤也。

候人四章、章四句。

鳲鳩在桑、其子七兮。淑人君子、其儀一兮。其儀一兮、心如結叶訖力反。兮。興也。鳲鳩、秸鞠也、亦名戴勝、今之布穀也。飼子朝從上下、莫從下上、平均如一也。如結、如物之固結而不散也。○詩人美君子之用心均平專一、故言鳲鳩在桑、則其子七矣、淑人君子、則其儀一矣、其儀一、則心如結矣。然不知其何所指也。陳氏曰、君子動容貌斯遠暴慢、正顏色斯近信、出辭氣斯遠鄙倍。其見於威儀動作之間者、有常度矣。豈固爲是拘拘者哉。蓋和順積中、而英華發外、是以由其威儀一於外、而其心如結於內者、從可知也。

○鳲鳩在桑、其子在梅。叶莫悲反。淑人君子、其帶伊絲。叶新齋反。其帶伊絲、其弁伊騏。音其。○興也。鳲鳩常言在桑、其子每章異木、子自飛去、母常不移也。帶、大帶也。大帶用素絲、有雜色飾焉。弁、皮弁也。騏、馬青黑色者。弁之色亦如此也。書云、四人騏弁、今作綦。○言鳲鳩在桑、則其子在梅矣、淑人君子、則其帶伊絲矣。其帶伊絲、則其弁伊騏矣。言有常度、不差忒也。

○鳲鳩在桑、其子在棘。淑人君子、其儀不忒。它得反。其儀不忒、正是四國。叶于逼反。○興也。有常度而其心一、故儀不忒、儀不忒、則足以正四國矣。大學傳曰、其爲父子兄弟足法而後民法之也。

○鳲鳩在桑、其子在榛。側巾反。淑人君子、正是國人。正是國人、胡不萬年。叶尼因反。○興也。儀不忒、故能正國人。胡不萬年、願其壽考之詞也。

鳲鳩四章、章六句。

冽音列。彼下泉、浸彼苞稂。音郎。愾苦愛反。我寤嘆、念彼周京。叶居良反。○比而興也。冽、寒也。下泉、泉下流者也。苞、草叢生也。稂、童粱、莠屬也。愾、歎息之聲也。周京、天子所居也。○王室陵夷、而小國困弊、故以寒泉下流而苞稂見傷爲比、遂興其愾然以念周京也。

○冽彼下泉、浸彼苞蕭。叶疎鳩反。愾我寤嘆、念彼京周。比而興也。蕭、蒿也。京周、猶周京也。

○冽彼下泉、浸彼苞蓍。音尸。愾我寤歎、念彼京師。叶霜夷反。○比而興也。蓍、筮草也。京師、猶京周也。詳見大雅公劉篇。

○芃芃薄工反。黍苗、陰雨膏古報反。之。四國有王、郇音荀。伯勞力報反。之。比而興也。芃芃、美貌。郇伯、郇侯、文王之後、嘗爲州伯、治諸侯有功。○言黍苗既芃芃然矣、又有陰雨以膏之。四國既有王矣、而又有郇伯以勞之。傷今之不然也。

下泉四章、章四句。程子曰、易剝之爲卦也、諸陽消剝已盡、獨有上九一爻尚存、如碩大之果不見食、將有復生之理。上九亦變、則純陰矣。然陽無可盡之理、變於上則生於下、無閒可容息也。陰道極盛之時、其亂可知、亂極則自當思治。故衆心願戴於君子、君子得輿也。詩匪風下泉、所以居變風之終也。○陳氏曰、亂極而不治、變極而不正、則天理滅矣、人道絕矣。聖人於變風之極、則係以思治之詩、以示循環之理、以言亂之可治、變之可正也。

曹國四篇、十五章、六十八句。

詩卷第八

朱熹集傳

豳一之十五

豳、國名、在禹貢雍州岐山之北、原隰之野。虞夏之際、棄爲后稷、而封於邰。及夏之衰、棄稷不務、棄子不窋失其官守、而自竄於戎狄之間。不窋生鞠陶、鞠陶生公劉、能復修后稷之業、民以富實、乃相土地之宜、而立國於豳之谷焉。十世而大王徙居岐山之陽、十二世而文王始受天命、十三世而武王遂爲天子。武王崩、成王立、年幼不能涖阼、周公旦以冢宰攝政、乃述后稷公劉之化、作詩一篇以戒成王、謂之豳風。而後人又取周公所作、及凡爲周公而作之詩以附焉。豳、在今邠州三水縣。邰、在今京兆府武功縣。

七月流火、叶虎委反。九月授衣。叶上聲。一之日觱音必。發、叶方吠反。二之日栗烈。叶力制反。無衣無褐、音曷、叶許例反。何以卒歲。或曰、發、烈、褐、皆如字、而歲讀如雪。三之日于耜、叶羊里反。四之日舉趾。同我婦子、叶獎履反。饁炎輒反。彼南畝。叶滿彼反。田畯音俊。至喜。賦也。七月、斗建申之月、夏之七月也。後凡言月者放此。流、下也。火、大火、心也。以六月之昏、加於地之南方、至七月之昏、則下而流矣。九月霜降始寒、而蠶績之功亦成、故授人以衣、使禦寒也。一之日、謂斗建子、一陽之月。二之日、謂斗建丑、二陽之月也。變月言日、言是月之日也。後凡言日者放此。蓋周之先公已用此以紀候、故周有天下、遂以爲一代之正朔也。觱發、風寒也。栗烈、氣寒也。褐、毛布也。歲、夏正之歲也。于、往也。耜、田器也。于耜、言往修田器也。舉趾、舉足而耕也。我、家長自我也。饁、餉田也。田畯、田大夫、勸農之官也。○周公以成王未知稼穡之艱難、故陳后稷公劉風化之所由使瞽矇朝夕諷誦以教之。此章首言七月暑退將寒、故九月而授衣以禦之。蓋十一月以後、風氣日寒、不如是則無以卒歲也。正月則往修田器、二月則舉趾而耕。少者旣皆出而在田、故老者率婦子而餉之。治田早而用力齊、是以田畯至而喜之也。此章前段言衣之始、後段言食之始。二章至五章、終前段之意、六章至八章、終後段之意。

○七月流火、九月授衣。春日載陽、有鳴倉庚。叶古郎反。女執懿筐、遵彼微行、叶戶郎反。爰求柔桑。春日遲遲、采蘩祁祁。巨之反。女心傷悲、殆及公子同歸。賦也。載、始也。陽、溫和也。倉庚、黃鸝也。懿、深美也。遵、循也。微行、小逕也。柔桑、穉桑也。遲遲、日長而暄也。蘩、白蒿也、所以生蠶、今人猶用之。蓋蠶生未齊、未可食桑、故以此啖之也。祁祁、衆多也。或曰、徐也。公子、豳公之子也。○再言流火授衣者、將言女功之始、故又本於此、遂言春日始和、有鳴倉庚之時、而蠶始生、而執深筐以求穉桑。然又有生而未齊者、則采蘩者衆、而此治蠶之女感時而傷悲。蓋是時公子猶娶於國中、而貴家大族連姻公室者、亦無不力於蠶桑之務。故其許嫁之女、預以將及公子同歸、而遠其父母爲悲也。其風俗之厚、而上下之情、交相忠愛如此。後章凡言公子者放此。

○七月流火、八月萑戶官反。葦。韋鬼反。蠶月條它彫反。桑、取彼斧斨、七羊反。以伐遠揚、猗於宜反。彼女桑。七月鳴鵙、圭覓反。八月載績。載玄載黃、我朱孔陽、爲公子裳。賦也。萑葦、即蒹葭也。蠶月、治蠶之月。條桑、枝落之采其葉也。斧、隋銎。斨、方銎。遠揚、遠枝揚起者也。取葉存條曰猗。女桑、小桑也。小桑不可條取、故取其葉而存其條、猗猗然爾。鵙、伯勞也。績、緝也。玄、黑而有赤之色。朱、赤色。陽、明也。○言七月暑退將寒、而是歲禦冬之備、亦庶幾其成矣、又當預擬來歲治蠶之用、故於八月萑葦既成之際而收蓄之、將以爲曲薄。至來歲治蠶之月、則采桑以供蠶食、而大小畢取、見蠶盛而人力至也。蠶事既備、又於鳴鵙之後、麻熟而可績之時、則績其麻以爲布。而凡此蠶績之所成者皆染之、或玄或黃、而其朱者尤爲鮮明、皆以供上而爲公子之裳。言勞於其事而不自愛、以奉其上、蓋至誠慘怛之意、上以是施之、下以是報之也。以上二章、專言蠶績之事、以終首章前段無衣之意。

○四月秀葽、於遙反。五月鳴蜩。徒彫反。八月其穫、戶郭反。十月隕于敏反。蘀。音託。一之日于貉、戶各反。取彼狐狸、力之反。爲公子裘。叶渠之反。二之日其同、載纘子管反。武功、言私其豵、子公反。獻豜古年反。于公。賦也。不榮而實曰秀。葽、草名。蜩、蟬也。穫、禾之早者可穫也。隕、墜。蘀、落也、謂草木隕落也。貉、狐狸也。于貉、猶言于耜、謂往取狐狸也。同、竭作以狩也。纘、習而繼之也。豵、一歲豕。豜、三歲豕也。○言自四月純陽、而歷一陰四陰、以至純陰之月、則大寒之候將至。雖蠶桑之功無所不備、猶恐其不足以禦寒、故于貉而取狐狸之皮、以爲公子之裘也。獸之小者私之以爲己有、而大者則獻之於上、亦愛其上之無已也。此章專言狩獵、以終首章前段無褐之意。

○五月斯螽音終。動股、六月莎素和反。雞

振羽。七月在野、叶上與反。八月在宇、九月在戶。後五反。十月蟋蟀、入我牀下。叶後五反、八字一句。穹起弓反。窒珍悉反。熏許云反。鼠。塞向墐音覲。戶。同上。嗟我婦子、叶茲五反。曰爲改歲、入此室處。賦也。斯螽、莎雞、蟋蟀、一物隨時變化而異其名。動股、始躍而以股鳴也。振羽、能飛而以翅鳴也。宇、簷下也。暑則在野、寒則依人。穹、空隙也。窒、塞也。向、北出牖也。墐、塗也。庶人篳戶、冬則塗之。東萊呂氏曰、十月而曰改歲、三正之通于民俗尙矣。周特舉而迭用之耳。○言觀蟋蟀之依人、則知寒之將至矣。於是室中空隙者塞之、熏鼠使不得穴於其中、塞向以當北風、墐戶以禦寒氣。而語其婦子曰、歲將改矣、天旣寒而事亦已、可以入此室處矣。此見老者之愛也。此章亦以終首章前段禦寒之意。

○六月食鬱及薁、於六反。七月亨普庚反。葵及菽。音叔。八月剝普卜反。棗、叶音走。十月穫稻。叶徒苟反。爲此春酒、以介眉壽。叶殖酉反。七月食瓜、叶音孤。八月斷壺、九月叔苴、七餘反。采荼音徒。薪樗。敕書反。食音嗣。我農夫。賦也。鬱、棣屬。薁、蘡薁也。葵、菜名。菽、豆也。剝、擊也。穫稻以釀酒也。介、助也。介眉壽者、頌禱之辭也。壺、瓠也。食瓜斷壺、亦去圃爲場之漸也。叔、拾也。苴、麻子也。荼、苦菜也。樗、惡木也。○自此至卒章皆言農圃飲食祭祀燕樂、以終首章後段之意。而此章果酒嘉蔬、以供老疾、奉賓祭、瓜瓠苴荼、以爲常食。少長之義、豐儉之節然也。

○九月築場圃、博故反。十月納禾稼。叶古護反。黍稷重直容反。穋、音六、叶六直反。禾麻菽麥。叶訖力反。嗟我農夫、我稼旣同、上入執宮功。晝爾于茅、宵爾索綯。徒刀反。亟紀力反。其乘屋、其始播百穀。賦也。場圃同地、物生之時、則耕治以爲圃而種菜茹、物成之際、則築堅之以爲場而納禾稼。蓋自田而納之於場也。禾者、穀連藁秸之總名。禾之秀實而在野者曰稼。先種後熟曰重。後種先熟曰穋。再言禾者、稻秫苽粱之屬皆禾也。同、聚也。宮、邑居之宅也。古者民受五畝之宅、二畝半爲廬在田、春夏居之、二畝半爲宅在邑、秋冬居之。功、葺治之事也。或曰、公室官府之役也。古者用民之力、歲不過三日、是也。索、絞也。綯、索也。乘、升也。○言納於場者無所不備、則我稼同矣、可以上入都邑而執治宮室之事矣。故晝往取茅、夜而絞索、亟升其屋而治之。蓋以來歲將復始播百穀、而不暇於此故也。不待督責而自相警戒、不敢休息如此。呂氏曰、此章終始農事、以極憂勤艱難之意。

○二之日

鑿冰冲冲、三之日納于淩力證反。陰。叶於容反。四之日其蚤、音早。獻羔祭韭。音九、叶已小反。九月肅霜、十月滌徒力反。場。朋酒斯饗、叶虛良反。曰殺羔羊。躋子奚反。彼公堂、稱彼兕觥、觵彭反、叶古黃反。萬壽無疆。賦也。鑿冰、謂取冰於山也。冲冲、鑿冰之意。周禮、正歲十二月令斬冰是也。納、藏也。藏冰、所以備暑也。淩陰、冰室也。豳土寒多、正月風未解凍、故冰猶可藏也。蚤、蚤朝也。韭、菜名。獻羔祭韭而後啓之。月令、仲春獻羔開冰、先薦寢廟是也。蘇氏曰、古者藏冰發冰、以節陽氣之盛。夫陽氣之在天地、譬猶火之著於物也、故常有以解之。十二月陽氣蘊伏、錮而未發、其盛在下、則納冰於地中。至於二月、四陽作、蟄蟲起、陽始用事、則亦始啓冰而廟薦之。至於四月、陽氣畢達、陰氣將絕、則冰於是大發。食肉之祿、老病喪浴、冰無不及。是以冬無愆陽、夏無伏陰、春無淒風、秋無苦雨、雷出不震、無災霜雹、癘疾不降、民不夭札也。胡氏曰、藏冰開冰、亦聖人輔相燮調之一事爾、不專恃此以為治也。肅霜、氣肅而霜降也。滌場者、農事畢而掃場地也。兩尊曰朋。鄉飲酒之禮、兩尊壺于房戶間是也。躋、升也。公堂、君之堂也。稱、舉也。疆、竟也。○張子曰、此章見民忠愛其君之甚。既勸趨其藏冰之役、又相戒速畢場功、殺羊以獻于公、舉酒而祝其壽也。

七月八章、章十一句。周禮籥章、中春晝擊土鼓歈豳詩以逆暑、中秋夜迎寒亦如之、即謂此詩也。王氏曰、仰觀星日霜露之變、俯察昆蟲草木之化、以知天時、以授民事。女服事乎內、男服事乎外、上以誠愛下、下以忠利上。父父子子、夫夫婦婦。養老而慈幼、食力而助弱。其祭祀也時、其燕饗也節。此七月之義也。

鴟鴞鴟鴞、既取我子、又叶入聲。無毀我室。又叶上聲。恩斯勤斯、鬻由六反。子之閔叶眉貧反。斯。比也。為鳥言以自比也。鴟鴞、鵂鶹、惡鳥、攫鳥子而食者也。室、鳥自名其巢也。恩、情愛也。勤、篤厚也。鬻、養。閔、憂也。○武王克商、使弟管叔鮮蔡叔度監于紂子武庚之國。武王崩、成王立、周公相之、而二叔以武庚叛。且流言於國曰、周公將不利於孺子。故周公東征、二年、乃得管叔武庚而誅之。而成王猶未知公之意也、公乃作此詩以貽王。託為鳥之愛巢者、呼鴟鴞而謂之曰、鴟鴞鴟鴞、爾既取我之子矣、無更毀我之室也。以我情愛之心、篤厚之意、鬻養此子、誠可憐憫。今既取之、其毒甚矣、況又毀我室乎。以比武庚既敗管蔡、不可更毀我王室也。○迨天之未陰雨、徹彼桑土、音杜、徒古反。綢直留反。繆莫侯反。牖戶。叶後五反。今女音汝。下民、或敢侮予。叶演女反。○比也。迨、及。徹、取也。桑土、桑根皮也。綢繆、纏綿也。牖、巢之通氣處。戶、其出入處也。○亦爲鳥言。我及天未陰雨之時、而往取桑根以纏綿巢之隙穴、使之堅固、以備陰雨之患、則此下土之民、誰敢有侮予者。亦以比己深愛王室而預防其患難之意。故孔子贊之曰、爲此詩者、其知道乎。能治其國家、誰敢侮之。

○予手拮音吉。据、音居。予所捋力活反。荼、予所蓄租、子胡反。予口卒瘏、音徒。曰予未有室家。叶古胡反。○比也。拮据、手口共作之貌。捋、取也。荼、萑苕、可藉巢者也。蓄、積。租、聚。卒、盡。瘏、病也。室家、巢也。○亦爲鳥言。作巢之始、所以拮据以捋荼蓄租、勞苦而至於盡病者、以巢之未成也。以比己之前日所以勤勞如此者、以王室之新造而未集故也。

○予羽譙譙、在消反。予尾翛翛、素彫反。予室翹翹、祁消反。風雨所漂匹遙反。搖、予維音嘵嘵。呼堯反。○比也。譙譙、殺也。翛翛、敝也。翹翹、危也。嘵嘵、急也。○亦爲鳥言。羽殺尾敝以成其室、而未定也、風雨又從而飄搖之、則我之哀鳴安得而不急哉。以比己既勞悴、王室又未安、而多難乘之、則其作詩以喩王。亦不得而不汲汲也。

鴟鴞四章、章五句。事見書金縢篇。

我徂東山、慆慆吐刀反。不歸。無韻、未詳。我來自東、零雨其濛、我東曰歸、我心西悲。制彼裳衣、勿士行戶郎反。枚。叶謨悲反。蜎蜎烏玄反。者蠋、音蜀。烝在桑野。叶上與反。敦都迴反。彼獨宿、亦在車下。叶後五反。○賦也。東山、所征之地也。慆慆、言久也。零、落也。濛、雨貌。裳衣、平居之服也。勿士行枚、未詳其義。鄭氏曰、士、事也。行、陳也。枚、如箸、啣之、有繣結項中、以止語也。蜎蜎、動貌。蠋、桑蟲似蠶者也。烝、發語聲。敦、獨處不移之貌。此則興也。○成王既得鴟鴞之詩、又感雷風之變、始悟而迎周公。于是周公東征已三年矣、既歸、因作詩以勞歸士。蓋爲之述其意而言曰、我之東征既久、而歸塗又有遇雨之勞、因追言其在東而言歸之時、心已西嚮而悲。於是制其平居之服、而以爲自今可以勿爲行陳啣枚之事矣。及其在塗、則又覩物起興而自嘆曰、彼蜎蜎者蠋、則在彼桑野矣、此敦然而獨宿者、則亦在此車下矣。

○我徂東山、慆慆不歸。我來自東、零雨其濛。果臝力果反。之實、亦施羊豉反。于宇。伊威在室、蠨音蕭。蛸所交反。在戶、後五反。町他頂反。畽他短反。鹿場、熠以執反。燿以照反。宵行。叶戶郎反。不可畏叶於非反。也、伊可懷叶胡威反。也。賦也。果蠃、栝樓也。施、延也。蔓生延施于宇下也。伊威、鼠婦也、室不掃則有之。蠨蛸、小蜘蛛也。戶無人出入、則結網當之。町畽、舍旁隙地也。無人焉、故鹿以爲場也。熠燿、明不定貌。宵行、蟲名、如蠶、夜行、喉下有光如螢也。○章首四句、言其往來之勞、在外之久、故每章重言、見其感念之深。遂言已東征而室廬荒廢至於如此、亦可畏矣。然豈可畏而不歸哉、亦可懷思而已。此則述其歸未至而思家之情也。

○我徂東山、慆慆不歸。我來自東、零雨其濛。鸛古玩反。鳴于垤、田節反、叶地一反。婦歎于室。洒掃穹窒、我征聿至。叶入聲。有敦都迴反。瓜苦、烝在栗薪。自我不見、于今三年。叶尼因反。○賦也。鸛、水鳥、似鶴者也。垤、蟻塚也。穹窒、見七月。○將陰雨則穴處者先知、故蟻出垤而鸛就食之、遂鳴於其上也。行者之妻亦思其夫之勞苦而歎息於家、於是洒掃穹窒以待其歸、而其夫之行忽已至矣。因見苦瓜繫於栗薪之上、而曰、自我之不見此、亦已三年矣。栗、周土所宜木、與苦瓜皆微物也。見之而喜、則其行久而感深可知矣。

○我徂東山、慆慆不歸。我來自東、零雨其濛。倉庚于飛、熠燿其羽。之子于歸、皇駁邦角反。其馬。叶滿補反。親結其縭、叶離羅二音。九十其儀。叶宜俄二音。其新孔嘉、叶居宜居何二反。其舊如之何。叶奚河二音。○賦而興也。倉庚飛、婚姻時也。熠燿、鮮明也。黃白曰皇。駵白曰駁。縭、婦人之褘也。母戒女而爲之施衿結帨也。九其儀、十其儀、言其儀之多也。○賦時物以起興、而言東征之歸士、未有室家者、及時而婚姻、旣甚美矣。**其舊**有室家者、相見而喜、當如何邪。

東山四章、章十二句。序曰、一章言其完也、二章言其思也、三章言其室家之望女也、四章樂男女之得及時也。君子之於人、序其情而閔其勞、所以說也。說以使民、民忘其死、其唯東山乎。愚謂完謂全師而歸、無死傷之苦。思謂未至而思、有愴恨之懷。至於室家望女、男女及時、亦皆其心之所願而不敢言者。上之人乃先其未發而歌詠以勞苦之、則其歡欣感激之情爲如何哉。蓋古之勞詩皆如此。其上下之際情志交孚、雖家人父子之相語、無以過之。此其所以維持鞏固數十百年、而無一旦土崩之患也。

既破我斧、又缺我斨。七羊反。周公東征、四國是皇。哀我人斯、亦孔之將。賦也。隋銎曰斧、方銎曰斨、征伐之用也。四國、四方之國也。皇、匡也。將、大也。○從軍之士以前篇周公勞已之勤、故言此以答其意。曰、東征之役、既破我斧而缺我斨、其勞甚矣。然周公之爲此舉、蓋將使四方莫敢不一於正而後已。其哀我人也、豈不大哉。然則雖有破斧缺斨之勞、而義有所不得辭矣。夫管蔡流言以謗周公、而公以六軍之衆往而征之、使其心一有出於自私、而不在於天下、則撫之雖勤、勞之雖至、而從役之士豈能不怨也哉。今觀此詩、固足以見周公之心大公至正、天下信其無有一豪自愛之私。抑又有以見當是之時、雖被堅執銳之人、亦皆能以周公之心爲心、而不自爲一身一家之計、蓋亦莫非聖人之徒也。學者於此熟玩而有得焉、則其心正大、而天地之情眞可見矣。

○既破我斧、又缺我錡。巨宜反、叶巨何反。周公東征、四國是吪。五戈反。哀我人斯、亦孔之嘉。叶居何反。○賦也。錡、鑿屬。吪、化。嘉、善也。

○既破我斧、又缺我銶。音求。周公東征、四國是遒。在羞反。哀我人斯、亦孔之休。賦也。銶、木屬。遒、斂而固之也。休、美也。

破斧三章、章六句。

范氏曰、象日以殺舜爲事、舜爲天子也則封之。管蔡啓商以叛、周公之爲相也則誅之。迹雖不同、其道則一也。蓋象之禍及於舜而已、故舜封之。管蔡流言、將危周公以閒王室、得罪於天下、故周公誅之。非周公誅之、天下之所當誅也。周公豈得而私之哉。

伐柯如何、匪斧不克。取七喩反。妻如何、匪媒不得。比也。柯、斧柄也。克、能也。媒、通二姓之言者也。○周公居東之時、東人言此、以比平日欲見周公之難。○

伐柯伐柯、其則不遠。我覯古豆反。之子、籩豆有踐。賤淺反。○比也。則、法也。我、東人自我也。之子、指其妻而言也。籩、竹豆也。豆、木豆也。踐、行列之貌。○言伐柯而有斧、則不過卽此舊斧之柯、而得其新柯之法。娶妻而有媒、則亦不過卽此見之、而成其同牢之禮矣。東人言此、以比今日得見周公之易。深喜之之詞也。

伐柯二章、章四句。

九罭于逼反。**之魚、鱒**才損反。**魴。**音房。**我覯之子、袞**古本反。**衣繡裳。**興也。九罭、九囊之網也。鱒、似鯶而鱗細眼赤。魴、已見上。皆魚之美者也。我、東人自我也。之子、指周公也。袞衣裳九章。一曰龍、二曰山、三曰華蟲、雉也、四曰火、五曰宗彝、虎蜼也、皆繢於衣。六曰藻、七曰粉米、八曰黼、九曰黻、皆繡於裳。天子之龍一升一降。上公但有降龍。以龍首卷然、故謂之袞也。此亦周公居東之時、東人喜得見之、而言九罭之網、則有鱒魴之魚矣、我覯之子、則見其袞衣繡裳之服矣。

○**鴻飛遵渚、公歸無所、於女**音汝、下同。**信處。**興也。遵、循也。渚、小洲也。女、東人自相女也。再宿曰信。○東人聞成王將迎周公、又自相謂而言、鴻飛則遵渚矣、公歸豈無所乎、今特於女信處而已。

○**鴻飛遵陸、公歸不復、於女信宿。**興也。高平曰陸。不復、言將留相王室而不復來東也。

○**是以有袞衣兮、無以我公歸兮、無使我心悲兮。**賦也。承上二章、言周公信處信宿於此、是以東方有此服袞衣之人。又願其且留於此、無遽迎公以歸、歸則將不復來、而使我心悲也。

九罭四章、一章四句、三章章三句。

狼跋蒲末反。**其胡、載疐**丁四反。**其尾。公孫**音遜。**碩膚、赤舄**音昔。**几几。**興也。跋、躐也。胡、頷下懸肉也。載、則。疐、跲也。老狼有胡、進而躐其胡、則退而跲其尾。公、周公也。孫、讓。碩、大。膚、美也。赤舄、冕服之舄也。几几、安重貌。○周公雖遭疑謗、然所以處之不失其常、故詩人美之。言狼跋其胡、則疐其尾矣。公遭流言之變、而其安肆自得乃如此、蓋其道隆德盛、而安土樂天有不足言者、所以遭大變而不失其常也。夫公之被毀、以管蔡之流言也。而詩人以爲此非四國之所爲、乃公自讓其大美而不居耳。蓋不使讒邪之口得以加乎公之忠聖、此可見其愛公之深、敬公之至、而其立言亦有法矣。

○**狼疐其尾、載跋其胡。公孫碩膚、德音不瑕。**叶洪孤反。○興也。德音、猶令聞也。瑕、疵病也。○程子曰、周公之處己也、夔夔然存恭畏之心。其存誠也、蕩蕩然無顧慮之意。所以不失其聖、而德音不瑕也。

狼跋二章、章四句。

范氏曰、神龍或潛或飛、能大能小、其變化不測、然得而蓄之、若犬羊然、有欲故也。唯其可以蓄之、是以亦得醢而食之。凡有欲之類、莫不可制焉。唯聖人無欲、故天地萬物不能易也。富貴貧賤死生、如寒暑晝夜相代乎前、吾豈有二其心乎哉、亦順受之而已矣。舜受堯之天下不以爲泰、孔子阨於陳蔡而不以爲戚、周公遠則四國流言、近則王不知、而赤舄几几、德音不瑕、其致一也。

豳國七篇、二十七章、二百三句。

程元問於文中子曰、敢問豳風何風也。曰、變風也。元曰、周公之際、亦有變風乎。曰、君臣相誚、其能正乎。成王終疑周公、則風遂變矣。非周公至誠、其孰卒正之哉。元曰、居變風之末、何也。曰、夷王以下、變風不復正矣。夫子蓋傷之也、故終之以豳風。言變之可正也、惟周公能之、故係之以正。變而克正、危而克扶、始終不失其本、其惟周公乎。係之豳、遠矣哉。〇籥章龡豳詩以逆暑迎寒、已見於七月之篇矣。又曰、祈年于田祖、則龡豳雅以樂田畯、祭蜡、則龡豳頌以息老物、則考之於詩、未見其篇章之所在。故鄭氏三分七月之詩以當之、其道情思者爲風、正禮節者爲雅、樂成功者爲頌。然一篇之詩、首尾相應、乃剟取其一節而偏用之、恐無此理。故王氏不取、而但謂本有是詩而亡之、其說近是。或者又疑但以七月全篇隨事而變其音節、或以爲風、或以爲雅、或以爲頌、則於理爲通而事亦可行。如又不然、則雅頌之中、凡爲農事而作者、皆可冠以豳號。其說具於大田良耜諸篇、讀者擇焉可也。

詩卷第九

朱熹集傳

小雅二

雅者、正也、正樂之歌也。其篇本有大小之殊、而先儒說又各有正變之別。以今考之、正小雅、燕饗之樂也、正大雅、會朝之樂、受釐陳戒之辭也。故或歡欣和說、以盡羣下之情、或恭敬齊莊、以發先王之德、詞氣不同、音節亦異、多周公制作時所定也。及其變也、則事未必同、而各以其聲附之。其次序時世、則有不可考者矣。

鹿鳴之什二之一

雅頌無諸國別、故以十篇爲一卷、而謂之什、猶軍法以十人爲什也。

呦呦(音幽。)鹿鳴、(叶音芒。)食野之苹。(叶音旁。)我有嘉賓、鼓瑟吹笙。(叶師莊反。)吹笙鼓簧、(音黃。)承筐是將。人之好我、(呼報反。)示我周行。(叶戶郎反。)○興也。呦呦、聲之和也。苹、藾蕭也、青色、白莖如筋。我、主人也。賓、所燕之客、或本國之臣、或諸侯之使也。瑟、笙、燕禮所用之樂也。簧、笙中之簧也。承、奉也。筐、所以盛幣帛者也。將、行也。奉筐而行幣帛、飲則以酬賓送酒、食則以侑賓勸飽也。周行、大道也。古者於旅也語、故欲於此聞其言也。○此燕饗賓客之詩也。蓋君臣之分以嚴爲主、朝廷之禮、以敬爲主。然一於嚴敬、則情或不通、而無以盡其忠告之益。故先王因其飲食聚會、而制爲燕饗之禮、以通上下之情。而其樂歌又以鹿鳴起興、而言其禮意之厚如此、庶乎人之好我、而示我以大道也。記曰、私惠不歸德、君子不自留焉。蓋其所望於羣臣嘉賓者、唯在於示我以大道、則必不以私惠爲德而自留矣。嗚呼、此其所以和樂而不淫也與。

○呦呦鹿鳴、食野之蒿。我有嘉賓、德音孔昭。(叶側豪反。)視民不恌、(他彫反、叶音洮。)君子是則是傚。(胡教反、叶胡高反。)我有旨酒、嘉賓式燕以敖。(牛刀反。)○興也。蒿、菣也、卽青蒿也。孔、甚。昭、明也。視、與示同。恌、偸薄也。敖、游也。○言嘉賓之德音甚明、足以示民使不偸薄、而君子所當則傚。則亦不待言語之閒、而其所以示我者深矣。

○呦呦鹿鳴、食野之芩。(其今反。)我有嘉賓、鼓瑟鼓琴。鼓瑟鼓琴、和樂音洛。且湛。都南反、叶持林反。我有旨酒、以燕樂嘉賓之心。興也。芩、草名、莖如釵股、葉如竹、蔓生。湛、樂之久也。燕、安也。○言安樂其心、則非止養其體、娛其外而已。蓋所以致其慇懃之厚、而欲其敎示之無已也。

鹿鳴三章、章八句。

按序以此爲燕羣臣嘉賓之詩、而燕禮亦云工歌鹿鳴四牡皇皇者華、卽謂此也。鄉飲酒用樂亦然。而學記言大學始敎、宵雅肄三、亦謂此三詩。然則又爲上下通用之樂矣。豈本爲燕羣臣嘉賓而作、其後乃推而用之鄉人也歟。然於朝曰君臣焉、於燕曰賓主焉、先王以禮使臣之厚、於此見矣。○范氏曰、食之以禮、樂之以樂、將之以實、求之以誠、此所以得其心也。賢者豈以飲食幣帛爲悅哉。夫婚姻不備、則貞女不行也。禮樂不備、則賢者不處也。賢者不處、則豈得樂而盡其心乎。

四牡騑騑、芳非反。周道倭於危反。遲。豈不懷歸、王事靡盬、音古。我心傷悲。賦也。騑騑、行不止之貌。周道、大路也。倭遲、回遠之貌。盬、不堅固也。○此勞使臣之詩也。夫君之使臣、臣之事君、禮也。故爲臣者奔走於王事、特以盡其職分之所當爲而已、何敢自以爲勞哉。然君之心則不敢以是而自安也。故燕饗之際、叙其情以閔其勞。言駕此四牡而出使於外、其道路之回遠如此、當是時豈不思歸乎、特以王事不可以不堅固、不敢徇私以廢公、是以內顧而傷悲也。臣勞於事而不自言、君探其情而代之言、上下之間、可謂各盡其道矣。傳曰、思歸者、私恩也。靡盬者、公義也。傷悲者、情思也。無私恩、非孝子也。無公義、非忠臣也。君子不以私害公、不以家事辭王事。范氏曰、臣之事上也、必先公而後私。君之勞臣也、必先恩而後義。

○四牡騑騑、嘽嘽他丹反。駱音洛。馬。叶滿補反。豈不懷歸、王事靡盬、不遑啓處。賦也。嘽嘽、衆盛之貌。白馬黑鬣曰駱。遑、暇。啓、跪。處、居也。

○翩翩音篇。者鵻、當作隹、朱惟反。載飛載下、叶後五反。集于苞栩。況甫反。王事靡盬、不遑將父。扶雨反。○興也。翩翩、飛貌。鵻、夫不也、今鵓鳩也。凡鳥之短尾者皆隹屬。將、養也。○翩翩者鵻、猶或飛或下、而集於所安之處。今使人乃勞苦於外而不遑養其父、此君人者所以不能自安、而深以爲憂也。范氏曰、忠臣孝子之行役、未嘗不念其親。君之使臣、豈待其勞苦而自傷哉、亦憂其憂如己而已矣。此聖人所以感人心也。

○翩翩者鵻、載飛載止、集

于苞杞。音起。王事靡盬、不遑將母。叶滿彼反。○興也。杞、枸檵也。○駕彼四駱、載驟助救反。駸駸。侵寢二音。豈不懷歸、是用作歌、將母來諗。深審二音。○賦也。駸駸、驟貌。諗、告也。以其不獲養父母之情而來告於君也。非使人作是歌也、設言其情以勞之耳。獨言將母者、因上章之文也。

四牡五章、章五句。按序言此詩所以勞使臣之來、甚協詩意、故春秋傳亦云。而外傳以為章使臣之勤。所謂使臣、雖叔孫之自稱、亦正合其本事也。但儀禮又以為上下通用之樂、疑亦本為勞使臣而作、其後乃移以它用耳。

皇皇者華、芳無反、與夫叶。于彼原隰。駪駪所巾反。征夫、每懷靡及。興也。皇皇、猶煌煌也。華、草木之華也。高平曰原、下濕曰隰。駪駪、衆多疾行之貌。征夫、使臣與其屬也。懷、思也。○此遣使臣之詩也。君之使臣、固欲其宣上德而達下情、而臣之受命、亦唯恐其無以副君之意也。故先王之遣使臣也、美其行道之勤、而述其心之所懷曰、彼煌煌之華、則于彼原隰矣。此駪駪然之征夫、則其所懷思、常若有所不及矣。蓋亦因以為戒。然其詞之婉而不迫如此、詩之忠厚、亦可見矣。○我馬維駒、恭于恭侯二反。六轡如濡。如朱如由二反。載馳載驅、虧于虧由二反。周爰咨諏。子須子侯二反。○賦也。如濡、鮮澤也。周、徧。爰、於也。咨諏、訪問也。○使臣自以每懷靡及、故廣詢博訪、以補其不及而盡其職也。程子曰、咨訪、使臣之大務。○我馬維騏、音其。六轡如絲。叶新齋反。載馳載驅、周爰咨謀。叶莫悲反。○賦也。如絲、調忍也。謀、猶諏也。變文以協韻爾。下章放此。○我馬維駱、六轡沃若。烏毒反。載馳載驅、周爰咨度。待洛反。○賦也。沃若、猶如濡也。度、猶謀也。○我馬維駰、音因。六轡既均。載馳載驅、周爰咨詢。賦也。陰白雜毛曰駰。均、調也。詢、猶度也。

皇皇者華五章、章四句。按序以此詩為君遣使臣。春秋內外傳皆云君教使臣、其說已見前篇。儀禮亦見鹿鳴。疑亦本為遣使臣而作、其後乃移以它用也。然叔孫穆子所謂君教使臣曰、每懷靡及、諏謀度詢、必咨於周、敢不拜教、可謂得詩之意矣。范氏曰、王者遣使於四方、教之以咨諏善道、將以廣聰明也。夫臣欲助其君之德、必求賢以自助。故臣能從善、則可以善君矣。臣能聽諫、則可以諫君矣。未有不自治而能正君者也。

常棣之華、鄂五各反。不韡韡。韋鬼反。凡今之人、莫如兄弟。待禮反。○興也。常棣、棣也、子如櫻桃、可食。鄂、鄂然外見之貌。不、猶豈不也。韡韡、光明貌。○此燕兄弟之樂歌。故言常棣之華、則其鄂然而外見者、豈不韡韡乎。凡今之人、則豈有如兄弟者乎。

○死喪之威、兄弟孔懷。叶胡威反。原隰裒薄侯反。矣、兄弟求矣。○賦也。威、畏。懷、思。裒、聚也。○言死喪之禍、它人所畏惡、惟兄弟爲相恤耳。至於積尸裒聚於原野之閒、亦惟兄弟爲相求也。此詩蓋周公既誅管蔡而作。故此章以下、專以死喪急難鬭鬩之事爲言。其志切、其情哀、乃處兄弟之變、如孟子所謂其兄關弓而射之則己垂涕泣而道之者。序以爲閔管蔡之失道者得之、而又以爲文武之詩則誤矣。大抵舊說詩之時世、皆不足信。舉此自相矛盾者、以見其一端、後不能悉辯也。

○脊井益反。令音零。在原、兄弟急難。叶泥沿反。每有良朋、況也永歎。吐丹反、叶它涓反。○興也。脊令、雝渠、水鳥也。況、發語詞。或曰、當作怳。○脊令飛則鳴、行則搖、有急難之意、故以起興。而言當此之時、雖有良朋、不過爲之長嘆息而已、力或不能相及也。東萊呂氏曰、疏其所親、而親其所疏、此失其本心者也。故此詩反覆言朋友之不如兄弟、蓋示之以親疏之分、使之反循其本也。本心既得、則由親及疏、秩然有序。兄弟之親既篤、而朋友之義亦敦矣、初非薄於朋友也。苟雜施而不孫、雖曰厚於朋友、如無源之水、朝滿夕除、胡可保哉。或曰、人之在難、朋友亦可以坐視歟。曰每有良朋、況也永歎、則非不憂憫、但視兄弟急難爲有差等耳。詩人之詞容有抑揚、然常棣周公作也、聖人之言、小大高下皆宜、而前後左右不相悖。

○兄弟鬩許歷反。于牆、外禦其務。春秋傳作侮、罔甫反。每有良朋、烝之承反。也無戎。叶而主反。○賦也。鬩、鬭很也。禦、禁也。烝、發語聲。戎、助也。○言兄弟設有不幸、鬭很于內、然有外侮、則同心禦之矣。雖有良朋、豈能有所助乎。富辰曰、兄弟雖有小忿、不廢懿親。

○喪亂既平、既安且寧。雖有兄弟、不如友生。叶桑經反。○賦也。上章言患難之時、兄弟相救、非朋友可比。此章遂言安寧之後、乃有視兄弟不如友生者、悖理之甚也。

○儐賓胤反。爾籩豆、飲酒之

飫。於慮反。兄弟既具、和樂音洛。且孺。賦也。儐、陳。飫、饜。具、俱也。孺、小兒之慕父母也。○言陳籩豆以醉飽、而兄弟有不具焉、則無與共享其樂矣。○妻子好呼報反。合、如鼓瑟琴。兄弟既翕、許及反。和樂且湛。答南反、叶持林反。○賦也。翕、合也。○言妻子好合、如琴瑟之和、而兄弟有不合焉、則無以久其樂矣。○宜爾室家、叶古胡反。樂爾妻帑。音奴。是究是圖、亶其然乎。就用乎字爲韻。○賦也。帑、子。究、窮。圖、謀。亶、信也。○宜爾室家者、兄弟具而後樂且孺也。樂爾妻帑者、兄弟翕而後樂且湛也。兄弟於人、其重如此。試以是究而圖之、豈不信其然乎。東萊呂氏曰、告人以兄弟之當親、未有不以爲然者也。苟非是究是圖、實從事於此、則亦未有誠知其然者也。不誠知其然、則所知者特其名而已矣。凡學蓋莫不然。

常棣八章、章四句。此詩首章略言至親莫如兄弟之意。次章乃以意外不測之事言之、以明兄弟之情、其切如此。三章但言急難、則淺於死喪矣。至於四章、則又以其情義之甚薄、而猶有所不能已者言之。其序若曰、不待死喪、然後相收、但有急難、便當相助。言又不幸而至於或有小忿、猶必共禦外侮。其所以言之者、雖若益輕以約、而所以著夫兄弟之義者、益深且切矣。至於五章、遂言安寧之後、乃謂兄弟不如友生、則是至親反爲路人、而人道或幾乎息矣。故下兩章乃復極言兄弟之恩、異形同氣、死生苦樂、無適而不相須之意。卒章又申告之、使反覆窮極而驗其信然。可謂委曲漸次、說盡人情矣。讀者宜深味之。

伐木丁丁、陟耕反。鳥鳴嚶嚶。於耕反。出自幽谷、遷于喬木。嚶其鳴矣、求其友聲。相息亮反。彼鳥矣、猶求友聲。矧伊人矣、不求友生。叶桑經反。神之聽之、終和且平。興也。丁丁、伐木聲。嚶嚶、鳥聲之和也。幽、深。遷、升。喬、高。相、視。矧、況也。○此燕朋友故舊之樂歌。故以伐木之丁丁興鳥鳴之嚶嚶、而言鳥之求友、遂以鳥之求友喻人之不可無友也。人能篤朋友之好、則神之聽之、終和且平矣。○伐木許許、呼古反。釃所宜反。酒有藇。象呂反。既有肥羜、直呂反。以速諸父。扶雨反。寧適不來、微我弗顧。叶居五反。於音烏。粲洒所懈反。埽、蘇報反、叶蘇吼反。陳饋八簋。叶已有反。既有肥牡、以速諸舅。其九反。寧適不來、微我有咎。其九反。○興也。許許、衆人共力之聲。淮南子曰、舉大木者呼邪許、蓋舉重勸力之歌也。釃酒者、或以筐、或以草、泲之而去其糟也。禮所謂縮酌用茅是也。藇、美貌。羜、未成羊也。速、召也。諸父、朋友之同姓而尊者也。微、無。顧、念也。於、歎辭。粲、鮮明貌。八簋、器之盛也。諸舅、朋友之異姓而尊者也。先諸父而後諸舅者、親疏之殺也。咎、過也。○言具酒食以樂朋友如此、寧使彼適有故而不來、而無使我恩意之不至也。孔子曰、所求乎朋友、先施之未能也。此可謂能先施矣。

○伐木于阪、叶孚欝反。釃酒有衍。籩豆有踐、在演反。兄弟無遠。民之失德、乾餱音侯。以愆。叶起淺反。有酒湑思呂反。我、無酒酤音古。我。坎坎鼓我、蹲蹲七旬反。舞我。迨音待。我暇叶後五反。矣、飲此湑矣。興也。衍、多也。踐、陳列貌。兄弟、朋友之同儕者。無遠、皆在也。先諸舅而後兄弟者、尊卑之等也。乾餱、食之薄者也。愆、過也。湑、亦釃也。酤、買也。坎坎、擊鼓聲。蹲蹲、舞貌。迨、及也。○言人之所以至於失朋友之義者、非必有大故、或但以乾餱之薄不以分人、而至於有愆耳。故我於朋友、不計有無、但及閑暇、則飲酒以相樂也。

伐木三章、章十二句。劉氏曰、此詩每章首輒云伐木、凡三云伐木、故知當爲三章。舊作六章、誤矣。今從其說正之。

天保定爾、亦孔之固。俾爾單音丹。厚、何福不除。直慮反。俾爾多益、以莫不庶。賦也。保、安也。爾、指君也。固、堅。單、盡也。除、除舊而生新也。庶、衆也。○人君以鹿鳴以下五詩燕其臣、臣受賜者歌此詩以答其君。言天之安定我君、使之獲福如此也。

○天保定爾、俾爾戩子淺反。穀。罄無不宜、受天百祿。降爾遐福、維日不足。賦也。聞人氏曰、戩、與翦同、盡也。穀、善也。盡善云者、猶其曰單厚多益也。罄、盡。遐、遠也。爾有以受天之祿矣、而又降爾以福、言天人之際、交相與也。書所謂昭受上帝、天其申命用休、語意正如此。

○天保定爾、以莫不興。如山如阜、如岡如陵、如川之方至、以莫不增。賦也。興、盛也。高平曰陸、大陸曰阜、大阜曰陵、皆高大之意。川之方至、言其盛長之未可量也。

○吉蠲古玄反。爲饎、尺志反。是用孝享。叶虛良反。禴餘若反。祠烝嘗、于公先王。君曰卜爾、萬壽無疆。賦也。吉、言諏日擇士之善。蠲、言齋戒滌濯之潔。饎、酒食也。享、獻也。宗廟之祭、春曰祠、夏曰禴、秋曰嘗、冬曰烝。公、先公也、謂后稷以下至公叔祖類也。先王、大王以下也。君、通謂先公先王也。卜、猶期也。此尸傳神意以嘏主人之詞。文王時周未有曰先王者、此必武王以後所作也。○神之弔都歷反。矣、詒以之反。爾多福。叶筆力反。民之質矣、日用飲食。羣黎百姓、徧爲爾德。賦也。弔、至也。神之至矣、猶言祖考來格也。詒、遺。質、實也。言其質實無僞、日用飲食而已。羣、衆也。黎、黑也。猶秦言黔首也。百姓、庶民也。爲爾德者、言則而象之、猶助爾而爲德也。○如月之恆、古登反。如日之升。如南山之壽、不騫起虔反。不崩。如松柏之茂、無不爾或承。賦也。恆、弦。升、出也。月上弦而就盈、日始出而就明。騫、虧也。承、繼也。言舊葉將落而新葉已生、相繼而長茂也。

天保六章、章六句。

采薇采薇、薇亦作叶則故反。止。曰歸曰歸、歲亦莫音暮。止。靡室靡家、叶古乎反。玁音險。狁音允。之故。不遑啓居、玁狁之故。興也。薇、菜名。作、生出地也。莫、晚。靡、無也。玁狁、北狄也。遑、暇。啓、跪也。○此遣戍役之詩。以其出戍之時采薇以食、而念歸期之遠也、故爲其自言、而以采薇起興曰、采薇采薇、則薇亦作止矣。曰歸曰歸、則歲亦莫止矣。然凡此所以使我舍其室家而不暇啓居者、非上之人固爲是以苦我也、直以玁狁侵陵之故、有所不得已而然耳。蓋敘其勤苦悲傷之情、而又風以義也。程子曰、毒民不由其上、則人懷敵愾之心矣。又曰、古者戍役、兩朞而還。今年春莫行、明年夏代者至、復留備秋、至過十一月而歸。又明年中春至、春暮遣次戍者。每秋與冬初、兩番戍者皆在疆圉、如今之防秋也。○采薇采薇、薇亦柔止。曰歸曰歸、心亦憂止。憂心烈烈、載飢載渴。叶巨烈反。我戍未定、靡使歸聘。興也。柔、始生而弱也。烈烈、憂貌。載、則也。定、止。聘、問也。○言戍人念歸期之遠、而憂勞之甚、然戍事未已、則無人可使歸而問其室家之安否也。○采薇采薇、薇亦剛止。曰歸曰歸、歲亦陽止。王事靡盬、不遑啓處。憂心孔疚、叶訖力反。我行不來。叶六直反。○興也。剛、既成而剛也。陽、十月也。時純陰用事、嫌於無陽、故名之曰陽月也。孔、甚。疚、病也。來、歸也。此見士之竭力致死無還心也。

○彼爾維何、維常之華。芳無胡瓜二反。彼路斯何、君子之車。斤於尺奢二反。戎車既駕、四牡業業。豈敢定居、一月三捷。興也。爾、華盛貌。常、常棣也。路、戎車也。君子、謂將帥也。業業、壯也。捷、勝也。○彼爾然而盛者、常棣之華也。彼路車者、君子之車也。戎車既駕、而四牡盛矣、則何敢以定居乎。庶乎一月之間三戰而三捷爾。

○駕彼四牡、四牡騤騤。求龜反。君子所依、小人所腓。符非反。四牡翼翼、象弭魚服。叶蒲北反。豈不日戒、叶訖力反。玁狁孔棘。賦也。騤騤、强也。依、猶乘也。腓、猶芘也。程子曰、腓、隨動也。如足之腓、足動則隨而動也。翼翼、行列整治之狀。象弭、以象骨飾弓弰也。魚、獸名、似豬、東海有之、其皮背上斑文、腹下純青、可爲弓鞬矢服也。戒、警。棘、急也。○言戎車者、將帥之所依乘、戍役之所芘倚、且其行列整治而器械精好如此、豈不日相警戒乎。玁狁之難甚急、誠不可以忘備也。

○昔我往矣、楊柳依依。今我來思、雨于付反。雪霏霏。芳非反。行道遲遲、載渴載飢。我心傷悲、莫知我哀。叶於希反。○賦也。楊柳、蒲柳也。霏霏、雪甚貌。遲遲、長遠也。○此章又設爲役人預自道其歸時之事、以見其勤勞之甚也。程子曰、此皆極道其勞苦憂傷之情也。上能察其情、則雖勞而不怨、雖憂而能勵矣。范氏曰、予於采薇、見先王以人道使人、後世則牛羊而已矣。

采薇六章、章八句。

我出我車、于彼牧叶莫狄反。矣。自天子所、謂我來叶六直反。矣。召彼僕夫、謂之載叶節力反。矣。王事多難、乃旦反。維其棘矣。賦也　牧、郊外也。自、從也。天子、周王也。僕夫、御夫也。○此勞還率之詩。追言其始受命出征之時、出車於郊外而語其人曰、我受命於天子之所而來、於是乎召御夫使之載其車以行、而戒之曰、王事多難、是行也不可以緩矣。○我出我車、于彼郊叶音高。矣。設此旐音兆。矣、建彼旄音毛。矣。彼旟音餘。旐斯、胡不旆旆。叶蒲寐反。憂心悄悄、僕夫況瘁。似醉反。○賦也。郊在牧內、蓋前軍已至牧、而後軍猶在郊也。設、陳也。龜蛇曰旐。建、立也。旄、注旄於旗干之首也。鳥隼曰旟。鳥隼龜蛇、曲禮所謂前朱雀而後玄武也。楊氏曰、師行之法、四方之星各隨其方以爲左右前後、進退有度、各司其局、則士無失伍離次矣。旆旆、飛揚之貌。悄悄、憂貌。況、茲也。或云當作怳。○言出車在郊、建設旗幟、彼旗幟者、豈不旆旆而飛揚乎。但將帥方以任大責重爲憂、而僕夫亦爲之恐懼而憔悴耳。東萊呂氏曰、古者出師、以喪禮處之、命下之日、士皆泣涕。夫子之言行三軍、亦曰臨事而懼、皆此意也。

○王命南仲、往城于方。出車彭彭、叶鋪郎反。旂旐央央。於良反。天子命我、城彼朔方。赫赫南仲、玁狁于襄。賦也。王、周王也。南仲、此時大將也。方、朔方、今靈夏等州之地。彭彭、衆盛貌。交龍爲旂、此所謂左青龍也。央央、鮮明也。赫赫、威名光顯也。襄、除也。或曰、上也、與懷山襄陵之襄同、言勝之也。○東萊呂氏曰、大將傳天子之命以令軍衆、於是車馬衆盛、旂旐鮮明、威靈氣焰、赫然動人矣。兵事以哀敬爲本、而所尙則威、二章之戒懼、三章之奮揚、並行而不相悖也。程子曰、城朔方而玁狁之難除、禦戎狄之道、守備爲本、不以攻戰爲先也。

○昔我往矣、黍稷方華。叶芳無反。今我來思、雨于付反。雪載塗。王事多難、不遑啓居。豈不懷歸、畏此簡書。賦也。華、盛也。塗、凍釋而泥塗也。簡書、戒命也。鄰國有急、則以簡書相戒命也。或曰、簡書、策命臨遣之詞也。○此言其旣歸在塗、而本其往時所見、與今還時所遭、以見其出之久也。東萊呂氏曰、采薇之所謂往、遣戍時也。此詩之所謂往、在道時也。采薇之所謂來、戍畢時也。此詩之所謂來、歸而在道時也。

○喓喓於遙反。草蟲、趯趯他歷反。阜螽。未見君子、憂心忡忡。敕中反。旣見君子、我心則降。戶江反、叶胡攻反。赫赫南仲、薄伐西戎。賦也。此言將帥之出征也、其室家感時物之變而念之、以爲未見而憂之如此、必旣見然後心可降耳、然此南仲今何在乎。方往伐西戎而未歸也、豈旣却玁狁而還師以伐昆夷也與。薄之爲言聊也、蓋不勞餘力矣。

○春日遲遲、卉許貴反。木萋萋、七西反。倉庚喈喈、音皆、叶居奚反。采蘩祁祁。巨移反。執訊音信。獲醜、薄言還音旋。

歸。赫赫南仲、玁狁于夷。賦也。卉、草也。萋萋、盛貌。倉庚、黃鸝也。喈喈、聲之和也。訊、其魁首當訊問者也。醜、徒衆也。夷、平也。○歐陽氏曰、述其歸時、春日暄妍、草木榮茂、而禽鳥和鳴。于此之時、執訊獲醜而歸、豈不樂哉。鄭氏曰、此時亦伐西戎、獨言平玁狁者、玁狁大、故以爲始、以爲終。

出車六章、章八句。

有杕大計反。之杜、有睆華版反。其實。王事靡盬、繼嗣我日。日月陽止、女心傷止、征夫遑止。賦也。睆、實貌。嗣、續也。陽、十月也。遑、暇也。○此勞還役之詩。故追述其未還之時、室家感於時物之變而思之曰、特生之杜、有睆其實、則秋冬之交矣。而征夫以王事出、乃以日繼日、而無休息之期、至于十月、可以歸而猶不至。故女心悲傷、而曰征夫亦可以暇矣、曷爲而不歸哉。或曰、興也。下章放此。○有杕之杜、其葉萋萋。王事靡盬、我心傷悲。卉木萋止、女心悲止、征夫歸止。賦也。萋萋、盛貌。春將莫之時也。歸止、可以歸也。○陟彼北山、言采其杞。王事靡盬、憂我父母。叶滿洧反。檀車幝幝、尺善反。四牡痯痯、古緩反、叶古轉反。征夫不遠。賦也。檀木堅、宜爲車。幝幝、敝貌。痯痯、罷貌。○登山采杞、則春已莫而杞可食矣。蓋託以望其君子、而念其以王事詒父母之憂也。然檀車之堅而敝矣、四牡之壯而罷矣、則征夫之歸亦不遠矣。○匪載匪來、叶六直反。憂心孔疚。叶訖力反。期逝不至、叶朱力反。而多爲恤。卜筮偕叶舉里反。止、會言近叶渠紀反。止、征夫邇止。賦也。載、裝。疚、病。逝、往。恤、憂。偕、俱。會、合也。○言征夫不裝載而來歸、固已使我念之而甚病矣。況歸期已過而猶不至、則使我多爲憂恤、宜如何哉。故且卜且筮、相襲俱作、合言於繇而皆曰近矣、則征夫其亦邇而將至矣。范氏曰、以卜筮終之、言思之切而無所不爲也。

杕杜四章、章七句。鄭氏曰、遣將帥及戍役、同歌同時、欲其同心也。反而勞之、異歌異日、殊尊卑也。記曰、賜君子小人不同日、此其義也。王氏曰、出而用兵、則均服同食、一衆心也。

入而振旅、則殊尊卑、辨貴賤、定衆志也。范氏曰、出車勞率、故美其功。杕杜勞衆、故極其情。先王以己之心爲人之心、故能曲盡其情、使民忘其死以忠於上也。

南陔

此笙詩也、有聲無詞、舊在魚麗之後。以儀禮考之、其篇次當在此、今正之。說見華黍。

鹿鳴之什十篇、一篇無辭、凡四十六章、二百九十七句。

白華之什二之二

毛公以南陔以下三篇無辭、故升魚麗以足鹿鳴什數、而附笙詩三篇于其後、因以南有嘉魚爲次什之首。今悉依儀禮正之。

白華

笙詩也。說見上下篇。

華黍

亦笙詩也。鄉飲酒禮、鼓瑟而歌鹿鳴四牡皇皇者華、然後笙入堂下、磬南北面立、樂南陔白華華黍。燕禮亦鼓瑟歌鹿鳴四牡皇華、然後笙入立于縣中、奏南陔白華華黍。南陔以下、今無以考其名篇之義、然曰笙、曰樂、曰奏、而不言歌、則有聲而無詞明矣。所以知其篇第在此者、意古經篇題之下必有譜焉、如投壺魯薛鼓之節而亡之耳。

魚麗力馳反。于罶、音柳、與酒叶。鱨音常、鯊。音沙、叶蘇何反。君子有酒、旨且多。興也。麗、歷也。罶、以曲薄爲笱、而承梁之空者也。鱨、楊也、今黃頰魚是也。似燕頭、魚身、形厚而長大、頰骨正黃、魚之大而有力解飛者。鯊、鮀也。魚狹而小、常張口吹沙、故又名吹沙。君子、指主人。旨且多、旨而又多也。○此燕饗通用之樂歌。即燕饗所薦之羞、而極道其美且多、見主人禮意之勤、以優賓也。或曰、賦也。下二章放此。

○魚麗于罶、魴鱧。音禮。君子有酒、多且旨。興也。鱧、鮦也。又曰、鯇也。

○魚麗于罶、鰋音偃。鯉。君子有酒、旨且有。叶羽已反。○興也。鰋、鮎也。有、猶多也。

○物其多矣、維其嘉叶居何反。矣。賦也。

○物其旨矣、維其偕叶舉里反。矣。賦也。

○物其有叶羽己反。矣、維其時叶上紙反。矣。賦也。蘇氏曰、多則患其不嘉、旨則患其不齊、有則患其不時。今多而能嘉、旨而能齊、有而能時、言曲全也。

魚麗六章、三章章四句、三章章二句。按儀禮鄉飲酒及燕禮、前樂既畢、皆閒歌魚麗、笙由庚、歌南有嘉魚、笙崇丘、歌南山有臺、笙由儀。閒、代也。言一歌一吹也。然則此六者、蓋一時之詩、而皆爲燕饗賓客上下通用之樂。毛公分魚麗以足前什、而說者不察、遂分魚麗以上爲文武詩、嘉魚以下爲成王詩、其夫甚矣。

由庚此亦笙詩、說見魚麗。

南有嘉魚、烝之承反。**然罩罩。**張教竹卓二反。**君子有酒、嘉賓式燕以樂。**五教歷各二反。○興也。南謂江漢之間。嘉魚、鯉質、鱒鯽肌、出於沔南之丙穴。烝然、發語聲也。罩、篧也、編細竹以罩魚者也。重言罩罩、非一之詞也。○此亦燕饗通用之樂。故其辭曰、南有嘉魚、則必烝然而罩罩之矣。君子有酒、則必與嘉賓共之、而式燕以樂矣。此亦因所薦之物、而道達主人樂賓之意也。

○**南有嘉魚、烝然汕汕。**所諫反。**君子有酒、嘉賓式燕以衎。**苦旦反。○興也。汕、樔也。以薄汕魚也。衎、樂也。

○**南有樛**居虯反。**木、甘瓠**音護。**纍**力追反。**之。君子有酒、嘉賓式燕綏之。**興也。○東萊呂氏曰、瓠有甘有苦、甘瓠則可食者也。樛木下垂而美實纍之、固結而不可解也。愚謂此興之取義者、似比而實興也。

○**翩翩者鵻、**之誰反。**烝然來**叶六直陵之二反。**思。君子有酒、嘉賓式燕又**叶夷昔反、或如字。**思。**興也。此興之全不取義者也。思、語詞也。又、既燕而又燕、以見其至誠有加而無已也。或曰、又思、言其又思念而不忘也。

南有嘉魚四章、章四句。說見魚麗。

崇丘說見魚麗。

南山有臺、叶田飴反。**北山有萊。**叶陵之反。**樂**音洛。**只**音紙。**君子、邦家之基。樂只君子、萬壽無期。**興也。臺、夫須、即莎草也。萊、草名、葉香可食者也。君子、指賓客也。○此亦燕饗通用之樂。故其辭曰、南山則有臺矣、北山則有萊矣。樂只君子、則邦家之基矣。樂只君子、則萬壽無期矣。所以道達主人尊賓之意、美其德而祝其壽也。○南山有桑、北山有楊。樂只君子、邦家之光。樂只君子、萬壽無疆。興也。○南山有杞、北山有李。樂只君子、民之父母。叶滿彼反。樂只君子、德音不已。興也。杞、樹如樗、一名狗骨。○南山有栲、音考、叶音口。北山有杻。女久反。樂只君子、遐不眉壽。叶直酉反。樂只君子、德音是茂。叶莫口反。○興也。栲、山樗。杻、檍也。遐、何通。眉壽、秀眉也。○南山有枸、俱甫反。北山有楰。音庾。樂只君子、遐不黃耇。音苟、叶果五反。樂只君子、保艾五蓋反。爾後。叶下五反。○興也。枸、枳枸、樹高大似白楊。有子著枝端、大如指、長數寸、噉之甘美如飴。八月熟。亦名木蜜。楰、鼠梓、樹葉木理如楸、亦名苦楸。黃、老人髮白復黃也。耇、老人面凍梨色、如浮垢也。保、安。艾、養也。

南山有臺五章、章六句。說見魚麗。

由儀 說見魚麗。

蓼音六。彼蕭斯、零露湑息呂反。兮。既見君子、我心寫叶想羽反。兮。燕笑語兮、是以有譽處兮。興也。蓼、長大貌。蕭、蒿也。湑、湑然蕭上露貌。君子、指諸侯也。寫、輸寫也。燕、謂燕飲。譽、善聲也。處、安樂也。蘇氏曰、譽、豫通。凡詩之譽、皆言樂也。亦通。○諸侯朝于天子、天子與之燕以示慈惠、故歌此詩。言蓼彼蕭斯、則零露湑然矣。既見君子、則我心輸寫而無留恨矣。是以燕笑語而有譽處也。其曰既見、蓋於其初燕而歌之也。○蓼彼蕭斯、零露瀼瀼。如羊反。既見君子、爲龍爲光。其德不爽、叶師莊反。壽考不忘。興也。瀼瀼、露蕃貌。龍、寵也。爲龍爲光、喜其德之詞也。爽、差也。其德不爽、則壽考不忘矣。褒美而祝頌之、又因以勸戒之也。○蓼彼蕭斯、零露泥泥。乃禮反。

反。既見君子、孔燕豈弟。宜兄宜弟、待禮反。令德壽豈。開改反、叶去禮反。○興也。泥泥、露濡貌。孔、甚。豈、樂。弟、易也。宜兄宜弟、猶曰宜其家人。蓋諸侯繼世而立、多疑忌其兄弟、如晉詛無畜羣公子、秦鍼懼選之類。故以宜其兄弟美之、亦所以警戒之也。壽豈、壽而且樂也。○蓼彼蕭斯、零露濃濃。奴同反。既見君子、鞗革徒彫反。沖沖。敕弓反。和鸞雝雝、萬福攸同。興也。濃濃、厚貌。鞗、轡也。革、轡首也。馬轡所把之外、有餘而垂者也。沖沖、垂貌。和、鸞、皆鈴也。在軾曰和、在鑣曰鸞、皆諸侯車馬之飾也。庭燎亦以君子目諸侯、而稱其鸞旂之美、正此類也。攸、所。同、聚也。

蓼蕭四章、章六句。

湛湛直減反。露斯、匪陽不晞。音希。厭厭於鹽反。夜飲、不醉無歸。興也。湛湛、露盛貌。陽、日。晞、乾也。厭厭、安也、亦久也、足也。夜飲、私燕也。燕禮宵則兩階及庭門皆設大燭焉。○此亦天子燕諸侯之詩。言湛湛露斯、非日則不晞。猶厭厭夜飲、不醉則不歸。蓋於其夜飲之終而歌之也。○湛湛露斯、在彼豐草。厭厭夜飲、在宗載考。興也。豐、茂也。夜飲必於宗室、蓋路寢之屬也。考、成也。○湛湛露斯、在彼杞棘。顯允君子、莫不令德。興也。顯、明。允、信也。君子、指諸侯爲賓者也。令、善也。令德、謂其飲多而不亂、德足以將之也。○其桐其椅、於宜反。其實離離。豈弟君子、莫不令儀。興也。離離、垂也。令儀、言醉而不喪其威儀也。

湛露四章、章四句。春秋傳、甯武子曰、諸侯朝正於王、王宴樂之、於是賦湛露。曾氏曰、前兩章言厭厭夜飲、後兩章言令德令儀、雖過三爵、亦可謂不繼以淫矣。

白華之什十篇、五篇無辭、凡二十三章、一百四句。

詩卷第十

朱熹集傳

彤弓之什二之三

彤弓弨尺昭反兮、受言藏之。我有嘉賓、中心貺叶虛王反之。鍾鼓既設、一朝饗叶虛良反之。賦也。彤弓、朱弓也。弨、弛貌。貺、與也。大飲賓曰饗。○此天子燕有功諸侯、而錫以弓矢之樂歌也。東萊呂氏曰、受言藏之、言其重也。受弓人所獻、藏之王府、以待有功、不敢輕予人也。中心貺之、言其誠也。中心實欲貺之、非由外也。一朝饗之、言其速也。以王府寶藏之弓、一朝舉以畀人、未嘗有遲留顧惜之意也。後世視府藏為已私分、至有以武庫兵賜弄臣者、則與受言藏之者異矣。賞賜非出於利誘、則迫於事勢、至有朝賜鐵券而暮屠戮者、則與中心貺之者異矣。屯膏吝賞、功臣解體、至有印刓而不忍予者、則與一朝饗之者異矣。

○彤弓弨兮、受言載叶子利反之。我有嘉賓、中心喜叶去聲之。鍾鼓既設、一朝右音又、叶于記反之。賦也。載、抗之也。喜、樂也。右、勸也、尊也。

○彤弓弨兮、受言櫜古刀反、叶古號反之。我有嘉賓、中心好呼報反之。鍾鼓既設、一朝醻市由反、叶大到反之。賦也。櫜、韜。好、說。醻、報也。飲酒之禮、主人獻賓、賓酢主人、主人又酌自飲、而遂酌以飲賓、謂之醻。醻、猶厚也、勸也。

彤弓三章、章六句。春秋傳、甯武子曰、諸侯敵王所愾、而獻其功、於是乎賜之彤弓一、彤矢百、玈弓矢千、以覺報宴。注曰、愾、恨怒也。覺、明也。謂諸侯有四夷之功、王賜之弓矢、又為歌彤弓以明報功宴樂。鄭氏曰、凡諸侯賜弓矢、然後專征伐。東萊呂氏曰、所謂專征者、如四夷入邊、臣子簒弑、不容待報者。其它則九伐之法、乃大司馬所職、非諸侯所專也。與後世强臣、拜表輒行者異矣。

菁菁子丁反者莪、五何反在彼中阿。既見君子、樂音洛且有儀。叶五何反○興也。菁菁、盛貌。莪、蘿蒿也。中阿、阿中也。大陵曰阿。君子、指賓客也。○此亦燕飲賓客之詩。言菁菁者莪、則在彼中阿矣。既見君子、則我心喜樂而有禮儀矣。或曰、以菁菁者莪比君子容貌威儀之盛也。下章放此。

○菁菁者莪、在彼中沚。音止。**既見君子、我心則喜。**興也。中沚、沚中也。喜、樂也。

○菁菁者莪、在彼中陵。既見君子、錫我百朋。興也。中陵、陵中也。古者貨貝、五貝爲朋。錫我百朋者、見之而喜、如得重貨之多也。

○汎汎芳劍反。**楊舟、載沉載浮。既見君子、我心則休。**興也。楊舟。楊木爲舟也。載、則也。載沉載浮、猶言載清載濁、載馳載驅之類、以興未見君子而心不定也。休者、休休然、言安定也。

菁菁者莪四章、章四句。

六月棲棲、音西。**戎車既飭。**音敕。**四牡騤騤、**求龜反。**載是常服。**叶蒲北反。**玁狁孔熾、**尺志反。**我是用急。**叶音棘。**王于出征、以匡王國。**叶于逼反。○賦也。六月、建未之月也。棲棲、猶皇皇不安之貌。戎車、兵車也。飭、整也。騤騤、强貌。常服、戎事之常服、以韎韋爲弁、又以爲衣、而素裳白舃也。玁狁、卽獫狁、北狄也。孔、甚。熾、盛。匡、正也。○成康既沒、周室寖衰、八世而厲王胡暴虐、周人逐之、出居于彘。玁狁內侵、逼近京邑。王崩、子宣王靖卽位。命尹吉甫帥師伐之、有功而歸。詩人作歌以敍其事如此。司馬法、冬夏不興師、今乃六月而出師者、以玁狁甚熾、其事危急、故不得已而王命於是出征、以正王國也。

○比毗志反。**物四驪、閑之維則。維此六月、既成我服。**叶蒲北反。**我服既成、于三十里。王于出征、以佐天子。**叶獎履反。○賦也。比物、齊其力也。凡大事、祭祀、朝覲、會同、毛馬而頒之。凡軍事、物馬而頒之。毛馬齊其色、物馬齊其力、吉事尚文、武事尚强也。則、法也。服、戎服也。三十里、一舍也。古者吉行日五十里、師行日三十里。○既比其物、而曰四驪、則其色又齊、可以見馬之有餘矣。閑習之而皆中法、則又可以見教之有素矣。於是此月之中、卽成我服、既成我服、卽日引道、不徐不疾、盡舍而止、又見其應變之速、從事之敏、而不失其常度也。王命於此而出征、欲其有以敵王所愾而佐天子耳。

○四牡脩廣、其大有顒。玉容反。**薄伐玁狁、以奏膚公。有嚴**

有翼、共音恭。武之服。叶蒲北反。共武之服、以定王國。叶于逼反。○賦也。脩、長。廣、大也。顒、大貌。奏、薦。膚、大。公、功。嚴、威。翼、敬也。共、與供同。服、事也。言將帥皆嚴敬以恭武事也。

○玁狁匪茹、如豫反。整居焦穫。音護。侵鎬胡老反。及方、至于涇陽。織音志。文鳥章、白旆央央。於良反。元戎十乘、繩證反。以先啓行。叶戶郎反。○賦也。茹、度。整、齊也。焦、穫、鎬、方、皆地名。焦未詳所在。穫、郭璞以爲瓠中、則今在耀州三原縣也。鎬、劉向以爲千里之鎬、則非鎬京之鎬矣。亦未詳其所在也。方、疑卽朔方也。涇陽、涇水之北、在豐鎬之西北。言其深入爲寇也。織幟字同。鳥章、鳥隼之章也。白旆、繼旐者也。央央、鮮明貌。元、大也。戎、戎車也。軍之前鋒也。啓、開。行、道也。猶言發程也。○言玁狁不自度量、深入爲寇如此、是以建此旌旗、選鋒銳進、聲其罪而致討焉。直而壯、律而臧。有所不戰、戰必勝矣。

○戎車既安、叶於連反。如輊竹二反。如軒。四牡既佶、其乙反。既佶且閑。叶胡田反。薄伐玁狁、至于大音泰。原。文武吉甫、萬邦爲憲。叶許言反。○賦也。輊、車之覆而前也。軒、車之却而後也。凡車從後視之如輊、從前視之如軒、然後適調也。佶、壯健貌。大原、地名、亦曰大鹵、今在大原府陽曲縣。至于大原、言逐出之而已、不窮追也。先王治戎狄之法如此。吉甫、尹吉甫、此時大將也。憲、法也。非文無以附衆、非武無以威敵、能文能武、則萬邦以之爲法矣。

○吉甫燕喜、既多受祉。來歸自鎬、我行永久。叶舉里反。飲於鴆反。御諸友、叶羽已反。炰白交反。鼈膾鯉。侯誰在矣、張仲孝友。叶羽已反。○賦也。祉、福。御、進。侯、維也。張仲、吉甫之友也。善父母曰孝。善兄弟曰友。○此言吉甫燕飲喜樂。多受福祉、蓋以其歸自鎬而行永久也。是以飲酒進饌於朋友、而孝友之張仲在焉。言其所與燕者之賢、所以賢吉甫而善是燕也。

六月六章、章八句。

薄言采芑、音起。于彼新田、于此菑側其反。畝。叶每彼反。方叔涖音利。止、其車三千、師干之試。叶詩止反、下同。方叔率止、乘其四騏、四騏翼翼。路車有奭、許力反。簟笰、音弗。魚服、叶蒲北反。鉤膺鞗音條。革。叶訖力反。○興也。芑、苦菜也、青白色、摘其葉有白汁出、肥可生食、亦可蒸爲茹、卽今苦蕒菜。宜馬食。軍行采之、人馬皆可食也。田一歲曰菑、二歲曰新田、三歲曰畬。方叔、宣王卿士、受命爲將者也。涖、臨也。其車三千、法當用三十萬衆。蓋兵車一乘、甲士三人、步卒七十二人、又二十五人、將重車在後、凡百人也。然此亦極其盛而言、未必實有此數也。師、衆。干、扞也。試、肄習也。言衆且練也。率、總率之也。翼翼、順序貌。路車、戎路也。奭、赤貌。簟笰、以方文竹簟爲車蔽也。鉤膺、馬婁頷有鉤、而在膺有樊有纓也。樊、馬大帶。纓、鞅也。鞗革、見蓼蕭篇。○宣王之時、蠻荊背叛、王命方叔南征。軍行采芑而食、故賦其事以起興曰、薄言采芑、則于彼新田、于此菑畝矣。方叔涖止、則其車三千、師干之試矣。又遂言其車馬之美、以見軍容之盛也。

○薄言采芑、于彼新田、于此中鄉。方叔涖止、其車三千、旂旐央央。方叔率止、約軧祈支反。錯衡、叶戶郎反。八鸞瑲瑲。七羊反。服其命服、朱芾音弗。斯皇、有瑲葱珩。音衡、叶戶郎反。○興也。中鄉、民居、其田尤治。約、束。軧、轂也。以皮纏束兵車之轂而朱之也。錯、文也。鈴在鑣曰鸞。馬口兩旁各一、四馬故八也。瑲瑲、聲也。命服、天子所命之服也。朱芾、黃朱之芾也。皇、猶煌煌也。瑲、玉聲。葱、蒼色如葱者也。珩、佩首橫玉也。禮、三命赤芾葱珩。

○鴥惟必反。彼飛隼、息允反。其飛戾天、亦集爰止。方叔涖止、其車三千、師干之試。方叔率止、鉦音征。人伐鼓、陳師鞠居六反。旅。顯允方叔、伐鼓淵淵、叶於巾反。振旅闐闐。徒顚反、叶徒隣反。○興也。隼、鷂屬、急疾之鳥也。戾、至。爰、於也。鉦、鐃也、鐲也。伐、擊也。鉦以靜之、鼓以動之、鉦鼓各有人、而言鉦人伐鼓、互文也。鞠、告也。二千五百人爲師、五百人爲旅。此言將戰、陳其師旅而誓告之也。陳師告旅、亦互文耳。淵淵、鼓聲、平和不暴怒也。謂戰時進士衆也。振、止。旅、衆也。言戰罷而止其衆以入也。春秋傳曰、出曰治兵、入曰振旅是也。闐闐、亦鼓聲也。或曰、盛貌。程子曰、振旅亦以鼓行金止。○言隼飛戾天、而亦集於所止、以興師衆之盛、而進退有節、如下文所云也。

○蠢尺允反。爾蠻荊、大邦爲讎。方叔元老、克壯其猶。方叔率止、執訊音信。獲醜。叶尺由反。戎車嘽嘽、吐丹反。嘽嘽焞焞、吐雷反。如霆如雷。顯允方叔、征伐玁狁、蠻荊來威。叶音隈。○賦也。蠢者、動而無知之貌。蠻荊、荊州之蠻也。大邦、猶言中國也。元、大。猶、謀也。言方叔雖老而謀則壯也。嘽嘽、衆也。焞焞、盛也。霆、疾雷也。方叔蓋嘗與於北伐之功者、是以蠻荊聞其名而皆來畏服也。

采芑四章、章十二句。

我車既攻、我馬既同。四牡龐龐、鹿同反。駕言徂東。賦也。攻、堅。同、齊也。傳曰、宗廟齊豪、尚純也。戎事齊力、尚强也。田獵齊足、尚疾也。龐龐、充實也。東。東都洛邑也。○周公相成王、營洛邑、爲東都以朝諸侯。周室既衰、久廢其禮。至于宣王、內脩政事、外攘夷狄、復文武之竟土。脩車馬、備器械、復會諸侯於東都、因田獵而選車徒焉。故詩人作此以美之。首章汎言將往東都也。

○田車既好、叶許厚反。四牡孔阜。符有反。東有甫草、叶此苟反。駕言行狩。叶始九反。○賦也。田車、田獵之車。好、善也。阜、盛大也。甫草、甫田也、後爲鄭地、今開封府中牟縣西圃田澤是也。宣王之時、未有鄭國、圃田屬東都畿內、故往田也。○此章指言將往狩于圃田也。

○之子于苗、叶音毛。選徒囂囂。五刀反。建旐設旄、搏音博。獸于敖。○賦也。之子、有司也。苗、狩獵之通名也。選、數也。囂囂、聲衆盛也。數車徒者、其聲囂囂、則車徒之衆可知。且車徒不譁、而惟數者有聲、又見其靜治也。敖、近滎陽、地名也。○此章言至東都而選徒以獵也。

○駕彼四牡、四牡奕奕。赤芾金舄、會同有繹。賦也。奕奕、連絡布散之貌。赤芾、諸侯之服。金舄、赤舄而加金飾、亦諸侯之服也。時見曰會。殷見曰同。繹、陳列聯屬之貌也。○此章言諸侯來會、朝於東都也。

○決拾既佽、音次、與柴叶。弓矢既調。讀如同、與柴叶。射夫既同、助我舉柴。子智反。○賦也。決、以象骨爲之、著於右手大指、所以鉤弦開體。拾、以皮爲之、著於左臂以遂弦、故亦名遂。佽、比也。調、謂弓强弱與矢輕重相得也。射夫、蓋諸侯來會者。同、協也。柴、說文作𢸀、謂積禽也。使諸侯之人助而舉之、言獲多也。○此章言既會同而田獵也。

○四黃既駕、兩驂不猗。於寄於箇二反。不失其馳、叶徒臥反。舍音捨。矢如破。彼寄普過二反。○賦也。猗、偏倚不正也。馳、馳驅之法也。舍矢如破、巧而力也。蘇氏曰、不善射御者、詭遇則獲、不然不能也。今御者不失其馳驅之法、而射者舍矢如破、則可謂善射御矣。○此章言田獵而見其射御之善也。

○蕭蕭馬鳴、悠悠旆旌。徒御不驚、大庖蒲交反。不盈。賦也。蕭蕭、悠悠、皆閑暇之貌。徒、步卒也。御、車御也。驚、如漢書夜軍中驚之驚。不驚、言比卒事不喧譁也。大庖、君庖也。不盈、言取之有度、不極欲也。蓋古者田獵獲禽、面傷不獻、踐毛不獻、不成禽不獻。擇取三等。自左膘而射之達于右腢為上殺、以為乾豆、奉宗廟。達右耳本者次之、以為賓客。射左髀達于右䯚為下殺、以充君庖。每禽取三十焉、每等得十、其餘以與士大夫習射於澤宮、中者取之。是以獲雖多而君庖不盈也。張子曰、饌雖多而無餘者、均及於衆而有法耳。凡事有法、則何患乎不均也。舊說、不驚、驚也。不盈、盈也。亦通。○此章言其終事嚴而頒禽均也。

○之子于征、有聞音問。無聲。允矣君子、展也大成。賦也。允、信。展、誠也。聞師之行而不聞其聲、言至肅也。信矣其君子也、誠哉其大成也。○此章總序其事之始終而深美之也。

車攻八章、章四句。以五章以下考之、恐當作四章、章八句。

吉日維戊、叶莫吼反。既伯既禱。叶丁口反。田車既好、叶許口反。四牡孔阜。符有反。升彼大阜、從其羣醜。賦也。戊、剛日也。伯、馬祖也。謂天駟房星之神也。醜、衆也。謂禽獸之羣衆也。○此亦宣王之詩。言田獵將用馬力、故以吉日祭馬祖而禱之。既祭而車牢馬健、於是可以歷險而從禽也。以下章推之、是日也、其戊辰與。

○吉日庚午、既差我馬。叶滿補反。獸之所同、麀音憂。鹿麌麌。愚甫反。漆沮七徐反。之從、天子之所。賦也。庚午、亦剛日也。差、擇。齊其足也。同、聚也。鹿牝曰麀。麌麌、衆多也。漆沮、水名、在西都畿內涇渭之北、所謂洛水。今自鹽章流入鄜坊、至同州入河也。○戊辰之日既禱矣、越二日庚午、遂擇其馬而乘之。視獸之所聚、麀鹿最多之處而從之。於漆沮之旁為盛、宜為天子田獵之所也。

○瞻彼中原、其祁孔有。叶羽已反。儦儦表驕反。俟俟、叶于紀反。或羣或友。叶羽已反。悉率左右、叶羽已反。以燕天子。叶獎履反。○賦也。中原、原中也。祁、大也。望則儦儦、行則俟俟。獸三曰羣、二曰友。燕、樂也。○言從王者視彼禽獸之多、於是率其同事之人、各共其事、以樂天子也。

○既張我弓、既挾子洽反。我

矢。發彼小豝、音巴。殪於計反。此大兕。徐履反。以御賓客、且以酌醴。賦也。發、發矢也。豕牝曰豝。壹矢而死曰殪。兕、野牛也。言能中微而制大也。御、進也。醴、酒名。周官五齊、二曰醴齊。注曰、醴成而汁滓相將、如今甜酒也。○言射而獲禽以爲俎實、進於賓客而酌醴也。

吉日四章、章六句。東萊呂氏曰、車攻吉日、所以爲復古者、何也。蓋蒐狩之禮、可以見王賦之復焉、可以見軍實之盛焉、可以見師律之嚴焉、可以見上下之情焉、可以見綜理之周焉。欲明文武之功業者、此亦足以觀矣。

鴻鴈于飛、肅肅其羽。之子于征、劬其俱反。勞于野。叶上與反。爰及矜棘冰反。人、哀此鰥寡。叶果五反。○興也。大曰鴻、小曰鴈。肅肅、羽聲也。之子、流民自相謂也。征、行也。劬勞、病苦也。矜、憐也。老而無妻曰鰥、老而無夫曰寡。○舊說、周室中衰、萬民離散、而宣王能勞來還定安集之、故流民喜之而作此詩。追敘其始而言曰、鴻鴈于飛、則肅肅其羽矣。之子于征、則劬勞于野矣。且其劬勞者、皆鰥寡可哀憐之人也。然今亦未有以見其爲宣王之詩。後三篇放此。

鴻鴈于飛、集于中澤。叶徒洛反。之子于垣、音袁。百堵丁古反。皆作。雖則劬勞、其究安宅。叶達各反。○興也。中澤、澤中也。一丈爲板、五板爲堵。究、終也。○流民自言。鴻鴈集于中澤、以興己之得其所止而築室以居、今雖勞苦而終獲安定也。

鴻鴈于飛、哀鳴嗸嗸。五刀反。維此哲人、謂我劬勞。維彼愚人、謂我宣驕。叶音高。○比也。流民以鴻鴈哀鳴自比而作此歌也。哲、知。宣、示也。知者聞我歌、知其出於劬勞、不知者謂我閒暇而宣驕也。韓詩云、勞者歌其事。魏風亦云、我歌且謠、不我知者、謂我士也驕。大抵歌多出於勞苦、而不知者常以爲驕也。

鴻鴈三章、章六句。

夜如何其、音基。夜未央、庭燎之光。君子至止、鸞聲將將。七羊反。○賦也。其、語詞。央、中也。庭燎、大燭也。諸侯將朝、則司烜以物百枚幷而束之、設於門內也。君子、諸侯也。將將、鸞鑣聲。○王將起視朝、不安於寢、而問夜之早晚曰、夜如何哉。夜雖未央、而庭燎光矣。朝者至而聞其鸞聲矣。

○夜如何其、夜未艾、音乂、叶如字。庭燎晣晣。之世反、與艾叶。君子至止、鸞聲噦噦。呼會反。○賦也。艾、盡也。晣晣、小明也。噦噦、近而聞其徐行聲有節也。

○夜如何其、夜鄉許亮反。晨、庭燎有煇。許云反。君子至止、言觀其旂。叶渠斤反。○賦也。鄉晨、近曉也。煇、火氣也。天欲明而見其煙光相雜也。既至而觀其旂、則辨色矣。

庭燎三章、章五句。

沔綿善反。彼流水、朝直遙反。宗于海。叶虎洧反。鴥惟必反。彼飛隼、息允反。載飛載止。嗟我兄弟、邦人諸友、羽軌反。莫肯念亂、誰無父母。叶滿洧反。○興也。沔、水流滿也。諸侯春見天子曰朝、夏見曰宗。○此憂亂之詩。言流水猶朝宗于海、飛隼猶或有所止、而我之兄弟諸友乃無肯念亂者、誰獨無父母乎。亂則憂或及之、是豈可以不念哉。

○沔彼流水、其流湯湯。失羊反。鴥彼飛隼、載飛載揚。念彼不蹟、並亦反。載起載行。叶戶郎反。心之憂矣、不可弭忘。○興也。湯湯、波流盛貌。不蹟、不循道也。載起載行、言憂念之深、不遑寧處也。弭、止也。水盛隼揚、以興憂念之不能忘也。

○鴥彼飛隼、率彼中陵。民之訛言、寧莫之懲。我友敬矣、讒言其興。○興也。率、循。訛、偽。懲、止也。○隼之高飛、猶循彼中陵、而民之訛言、乃無懲止之者。然我之友誠能敬以自持矣、則讒言何自而興乎。始憂於人而卒反諸己也。

沔水三章、二章章八句、一章六句。疑當作三章、章八句。卒章脫前兩句耳。

鶴鳴于九皋、聲聞音問。于野。叶上與反。魚潛在淵、或在于渚。樂音洛。彼之園、爰有樹檀、叶徒沿反、下同。其下維蘀。音託。它山之石、可以爲錯。七落反。○比也。鶴、鳥名、長頸、竦身、高脚、頂赤、身白、頸尾黑、其鳴高亮、聞八九里。皋、澤中水溢出所爲坎、從外數至九、喩深遠也。蘀、落也。錯、礪石也。○此詩之作、不可知其所由、然必陳善納誨之詞也。蓋鶴鳴于九皋、而聲聞于野。言誠之不可揜也。魚潛在淵、而或在于渚、言理之無定在也。園有樹檀、而其下維蘀、言愛當知其惡也。他山之石、而可以爲錯、言憎當知其善也。由是四者引而伸之、觸類而長之、天下之理其庶幾乎。

○鶴鳴于九皋、聲聞于天。叶鐵因反。魚在于渚、或潛在淵。叶一均反。樂彼之園、爰有樹檀、其下維穀。它山之石、可以攻玉。比也。穀、一名楮、惡木也。攻、錯也。○程子曰、玉之溫潤、天下之至美也。石之粗厲、天下之至惡也。然兩玉相磨、不可以成器、以石磨之、然後玉之爲器得以成焉。猶君子之與小人處也、橫逆侵加、然後脩省畏避、動心忍性、增益預防、而義理生焉、道德成焉。吾聞諸邵子云。

鶴鳴二章、章九句。

彤弓之什十篇、四十章、二百五十九句。疑脫兩句、當爲二百六十一句。

詩卷第十一

朱熹集傳

祈父之什二之四

祈勤衣反。父、音甫。予王之爪牙。叶五胡反。胡轉予于恤、靡所止居。賦也。祈父、司馬也、職掌封圻之兵甲。故以爲號。康誥曰、祈父薄違、是也。予、六軍之士也。或曰、司右虎賁之屬也。爪牙、鳥獸所用以爲威者也。恤、憂也。○軍士怨於久役、故呼祈父而告之曰、予乃王之爪牙、汝何轉我於憂恤之地、使我無所止居乎。

○祈父、予王之爪士。鉏里反。胡轉予于恤、靡所底之履反。止。賦也。爪士、爪牙之士也。底、至也。

○祈父、亶不聰。胡轉予于恤、有母之尸饔。賦也。亶、誠。尸、主也。饔、熟食也。言不得奉養、而使母反主勞苦之事也。○東萊呂氏曰、越勾踐伐吳、有父母耆老而無昆弟者皆遣歸。魏公子無忌救趙、亦令獨子無兄弟者歸養。則古者有親老而無兄弟、其當免征役、必有成法。故責司馬之不聰、其意謂此法人皆聞之、汝獨不聞乎、乃驅吾從戎、使吾親不免薪水之勞也。責司馬者、不敢斥王也。

祈父三章、章四句。序以爲刺宣王之詩。說者又以爲宣王三十九年、戰于千畝、王師敗績于姜氏之戎、故軍士怨而作此詩。東萊呂氏曰、太子晉諫靈王之詞曰、自我先王厲宣幽平而貪天禍、至于今未弭。宣王、中興之主也、至與幽厲並數之、其詞雖過、觀是詩所刺、則子晉之言豈無所自歟。但今考之詩文、未有以見其必爲宣王耳。下篇放此。

皎皎古了反。白駒、食我場苗。縶陟立反。之維之、以永今朝。所謂伊人、於焉逍遙。賦也。皎皎、潔白也。駒、馬之未壯者、謂賢者所乘也。場、圃也。縶、絆其足、維、繫其靷也。永、久也。伊人、指賢者也。逍遙、遊息也。○爲此詩者以賢者之去而不可留也、故託以其所乘之駒食我場苗而縶維之、庶幾以永今朝。使其人得以於此逍遙而不去、若後人留客而投其轄於井中也。

○皎皎白駒、食我場藿。火郭反。縶之維之、以永今夕。叶祥龠反。所謂伊人、於焉嘉客。叶克各反。○賦也。藿、猶苗也。夕、猶朝也。嘉客、猶逍遙也。○皎皎白駒、賁彼義反、又音奔。然來叶陵之反。思。爾公爾侯、叶洪孤反。逸豫無期。愼爾優游、叶云俱反。勉爾遁思。叶新齋反。○賦也。賁然、光采之貌也。或以爲來之疾也。思、語詞也。爾、指乘車之賢人也。愼、勿過也。勉、毋決也。遁思、猶言去意也。○言此乘白駒者若其肯來、則以爾爲公、以爾爲侯、而逸樂無期矣、猶言橫來、大者王、小者侯也。豈可以過於優游、決於遁思、而終不我顧哉。蓋愛之切而不知好爵之不足縻、留之苦而不恤其志之不得遂也。○皎皎白駒、在彼空谷。生芻楚俱反。一束、其人如玉。毋金玉爾音、而有遐心。賦也。賢者必去而不可留矣、於是歎其乘白駒入空谷、束生芻以秣之。而其人之德美如玉也、蓋已邈乎其不可親矣。然猶冀其相聞而無絕也。故語之曰、毋貴重爾之音聲、而有遠我之心也。

白駒四章、章六句。

黃鳥黃鳥、無集于穀、無啄陟角反。我粟。此邦之人、不我肯穀。言旋言歸、復我邦族。比也。穀、木名。穀、善。旋、回。復、反也。○民適異國、不得其所、故作此詩。託爲呼其黃鳥而告之曰、爾無集于穀、而啄我之粟。苟此邦之人不以善道相與、則我亦不久於此而將歸矣。○黃鳥黃鳥、無集于桑、無啄我粱。叶謨郎反。此邦之人、不可與明。言旋言歸、復我諸兄。叶虛王反。○比也。○黃鳥黃鳥、無集于栩、無啄我黍。況甫反。此邦之人、不可與處。言旋言歸、復我諸父。扶雨反。○比也。

黃鳥三章、章七句。東萊呂氏曰、宣王之末、民有失所者、意它國之可居也、及其至彼、則又不若故鄉焉、故思而欲歸。使民如此、亦異於還定安集之時矣。今按詩文、未見其爲宣王之世。下篇亦然。

我行其野、蔽必制反。芾方味反。其樗。敕雩反。婚姻之故、言就爾居。爾不我畜、復我邦家。叶古胡反。○賦也。樗、惡木也。壻之父、婦之父、相謂曰婚姻。畜、養也。○民適異國、依其婚姻而不見收卹、故作此詩。言我行於野中、依惡木以自蔽。於是思婚姻之故而就爾居、而爾不我畜也、則將復我之邦家矣。

○我行其野、言采其蓫。敕六反。婚姻之故、言就爾宿。爾不我畜、言歸思復。賦也。蓫、牛頽、惡菜也。今人謂之羊蹄菜。

○我行其野、言采其葍。音福、叶筆力反。不思舊姻、求爾新特。成論語作誠。不以富、亦祇音支。以異。叶逸織反。○賦也。葍、蕾、惡菜也。特、匹也。○言爾之不思舊姻而求新匹也、雖實不以彼之富、而厭我之貧、亦祇以其新而異於故耳。此見詩人責人忠厚之意。

我行其野三章、章六句。

王氏曰、先王躬行仁義以道民、厚矣、猶以爲未也、又建官置師、以孝友睦婣任卹六行敎民。爲其有父母也、故敎以孝。爲其有兄弟也、故敎以友。爲其有同姓也、故敎以睦。爲其有異姓也、故敎以婣。爲隣里鄉黨相保相受也、故敎以任。相賙相救也、故敎以恤。以爲徒敎之或不率也、故使官師以時書其德行而勸之。以爲徒勸之或不率也、於是乎有不孝不睦不婣不弟不任不恤之刑焉。方是時也、安有如此詩所刺之民乎。

秩秩斯干、叶居焉反。幽幽南山。叶所旃反。如竹苞叶補苟反。矣、如松茂叶莫口反。矣。兄及弟矣、式相好呼報反、叶許厚反。矣、無相猶叶余久反。矣。賦也。秩秩、有序也。斯、此也。干、水涯也。南山、終南之山也。苞、叢生而固也。猶、謀也。○此築室既成、而燕飲以落之、因歌其事。言此室臨水而面山、其下之固如竹之苞、其上之密如松之茂。又言居是室者、兄弟相好而無相謀、則頌禱之辭、猶所謂聚國族於斯者也。張子曰、猶、似也。人情大抵施之不報則輟、故恩不能終。兄弟之間、各盡己之所宜施者、無學其不相報而廢恩也。君臣父子朋友之間、亦莫不用此道盡己而已。愚按此於文義或未必然、然意則善矣。或曰、猶、當作尤。○似續妣必履反。祖、築室百堵、西南其戶。胡五反。爰居爰處、爰笑爰語。
賦也。似、嗣也。妣先於祖者、協下韻爾。或曰、謂姜嫄后稷也。西南其戶、天子之宮、其室非一、在東者西其戶、在北者南其戶、猶言南東其畝也。爰、於也。○約之閣閣、椓陟角反。之橐橐。音託。
風雨攸除、直慮反。鳥鼠攸去、君子攸芋。香于反、叶王遇反。○賦也。約、束板也。閣閣、上下相乘也。椓、築也。橐橐、杵聲也。除、亦去也。無風雨鳥鼠之害、言其上下四旁皆牢密也。芋、
尊大也。君子之所居、以爲尊且大也。○如跂音企。斯翼、如矢斯棘、如鳥斯革。叶訖力反。如翬音輝。斯飛、君子攸躋。子西反。○賦也。
跂、竦立也。翼、敬也。棘、急也。矢行緩則枉、急則直也。革、變。翬、雉。躋、升也。○言其大勢嚴正、如人之竦立、而其恭翼翼也。其廉隅整飭、如矢之急而直也。其棟宇峻起、如鳥之警而革也。其簷阿華采而軒翔、如翬之飛而矯其翼也。蓋其堂
之美如此、而君子之所升以聽事也。○殖殖市力反。其庭、有覺其楹、噲噲音快。其正、叶音征。噦噦呼會反。其冥、君子攸寧。賦也。殖殖、平正
也。庭、宮寢之前庭也。覺、高大而直也。楹、柱也。噲噲、猶快快也。正、向明之處也。噦噦、深廣之貌。冥、奧窔之閒也。言其室之美如此、而君子之所休息以安身也。○下莞音官。上簟、叶徒檢徒錦二反。乃安
斯寢。叶于檢于錦二反。乃寢乃興、乃占我夢。叶彌登反。吉夢維何、維熊維羆、彼宜反、叶彼何反。維虺許鬼反。維蛇。市奢反、
叶于其土何二反。○賦也。莞、蒲席也。竹葦曰簟。羆、似熊而長頭高脚、猛憨多力、能拔樹。虺、蛇屬、細頸大頭、色如文綬、大者長七八尺。○祝其君安其室居、夢兆而有祥、亦頌禱之詞也。下章放此。○大音泰。人占
之。維熊維羆、男子之祥。維虺維蛇、女子之祥。賦也。大人、大卜之屬、占夢之官也。熊、羆、陽物在山、彊力壯毅、男子之祥也。虺、蛇、陰物穴處、柔弱隱伏、女子之
祥也。○或曰、夢之有占、何也。曰、人之精神與天地陰陽流通、故晝之所爲、夜之所夢、其善惡吉凶、各以類至。是以先王建官設屬、使之觀天地之會、辨陰陽之氣、以日月星辰占六夢之吉凶、獻吉夢、贈惡夢。其於天人相與之際、察之詳而敬
之至矣。故曰、王前巫而後史、宗祝瞽侑、皆在左右、王中心無爲也、以守至正。○乃生男子、載寢之牀、載衣於既反。之裳、載弄之璋。其泣喤

喤、華彭反、叶胡光反。朱芾音弗。斯皇、室家君王。賦也。半圭曰璋。喤、大聲也。芾、天子純朱、諸侯黃朱。皇、猶煌煌也。君、諸侯也。○寢之於牀、尊之也。衣之以裳、服之盛也。弄之以璋、尚其德也。言男子之生於是室者、皆將服朱芾煌煌然、有室有家、爲君爲王矣。○乃生女子、載寢之地、載衣之裼、他計反。載弄之瓦。叶魚位反。無非無儀、叶音義。唯酒食是議、無父母詒以之反。罹。叶音麗。○賦也。裼、褓也。瓦、紡磚也。儀、善。罹、憂也。○寢之於地、卑之也。衣之以褓、卽其用而無加也。弄之以瓦、習其所有事也。有非、非婦人也。有善、非婦人也。蓋女子以順爲正、無非足矣、有善則亦非其吉祥可願之事也。唯酒食是議、而無遺父母之憂、則可矣。易曰、無攸遂、在中饋、貞吉。而孟子之母亦曰、婦人之禮、精五飯、冪酒漿、養舅姑、縫衣裳而已矣。故有閨門之修、而無境外之志、此之謂也。

斯干九章、四章章七句、五章章五句。舊說、厲王既流于彘、宮室圮壞、故宣王卽位、更作宮室、既成而落之。今亦未有以見其必爲是時之詩也。或曰、儀禮下管新宮、春秋傳宋元公賦新宮、恐卽此詩。然亦未有明證。

誰謂爾無羊、三百維羣。誰謂爾無牛、九十其犉。而純反。爾羊來思、其角濈濈。莊立反。爾牛來思、其耳濕濕。始立反。○賦也。黃牛黑脣曰犉。羊以三百爲羣、其羣不可數也。牛之犉者九十、非犉者尚多也。聚其角而息、濈濈然。呞而動其耳、濕濕然。王氏曰、濈濈、和也。羊以善觸爲患、故言其和、謂聚而不相觸也。濕濕、潤澤也。牛病則耳燥、安則潤澤也。○此詩言牧事有成、而牛羊衆多也。○或降于阿、或飲于池、叶唐何反。或寢或訛。爾牧來思、何河可反。蓑素多反。何笠、音立。或負其餱。音侯。三十維物、叶微律反。爾牲則具。叶居律反。○賦也。訛、動。何、揭也。蓑笠所以備雨。三十維物、齊其色而別之、凡爲色三十也。○言牛羊無驚畏、而牧人持雨具、齎飲食、從其所適、以順其性。是以生養蕃息、至於其色無所不備、而於用無所不有也。○爾牧來思、以薪以蒸、之承反。以雌以雄。叶于陵反。

爾羊來思、矜矜兢兢、不騫不崩。麾之以肱、畢來既升。賦也。麤曰薪、細曰蒸。雌、雄、禽獸也。矜矜兢兢、堅强也。騫、虧也。崩、羣疾也。肱、臂也。既、升、入牢也。○言牧人有餘力、則出取薪蒸、搏禽獸、其羊亦馴擾從人、不假箠楚、但以手麾之、使來則畢來、使升則既升也。

○牧人乃夢、衆維魚矣、旐音兆、維旟音餘。矣。大人占之、衆維魚矣、實維豐年。叶尼因反。旐維旟矣、室家溱溱。側巾反。○賦也。占夢之說未詳。溱溱、衆也。或曰、衆、謂人也。旐、郊野所建、統人少。旟、州里所建、統人多。蓋人不如魚之多、旐所統不如旟所統之衆、故夢人乃是魚、則爲豐年、旐乃是旟、則爲人衆。

無羊四章、章八句。

節音截、下同。彼南山、維石巖巖。赫赫師尹、民具爾瞻。叶側銜反。憂心如惔、徒藍反。不敢戲談。國既卒子律反。斬、叶側銜反。何用不監。古銜反。○興也。節、高峻貌。巖巖、積石貌。赫赫、顯盛貌。師尹、大師尹氏也。大師、三公。尹氏、蓋吉甫之後。春秋書尹氏卒、公羊子以爲譏世卿者、即此也。具、俱。瞻、視。惔、燔。卒、終。斬、絕。監、視也。○此詩家父所作、刺王用尹氏以致亂。言節彼南山、則維石巖巖矣。赫赫師尹、則民具爾瞻矣。而其所爲不善、使人憂心如火燔灼、又畏其威而不敢言也。然則國既終斬絕矣、汝何用而不察哉。

○節彼南山、有實其猗。於宜反、叶於何反。赫赫師尹、不平謂何。天方薦徂殿反。瘥、才何反。喪息浪反。亂弘多。民言無嘉、叶居何反。憯七感反。莫懲嗟。叶遭哥反。○興也。有實其猗、未詳其義。傳曰、實、滿。猗、長也。箋云、猗、倚也、言草木滿其旁、倚之畎谷也。或以爲草木之實猗猗然、皆不甚通。薦、荐通、重也。瘥、病。弘、大。憯、曾。懲、創也。○節彼南山、則有實其猗矣。赫赫師尹、而不平其心、則謂之何哉。蘇氏曰、爲政者不平其心、則下之榮瘁勞佚、有大相絕者矣。是以神怒而重之以喪亂、人怨而謗讟其上。然尹氏曾不懲創咨嗟、求所以自改也。

○尹氏大音泰。師、維周之氐。丁禮反、叶都黎反。秉國之均、四方是維。天子是毗、婢尸反。俾民不迷。不弔昊天、不宜空我師。叶霜夷反。○賦也。氏、本。均、平。維、持。毗、輔。弔、愍。空、窮。師、衆也。○言尹氏大師、維周之氏、而秉國之均、則是宜有以維持四方、毗輔天子、而使民不迷、乃其職也。今乃不平其心、而既不見愍弔於昊天矣、則不宜久在其位、使天降禍亂、而我衆並及空窮也。○弗躬弗親、庶民弗信。叶斯人反。弗問弗仕、鉏里反、下同。勿罔君子。叶獎履反。式夷式已、無小人殆。叶養里反。瑣瑣素火反。姻亞、則無膴音武。仕。賦也。仕、事。罔、欺也。君子、指王也。夷、平。已、止。殆、危也。瑣瑣、小貌。壻之父曰姻、兩壻相謂曰亞。膴、厚也。○言王委政於尹氏、尹氏又委政於姻亞之小人、而以其未嘗問未嘗事者、欺其君也。故戒之曰、汝之弗躬弗親、庶民已不信矣。其所弗問弗事、則豈可以罔君子哉。當平其心、視所任之人、有不當者則已之。無以小人之故、而至於危殆其國也。瑣瑣姻亞、而必皆膴仕、則小人進矣。○昊天不傭、敕龍反。降此鞠九六反。訩。音凶。昊天不惠、降此大戾。君子如屆、音戒、叶居例反。俾民心闋。古穴反、叶胡桂反。君子如夷、惡烏路反。怒是違。賦也。傭、均。鞠、窮。訩、亂。戾、乖。屆、至。闋、息。違、遠也。○言昊天不均、而降此窮極之亂。昊天不順、而降此乖戾之變。然所以靖之者、亦在夫人而已。君子無所苟而用其至、則必躬必親、而民之亂心息矣。君子無所偏而平其心、則式夷式已、而民之惡怒遠矣。傷王與尹氏之不能也。夫爲政不平以召禍亂者、人也。而詩人以爲天實爲之者、蓋無所歸咎而歸之天也。抑有以見君臣隱諱之義焉、有以見天人合一之理焉。後皆放此。○不弔昊天、叶鐵因反。亂靡有定。叶唐丁反。式月斯生、叶桑經反。俾民不寧。憂心如酲、音呈。誰秉國成。不自爲政、叶諸盈反。卒勞百姓。叶桑經反。○賦也。酒病曰酲。成、平。卒、終也。○蘇氏曰、天不之恤、故亂未有所止、而禍患與歲月增長。君子憂之曰、誰秉國成者、乃不自爲政、而以付之姻亞之小人、其卒使民爲之受其勞弊以至此也。○駕彼四牡、四牡項領。我瞻四方、蹙蹙子六反。靡所騁。敕領反。○賦也。項、大也。蹙蹙、縮小之貌。○言駕四牡而四牡項領、可以騁矣。而視四方則皆昏亂、蹙蹙然無可往之所、亦將何所騁哉。東萊呂氏曰、本根病則枝葉皆瘁、是以無可往之地也。○方茂爾惡、相息亮反。爾矛矣。既夷既懌、如相醻市由反。矣。賦也。茂、盛。相、視。懌、悅也。○言方盛其惡以相加、則視其矛戟、如欲戰鬬。及既夷平悅懌、則相與歡然如賓主而相醻酢、不以爲怪也。蓋小人之性無常、而習於鬭亂、其喜怒之不可期如此、是以君子無所適而可也。○昊天不平、我王不寧。不懲其心、覆芳服反。怨其正。叶諸盈反。○賦也。尹氏之不平、若天使之。故曰、昊天不平。若是則我王亦不得寧矣。然尹氏猶不自懲創其心、乃反怨人之正己者、則其爲惡何時而已哉。○家父音甫。作誦、叶疾容反。以究王訩。式訛爾心、以畜許六反。萬邦。叶卜工反。○賦也。家、氏。父、字。周大夫也。究、窮。訛、化。畜、養也。○家父自言作爲此誦、以窮究王政昏亂之所由、冀其改心易慮、以畜養萬邦也。陳氏曰、尹氏厲威、使人不得戲談、而家父作詩、乃復自表其出於己、以身當尹氏之怒而不辭者、蓋家父周之世臣、義與國俱存亡故也。東萊呂氏曰、篇終矣、故窮其亂本而歸之王心焉。致亂者雖尹氏、而用尹氏者、則王心之蔽也。李氏曰、孟子曰、人不足與適也、政不足與閒也、惟大人爲能格君心之非。蓋用人之失、政事之過、雖皆君之非、然不必先論也。惟格君心之非、則政事無不善矣、用人皆得其當矣。

節南山十章、六章章八句、四章章四句。序以此爲幽王之詩。而春秋桓十五年、有家父來聘、於周爲桓王之世、上距幽王之終已七十五年、不知其人之同異。大抵序之時世皆不足信、今姑闕焉可也。

正音政。月繁霜、我心憂傷。民之訛言、亦孔之將。念我獨兮、憂心京京。叶居良反。哀我小心、癙音鼠。憂以痒。音羊。○賦也。正月、夏之四月。謂之正月者、以純陽用事、爲正陽之月也。繁、多。訛、僞。將、大也。京京、亦大也。癙憂、幽憂也。痒、病也。○此詩亦大夫所作。言霜降失節、不以其時、既使我心憂傷矣。而造爲姦僞之言、以惑羣聽者、又方甚大。然衆人莫以爲憂、故我獨憂之、以至於病也。○父母生我、胡俾我瘉。音庾。不自我先、不自我後。叶下五反。好言自口、叶孔五反、下同。莠餘久反。言自口。憂心愈愈、是以有侮。賦也。瘉、病。自、從。莠、醜也。愈愈、益甚之意。○疾痛故呼父母、而傷己適丁是時也。訛言之人、虛僞反覆、言之好醜、皆不出於心而但出於口、是以我之憂心益甚、而反見侵侮也。○憂心惸惸、其營反。念我無祿。民之無辜、幷必政反。其臣僕。哀我人斯、于何從祿。瞻烏爰止、于誰之屋。賦也。惸惸、憂意也。無祿、猶言不幸爾。辜、罪。并、俱也。古者以罪人爲臣僕、亡國所虜、亦以爲臣僕。箕子所謂商其淪喪、我罔爲臣僕是也。○言不幸而遭國之將亡、與此無罪之民、將俱被囚虜而同爲臣僕。未知將復從何人而受祿、如視烏之飛、不知其將止於誰之屋也。

○瞻彼中林、侯薪侯蒸。之丞反。民今方殆、視天夢夢。莫工反、叶莫登反。既克有定、靡人弗勝。音升。有皇上帝、伊誰云憎。興也。中林、林中也。侯、維。殆、危也。夢夢、不明也。皇、大也。上帝、天之神也。程子曰、以其形體謂之天、以其主宰謂之帝。○言瞻彼中林、則維薪維蒸、分明可見也。民今方危殆、疾痛號訴於天、而視天反夢夢然、若無意於分別善惡者。然此特值其未定之時耳、及其既定、則未有不爲天所勝者也。夫天豈有所憎而禍之乎。福善禍淫、亦自然之理而已。申包胥曰、人衆則勝天、天定亦能勝人、疑出於此。

○謂山蓋卑、爲岡爲陵。民之訛言、寧莫之懲。召彼故老、訊音信。之占夢。叶莫登反。具曰予聖、誰知烏之雌雄。叶故陵反。○賦也。山脊曰岡。廣平曰陵。懲、止也。故老、舊臣也。訊、問也。占夢、官名、掌占夢者也。具、俱也。烏之雌雄相似而難辨者也。○謂山蓋卑、而其實則岡陵之崇也。今民之訛言如此矣、而王猶安然莫之止也。及其詢之故老、訊之占夢、則又皆自以爲聖人、亦誰能別其言之是非乎。子思言於衞侯曰、君之國事將日非矣。公曰、何故。對曰、有由然焉。君出言自以爲是、而卿大夫莫敢矯其非。卿大夫出言亦自以爲是、而士庶人莫敢矯其非。君臣既自賢矣、而羣下同聲賢之、賢之則順而有福、矯之則逆而有禍、如此則善安從生。詩曰、具曰予聖、誰知烏之雌雄、抑亦似君之君臣乎。

○謂天蓋高、不敢不局。叶居亦反。謂地蓋厚、不敢不蹐。井亦反。維號音豪。斯言、有倫有脊。哀今之人、胡爲虺吁鬼反。蜴。星歷反。○賦也。局、曲也。蹐、累足也。號、長言之也。脊、理。蜴、螈也。虺、蜴、皆毒螫之蟲也。○言遭世之亂、天雖高而不敢不局、地雖厚而不敢不蹐。其所號呼而爲此言者、又皆有倫理而可考也。哀今之人、胡爲肆毒以害人、而使之至此乎。

○瞻彼阪音反。田、有菀音鬱。其特。天之扤五忽反。我、如不我克。彼求我則、如不我得。執我仇仇、亦不我力。興也。阪田、崎嶇墝埆之處。菀、茂盛之貌。特、特生之苗也。扤、動也。力、謂用力。○瞻彼阪田、猶有菀然之特、而天之扤我、如恐其不我克、何哉。亦無所歸咎之詞也。夫始而求之以爲法則、惟恐不我得也。及其得之、則又執我堅固如仇讎然、然終亦莫能用也。求之甚艱、而棄之甚易、其無常如此。

○心之憂矣、如或結之 今茲之正、胡然厲叶力桀反。矣。燎力詔反。之方揚、寧或滅之。赫赫宗周、褒姒音似。威呼悅反。之。賦也。正、政也。厲、暴惡也。火田爲燎。揚、盛也。宗周、鎬京也。褒姒、幽王之嬖妾、褒國女、姒姓也。威、亦滅也。○言我心之憂如結者、爲國政之暴惡故也。燎之方盛之時、則寧有能撲而滅之者乎。然赫赫然之宗周、而一褒姒足以滅之、蓋傷之也。時宗周未滅、以褒姒淫妬讒諂而王惑之、知其必滅周也。

○終其永懷、又窘求隕反。陰雨。其車既載、才再反。乃棄爾輔。扶雨反。載如字。輸爾載、才再反。將七羊反。伯助予。叶演女反。○比也。陰雨則泥濘而車易以陷也。載、車所載也。輔、如今人縛杖於輻、以防輔車也。輸、墮也。將、請也。伯、或者之字也。○蘇氏曰、王爲淫虐、譬如行險而不知止。君子永思其終、知其必有大難、故曰終其永懷、又窘陰雨。王又不虞難之將至、而棄賢臣焉、故曰乃棄爾輔。君子求助於未危、故難不至。苟其載之既墮、而後號伯以助予、則無及矣。

○無棄爾輔、員音云。于爾輻。方六反、叶筆力反。屢顧爾僕、不輸爾載。叶節力反。終踰絕險、曾是不意。叶乙力反。○比也。員、益也。輔、所以益輻也。屢、數。顧、視也。僕、將車者也。○此承上章、言若能無棄爾輔、以益其輻、而又數數顧視其僕、則不墮爾所載、而踰於絕險、若初不以爲意者。蓋能謹其初、則厥終無難也。一說、王曾不以是爲意乎。

○魚在于沼、之紹反、叶音灼。亦匪克樂。音洛。潛雖伏矣、亦孔之炤。音灼。憂心慘慘、七感反、當作懆七各反。念國之爲虐。比也。沼、池也。炤、明、易見也。○魚在于沼、其爲生已蹙矣。其潛雖深、然亦炤然而易見。言禍亂之及、無所逃也。

○彼有旨酒、又有嘉殽。戶交反、無韻未詳。洽比毗志反。其隣、昏姻孔云。念我獨兮、憂心慇慇。賦也。洽、比、皆合也。云、旋也。慇慇、疾痛也。○言小人得志、有旨酒嘉殽以合比其隣里、怡懌其婚姻、而我獨憂心至於疾痛也。昔人有言、燕雀處堂、母子相安、自以爲樂也、突決棟焚、而怡然不知禍之將及、其此之謂乎。

○仳仳音此。彼有屋、蔌蔌音速。方有穀。民今之無祿、天夭於遙反。是椓。陟角反、叶都木反。哿哥我反。矣富人、哀此惸獨。賦也。仳仳、小貌。蔌蔌、窶陋貌。指王所用之小人也。穀、祿。夭、禍。椓、害。

哿、可。獨、單也。○佌佌然之小人既已有屋矣、蔌蔌窶陋者又將有穀矣、而民今獨無祿者、是天禍椓喪之爾。亦無所歸怨之詞也。亂至於此、富人猶或可勝、惸獨甚矣。此孟子所以言文王發政施仁、必先鰥寡孤獨也。

正月十三章、八章章八句、五章章六句。

十月之交、朔月辛卯、叶莫後反。日有食之、亦孔之醜。彼月而微、此日而微。今此下民、亦孔之哀。叶於希反。○賦也。十月、以夏正言之、建亥之月也。交、日月交會、謂晦朔之間也。曆法、周天三百六十五度四分度之一。左旋於地、一晝一夜、則其行一周而又過一度。日月皆右行於天、一晝一夜、則日行一度、月行十三度十九分度之七。故日一歲而一周天、月二十九日有奇而一周天、又逐及於日而與之會。一歲凡十二會。方會、則月光都盡而為晦。已會、則月光復蘇而為朔。朔後晦前各十五日。日月相對、則月光正滿而為望。晦朔而日月之合、東西同度、南北同道、則月揜日而日為之食。望而日月之對、同度同道、則月亢日而月為之食。是皆有常度矣。然王者修德行政、用賢去姦、能使陽盛足以勝陰、陰衰不能侵陽。則日月之行、雖或當食、而月常避日。故其遲速高下、必有參差而不正相合、不正相對者、所以當食而不食也。若國無政、不用善、使臣子背君父、妾婦乘其夫、小人陵君子、夷狄侵中國、則陰盛陽微、當食必食。雖曰行有常度、而實為非常之變矣。蘇氏曰、日食、天變之大者也。然正陽之月、古尤忌之。夏之四月為純陽、故謂之正月。十月純陰、疑其無陽、故謂之陽月。純陽而食、陽弱之甚也。純陰而食、陰壯之甚也、微、虧也。彼月則宜有時而虧矣、此日不宜虧而今亦虧、是亂亡之兆也。

○日月告凶、不用其行。叶戶郎反。四國無政、不用其良。彼月而食、則維其常。此日而食、于何不臧。賦也。行、道也。○凡日月之食、皆有常度矣。而以為不用其行者、月不避日、失其道也。然其所以然者、則以四國無政、不用善人故也。如此則日月之食、皆非常矣。而以月食為其常、日食為不臧者、陰亢陽而不勝、猶可言也、陰勝陽而揜之、不可言也。故春秋日食必書、而月食則無紀焉、亦以此爾。

○燁燁震電、丁輒反。不寧不令、叶盧經反。百川沸騰、山冢崒崩。徂恤反。高岸為谷、深谷為陵。哀今之人、胡憯七感反。莫懲。賦也。燁燁、電光貌。震、雷也。寧、安徐也。令、善。沸、出。騰、乘也。山頂曰冢。崒、崔嵬也。高岸崩陷、故為谷。深谷塡塞、故為陵。憯、曾也。○言非但日食而已、十月而雷電、山崩水溢、亦災異之甚者。是宜恐懼修省、改紀其政、而幽王曾莫之懲也。董子曰、國家將有失道之敗、而天乃先出災異以譴告之。不知自省、又出怪異以警懼之。尚不知變、而傷敗乃至。此見天心仁愛人君、而欲止其亂也。

○皇父音甫。卿士。番維司徒。家伯爲宰。仲允膳夫。聚側留反。子內史。蹶俱衛反。維趣七走反。馬。叶滿補反。楀音矩。維師氏。豔餘贍反。妻煽音扇。方處。賦也。皇父、家伯、仲允、皆字也。番、聚、蹶、楀、皆氏也。卿士、六卿之外、更爲都官、以總六官之事也。或曰、卿士、蓋卿之士。周禮太宰之屬有上中下士、公羊所謂宰士、左氏所謂周公以蔡仲爲己卿士、是也。蓋以宰屬而兼總六官、位卑而權重也。司徒掌邦教、冢宰掌邦治、皆卿也。膳夫、上士、掌王之飲食膳羞者也。內史、中大夫、掌爵祿廢置殺生予奪之法者也。趣馬、中士、掌王馬之政者也。師氏、亦中大夫、掌司朝得失之事者也。美色曰豔。豔妻、卽褒姒也。煽、熾也。方處、方居其所、未變徙也。○言所以致變異者、由小人用事於外、而嬖妾蠱惑王心於內、以爲之主故也。

○抑此皇父、豈曰不時。胡爲我作、不卽我謀。叶謨悲反。徹我牆屋、田卒汙音烏。萊。叶陵之反。曰予不戕、在良反。禮則然矣。叶於姬反。○賦也。抑、發語詞。時、農隙之時也。作、動。卽、就。卒、盡也。汙、停水也。萊、草穢也。戕、害也。○言皇父不自以爲不時、欲動我以徙、而不與我謀、乃遽徹我牆屋、使我田不獲治、卑者汙而高者萊。又曰非我戕汝、乃下供上役之常禮耳。

○皇父孔聖、作都于向。式亮反、下同。擇三有事、亶侯多藏。才浪反。不憖魚覲反。遺一老、俾守我王。叶于放反。擇有車馬、以居徂向。賦也。孔、甚也。聖、通明也。都、大邑也。周禮、畿內大都方百里、小都方五十里、皆天子公卿所封也。向、地名、在東都畿內、今孟州河陽縣是也。三有事、三卿也。亶、信。侯、維。藏、蓄也。憖者、心不欲而自强之詞。有車馬者、亦富民也。徂、往也。○言皇父自以爲聖、而作都則不求賢、而但取富人以爲卿。又不自强留一人以衛天子、但有車馬者、則悉與俱往、不忠於上、而但知貪利以自私也。

○黽民允反。勉從事、不敢告勞。無罪無辜、讒口囂囂。五刀反。下民之孽、魚列反。匪降自天。叶鐵因反。噂子損反。沓徒合反。背蒲昧反。憎、職競由人。賦也。囂、衆多貌。孽、災害也。噂、聚也。沓、重複也。職、主。競、力也。○言黽勉從皇父之役、未嘗敢告勞也、猶且無罪而遭讒。然下民之孽、非天之所爲也。噂噂沓沓、多言以相說、而背則相憎、專力爲此者、皆由讒口之人耳。

○悠

悠我里、亦孔之痗。莫背反、叶呼洧反。四方有羨、徐面反。我獨居憂。民莫不逸、我獨不敢休。天命不徹、叶直質反。我不敢傚我友自逸。賦也。悠悠、憂也。里、居。痗、病。羨、餘。逸、樂。徹、均也。○當是之時、天下病矣。而獨憂我里之甚病。且以爲四方皆有餘、而我獨憂、衆人皆得逸豫、而我獨勞者、以皇父病之、而被禍尤甚故也。然此乃天命之不均。吾豈敢不安於所遇、而必傚我友之自逸哉。

十月之交八章、章八句。

浩浩昊天、不駿其德。降喪息浪反。饑饉、其靳反。斬伐四國。叶于逼反。旻密巾反。天疾威、弗慮弗圖。舍音赦、彼有罪、既伏其辜。若此無罪、淪胥以鋪。普烏反。○賦也。浩浩、廣大也。昊、亦廣大之意。駿、大。德、惠也。穀不熟曰饑、蔬不熟曰饉。疾威、猶暴虐也。慮、圖、皆謀也。舍、置。淪、陷。胥、相。鋪、徧也。○此時饑饉之後、羣臣離散、其不去者、作詩以責去者。故推本而言、昊天不大其惠、降此饑饉、而殺伐四國之人、如何昊天曾不思慮圖謀而遽爲此乎。彼有罪而饑死、則是既伏其辜矣、舍之可也。此無罪者、亦相與而陷於死亡、則如之何哉。

○周宗既滅、靡所止戾。正大夫離居、莫知我勩。夷世反。三事大夫、莫肯夙夜。叶弋灼反。邦君諸侯、莫肯朝夕。叶祥龠反。庶曰式臧、覆芳服反。出爲惡。賦也。宗、族姓也。戾、定也。正、長也。周官八職、一曰正、謂六官之長、皆上大夫也。離居、蓋以饑饉散去、而因以避讒譖之禍也。我、不去者自我也。勩、勞也。三事、三公也。大夫、六卿及中下大夫也。臧、善。覆、反也。○言將有易姓之禍、其兆已見、而天變人離又如此。庶幾曰王改而爲善、乃覆出爲惡而不悛也。或曰、疑此亦東還後詩也。

○如何昊天。叶鐵因反、下同。辟言不信。叶斯人反。如彼行邁、則靡所臻。凡百君子、各敬爾身。胡不相畏、不畏于天。賦也。如何昊天、呼天而訴之也。辟、法。臻、至也。凡百君子、指羣臣也。○言如何乎昊天也、法度之言而不聽信、則如彼行往而無所底至也。然凡百君子豈可以王之爲惡而不敬其身哉。不敬爾身、不相畏也。不相畏、不畏天也。○戎成不退、叶吐類反、下同。飢成不遂。曾在登反。我暬思列反。御、憯憯千感反。日瘁。徂醉反。凡百君子、莫肯用訊。叶息悴反。聽言則荅、譖言則退。賦也。戎、兵。遂、進也。易曰、不能退、不能遂、是也。暬御、近侍也。國語曰、居寢有暬御之箴、蓋如漢侍中之官也。憯憯、憂貌。瘁、病。訊、告也。○言兵寇已成、而王之爲惡不退。饑饉已成、而王之遷善不遂、使我暬御之臣憂之而慘慘日瘁也。凡百君子莫肯以是告王者、雖王有問而欲聽其言、則亦荅之而已、不敢盡言也。一有譖言及己、則皆退而離居、莫肯夙夜朝夕於王矣。其意若曰、王雖不善、而君臣之義、豈可以若是恝乎。

○哀哉不能言、匪舌是出、尺遂反。維躬是瘁。哿矣能言、巧言如流、俾躬處休。賦也。出、出之也。瘁、病。哿、可也。○言之忠者、當世之所謂不能言者也、故非但出諸口、而適以瘁其躬。佞人之言、當世所謂能言者也、故巧好其言、如水之流、無所凝滯、而使其身處於安樂之地。蓋亂世昏主、惡忠直而好諛佞類如此、詩人所以深歎之也。

○維曰于仕、鉏里反。孔棘且殆。叶養里反。云不可使、得罪于天子。叶獎履反。亦云可使、怨及朋友。叶羽已反。○賦也。于、往。棘、急。殆、危也。○蘇氏曰、人皆曰往仕耳、曾不知仕之急且危也。當是之時、直道者、王之所謂不可使、而枉道者、王之所謂可使也。直道者得罪于君、而枉道者見怨于友、此仕之所以難也。

○謂爾遷于王都、曰予未有室家。叶古胡反。鼠思息嗣反。泣血、叶虛屈反。無言不疾。昔爾出居、誰從作爾室。賦也。爾、謂離居者。鼠思、猶言癙憂也。○當是時、言之難能而仕之多患如此。故羣臣有去者、有居者。居者不忍王之無臣、己之無徒、則告去者使復還于王都。去者不聽、而託於無家以拒之、至於憂思泣血、有無言而不痛疾者、蓋其懼禍之深至於如此。然所謂無家者、則非其情也、故詰之曰、昔爾之去也、誰爲爾作室者、而今以是辭我哉。

雨無正七章、二章章十句、二章章八句、三章章六句。

歐陽公曰。古之人於詩多不命題、而篇名往往無義例。其或有命名者、則必述詩之意、如巷伯常武之類是也。今雨無正之名、據序所言、與詩絕異、當闕其所疑。元城劉氏曰、嘗讀韓詩有雨無極篇、序云、雨無極、正大夫刺幽王也。至其詩之文、則比毛詩篇首多雨無其極傷我稼穡八字。愚按劉說似有理。然第一二章本皆十句、今遽增之、則長短不齊、非詩之例。又此詩實正大夫離居之後、暬御之臣所作。其曰、正大夫刺幽王者、亦非是。且其爲幽王詩、亦未有所考也。

祈父之什十篇、六十四章、四百二十六句。

詩卷第十二

朱熹集傳

小旻之什二之五

旻天疾威、敷于下土。謀猶回遹、音聿。何日斯沮。在呂反。謀臧不從、不臧覆用。叶于封反。我視謀猶、亦孔之邛。其凶反。○賦也。旻、幽遠之意。敷、布。猶、謀。回、邪。遹、辟。沮、止。臧、善。覆、反。邛、病也。○大夫以王惑於邪謀、不能斷以從善、而作此詩。言旻天之疾威、布于下土、使王之謀猶邪辟、無日而止。謀之善者則不從、而其不善者反用之、故我視其謀猶、亦甚病也。

○潝潝許急反。訿訿、音紫。亦孔之哀。叶於希反。謀之其臧、則具是違。謀之不臧、則具是依。我視謀猶、伊于胡底。之履反、叶都黎反。○賦也。潝潝、相和也。訿訿、相詆也。具、俱。底、至也。○言小人同而不和、其慮深矣。然於謀之善者則違之、其不善者則從之、亦何能有所定乎。

○我龜既厭、不我告猶。叶于救反。謀夫孔多、是用不集。韓詩作就、叶疾救反。發言盈庭、誰敢執其咎。叶巨又反。如匪行邁謀、是用不得于道。叶徒候反。○賦也。集、成也。○卜筮數則瀆而龜厭之、故不復告其所圖之吉凶。謀夫衆則是非相奪而莫適所從、故所謀終亦不成。蓋發言盈庭、各是其是、無肯任其責而決之者。猶不行不邁、而坐謀所適、謀之雖審、而亦何得於道路哉。

○哀哉爲猶、匪先民是程、匪大猶是經、維邇言是聽、叶平聲。維邇言是爭。叶側陘反。如彼築室于道謀、是用不潰于成。賦也。先民、古之聖賢也。程、法。猶、道。經、常。潰、遂也。○言哀哉今之爲謀、不以先民爲法、不以大道爲常、其所聽而爭者、皆淺末之言。以是相持、如將築室而與行道之人謀之、人人得爲異論、其能有成也哉。古語曰、作舍道邊、三年不成、蓋出於此。

○國雖靡止、或聖或否。方九反、叶補美反。民雖靡膴、火吳反。或哲或謀、叶莫徒反。或肅或艾。音乂。如彼泉流、無淪胥以敗。叶蒲寐反。○賦也。止、定也。聖、通明也。膴、大也、多也。艾、與乂同、治也。淪、陷。胥、相也。○言國論雖不定、然有聖者焉、有否者焉。民雖不多、然有哲者焉、有謀者焉、有肅者焉、有艾者焉。但王不用善、則雖有善者不能自存、將如泉流之不反、而淪胥以至於敗矣。聖哲謀肅乂、卽洪範五事之德。豈作此詩者、亦傳箕子之學也與。

○不敢暴虎、不敢馮皮冰反。河。人知其一、莫知其它。湯何反。戰戰兢兢、如臨深淵、叶一均反。如履薄冰。賦也、徒搏曰暴。徒涉曰馮、如馮几然也。戰戰、恐也。兢兢、戒也。如臨深淵、恐墜也。如履薄冰、恐陷也。○衆人之慮、不能及遠、暴虎馮河之患、近而易見、則知避之。喪國亡家之禍、隱於無形、則不知以爲憂也。故曰、戰戰兢兢、如臨深淵、如履薄冰、懼及其禍之詞也。

小旻六章、三章章八句、三章章七句。

蘇氏曰、小旻小宛小弁小明、四詩皆以小名篇、所以別其爲小雅也。其在小雅者謂之小、故其在大雅者謂之召旻大明、獨宛弁闕焉、意者孔子刪之矣。雖去其大而其小者猶謂之小、蓋卽用其舊也。

宛於阮反。彼鳴鳩、翰胡旦反。飛戾天。叶鐵因反。我心憂傷、念昔先人。明發不寐、有懷二人。興也。宛、小貌。鳴鳩、斑鳩也。翰、羽。戾、至也。明發、謂將旦而光明開發也。二人、父母也。○此大夫遭時之亂、而兄弟相戒以免禍之詩。故言彼宛然之小鳥、亦翰飛而至于天矣、則我心之憂傷、豈能不念昔之先人哉。是以明發不寐、而有懷乎父母也。言此以爲相戒之端。

○人之齊聖、飲酒溫克。彼昏不知、壹醉日富。叶筆力反。各敬爾儀、天命不又。叶夷益反。○賦也。齊、肅也。聖、通明也。克、勝也。富、猶甚也。又、復也。○言齊聖之人雖醉、猶溫恭自持以勝、所謂不爲酒困也。彼昏然而不知者、則一於醉而日甚矣。於是言各敬謹爾之威儀、天命已去、將不復來、不可以不恐懼也。時王以酒敗德、臣下化之、故此兄弟相戒、首以爲說。

○中原有菽、音叔。庶民采叶此履反。之。螟亡丁反。蛉音零。有子、蜾音果。蠃力果反。負叶蒲美反。之。教誨爾子、式穀似叶養里反。之。興也。中原、原中也。菽、大豆也。螟蛉、桑上小靑蟲也、似步屈。蜾蠃、土蜂也、似蜂而小腰、取桑蟲負之於木空中、七日而化爲其子。式、用。穀、善也。○中原有菽、則庶民采之矣、以興善道人皆可行也。螟蛉有子、則蜾蠃負之、以興不似者可敎而似也。敎誨爾子、則用善而似之可也。善也、似也、終上文兩句所興而言也。戒之以不惟獨善其身、又當敎其子使爲善也。○題大計反。彼脊令、音零。載飛載鳴。我日斯邁、而月斯征。夙興夜寐、無忝爾所生。叶桑經反。○興也。題、視也。脊令、飛則鳴、行則搖。載、則。而、汝。忝、辱也。○視彼脊令、則且飛而且鳴矣。我既日斯邁、則汝亦月斯征矣。言當各務努力、不可暇逸取禍、恐不及相救恤也。夙興夜寐、各求無辱於父母而已。○交交桑扈、音戶。率場啄粟。哀我塡都田反。寡、宜岸宜獄。握粟出卜、自何能穀。興也。交交、往來之貌。桑扈、竊脂也、俗呼靑觜、肉食不食粟。塡、與瘨同、病也。岸、亦獄也。韓詩作犴。鄉亭之繫曰犴、朝廷曰獄。○扈不食粟、而今則率場啄粟矣。病寡不宜岸獄、今則宜岸宜獄矣。言王不卹鰥寡、喜陷之於刑辟也。然不可不求所以自善之道、故握持其粟出卜之曰、何自而能善乎。言握粟、以見其貧窶之甚。○溫溫恭人、如集于木。惴惴之瑞反。小心、如臨于谷。戰戰兢兢、如履薄冰。賦也。溫溫、和柔貌。如集于木、恐隊也。如臨于谷、恐隕也。

小宛六章、章六句。

此詩之詞最爲明白、而意極懇至。說者必欲爲刺王之言、故其說穿鑿破碎、無理尤甚。今悉改定、讀者詳之。

弁薄干反。彼鸒音豫。斯、叶先齎反。歸飛提提。是移反。民莫不穀、我獨于罹。何辜于天、我罪伊何。心之憂矣、云如之何。興也。弁、飛拊翼貌。鸒、雅烏也、小而多羣、腹下白、江東呼爲鵯烏。斯、語詞也。提提、羣飛安閒之貌。穀、善。罹、憂也。○舊說幽王大子宜臼被廢、而作此詩。言弁彼鸒斯、則歸飛提提矣。民莫不善、而我獨于憂、則鸒斯之不如也。何辜于天、我罪伊何者、怨而慕也。舜號泣于旻天曰、父母之不我愛、於我何哉、蓋如此矣。心之憂矣、云如之何、則知其無可奈何而安之之詞也。○踧踧徒歷反。周道、叶徒苟反。鞫九六反。爲茂草。叶此苟反。我心憂傷、惄乃歷反。焉如擣。丁老反、叶丁口反。假寐永嘆、維憂用老。叶魯口反。心之憂矣、疢丑覲反。如疾首。興也。踧踧、平易也。周道、大道也。鞫、窮。惄、思。擣、舂也。不脫衣冠而寐曰假寐。疢、猶疾也。○踧踧周道、則將鞫爲茂草矣。我心憂傷、則惄焉如擣矣。精神憒眊、至於假寐之中而不忘永歎。憂之之深、是以未老而老也。疢如疾首、則又憂之甚矣。

○維桑與梓、叶獎履反。必恭敬止。靡瞻匪父、靡依匪母。叶滿彼反。不屬音燭。于毛、不離于裏。天之生我、我辰安在。叶此里反。○興也。桑、梓、二木。古者五畝之宅、樹之牆下、以遺子孫給蠶食、具器用者也。瞻者、尊而仰之。依者、親而倚之。屬、連也。毛、膚體之餘氣末屬也。離、麗也。裏、心腹也。辰、猶時也。○言桑梓父母所植、尙且必加恭敬、況父母至尊至親、宜莫不瞻依也。然父母之不我愛、豈我不屬于父母之毛乎、豈我不離于父母之裏乎。無所歸咎、則推之於天曰、豈我生時不善哉、何不祥至是也。

○菀音鬱。彼柳斯、鳴蜩音條。嘒嘒。呼惠反。有漼千罪反。者淵、萑音丸。葦韋鬼反。淠淠。孚計反。譬彼舟流、不知所屆。音戒、叶居氣反。心之憂矣、不遑假寐。興也。菀、茂盛貌。蜩、蟬也。嘒嘒、聲也。漼、深貌。淠淠、衆也。屆、至。遑、暇也。○菀彼柳斯、則鳴蜩嘒嘒矣。有漼者淵、則萑葦淠淠矣。今我獨見棄逐、如舟之流于水中、不知其何所至乎。是以憂之之深、昔猶假寐而今不暇也。

○鹿斯之奔、維足伎伎。其宜反。雉之朝雊、古豆反。尙求其雌。叶千西反。譬彼壞胡罪反。木、疾用無枝。心之憂矣、寧莫之知。興也。伎伎、舒貌。宜疾而舒、留其羣也。雊、雉鳴也。壞、傷病也。寧、猶何也。○鹿斯之奔、則足伎伎然。雉之朝雊、亦知求其妃匹。今我獨見棄逐、如傷病之木、憔悴而無枝、是以憂之而人莫之知也。

○相息亮反。彼投兔、尙或先蘇薦反、叶蘇晉反。之。行有死人、尙或墐音覲。之。君子秉心、維其忍之。心之憂矣、涕既隕音蘊。之。興也。相、視。投、奔。行、道。墐、埋。秉、執。隕、隊也。○相彼被逐而投人之兔、尙或有哀其窮而先脫之者。道有死人、尙或有哀其暴露而埋藏之者。蓋皆有不忍之心焉。今王信讒、棄逐其子、曾視投兔死人之不如、則其秉心亦忍矣。是以心憂而涕隕也。

○君子信讒、如或醻市由反、叶市救反。之。君子不惠、不舒究之。伐木掎寄彼反、叶居何反。矣、析薪杝敕氏反、叶湯何反。矣。舍音捨。彼有罪、予之佗吐賀反、叶湯何反。矣。賦而興也。醻、報。惠、愛。舒、緩。究、察也。掎、倚也、以物倚其巔也。杝、隨其理也。佗、加也。○言王惟讒是聽、如受醻爵、得卽飮之。曾不加惠愛、舒緩而究察之。夫苟舒緩而究察之、則讒者之情得矣。伐木者尙倚其巔、析薪者尙隨其理、皆不妄挫折之。今乃捨彼有罪之譖人、而加我以非其罪、曾伐木析薪之不若也。此則興也。

○**莫高匪山、**叶所旃反。**莫浚**蘇俊反。**匪泉。君子無易**夷豉反。**由言、耳屬**音燭。**于垣。無逝我梁、無發我笱。我躬不閱、遑恤我後。**

賦而比也。山極高矣、而或陟其巔。泉極深矣、而或入其底。故君子不可易於其言、恐耳屬于垣者、有所觀望左右而生讒譖也。王於是卒以褒姒爲后、伯服爲大子。故告之曰、毋逝我梁、毋發我笱、我躬不閱、遑恤我後、蓋比詞也。東萊呂氏曰、唐德宗將廢大子、而立舒王。李泌諫之、且曰、願陛下還宮勿露此意。左右聞之、將樹功於舒王、大子危矣。此正君子無易由言、耳屬于垣之謂也。小弁之作、大子旣廢矣、而猶云爾者、蓋推本亂之所由生、言語以爲階也。

小弁八章、章八句。

幽王娶於申、生大子宜臼。後得褒姒而惑之、生子伯服。信其讒、黜申后、逐宜臼。而宜臼作此以自怨也。序以爲大子之傳述大子之情、以爲是詩、不知其何所據也。傳曰、高子曰、小弁、小人之詩也。孟子曰、何以言之。曰、怨。曰、固哉、高叟之爲詩也。有人於此、越人關弓而射之、則已談笑而道之。無它、疏之也。其兄關弓而射之、則已垂涕泣而道之。無它、戚之也。小弁之怨、親親也。親親、仁也。固矣夫高叟之爲詩也。曰、凱風何以不怨。曰、凱風、親之過小者也。小弁、親之過大者也。親之過大而不怨、是愈疏也、親之過小而怨、是不可磯也。愈疏、不孝也、不可磯、亦不孝也。孔子曰、舜其至孝矣、五十而慕。

悠悠昊天、曰父母且。七餘反。**無罪無辜、亂如此憮。**火吳反。**昊天已威、**叶紆胃反。**予愼無罪。**叶音悴。**昊天泰憮、予愼無辜。**

賦也。悠悠、遠大之貌。且、語詞。憮、大也。已、泰、皆甚也。愼、審也。○大夫傷於讒、無所控告、而訴之於天。曰、悠悠昊天、爲人之父母、胡爲使無罪之人遭亂如此其大也。昊天之威已甚矣、我審無罪也。昊天之威甚大矣、我審無辜也。此自訴而求免之詞也。

○**亂之初生、僭**側蔭反。**始旣涵。**音含。**亂之又生、君子信讒。君子如怒、**叶奴五反。

亂庶遄市專反。沮。慈呂反。君子如祉。音恥。亂庶遄已。賦也。僭始、不信之端也。涵、容受也。君子、指王也。遄、疾。沮、止也。祉、猶喜也。○言亂之所以生者、由讒人以不信之言始入、而王涵容不察其眞僞也。亂之又生者、則既信其讒言而用之矣。君子見讒人之言、若怒而責之、則亂庶幾遄沮矣。見賢者之言、若喜而納之、則亂庶幾遄已矣。今涵容不斷、讒信不分、是以讒者益勝、而君子益病也。蘇氏曰、小人爲讒於其君、必以漸入之。其始也進而嘗之、君容之而不拒、知言之無忌、於是復進。既而君信之、然後亂成。

○君子屢盟、叶謨郎反。亂是用長。丁丈反、叶直良反。君子信盜、亂是用暴。盜言孔甘、亂是用餤。音談。匪其止共、音恭。維王之邛。其恭反。○賦也。屢、數也。盟、邦國有疑、則殺牲歃血、告神以相要束也。盜、指讒人也。餤、進。邛、病也。○言君子不能已亂、而屢盟以相要、則亂是用長矣。君子不能聖讒、而信盜以爲虐、則亂是用暴矣。讒言之美、如食之甘、使人嗜之而不厭、則亂是用進矣。然此讒人不能供其職事、徒以爲王之病而已。夫良藥苦口而利於病、忠言逆耳而利於行、維其言之甘而悅焉、則其國豈不殆哉。

○奕奕寢廟、君子作之。秩秩大猷、聖人莫之。他人有心、予忖七損反。度待洛反。之。躍躍他歷反。毚士咸反。兔、遇犬獲叶黃郭反。之。興而比也。奕奕、大也。秩秩、序也。猷、道。莫、定也。躍躍、跳疾貌。毚、狡也。○奕奕寢廟、則君子作之。秩秩大猷、則聖人莫之。以興他人有心、則予得而忖度之。而又以躍躍毚兔、遇犬獲之比焉。反覆興比、以見讒人之心、我皆得之、不能隱其情也。

○荏而甚反。染柔木、君子樹叶上主反。之。往來行言、心焉數所主反。之。蛇蛇以支反。碩言、出自口叶孔五反。矣。巧言如簧、顏之厚叶胡五反。矣。興也。荏染、柔貌。柔木、桐梓之屬、可用者也。行言、行道之言也。數、辨也。蛇蛇、安舒也。碩、大也。謂善言也。顏厚者、頑不知恥也。○荏染柔木、則君子樹之矣。往來行言、則心能辨之矣。若善言而出於口者、宜也。巧言如簧、則豈可出於口哉。言之徒可羞愧、而彼顏之厚、不知以爲恥也。孟子曰、爲機變之巧者、無所用恥焉、其斯人之謂與。

○彼何人斯、居河之麋。音眉。無拳音權。無勇、職爲亂階。叶居奚反。既微且尰、市勇反。爾勇伊何。爲猶將多、爾居徒幾音紀、叶居希反。何。賦也。何人、斥讒人也。此必有所指矣、賤而惡之、故爲不知其姓名、而曰何人也。斯、語詞也。水草交謂之麋。拳、力。骭、梯也。骭瘍爲微。腫足爲尰。猶、謀。將、大也。○言此讒人居下濕之地、雖無拳勇可以爲亂、而讒口交鬬、專爲亂之階梯。又有微尰之疾、亦何能勇哉。而爲讒謀則大且多如此、是必有助之者矣。然其所與居之徒衆、幾何人哉。言亦不能甚多也。

巧言六章、章八句。以五章巧言二字名篇。

彼何人斯、其心孔艱。叶居銀反。胡逝我梁、不入我門。叶眉貧反。伊誰云從、維暴之云。賦也。何人、亦若不知其姓名也。孔、甚。艱、險也。我、舊說以爲蘇公也。暴、暴公也。皆畿內諸侯也。○舊說暴公爲卿士、而譖蘇公、故蘇公作詩以絕之。然不欲直斥暴公、故但指其從行者而言、彼何人者、其心甚險、胡爲往我之梁、而不入我之門乎。既而問其所從、則暴公也。夫以從暴公而不入我門、則暴公之譖己也明矣。但舊說於詩無明文可考、未敢信其必然耳。○二人從行、誰爲此禍。胡果反。胡逝我梁、不入唁我。始者不如今、云不我可。賦也。二人、暴公與其徒也。唁、弔失位也。○言二人相從而行、不知誰譖己而禍之乎。既使我得罪矣、而其逝我梁也、又不入而唁我。女始者與我親厚之時、豈嘗如今不以我爲可乎。○彼何人斯、胡逝我陳。我聞其聲、不見其身。不愧于人、不畏于天。叶鐵因反。○賦也。陳、堂塗也、堂下至門之徑也。○在我之陳、則又近矣。聞其聲而不見其身、言其蹤跡之詭祕也。不愧于人、則以人爲可欺也。天不可欺、女獨不畏于天乎、奈何其譖我也。○彼何人斯、其爲飄風。叶孚愔反。胡不自北、胡不自南。叶尼心反。胡逝我梁、祇音支。攪交卯反。我心。賦也。飄風、暴風也。攪、擾亂也。○言其往來之疾若飄風然。自北自南、則與我不相值也。今則逝我之梁、則適所以攪亂我心而已。○爾之安行、亦不遑舍。叶商居反。爾之亟紀力反。行、遑脂爾車。壹者之來、云何其盱。況于反。○賦也。安、徐。遑、暇。舍、息。亟、疾。盱、望也。字林云、盱、張目也。易曰、盱豫悔、三都賦云、盱衡而語是也。○言爾平時徐行猶不暇息、而況亟行、則何暇脂其車哉。今脂其車、則非亟也。乃託以亟行而不入見我、則非其情矣。何不一來見我、如何而使我望汝之切乎。

○爾還而入、我心易以豉反、叶以支反。也。還而不入、否難知也。壹者之來、俾我祇也。賦也。還、反。易、說。祇、安也。○言爾之往也、既不入我門矣。儻還而入、則我心猶庶乎其說也。還而不入、則爾之心我不可得而知矣。何不一來見我、而使我心安乎。董氏曰、是詩至此、其詞益緩、若不知其爲譖矣。

○伯氏吹壎、況袁反。仲氏吹篪。音池。及爾如貫、諒不我知。出此三物、以詛側助反。爾斯。叶先齎反。○賦也。伯仲、兄弟也。俱爲王臣、則有兄弟之義矣。樂器、土曰壎、大如鵝子、銳上平底、似稱錘、六孔。竹曰篪、長尺四寸、圍三寸、七孔、一孔上出、徑三分、凡八孔、橫吹之。如貫、如繩之貫物也、言相連屬也。諒、誠也。三物、犬豕雞也。刺其血以詛盟也。○伯氏吹壎、而仲氏吹篪、言其心相親愛、而聲相應和也。與汝如物之在貫、豈誠不我知而譖我哉。苟曰誠不我知、則出此三物以詛之可也。

○爲鬼爲蜮、音或。則不可得。有靦土典反。面目、視人罔極。作此好歌、以極反側。賦也。蜮、短狐也。江淮水皆有之、能含沙以射水中人影、其人輒病、而不見其形也。靦、面見人之貌也。好、善也。反側、反覆不正直也。○言汝爲鬼爲蜮、則不可得而見矣。女乃人也、靦然有面目與人相視、無窮極之時、豈其情終不可測哉。是以作此好歌、以究極爾反側之心也。

何人斯八章、章六句。

此詩與上篇文意相似、疑出一手。但上篇先刺聽者、此篇專責讒人耳。王氏曰、暴公不忠於君、不義於友、所謂大故也、故蘇公絕之。然其絕之也、不斥暴公、言其從行而已。不著其譖也、示以所疑而已。既絕之矣、而猶告以壹者之來、俾我祇也。蓋君子之處己也忠、其遇人也恕、使其由此悔悟、更以善意從我、固所願也。雖其不能如此、我固不爲已甚、豈若小丈夫哉、一與人絕、則醜詆固拒、惟恐其復合也。

萋七西反。兮斐孚匪反。兮、成是貝錦。彼譖人者、亦已大音泰。甚。食荏反。○比也。萋斐、小文之貌。貝、水中介蟲也、有文彩似錦。○時有遭讒而被宮刑爲巷伯者、作此詩。言因萋斐之形、而文致之以成貝錦、以比讒人者因人之小過而飾成大罪也。彼爲是者、亦已大甚矣。

○哆昌者反。兮侈尺是反。兮、成是南箕。彼譖人者、誰適丁歷反、下同。**與謀。**叶謨悲反。〇比也。哆侈、微張之貌。南箕四星、二爲踵、二爲舌、其踵狹而舌廣、則大張矣。適、主也。誰適與謀、言其謀之闊也。

〇緝緝七立反。**翩翩、**音篇、叶批賓反。**謀欲譖人。愼爾言也、謂爾不信。**叶斯人反。〇賦也。緝緝、口舌聲。或曰、緝緝、人之罪也。或曰、有條理貌。皆通。翩翩、往來貌。譖人者自以爲得意矣、然不愼爾言、聽者有時而悟、且將以爾爲不信矣。

〇捷捷幡幡、芳煩反、叶芬邅反。**謀欲譖言。豈不爾受、既其女**音汝。**遷。**賦也。捷捷、儇利貌。幡幡、反覆貌。王氏曰、上好譖、則固將受女。然好譖不已、則遇譖之禍、亦既遷而及女矣。曾氏曰、上章及此、皆忠告之詞。

〇驕人好好、勞人草草。蒼天蒼天、叶鐵因反。**視彼驕人、矜此勞人。**賦也。好好、樂也。草草、憂也。驕人譖行而得意、勞人遇譖而失度、其狀如此。

〇彼譖人者、叶掌與反。**誰適與謀。**叶滿補反。**取彼譖人、投畀豺**士皆反。**虎。豺虎不食、投畀有北。有北不受、**叶承呪反。**投畀有昊。**叶許候反。〇賦也。再言彼譖人者、誰適與謀者、甚嫉之、故重言之也。或曰、衍文也。投、棄也。北、北方寒涼不毛之地也。不食不受、言讒譖之人、物所共惡也。昊、昊天也。投畀昊天、使制其罪。〇此皆設言以見欲其死亡之甚也。故曰、好賢如緇衣、惡惡如巷伯。

〇楊園之道、猗於綺反。**于畝丘。**叶祛奇反。**寺人孟子、作爲此詩。凡百君子、敬而聽之。**興也。楊園、下地也。猗、加也。畝丘、高地也。寺人、內小臣、蓋以讒被宮而爲此官也。孟子、其字也。〇楊園之道、而猗于畝丘、以興賤者之言、或有補於君子也。蓋譖始於微者、而其漸將及於大臣、故作詩使聽而謹之也。劉氏曰、其後王后太子及大夫、果多以讒廢者。

巷伯七章、四章章四句、一章五句、一章八句、一章六句。

巷、是宮內道名、秦漢所謂永巷是也。伯、長也、王宮內道官之長、卽寺人也。故以名篇。班固司馬遷贊云、迹其所以自傷悼、小雅巷伯之倫、其意亦謂巷伯本以被譖而遭刑也。而楊氏曰、寺人、內侍之微者、出入於王之左右、親近於王而日見之、宜無閒之可伺矣。今也亦傷於讒、則疏遠者可知。故其詩曰、凡百君子、敬而聽之、使在位知戒也。其說不同、然亦有理、姑存於此云。

習習谷風、維風及雨　將恐丘勇反。將懼、維予與女。音汝。將安將樂、音洛。女轉棄予。叶演女反。○興也。習習、和調貌。谷風、東風也。將、且也。恐懼、謂危難憂患之時也。○此朋友相怨之詩。故言習習谷風、則維風及雨矣。將恐將懼之時、則維予與女矣。奈何將安將樂而女轉棄予哉。

○習習谷風、維風及頹。徒雷反。將恐將懼、寘之豉反。予于懷。叶胡隈反。將安將樂、棄予如遺。叶烏回反。○興也。頹、風之焚輪者也。寘、與置同。置于懷、親之也。如遺、忘去而不復存省也。

○習習谷風、維山崔徂回反。嵬五回反。無草不死、無木不萎。叶於回反。忘我大德、思我小怨。叶韻未詳。○比也。崔嵬、山巓也。○習習谷風、維山崔嵬、則風之所被者廣矣。然猶無不死之草、無不萎之木。況於朋友、豈可以忘大德而思小怨乎。或曰、興也。

谷風三章、章六句。

蓼蓼音六。者莪、五河反。匪莪伊蒿。呼毛反。哀哀父母、生我劬勞。比也。蓼、長大貌。莪、美菜也。蒿、賤草也。○人民勞苦、孝子不得終養、而作此詩。言昔謂之莪、而今非莪也、特蒿而已。以比父母生我以爲美材、可賴以終其身、而今乃不得其養以死。於是乃言父母生我之劬勞、而重自哀傷也。

○蓼蓼者莪、匪莪伊蔚。音尉。哀哀父母、生我勞瘁。似醉反。○比也。蔚、牡菣也、三月始生、七月始華、如胡麻華而紫赤、八月爲角、似小豆、角銳而長。瘁、病也。

○缾之罄矣、維罍之恥。鮮息淺反。民之生、不如死之久叶舉里反。矣。無父何怙、無母何恃。出則銜恤、入則靡至。比也。缾小罍大、皆酒器也。罄、盡。鮮、寡。恤、憂。靡、無也。○言缾資於罍而罍資缾、猶父母與子相依爲命也。故缾罄矣乃罍之恥、猶父母不得其所乃子之責。所以窮獨之民、生不如死也。蓋無父則無所怙、無母則無所恃、是以出則中心銜恤、入則如無所歸也。

○父兮生我、母兮鞠我。拊音撫。我畜喜六反。我、長丁丈反。我育我、顧我復我、出入腹我。欲報之德、昊天罔極。賦也。生者、本其氣也。鞠、畜、皆養也。拊、拊循也。育、覆育也。顧、旋視也。復、反覆也。腹、懷抱也。罔、無。極、窮也。○言父母之恩如此、欲報之以德、而其恩之大、如天無窮、不知所以爲報也。

○南山烈烈、飄風發發。民莫不穀、我獨何害。叶音曷。○興也。烈烈、高大貌。發發、疾貌。穀、善也。○南山烈烈、則飄風發發矣。民莫不善、而我獨何爲遭此害也哉。

○南山律律、飄風弗弗。叶分聿反。民莫不穀、我獨不卒。興也。律律、猶烈烈也。弗弗、猶發發也。卒、終也。言終養也。

蓼莪六章、四章章四句、二章章八句。晉王裒以父死非罪、每讀詩至哀哀父母、生我劬勞、未嘗不三復流涕。受業者爲廢此篇。詩之感人如此。

有饛音蒙。簋音軌。飧、音孫。有捄音求。棘匕。必履反。周道如砥、之履反。其直如矢。君子所履、小人所視。叶善止反。睠音眷。言顧之、潸所姦反。焉出涕。音體。○興也。饛、滿簋貌。飧、熟食也。捄、曲貌。棘匕、以棘爲匕、所以載鼎肉而升之於俎也。砥、礪石、言平也。矢、言直也。君子、在位。履、行。小人、下民也。睠、反顧也。潸、涕下貌。○序以爲東國困於役而傷於財、譚大夫作此以告病。言有饛簋飧、則有捄棘匕。周道如砥、則其直如矢。是以君子履之、而小人視焉。今乃顧之而出涕者、則以東方之賦役、莫不由是而西輸於周也。

○小東大東、叶都郎反。杼直呂反。柚音逐。其空。叶枯郎反。糾糾葛屨、可以履霜。佻佻徒彫反。公子、行彼周行。叶戶郎反。既往既來、叶六直反。使我心疚。叶訖力反。○賦也。小東大東、東方小大之國也。自周視之、則諸侯之國、皆在東方。杼、持緯者也。柚、受經者也。空、盡也。佻佻、輕薄不奈勞苦之貌。公子、諸侯之貴臣也。周行、大路也。疚、病也。○言東方小大之國、杼柚皆已空矣。至於以葛屨履霜。而其貴戚之臣、奔走往來、不勝其勞、使我心憂而病也。

○有冽音列。氿音軌。泉、叶才勻反。無浸穫薪。契契苦計反。寤歎、哀我憚丁佐反。人。薪是穫薪、尚可載叶節力反。也。哀我憚人、亦可息也。興也。冽、寒意也。側出曰氿泉。穫、艾也。契契、憂苦也。憚、勞也。尚、庶幾也。載、載以歸也。○蘇氏曰、薪已穫矣。而復漬之、則腐。民已勞矣、而復事之、則病。故已艾、則庶其載而畜之。已勞、則庶其息而安之。

○東人之子、職勞不來。音賚、叶六直反。

西人之子、粲粲衣服。叶蒲北反。舟人之子、熊羆是裘。叶渠之反。私人之子、百僚是試。叶申之反。○賦也。東人、諸侯之人也。職、專主也。來、慰撫也。西人、京師人也。粲粲、鮮盛貌。舟人、舟楫之人也。熊羆是裘、言富也。私人、私家皁隷之屬也。僚、官。試、用也。舟人、私人、皆西人也。○此言賦役不均、羣小得志也。

○或以其酒、不以其漿。鞙鞙胡犬反。佩璲、音遂。不以其長。維天有漢、監古暫反。亦有光。跂丘豉反。彼織女、終日七襄。賦也。鞙鞙、長貌。璲、瑞也。漢、天河也。跂、隅貌。織女、星名、在漢旁。三星跂然如隅也。七襄未詳。傳曰、反也。箋云、駕也。駕、謂更其肆也。蓋天有十二次、日月所止舍、所謂肆也。經星一晝一夜、左旋一周而有餘、則終日之間、自卯至酉、當更七次也。○言東人或饋之以酒、而西人曾不以爲漿。東人或與之以鞙然之佩、而西人曾不以爲長。維天之有漢、則庶乎其有以監我。而織女之七襄、則庶乎其能成文章以報我矣。無所赴愬、而言惟天庶乎其恤我耳。

○雖則七襄、不成報章。睆華板反。彼牽牛、不以服箱。東有啓明、叶謨郎反。西有長庚。叶古郎反。有捄天畢、載施之行。戶郎反。○賦也。睆、明星貌。牽牛、星名。服、駕也。箱、車箱也。啓明、長庚、皆金星也。以其先日而出。故謂之啓明。以其後日而入、故謂之長庚。蓋金水二星常附日行、而或先或後。但金大水小、故獨以金星爲言也。天畢、畢星也、狀如掩兎之畢。行、行列也。○言彼織女不能成報我之章、牽牛不可以服我之箱、而啓明長庚天畢者、亦無實用、但施之行列而已。至是則知天亦無若我何矣。

○維南有箕、不可以簸波我反。揚。維北有斗、不可以挹音揖。酒漿。維南有箕、載翕許急反。其舌。維北有斗、西柄之揭。音訐。○賦也。箕斗二星、以夏秋之間見於南方。云北斗者、以其在箕之北也。或曰、北斗常見不隱者也。翕、引也。舌、下二星也。南斗柄固指西、若北斗而西柄、則亦秋時也。○言南箕既不可以簸揚糠粃、北斗既不可以挹酌酒漿、而箕引其舌、反若有所呑噬、斗西揭其柄、反若有所挹取於東、是天非徒無若我何、乃亦若助西人而見困。甚怨之詞也。

大東七章、章八句。

四月維夏、叶後五反。六月徂暑。先祖匪人、胡寧忍予。叶演女反。○興也。徂、往也。四月、六月、亦以夏正數之、建巳建未之月也。○此亦遭亂自傷之詩。言四月維夏、則六月徂暑矣。我先祖豈非人乎、何忍使我遭此禍也。無所歸咎之詞也。

○秋日淒淒、七西反。百卉許貴反。具腓。芳非反。亂離瘼音莫。矣、爰家語作奚。其適歸。興也。淒淒、涼風也。卉、草。腓、病。離、憂。瘼、病。奚、何。適、之也。○秋日淒淒、則百卉具腓矣。亂離瘼矣、則我將何所適歸乎哉。

○冬日烈烈、飄風發發。民莫不穀、我獨何害。叶音曷。○興也。烈烈、猶栗栗也。發發、疾貌。穀、善也。○夏則暑、秋則病、冬則烈、言禍亂日進、無時而息也。

○山有嘉卉、侯栗侯梅。叶莫悲反。廢爲殘賊、莫知其尤。叶于其反。○興也。嘉、善。侯、維。廢、變。尤、過也。○山有嘉卉、則維栗與梅矣。在位者變爲殘賊、則誰之過哉。

○相息亮反。彼泉水、載清載濁。叶殊玉反。我日構禍、曷云能穀。興也。相、視。載、則。構、合也。○相彼泉水、猶有時而清、有時而濁。而我乃日日遭害、則曷云能善乎。

○滔滔吐刀反。江漢、南國之紀。盡瘁以仕、寧莫我有。叶羽已反。○興也。滔滔、大水貌。江、漢、二水名。紀、綱紀也。謂經帶包絡之也。瘁、病也。有、識有也。○滔滔江漢、猶爲南國之紀。今也盡瘁以仕、而王何其不我有哉。

○匪鶉徒丸反。匪鳶、以專反、叶以旬反。翰飛戾天。叶鐵因反。匪鱣張連反。匪鮪、于軌反。潛逃于淵。叶一均反。○賦也。鶉、鵰也。鳶、亦鷙鳥也。其飛上薄雲漢。鱣、鮪、大魚也。○鶉鳶則能翰飛戾天、鱣鮪則能潛逃于淵、我非是四者、則亦無所逃矣。

○山有蕨薇、隰有杞桋。音夷。君子作歌、維以告哀。叶於希反。○興也。杞、枸檵也。桋、赤楝也、樹葉細而岐銳、皮理錯戾、好叢生山中、中爲車輞。○山則有蕨薇、隰則有杞桋、君子作歌、則維以告哀而已。

四月八章、章四句。

小旻之什十篇、六十五章、四百十四句。

詩卷第十三

朱熹集傳

北山之什二之六

涉彼北山、言采其杞。偕偕士子、叶獎里反。朝夕從事。叶上止反。王事靡盬、憂我父母。叶滿彼反。○賦也。偕偕、強壯貌。士子、詩人自謂也。○大夫行役而作此詩。自言涉北山而采杞以食者、皆強壯之人而朝夕從事者也。蓋以王事不可以不勤、是以貽我父母之憂耳。○溥音普。天之下、叶後五反。莫非王土。率土之濱、莫非王臣。大夫不均、我從事獨賢。叶下珍反。○賦也。溥、大。率、循。濱、涯也。○言土之廣、臣之衆、而王不均平、使我從事獨勞也。不斥王而曰大夫、不言獨勞而曰獨賢、詩人之忠厚如此。○四牡彭彭、叶鋪郎反。王事傍傍。布彭反。叶布光反。嘉我未老、鮮息淺反。我方將。旅力方剛、經營四方。賦也。彭彭然、不得息也。傍傍然、不得已也。嘉、善。鮮、少也。以爲少而難得也。將、壯也。旅、與膂同。○言王之所以使我者、善我之未老而方壯、旅力可以經營四方耳。猶上章之言獨賢也。○或燕燕居息、或盡瘁事國。叶越逼反。或息偃在牀、或不已于行。叶戶郎反。○賦也。燕燕、安息貌。瘁、病。已、止也。○言役使之不均也。下章放此。○或不知叫號、戶刀反。或慘慘七感反。劬勞。或棲音西。遲偃仰、或王事鞅於兩反。掌。賦也。不知叫號、深居安逸、不聞人聲也。鞅掌、失容也。言事煩勞、不暇爲儀容也。○或湛都南反。樂飲酒、或慘慘畏咎。巨九反。或出入風音諷。議、叶魚羈反。或靡事不爲。賦也。咎、猶罪過也。出入風議、言親信而從容也。

北山六章、三章章六句、三章章四句。

無將大車、祇音支。自塵兮。無思百憂、祇自疧劉氏曰、當作疷、與痻同、眉貧反。兮。興也。將、扶進也。大車、平地任載之車、駕牛者也。祇、適。疧、病也。○此亦行役勞苦而憂思者之作。言將大車則塵汚之、思百憂則病及之矣。○無將大車、維塵冥冥。叶莫迥反。無思百憂、不出于熲。古迥反。○興也。冥冥、昏晦也。熲、與耿同、小明也。在憂中耿耿然不能出也。○無將大車、維塵雝於勇、於容二反。兮。無思百憂、祇自重直勇、直龍二反。兮。興也。雝、猶蔽也。重、猶累也。

無將大車三章、章四句。

明明上天、照臨下土。我征徂西、至于艽音求。野。叶上與反。二月初吉、載離寒暑。心之憂矣、其毒大音泰。苦。念彼共音恭。人、涕零如雨。豈不懷歸、畏此罪罟。音古。○賦也。征、行。徂、往也。艽野、地名、蓋荒遠之地也。二月、亦以夏正數之、建卯月也。初吉、朔日也。毒、言心中如有藥毒也。共人、僚友之處者也。懷、思。罟、網也。○大夫以二月西征、至於歲莫、而未得歸、故呼天而訴之。復念其僚友之處者、且自言其畏罪而不敢歸也。○昔我往矣、日月方除。去聲。曷云其還、歲聿云莫。念我獨兮、我事孔庶。心之憂矣、憚丁佐反。我不暇。叶胡故反。念彼共人、睠睠音眷。懷顧。豈不懷歸、畏此譴怒。賦也。除、除舊生新也。謂二月初吉也。庶、衆。憚、勞也。睠睠、勤厚之意。譴怒、罪責也。○言昔以是時往、今未知何時可還、而歲已莫矣。蓋身獨而事衆、是以勤勞而不暇也。○昔我往矣、日月方奧。於六反。曷云其還、政事愈蹙。子六反。歲聿云莫、采蕭穫菽。心之憂矣、自詒伊戚。叶子六反。念彼共人、興言出宿。豈不懷歸、畏此反覆。芳福反。○賦也。奧、煖。蹙、急。詒、遺。戚、憂。興、起也。反覆、傾側無常之意也。○言以政事愈急、是以至此歲莫而猶不得歸。又自咎其不能見幾遠去、而自遺此憂、至於不能安寢、而出宿於外也。○嗟爾君子、無恆安處。靖共爾位、正直是與、神之聽之、式穀以女。音汝。○賦也。君子、亦指其僚友也。恆、常也。靖、與靜同。與、猶助也。穀、祿也。以、猶與也。○上章既自傷悼、此章又戒其僚友曰、嗟爾君子、無以安處爲常、言當有勞時勿懷安也。當靖共爾位、惟正直之人是助、則神之聽之、而以穀祿與女矣。○嗟爾君子、無恆安息。靖共爾位、好呼報反。是正直。神之聽之、介爾景福。叶筆力反。○賦也。息、猶處也。好是正直、愛此正直之人也。介、景、皆大也。

小明五章、三章章十二句、二章章六句。

鼓鍾將將、七羊反。淮水湯湯。音傷。憂心且傷。淑人君子、懷允不忘。賦也。將將、聲也。淮水出信陽軍桐柏山、至楚州漣水軍入海。湯湯、沸騰之貌。淑、善。懷、思。允、信也。○此詩之義未詳。王氏曰、幽王鼓鍾淮水之上、爲流連之樂、久而忘反。聞者憂傷、而思古之君子不能忘也。○鼓鍾喈喈、音皆、叶居奚反。淮水湝湝。戶皆反、叶雞賢反。憂心且悲。淑人君子、其德不回。叶乎爲反。○賦也。喈喈、猶將將。湝湝、猶湯湯。悲、猶傷也。回、邪也。○鼓鍾伐鼛、古毛反、叶居尤反。淮有三洲。憂心且妯。敕留反。淑人君子、其德不猶。賦也。鼛、大鼓也。周禮作鼛、云鼛鼓尋有四尺。三洲、淮上地。蘇氏曰、始言湯湯、水盛也。中言湝湝、水流也。終言三洲、水落而洲見也。言幽王之久於淮上也。妯、動。猶、若也。言不若今王之荒亂也。○鼓鍾欽欽、鼓瑟鼓琴。笙磬同音。以雅以南、叶尼心反。以籥以灼反。不僭。子念反、叶七心反。○賦也。欽欽、亦聲也。磬、樂器、以石爲之。琴瑟在堂、笙磬在下。同音、言其和也。雅、二雅也。南、二南也。籥、籥舞也。僭、亂也。言三者皆不僭也。○蘇氏曰、言幽王之不德、豈其樂非古歟。樂則是而人則非也。

鼓鍾四章、章五句。

此詩之義有不可知者、今姑釋其訓詁名物、而略以王氏蘇氏之說解之、未敢信其必然也。

楚楚者茨、言抽敕留反。其棘。自昔何爲、我蓺魚世反。黍稷。我黍與與、音餘。我稷翼翼。我倉既盈、我庾維億。以爲酒食、以饗以祀、叶逸織反。以妥湯果反。以侑、音又、叶夷益反。以介景福。叶筆力反。○賦也。楚楚、盛密貌。茨、蒺藜也。抽、除也。我、爲有田祿而奉祭祀者之自稱也。與與、翼翼、皆蕃盛貌。露積曰庾。十萬曰億。饗、獻也。妥、安坐也。禮曰、詔妥尸、蓋祭祀筮族人之子爲尸、既奠、迎之使處神坐、而拜以安之也。侑、勸也。恐尸或未飽、祝侑之曰、皇尸未實也。介、大也。景、亦大也。○此詩述公卿有田祿者力於農事、以奉其宗廟之祭。故言蒺藜之地、有抽除其棘者、古人何乃爲此事乎、蓋將使我於此蓺黍稷也。故我之黍稷既盛、倉庾既實、則爲酒食以饗祀妥侑、而介大福也。

○濟濟子禮反。蹌蹌、七羊反。絜爾牛羊、以往烝嘗。或剝或亨、普庚反、叶鋪郎反。或肆或將。祝祭于祊、補彭反、叶補光反。祀事孔明。叶謨郎反。先祖是皇、神保是饗。叶虛良反。孝孫有慶。叶祛羊反。報以介福、萬壽無疆。賦也。濟濟蹌蹌、言有容也。冬祭曰烝、秋祭曰嘗。剝、解剝其皮也。亨、煮熟之也。肆、陳之也。將、奉持而進之也。祊、廟門內也。孝子不知神之所在、故使祝博求之於門內待賓客之處也。孔、甚也。明、猶備也、著也。皇、大也、君也。保、安也。神保、蓋尸之嘉號。楚辭所謂靈保、亦以巫降神之稱也。孝孫、主祭之人也。慶、猶福也。

○執爨七亂反。踖踖、七亦反、叶七略反。爲俎孔碩、叶常約反。或燔音煩。或炙。之赦反。叶陟略反。君婦莫莫、音麥、叶木各反。爲豆孔庶。叶陟略反。爲賓爲客、叶克各反。獻酬市由反。交錯。禮儀卒度、叶徒洛反。笑語卒獲。叶黃郭反。神保是格。叶剛鶴反。報以介福、萬壽攸酢。賦也。爨、竈也。踖踖、敬也。俎、所以載牲體也。碩、大也。燔、燒肉也。炙、炙肝也。皆所以從獻也。特牲、主人獻尸、賓長以肝從、主婦獻尸、兄弟以燔從、是也。君婦、主婦也。莫莫、淸靜而敬至也。豆、所以盛內羞庶羞、主婦薦之也。庶、多也。賓客筮而戒之、使助祭者、既獻尸而遂與之相獻酬也。主人酌賓曰獻。賓飲主人曰酢。主人又自飲而復飲賓曰酬。賓受之、奠於席前而不舉、至旅而後少長相勸、而交錯以徧也。卒、盡也。度、法度也。獲、得其宜也。格、來。酢、報也。

○我孔熯而善反。矣、式禮莫愆。叶起巾反。工祝致告、徂賚孝孫。叶須倫反。苾蒲必反。芬孝祀、叶逸織反。神嗜飲食。卜爾百福、叶筆力反。如幾音機。如式。既齊既稷、既匡既敕。永錫爾極、時萬時億。賦也。熯、竭也。善其事曰工。苾芬、香也。卜、予也。幾、期也。春秋傳曰、易幾而哭是也。式、法。齊整。稷、疾。匡、正。敕、戒。極、至也。○禮行既久、筋力竭矣、而式禮莫愆、敬之至也。於是祝致神意以嘏主人曰、爾飲食芳潔、故報爾以福祿、使其來如幾、其多如法。爾禮容莊敬、故報爾以衆善之極、使爾無一事而不得乎此。各隨其事而報之以其類也。少牢嘏詞曰、皇尸命工祝、承致多福無疆于女孝孫、來女孝孫、使女受祿于天、宜稼於田、眉壽萬年、勿替引之。此大夫之禮也。

○禮儀既備、叶蒲北反。鍾鼓既戒。叶訖力反。孝孫徂位、叶力入反。工祝致告。叶古得反。神具醉止、皇尸載起。鼓鍾送尸、神保聿歸。諸宰君婦、廢徹直列反。不遲。諸父兄弟、備言燕私。叶息夷反。

○賦也。戒、告也。徂位、祭事既畢、主人往阼階下西面之位也。致告、祝傳尸意、告利於主人、言孝子之利養成畢也。於是神醉而尸起、送尸而神歸矣。曰皇尸者、尊稱之也。鼓鐘者、尸出入奏肆夏也。鬼神無形、言其醉而歸者、誠敬之至。如見之也。諸宰、冢宰、非一人之稱也。廢、去也。不遲、以疾爲敬、亦不留神惠之意也。祭畢既歸賓客之俎、同姓則留與之燕、以盡私恩、所以尊賓客、親骨肉也。

○樂具入奏、叶音族。以綏後祿。爾殽既將、莫怨具慶。叶祛羊反。既醉既飽、叶補苟反。小大稽首。神嗜飲食、使君壽考。叶去九反。孔惠孔時、維其盡叶子忍反。之。子子孫孫、勿替天帝反。引之。賦也。凡廟之制、前廟以奉神、後寢以藏衣冠。祭於廟而燕於寢。故於此將燕。而祭時之樂皆入奏於寢也。且於祭既受祿矣、故以燕爲將受後祿而綏之也。爾殽既進、與燕之人無有怨者、而皆懽慶醉飽、稽首而言曰、向者之祭、神既嗜君之飲食矣、是以使君壽考也。又言君之祭祀甚順甚時、無所不盡、子子孫孫當不廢而引長之也。

楚茨六章、章十二句。呂氏曰、楚茨極言祭祀所以事神受福之節、致詳致備、所以推明先王致力於民者盡、則致力於神者詳。觀其威儀之盛、物品之豐、所以交神明、逮羣下、至於受福無疆者、非德盛政修、何以致之。

信彼南山、維禹甸田見反、叶徒鄰反。之。昀昀音勻。原隰、曾孫田叶地因反。之。我疆我理、南東其畝。叶滿彼反。○賦也。南山、終南山也。甸、治也。畇畇、墾辟貌。曾孫、主祭者之稱。曾、重也。自曾祖以至無窮、皆得稱之也。疆者、爲之大界也。理者、定其溝塗也。畝、壟也。長樂劉氏曰、其遂東入於溝、則其畝南矣。其遂南入於溝、則其畝東矣。○此詩大指與楚茨略同、此卽其篇首四句之意也。言信乎此南山者、本禹之所治、故其原隰墾闢、而我得田之。於是爲之疆理、而順其地勢水勢之所宜、或南其畝、或東其畝也。

○上天同雲、雨于付反。雪雰雰。敷云反。益之以霢亡革反。霂、音木。既優既渥、叶烏谷反。既霑既足、生我百穀。賦也。同雲、雲一色也。將雪之候如此。雰雰、雪貌。霢霂、小雨貌。優、渥、霑、足、皆饒洽之意也。冬有積雪、春而益之、以小雨潤澤、則饒洽矣。

○疆埸音亦。翼翼、黍稷彧彧。於六反、叶於逼反。曾孫之穡、以爲酒食。畀必寐反。我尸賓、壽考萬年。叶泥因反。○賦也。埸、畔也。翼翼、整飭貌。彧彧、茂盛貌。畀、與也。○言其田整飭而穀茂盛者、皆曾孫之穡也。於是以爲酒食、而獻之於尸及賓客也。陰陽和、萬物遂、而人心懽悅、以奉宗廟、則神降之福、故壽考萬年也。

○中田有廬、疆埸有瓜。叶攻乎反。是剝是菹、側居反。獻之皇祖。曾孫壽考、叶孔五反。受天之祜。侯古反。○賦也。中田、田中也。菹、酢菜也。祜、福也。○一井之田、其中百畝爲公田。內以二十畝分八家爲廬舍、以便田事。於畔上種瓜、以盡地利。瓜成、剝削淹漬以爲菹、而獻皇祖。貴四時之異物、順孝子之心也。

○祭以清酒、從以騂息營反。牡、享于祖考。叶去久反。執其鸞刀、以啓其毛、取其血膋。音聊、叶音勞。○賦也。清酒、清潔之酒、鬱鬯之屬也。騂、赤色、周所尙也。祭禮、先以鬱鬯灌地、求神於陰、然後迎牲。執者、主人親執也。鸞刀、刀有鈴也。膋、脂膏也。啓其毛、以告純也。取其血、以告殺也。取其膋、以升臭也。合之黍稷、實之於蕭而燔之、以求神於陽也。記曰、周人尙臭、灌用鬯臭、鬱合鬯、臭陰達於淵泉。灌以圭璋、用玉氣也。既灌然後迎牲、致陰氣也。蕭合黍稷、臭陽達於牆屋。故既奠然後焫蕭合羶薌。凡祭愼諸此。魂氣歸于天、形魄歸于地、故祭求諸陰陽之義也。

○是烝是享、叶虛良反。苾苾芬芬、祀事孔明。叶謨郎反。先祖是皇。報以介福、萬壽無疆。賦也。烝、進也。或曰、冬祭名。

信南山六章、章六句。

倬陟角反。彼甫田、叶地因反。歲取十千。叶倉新反。我取其陳、食音嗣。我農人。自古有年。叶泥因反。今適南畝、叶滿彼反。或耘或耔、音子、叶奬里反。黍稷薿薿。魚起反。攸介攸止、烝我髦音毛。士。○鉏里反。賦也。倬、明貌。甫、大也。十千、謂一成之田、地方十里、爲田九萬畝、而以其萬畝爲公田、蓋九一之法也。我、食祿主祭之人也。陳、舊粟也。農人、私百畝而養公田者也。有年、豐年也。適、往也。耘、除草也。耔、雝本也。蓋后稷爲田、一畝三畎、廣尺深尺、而播種於其中。苗葉以上、稍耨壟草、因隤其土以附苗根。壟盡畝平、則根深而能風與旱也。薿、茂盛貌。介、大。烝、進。髦、俊也。俊士、秀民也。古者士出於農、而工商不與焉。管仲曰、農之子恆爲農、野處而不暱、其秀民之能爲士者、必足賴也。卽謂此也。○此詩述公卿有田祿者力於農事、以奉方社田祖之祭。故言於此大田、歲取萬畝之入以爲祿食。及其積之久而有餘、則又存其新而散其舊、以食農人、補不足、助不給也。蓋以自古有年、是以陳陳相因、所積如此。然其用之之節、又合宜而有序如此、所以粟雖甚多、而無紅腐不可食之患也。又言自古既有年矣、今適南畝、農人方且或耘或耔、而其黍稷又已茂盛、則是又將復有年矣。故於其所美大止息之處、進我髦士而勞之也。

○以我齊音咨。明、叶謨郎反。與我犧羊、以社以方。我田既臧、農夫之慶。叶祛羊反。琴瑟擊鼓、以御牙嫁反。田祖。以祈甘雨、以介我稷黍、以穀我士女。賦也。齊、與粢同。曲禮曰、稷曰明粢。此言齊明、便文以協韻耳。犧羊、純色之羊也。社、后土也。以句龍氏配。方、秋祭四方、報成萬物。周禮所謂羅弊獻禽以祀祊、是也。臧、善。慶、福。御、迎也。田祖、先嗇也、謂始耕田者、卽神農也。周禮籥章、凡國祈年于田祖、則吹豳雅、擊土鼓、以樂田畯、是也。穀、養也。又曰、善也。言倉廩實而知禮節也。○言奉其齊盛犧牲以祭方社、而曰我田之所以善者、非我之所能致也、乃賴農夫之福而致之耳。又作樂以祭田祖而祈雨、庶有以大其稷黍、而養其民人也。

○曾孫來止、以其婦子、叶奬里反。饁于輒反。彼南畝、叶滿彼反。田畯音俊。至喜。攘如羊反。其左右、叶羽已反。嘗其旨否。叶補美反。禾易以豉反。長畝、同上。終善且有。叶羽已反。曾孫不怒、農夫克敏。叶母鄙反。○賦也。曾孫、主祭者之稱。非獨宗廟爲然。曲禮、外事曰、曾孫某侯某、武王禱名山大川、曰有道曾孫周王發、是也。饁、餉。攘、取。旨、美。易、治。長、竟。有、多。敏、疾也。○曾孫之來、適見農夫之婦子來饁耘者、於是與之偕至其所。而田畯亦至而喜之。乃取其左右之饁而嘗其旨否。言其上下相親之甚也。旣又見其禾之易治、竟畝如一、而知其終當善而且多。是以曾孫不怒、而其農夫益以敏於其事也。○曾孫之稼、如茨才私反。如梁。曾孫之庾、羊主反。如坻直基反。如京。叶居良反。乃求千斯倉、乃求萬斯箱。黍稷稻粱、農夫之慶。叶祛羊反。報以介福、萬壽無疆。賦也。茨、屋蓋、言其密比也。梁、車梁、言其穹窿也。坻、水中之高地也。京、高丘也。箱、車箱也。○此言收成之後、禾稼旣多、則求倉以處之、求車以載之。而言凡此黍稷稻粱、皆賴農夫之慶而得之、是宜報以大福、使之萬壽無疆也。其歸美於下而欲厚報之如此。

甫田四章、章十句。

大田多稼、旣種章勇反。旣戒、旣備乃事。叶上止反。以我覃以冉反。耜、叶養里反。俶載南畝、叶滿彼反。播厥百穀。叶工洛反。旣庭且碩、叶常約反。曾孫是若。賦也。種、擇其種也。戒、飭其具也。覃、利。俶、始。載、事。庭、直。碩、大。若、順也。○蘇氏曰、田大而種多、故於今歲之冬、具來歲之種戒來歲之事。凡旣備矣、然後事之、取其利耜而始事於南畝、旣耕而播之。其耕之也勤、而種之也時、故其生者皆直而大、以順曾孫之所欲。此詩爲農夫之詞、以頌美其上、若以答前篇之意也。○旣方旣皁、叶子苟反。旣堅旣好、叶許苟反。不稂音郞。不莠。餘久反。去起呂反。其螟莫廷反。螣、音特。及其蟊莫侯反。賊、無害我田穉。音稚。田祖有神、秉畀炎火。叶虎委反。○賦也。方、房也。謂孚甲始生而未合時也。實未堅者曰皁。稂、童粱。莠、似苗。皆害苗之草也。食心曰螟。食葉曰螣。食根曰蟊。食節曰賊。皆害苗之蟲也。穉、幼禾也。○言其苗旣盛矣、又必去此四蟲、然後可以無害田中之禾。然非人力所及也、故願田祖之神爲我持此四蟲、而付之炎火之中也。姚崇遣使捕蝗、引此爲證、夜中設火、火邊掘坑、且焚且瘞、蓋古之遺法如此。○有渰於檢反。萋萋、七西反。興雨祁祁。雨于付反。我公田、遂及我私。叶息夷反。彼有不穫穉、此有不斂力檢反。穧、才計反。彼有遺秉、此有滯穗、伊寡婦之利。賦也。渰、雲興貌。萋萋、盛貌。祁祁、徐也。雲欲盛、盛則多雨。雨欲徐、徐則入土。公田者、方里而井、井九百畝、其中爲公田、八家皆私百畝、而同養公田也。穧、束。秉、把也。滯、亦遺棄之意也。○言農夫之心先公後私、故望此雲雨而曰、天其雨我公田、而遂及我之私田乎。冀怙君德而蒙其餘惠、使收成之際、彼有不及穫之穉禾、此有不及歛之穧束、彼有遺棄之禾把、此有滯漏之禾穗、而寡婦尙得、取之以爲利也。此見其豐成有餘、而不盡取、又與鰥寡共之、既足以爲不費之惠、而亦不棄於地也。不然則粒米狼戾、不殆於輕視天物而慢棄之乎。○曾孫來止、以其婦子、饁彼南畝、子畝並見前篇。田畯至喜。來方禋音因。祀、叶逸織反。以其騂黑、與其黍稷。以享以祀、同上。以介景福。叶筆力反。○賦也。精意以享謂之禋。○農夫相告曰、曾孫來矣。於是與其婦子饁彼南畝之穫者、而田畯亦至而喜之也。曾孫之來、又禋祀四方之神而賽禱焉。四方各用其方色之牲、此言騂黑、擧南北以見其餘也。以介景福、農夫欲曾孫之受福也。

大田四章、二章章八句、二章章九句。

前篇有擊鼓以御田祖之文、故或疑此楚茨信南山甫田大田四篇、卽爲豳雅。其詳見於豳風之末、亦未知其是否也。然前篇上之人以我田既臧爲農夫之慶、而欲報之以介福、此篇農夫以雨我公田、遂及我私、而欲其享祀以介景福。上下之情、所以相賴而相報者如此、非盛德其孰能之。

瞻彼洛矣、維水泱泱。於良反、無韻未詳。君子至止、福祿如茨。韎音昧。韐音閣。有奭、許力反。以作六師。賦也。洛、水名、在東都、會諸侯之處也。泱泱、深廣也。君子、指天子也。茨、積也。韎、茅蒐所染色也。韐、韠也、合韋爲之、周官所謂韋弁、兵事之服也。奭、赤貌。作、猶起也。六師、六軍也。天子六軍。○此天子會諸侯於東都以講武事、而諸侯美天子之詩。言天子至此洛水之上、御戎服而起六師也。○瞻彼洛矣、維水泱泱。君子至止、鞞補頂反。琫必孔反。有珌。賓一反。君子萬年、保其家室。賦也。鞞、容刀之鞞、今刀鞘也。琫、上飾。珌、下飾。亦戎服也。○瞻彼洛矣、維水泱泱。君子至止、福祿既同。君子萬年、保其家邦。叶卜工反。○賦也。同、猶聚也。

瞻彼洛矣三章、章六句。

裳裳者華、其葉湑思呂反。兮。我覯之子、我心寫叶想與反。兮。我心寫兮、是以有譽處兮。興也。裳裳、猶堂堂。董氏云、古本作常、常棣也。湑、盛貌。覯、見。處、安也。○此天子美諸侯之辭、蓋以答瞻彼洛矣也。言裳裳者華、則其葉湑然而美盛矣、我覯之子、則其心傾寫而悅樂之矣。夫能使見者悅樂之如此、則其有譽處宜矣。此章與蓼蕭首章文勢全相似。

○裳裳者華、芸其黃矣。我覯之子、維其有章矣。維其有章矣、是以有慶叶墟羊反。矣。興也。芸、黃盛也。章、文章也。有文章、斯有福慶矣。

○裳裳者華、或黃或白。叶僕各反。我覯之子、乘其四駱。乘其四駱、六轡沃若。興也。言其車馬威儀之盛。

○左叶祖戈反。之左同上。之、君子宜叶牛何反。之。右叶羽己反。之右同上。之、君子有叶羽己反。之。維其有同上。之、是以似叶養里反。之。賦也。言其才全德備、以左之、則無所不宜、以右之、則無所不有。維其有之於內、是以形之於外者、無不似其所有也。

裳裳者華四章、章六句。

北山之什十篇、四十六章、三百三十四句。

詩卷第十四

朱熹集傳

桑扈之什二之七

交交桑扈、侯古反。有鶯其羽。君子樂音洛。胥、叶思呂反。受天之祜。侯古反。○興也。交交、飛往來之貌。桑扈、竊脂也。鶯然、有文章也。君子、指諸侯。胥、語詞。祜、福也。○此亦天子燕諸侯之詩。言交交桑扈、則有鶯其羽矣。君子樂胥、則受天之祜矣。頌禱之詞也。

○交交桑扈、有鶯其領。君子樂胥、萬邦之屏。卑郢反。○興也。領、頸。屏、蔽也。言其能爲小國之藩衛、蓋任方伯連帥之職者也。

○之屏之翰、叶胡見反。百辟音璧。爲憲。不戢莊立反。不難、叶乃多反。受福不那。○賦也。翰、幹也、所以當牆兩邊障土者也。辟、君。憲、法也。言其所統之諸侯、皆以之爲法也。戢、斂。難、愼。那、多也。不戢、戢也。不難、難也。不那、那也。蓋曰豈不斂乎、豈不愼乎、其受福豈不多乎。古語聲急而然也。後放此。

○兕徐履反。觥古橫反。其觩、音求。旨酒思柔。彼交匪敖、五報反。萬福來求。○賦也。兕觥、爵也。觩、角上曲貌。旨、美也。思、語詞也。敖、傲通。交際之間無所傲慢、則我無事於求福而福反來求我也。

桑扈四章、章四句。

鴛鴦于飛、畢之羅之。君子萬年、福祿宜叶牛何反。之。○興也。鴛鴦、匹鳥也。畢、小罔長柄者也。羅、罔也。君子、指天子也。○此諸侯所以答桑扈也。鴛鴦于飛、則畢之羅之矣。君子萬年、則福祿宜之矣。亦頌禱之詞也。

○鴛鴦在梁、戢其左翼。君子萬年、宜其遐福。叶筆力反。○興也。石絕水爲梁。戢、斂也。張子曰、禽鳥並棲、一正一倒、戢其左翼、以相依於內、舒其右翼、以防患於外、蓋左不用而右便故也。遐、遠也、久也。○乘繩證反。馬在廄、音救。摧采臥反。之秣音末、叶莫佩反。之。君子萬年、福祿艾魚蓋反、叶魚肺反。之。興也。摧、莝。秣、粟。艾、養也。蘇氏曰、艾、老也。言以福祿終其身也。亦通。○乘馬在廄、則摧之秣之矣。君子萬年、則福祿艾之矣。○乘馬在廄、秣之摧叶徂爲、采臥二反。之。君子萬年、福祿綏叶宣佳、土果二反。之。興也。綏、安也。

鴛鴦四章、章四句。

有頍缺婢反。者弁、實維伊何。爾酒既旨、爾殽既嘉。叶居何反。豈伊異人、兄弟匪他。湯何反。蔦音鳥。與女蘿、力多反。施以豉反。于松柏。叶逋莫反。未見君子、憂心弈弈。叶弋灼反。既見君子、庶幾說音悅。懌。叶弋灼反。○賦而興又比也。頍、弁貌。或曰、舉首貌。弁、皮弁。嘉、旨、皆美也。匪他、非他人也。蔦、寄生也、葉似當盧、子如覆盆子、赤黑甜美。女蘿、兎絲也、蔓連草上、黃赤如金。此則比也。君子、兄弟爲賓者也。奕奕、憂心無所薄也。○此亦燕兄弟親戚之詩。故言有頍者弁、實維伊何乎。爾酒既旨、爾殽既嘉、則豈伊異人乎、乃兄弟而匪他也。又言蔦蘿施于木上、以比兄弟親戚纏緜依附之意。是以未見而憂、既見而喜也。○有頍者弁、實維何期。爾酒既旨、爾殽既時。豈伊異人、兄弟具來。叶陵之反。蔦與女蘿、施于松上。叶時亮反。未見君子、憂心怲怲。兵命反、叶兵旺反。既見君子、庶幾有臧。叶才浪反。○賦而興又比也。何期、猶伊何也。時、善。具、俱也。怲怲、憂盛滿也。臧、善也。○有頍者弁、實維在首。爾酒既旨、爾殽既阜。方九反。豈伊異人、兄弟甥舅。巨九反。如彼雨于付反。雪、先集維霰。蘇薦反。死喪去聲。無日、無幾居豈反。相見。樂音洛。酒今夕、君子維宴。賦而興又比也。阜、猶多也。甥舅、謂母姑姊妹妻族也。霰、雪之始凝者也。將大雨雪、必先微溫、雪自上下、遇溫氣而搏謂之霰、久而寒勝、則大雪矣。言霰集則將雪之候、以比老至則將死之徵也。故卒言死喪無日、不能久相見矣、但當樂飲以盡今夕之歡。篤親親之意也。

頍弁三章、章十二句。

間關車之舝胡瞎下介反。兮、思孌力兗反。季女逝石列石例二反。兮。匪飢匪渴、德音來括。雖無好友、叶羽已反。式燕且喜。賦也。間關、設舝聲也。舝、車軸頭鐵也。無事則脫、行則設之。婚禮親迎者乘車。孌、美貌。逝、往。括、會也。○此燕樂其新婚之詩。故言間關然設此車舝者、蓋思彼孌然之季女、故乘此車往而迎之也。匪飢也、匪渴也、望其德音來括、而心如飢渴耳。雖無他人、亦當宴飲以相喜樂也。○依彼平林、有集維鷮。音驕。辰彼碩女、令德來教。叶居爻反。式燕且譽、好呼報反。爾無射。音亦、叶都故反。○興也。依、茂木貌。鷮、雉也、微小於翟、走而且鳴、其尾長、肉甚美。辰、時。碩、大也。爾、即季女也。射、厭也。○依彼平林、則有集維鷮。辰彼碩女、則以令德來配己而教誨之。是以式燕且譽、而悅慕之無厭也。○雖無旨酒、式飲庶幾。雖無嘉殽、式食庶幾。雖無德與女、音汝。式歌且舞。賦也。旨、嘉、皆美也。女、亦指季女也。○言我雖無旨酒嘉殽美德以與女、女亦當飲食歌舞以相樂也。○陟彼高岡、析星歷反。其柞才落反。薪。叶音襄。析其柞薪、其葉湑思呂反。兮。鮮息淺反。我覯爾、我心寫叶想羽反。兮。興也。陟、登。柞、櫟。湑、盛。鮮、少。覯、見也。○陟岡而析薪、則其葉湑兮矣。我得見爾、則我心寫兮矣。○高山仰叶五剛反。止、景行行叶戶郎反。止。四牡騑騑、孚非反。六轡如琴。覯爾新昏、以慰我心。興也。仰、瞻望也。景行、大道也。如琴、謂六轡調和如琴瑟也。慰、安也。○高山則可仰、景行則可行、馬服御良、則可以迎季女而慰我心也。此又舉其始終而言也。表記曰、小雅曰、高山仰止、景行行止。子曰、詩之好仁如此。鄉道而行、中道而廢、忘身之老也、不知年數之不足也。俛焉日有孶孶、斃而後已。

車舝五章、章六句。

營營青蠅、止于樊。音煩、叶汾乾反。豈弟君子、無信讒言。比也。營營、往來飛聲、亂人聽也。青蠅、汙穢能變白黑。樊、藩也。君子、謂王也。○詩人以王好聽讒言、故以青蠅飛聲比之、而戒王以勿聽也。○營營青蠅、止于棘。讒人罔極、交亂四國。叶越逼反。○興也。棘、所以爲藩也。極、猶已也。○營營青蠅、止于榛。士巾反。讒人罔極、構古豆反。我二人。興也。構、合也、猶交亂也。己與聽者爲二人。

青蠅三章、章四句。

賓之初筵、左右秩秩。無韻未詳、後三四章放此。籩豆有楚、殽戶交反。核戶革反。維旅。酒既和旨、飲酒孔偕。音皆、叶舉里反。鍾鼓既設、叶書質反。舉醻市由反。逸逸。大侯既抗、叶居郎反。弓矢斯張。射夫既同、獻爾發功。發彼有的、叶丁藥反。以祈爾爵。賦也。初筵、初即席也。左右、筵之左右也。秩秩、有序也。楚、列貌。殽、豆實也。核、籩實也。旅、陳也。和旨、調美也。孔、甚也。偕、齊一也。設、宿設而又遷於下也。大射、樂人宿縣、厥明將射、乃遷樂於下、以避射位是也。舉醻、舉所奠之醻爵也。逸逸、往來有序也。大侯、君侯也。天子熊侯、白質、諸侯麋侯、赤質、大夫布侯、畫以虎豹、士布侯、畫以鹿豕。天子侯身一丈、其中三分居一、白質畫熊、其外則丹地、畫以雲氣。抗、張也。凡射、張侯而不繫左下綱、中掩束之。至將射、司馬命張侯、弟子脫束、遂繫下綱也。大侯張而弓矢亦張、節也。射夫既同、比其耦也。射禮、選羣臣爲三耦、三耦之外、其餘各自取匹、謂之衆耦。獻、猶奏也。發、發矢也。的、質也。祈、求也。爵、射不中者、飲豐上之觶也。○衛武公飲酒悔過而作此詩。此章言因射而飲者初筵禮儀之盛。酒既調美、而飲者齊一、至於設鍾鼓、舉醻爵、抗大侯、張弓矢、而衆耦拾發、各心競云、我以此求爵汝也。○籥舞笙鼓、樂既和奏。叶宗五反。烝衎若旦反。烈祖、以洽百禮。百禮既至、有壬有林。錫爾純嘏、子孫其湛。都南反、叶持林反。其湛曰樂、音洛。各奏爾能。叶奴金反。賓載手仇、音拘、叶求其二音。室人入又。叶由怡二音。酌彼康爵、以奏爾時。叶酬時二音。

○賦也。籥舞、文舞也。烝、進。衎、樂。烈、業。洽、合也。百禮、言其備也。壬、大。林、盛也。言禮之盛大也。錫、神錫之也。爾、主祭者也。嘏、福。湛、樂也。各奏爾能、謂子孫各酌獻尸、尸酢而卒爵也。仇、讀曰𣪠。室人、有室中之事者、謂佐食也。又、復也。賓手挹酒、室人復酌、爲加爵也。康、安也。酒所以安體也。或曰、康、讀曰抗。記曰、崇坫康圭、此亦謂坫上之爵也。時、時祭也。蘇氏曰、時物也。○此言因祭而飲者、始時禮樂之盛如此也。

○賓之初筵、溫溫其恭。其未醉止、威儀反反。叶分邅反。曰既醉止、威儀幡幡。叶分邅反。舍音捨。其坐遷、屢舞僊僊。其未醉止、威儀抑抑。曰既醉止、威儀怭怭。毗必反。是曰既醉、不知其秩。

賦也。反反、顧禮也。幡幡、輕數也。遷、徙。屢、數也。僊僊、軒舉之狀。抑抑、愼密也。怭怭、媟嫚也。秩、常也。○此言凡飲酒者常始乎治而卒乎亂也。

○賓既醉止、載號乎毛反。載呶。女交反。亂我籩豆、屢舞僛僛。起其反。是曰既醉、不知其郵。叶于其反。側弁之俄、屢舞傞傞。素多反。既醉而出、並受其福。叶筆力反。醉而不出、是謂伐德。飲酒孔嘉、叶居何反。維其令儀。叶牛何反。

○賦也。號、呼。呶、讙也。僛僛、傾側之狀。郵、與尤同、過也。側、傾也。俄、傾貌。傞傞、不止也。出、去。伐、害。孔、甚。令、善也。○此章極言醉者之狀、因言賓醉而出、則與主人俱有美譽、醉至若此、是害其德也。飲酒之所以甚美者、以其有令儀耳、今若此、則無復有儀矣。

○凡此飲酒、或醉或否。叶補美反。既立之監、或佐之史。彼醉不臧、不醉反恥。式勿從謂、無俾大音泰。怠。叶養里反。匪言勿言、匪由勿語。由醉之言、俾出童羖。音古。三爵不識、叶失志二音。矧失引反。敢多又。叶夷益夷豉二反。

○賦也。監、史、司正之屬。燕禮鄉射、恐有懈倦失禮者、立司正以監之、察儀法也。謂、告。由、從也。童羖、無角之羖羊、必無之物也。識、記也。○言飲酒者或醉或不醉、故既立監而佐之以史、則彼醉者所爲不善而不自知、使不醉者反爲之羞愧也。安得從而告之、使勿至於大怠乎。告之若曰、所不當言者勿言、所不當從者勿語、醉而妄言、則將罰女使出童羖矣。設言必無之物以恐之也。女飲至三爵、已昏然無所記矣、況敢又多飲乎。又丁寧以戒之也。

賓之初筵五章、章十四句。毛氏序曰、衛武公刺幽王也。韓氏序曰、衛武公飲酒悔過也。今按此詩意、與大雅抑戒相類、必武公自悔之作。當從韓義。

魚在在藻、有頒符云反。其首。王在在鎬、豈苦在反。樂音洛。飲酒。興也。藻、水草也。頒、大首貌。豈、亦樂也。○此天子燕諸侯、而諸侯美天子之詩也。言魚何在乎、在乎藻也、則有頒其首矣。王何在乎、在乎鎬京也、則豈樂飲酒矣。○魚在在藻、有莘所巾反。其尾。王在在鎬、飲酒樂豈。叶去幾反。○興也。莘、長也。○魚在在藻、依于其蒲。王在在鎬、有那乃多反。其居。興也。那、安。居、處也。

魚藻三章、章四句。

采菽采菽、筐音匡。之筥音舉。之。君子來朝、音潮。何錫予音與。之。雖無予之、路車乘繩證反。馬。叶滿補反。又何予之、玄袞古本反。及黼。音甫。○興也。菽、大豆也。君子、諸侯也。路車、金路以賜同姓、象路以賜異姓也。玄袞、玄衣而畫以卷龍也。黼、如斧形、刺之於裳也。周制、諸公袞冕九章、已見九罭篇。侯伯鷩冕七章、則自華蟲以下。子男毳冕五章、衣自宗彝以下而裳黼黻。孤卿絺冕三章、則衣粉米而裳黼黻。大夫玄冕、則玄衣黻裳而已。○此天子所以答魚藻也。采菽采菽、則必以筐筥盛之。君子來朝、則必有以錫予之。又言今雖無以予之、然已有路車乘馬、玄袞及黼之賜矣。其言如此者、好之無已、意猶以爲薄也。○觱音必。沸音弗。檻胡覽反。泉、叶才勻反。言采其芹。巨斤反。君子來朝、言觀其旂。巨依反、叶巨斤反。其旂淠淠、匹弊反。鸞聲嘒嘒。呼惠反。載驂七南反。載駟、君子所屆。叶居氣反。○興也。觱沸、泉出貌。檻泉、正出也。芹、水草、可食。淠淠、動貌。嘒嘒、聲也。屆、至也。○觱沸檻泉、則言采其芹。諸侯來朝、則言觀其旂。見其旂、聞其鸞聲、又見其馬、則知君子之至於是也。○赤芾音弗。在股、邪幅在下。叶後五反。彼交匪紓、音舒、叶上與反。天子所予。音與。樂只音止。君子、天子命叶彌并反。之。樂只君子、福祿申之。賦也。脛本曰股。邪幅、偪也。邪纏於足、如今行縢、所以束脛在股下也。交、交際也。紓、緩也。○言諸侯服此芾偪、見於天子、恭敬齊遫、不敢紓緩、則爲天子所與、而申之以福祿也。○維柞之枝、其葉蓬蓬。樂只君子、殿多見反。天子之邦。叶卜工反。樂只君子、萬福攸同。平平婢延反。左右、亦是率從。興也。柞、見車舝篇。蓬蓬、盛貌。殿、鎭也。平平、辯治也。左右、諸侯之臣也。率、循也。○維柞之枝、則其葉蓬蓬然。樂只君子、則宜殿天子之邦、而爲萬福之所聚。又言其左右之臣、亦從之而至此也。○汎汎芳劍反。楊舟、紼音弗。纚力馳反。維之。樂只君子、天子葵之。樂只君子、福祿膍頻尸反。之。優哉游哉、亦是戾叶郎之反。矣。興也。紼、繂也。纚、維、皆繫也。言以大索纚其舟而繫之也。葵、揆也。揆、猶度也。膍、厚。戾、至也。○汎汎楊舟、則必以紼纚維之。樂只君子、則天子必葵之、福祿必膍之、於是又歎其優游而至於此也。

采菽五章、章八句。

騂騂息營反。角弓、翩匹然反。其反叶分邅反。矣。兄弟昏姻、無胥遠叶於圓反。矣。興也。騂騂、弓調和貌。角弓、以角飾弓也。翩、反貌。弓之爲物、張之則內向而來、弛之則外反而去、有似兄弟婚姻、親疎遠近之意。胥、相也。○此刺王不親九族、而好讒佞、使宗族相怨之詩。言騂騂角弓、既翩然而反矣。兄弟婚姻、則豈可以相遠哉。○爾之遠叶於圓反。矣、民胥然矣。爾之教矣、民胥傚矣。賦也。爾、王也。上之所爲、下必有甚者。○此令兄弟、綽綽有裕。預與二音。不令兄弟、交相爲瘉。同上。○賦也。令、善。綽、寬。裕、饒。瘉、病也。○言雖王化之不善、然此善兄弟、則綽綽有裕而不變。彼不善之兄弟、則由此而交相病矣。蓋指讒已之人而言也。○民之無良、相怨一方。受爵不讓、叶如羊反。至于已斯亡。賦也。一方、彼一方也。○相怨者各據其一方耳。若以責人之心責己、愛己之心愛人、使彼己之間交見而無蔽、則豈有相怨者哉。況兄弟相怨相讒、以取爵位、而不知遜讒、終亦必亡而已矣。○老馬反爲駒、叶去聲。不顧其後。叶下故反。如食音嗣。宜饇、於據反。如酌孔取。叶音娶。○比也。饇、飽。孔、甚也。○言其但知讒害人以取爵位、而不知其不勝任、如老馬憊矣、而反自以爲駒、不顧其後、將有不勝任之患也。又如食之已多而宜飽矣、酌之所取亦已甚矣。○毋教猱升木、如塗塗附。君子有徽猷、小人與屬。音蜀、叶殊遇反。○比也。猱、獮猴也、性善升木、不待教而能也。塗、泥。附、著。徽、美。猷、道。屬、附也。○言小人骨肉之恩本薄、王又好讒佞以來之、是猶教猱升木、又如於泥塗之上、加以泥塗附之也。苟王有美道、則小人將反爲善以附之、不至於如此矣。○雨于付反。雪瀌瀌、符驕反。見晛乃見反。曰音越、韓詩劉向作聿、下章放此。消。莫肯下遐稼反。遺、式居婁力住反、荀子作屢。驕。比也。瀌瀌、盛貌。晛、日氣也。張子曰、讒言遇明者當自止、而王甘信之、不肯貶下而遺棄之、更益以長慢也。○雨雪浮浮。見晛曰流。如蠻如髦、叶莫侯反。我是用憂。比也。浮浮、猶瀌瀌也。流、流而去也。蠻、南蠻也。髦、夷髦也。書作髳。言其無禮義而相殘賊也。

角弓八章、章四句。

有菀音鬱。者柳、不尙息焉。上帝甚蹈、戰國策作上天甚神。無自暱焉。俾予靖之、後予極焉。比也。柳、茂木也。尙、庶幾也。上帝、指王也。蹈、當作神、言威靈可畏也。暱、近。靖、安也。極、求之盡也。○王者暴虐、諸侯不朝、而作此詩。言彼有菀然茂盛之柳、行路之人豈不庶幾欲就止息乎。以比人誰不欲朝事王者、而王甚威神、使人畏之而不敢近耳。使我朝而事之、以靖王室、後必將極其所欲以求於我。蓋諸侯皆不朝而已獨至、則王必責之無已、如齊威王朝周而後反爲所辱也。或曰、興也。下章放此。○有菀者柳、不尙愒欺例反。焉。上帝甚蹈、見上。無自瘵側界反、叶子例反。焉。戰國策作也。俾予靖之、後予邁叶力制反。焉。比也。愒、息。瘵、病也。邁、過也、求之過其分也。○有鳥高飛、亦傅音附。于天。叶鐵因反。彼人之心、于何其臻。曷予靖之、居以凶矜。興也。傅、臻、皆至也。彼人、斥王也。居、猶徒然也。凶矜、遭凶禍而可憐也。○鳥之高飛、極至于天耳。彼王之心、於何所極乎。言其貪縱無極、求責無已、人不知其所至也。如此則豈予能靖之乎、乃徒然自取凶矜耳。

菀柳三章、章六句。

桑扈之什十篇、四十三章、二百八十二句。

詩卷第十五

朱熹集傳

都人士之什二之八

彼都人士、狐裘黃黃。其容不改、出言有章。行歸于周、萬民所望。叶音亡。○賦也。都、王都也。黃黃、狐裘色也。不改、有常也。章、文章也。周、鎬京也。○亂離之後、人不復見昔日都邑之盛、人物儀容之美、而作此詩以歎惜之也。○彼都人士。臺笠緇撮。七活反、叶租悅反。彼君子女、綢直留反。直如髮。叶方月反。我不見兮、我心不說。音悅。○賦也。臺、夫須也。緇撮、緇布冠也。其制小、僅可撮其髻也。君子女、都人貴家之女也。綢直如髮、未詳其義。然以四章五章推之、亦言其髮之美耳。○彼都人士、充耳琇音秀。實。彼君子女、謂之尹吉。我不見兮、我心苑於粉反。結。叶繳質反。○賦也。琇、美石也。以美石爲瑱。尹吉、未詳。鄭氏曰、吉、讀爲姞。尹氏、姞氏、周之婚姻舊姓也。人見都人之女、咸謂尹氏姞氏之女、言其有禮法也。李氏曰、所謂尹吉、猶晉言王謝、唐言崔盧也。苑、猶屈也、積也。○彼都人士、垂帶而厲。叶落蓋反。彼君子女、卷音權。髮如蠆。初邁反。我不見兮、言從之邁。○賦也。厲、垂帶之貌。卷髮、鬢傍短髮不可斂者、曲上卷然以爲飾也。蠆、螫蟲也、尾末揵然、似髮之曲上者。邁、行也。蓋曰是不可得見也、得見則我從之邁矣。思之甚也。○匪伊垂之、帶則有餘。匪伊卷之、髮則有旟。我不見兮、云何盱喜俱反。矣。賦也。旟、揚也。盱、望也。說見何人斯篇。○此言士之帶非故垂之也、帶自有餘耳。女之髮非故卷之也、髮自有旟耳。言其自然閑美、不假修飾也。然不可得而見矣、則如何而不望之乎。

都人士五章、章六句。

終朝采綠、不盈一匊。弓六反。予髮曲局、薄言歸沐。賦也。自旦及食時爲終朝。綠、王芻也。兩手曰匊。局、卷也。猶言首如飛蓬也。○婦人思其君子、而言終朝采綠而不盈一匊者、思念之深、不專於事也。又念其髮之曲局、於是舍之而歸沐、以待其君子之還也。○終朝采藍、盧談反。不盈一襜。尺占反、叶都甘反。五日爲期、六日不詹。音占、叶多甘反。○賦也。藍、染草也。衣蔽前謂之襜、卽蔽膝也。詹、與瞻同。五日爲期、去時之約也。六日不詹、過期而不見也。○之子于狩、尺救反。言韔敕亮反。其弓。叶姑弘反。○之子于釣、言綸之繩。賦也。之子、謂其君子也。理絲曰綸。○言君子若歸而欲往狩耶、我則爲之韔其弓。欲往釣耶、我則爲之綸其繩。望之切、思之深、欲無往而不與之俱也。○其釣維何、維魴音房。及鱮。音敘、叶音湑。維魴及鱮、薄言觀者。叶掌與反。○賦也。於其釣而有獲也、又將從而觀之。亦上章之意也。

采綠四章、章四句。

芃芃蒲東反。黍苗、陰雨膏古報反。之。悠悠南行、召伯勞力報反。之。興也。芃芃、長大貌。悠悠、遠行之意。○宣王封申伯於謝、命召穆公往營城邑、故將徒役南行、而行者作此。言芃芃黍苗、則惟陰雨能膏之、悠悠南行、則惟召伯能勞之也。○我任音壬。我輦、力展反。我車我牛。叶魚其反。我行既集、蓋云歸哉。叶將黎反。○賦也。任、負任者也。輦、人輓車也。牛、所以駕大車也。集、成也。營謝之役、旣成而歸也。○我徒我御、我師我旅。我行既集、蓋云歸處。賦也。徒、步行者。御、乘車者。五百人爲旅、五旅爲師。春秋傳曰、君行師從、卿行旅從。○肅肅謝功、召伯營之。烈烈征師、召伯成之。賦也。肅肅、嚴正之貌。謝、邑名、申伯所封國也、今在鄧州信陽軍。功、工役之事也。營、治也。烈烈、威武貌。征、行也。○原隰既平、泉流既清。召伯有成、王心則寧。賦也。土治曰平。水治曰清。○言召伯營謝邑、相其原隰之宜、通其水泉之利。此功既成、宣王之心則安也。

黍苗五章、章四句。此宣王時詩、與大雅崧高相表裏。

隰桑有阿、其葉有難。乃多反。既見君子、其樂音洛、下同。如何。興也。隰、下溼之處、宜桑者也。阿、美貌。難、盛貌。皆言枝葉條垂之狀。○此喜見君子之詩。言隰桑有阿、則其葉有難矣。既見君子、則其樂如何哉。詞意大槩與菁莪相類。然所謂君子、則不知其何所指矣。或曰、比也。下章放此。

○隰桑有阿、其葉有沃。烏酷反、叶鬱縛反。既見君子、云何不樂。興也。沃、光澤貌。

○隰桑有阿、其葉有幽。叶於交反。既見君子、德音孔膠。音交。○興也。幽、黑色也。膠、固也。

○心乎愛叶許既反。矣、遐不謂矣。中心藏之、何日忘之。賦也。遐、與何同、表記作瑕。鄭氏註曰、瑕之言胡也。謂、猶告也。○言我中心誠愛君子、而既見之、則何不遂以告之、而但中心藏之、將使何日而忘之耶。楚辭所謂思公子兮未敢言、意蓋如此。愛之根於中者深、故發之遲而存之久也。

隰桑四章、章四句。

白華音花。菅音姦。兮、白茅束兮。之子之遠、俾我獨兮。比也。白華、野菅也。已漚爲菅。之子、斥幽王也。俾、使也。我、申后自我也。○幽王娶申女以爲后、又得褒姒而黜申后、故申后作此詩。言白華爲菅、則白茅爲束、二物至微、猶必相須爲用、何之子之遠、而俾我獨耶。

○英英白雲、露彼菅茅。叶莫侯反。天步艱難、之子不猶。比也。英英、輕明之貌。白雲、水上輕淸之氣、當夜而上騰者也。露、卽其散而下降者也。步、行也。天步、猶言時運也。猶、圖也。或曰、猶、如也。○言雲之澤物、無微不被。今時運艱難、而之子不圖、不如白雲之露菅茅也。

○滮符彪反。池北流、浸彼稻田。叶地因反。嘯歌傷懷、念彼碩人。比也。滮、流貌。北流、豐鎬之間、水多北流。碩人、尊大之稱、亦謂幽王也。○言小水微流、尚能浸灌。王之尊大、而反不能通其寵澤。所以使我嘯歌傷懷而念之也。

○樵徂焦反。彼桑薪、卬五綱反。烘火東反。于煁。市林反。維彼碩人、實勞我心。比也。樵、采也。桑薪、薪之善者也。卬、我。烘、燎也。煁、無釜之竈、可燎而不可烹飪者也。○桑薪宜以烹飪、而但爲燎燭、以比嫡后之尊、而反見卑賤也。○鼓鍾于宮、聲聞音問。于外。念子懆懆、七到反。視我邁邁。比也。懆懆、憂貌。邁邁、不顧也。○鼓鍾于宮、則聲聞于外矣。念子懆懆、而反視我邁邁、何哉。○有鶖音秋。在梁、有鶴在林。維彼碩人。實勞我心。比也。鶖、禿鶖也。梁、魚梁也。○蘇氏曰、鶖鶴皆以魚爲食、然鶴之於鶖、淸濁則有間矣。今鶖在梁而鶴在林、鶖則飽而鶴則飢矣。幽王進襃姒而黜申后、譬之養鶖而棄鶴也。○鴛鴦在梁、戢其左翼。之子無良、二三其德。比也。戢其左翼、言不失其常也。良、善也。二三其德、則鴛鴦之不如矣。○有扁步典反。斯石、履之卑兮。之子之遠、俾我疷都禮反、叶奚移反。兮。比也。扁、卑貌。俾、使。疷、病也。○有扁然而卑之石、則履之者亦卑矣。如妾之賤、則寵之者亦賤矣。是以之子之遠而俾我疷也。

白華八章、章四句。

緜蠻黃鳥、止于丘阿。道之云遠、我勞如何。飲於鴆反。之食音嗣。之、教之誨之、命彼後車、謂之載之。比也。緜蠻、鳥聲。阿、曲阿也。後車、副車也。○此微賤勞苦、而思有所託者、爲鳥言以自比也。蓋曰緜蠻之黃鳥、自言止于丘阿而不能前、蓋道遠而勞甚矣。當是時也、有能飲之食之、敎之誨之、又命後車以載之者乎。○緜蠻黃鳥、止于丘隅。豈敢憚行、畏不能趨。飲之食之、教之誨之、命彼後車、謂之載之。比也。隅、角。憚、畏也。趨、疾行也。○緜蠻黃鳥、止于丘側。豈敢憚行、畏不能極。飲之食之、教之誨之、命彼後車、謂之載之。比也。側、傍。極、至也。國語云、齊朝駕則夕極於魯國。

緜蠻三章、章八句。

幡幡(孚煩反。)瓠葉、采之亨(叶鋪郎反。)之。君子有酒、酌言嘗之。賦也。幡幡、瓠葉貌。〇此亦燕飲之詩。言幡幡瓠葉、采之亨之、至薄也。然君子有酒、則亦以是酌而嘗之。蓋述主人之謙詞、言物雖薄、而必與賓客共之也。〇有兔(它故反。)斯首、炮(百交反。)之燔(音煩、叶汾乾反。)之。君子有酒、酌言獻(叶虛言反。)之。賦也。有兔斯首、一兔也、猶數魚以尾也。毛曰炮、加火曰燔、亦薄物也。獻、獻之於賓也。〇有兔斯首、燔之炙(音隻、叶陟略反。)之。君子有酒、酌言酢(才洛反。)之。賦也。炕火曰炙、謂以物貫之而舉於火上以炙之。酢、報也。賓既卒爵、而酌主人也。〇有兔斯首、燔之炮(叶蒲侯反。)之。君子有酒、酌言醻(市周反。)之。賦也。醻、導飲也。

瓠葉四章、章四句。

漸漸(並士銜反、下同。)之石、維其高矣。山川悠遠、維其勞矣。武人東征、不遑朝(叶直高反。)矣。賦也。漸漸、高峻之貌。武人、將帥也。遑、暇也。言無朝旦之暇也。〇將帥出征、經歷險遠、不堪勞苦、而作此詩也。〇漸漸之石、維其卒(在律反。)矣。山川悠遠、曷其沒(叶莫筆反。)矣。武人東征、不遑出矣。賦也。卒、崔嵬也、謂山巔之末也。曷、何。沒、盡也。言所登歷何時而可盡也。不遑出、謂但知深入、不暇謀出也。〇有豕白蹢(音的。)、烝涉波矣。月離于畢、俾滂(普郎反。)沱(徒何反。)矣。武人東征、不遑他(湯何反。)矣。賦也。蹢、蹄。烝、衆也。離、月所宿也。畢、星名。豕涉波、月離畢、將雨之驗也。〇張子曰、豕之負塗曳泥、其常性也。今其足皆白、衆與涉波而去、水患之多可知矣。此言久役又逢大雨、甚勞苦而不暇及他事也。

漸漸之石三章、章六句。

苕音條。之華、音花。芸音云。其黃矣。心之憂矣、維其傷矣。比也。苕、陵苕也。本草云、卽今之紫葳、蔓生附於喬木之上、其華黃赤色、亦名凌霄。○詩人自以身逢周室之衰、如苕附物而生、雖榮不久、故以爲比、而自言其心之憂傷也。○苕之華、其葉青青。子零反。知我如此、不如無生。叶桑經反。○比也。青青、盛貌。然亦何能久哉。○牂子桑反。羊墳扶云反。首、三星在罶。音柳。人可以食、鮮息淺反。可以飽。叶補苟反。○賦也。牂羊、牝羊也。墳、大也。羊瘠則首大也。罶、笱也。罶中無魚而水靜、但見三星之光而已。○言饑饉之餘、百物彫耗如此、苟且得食足矣、豈可望其飽哉。

苕之華三章、章四句。陳氏曰、此詩其辭簡、其情哀。周室將亡、不可救矣。詩人傷之而已。

何草不黃、何日不行。叶戶郎反。何人不將、經營四方。興也。草衰則黃。將、亦行也。○周室將亡、征役不息、行者苦之、故作此詩。言何草而不黃、何日而不行、何人而不將、以經營於四方也哉。○何草不玄、叶胡勻反。何人不矜。古頑反、韓詩作鰥、叶居陵反。哀我征夫、獨爲匪民。興也。玄、赤黑色也。旣黃而玄也。無妻曰矜。言從役過時而不得歸、失其室家之樂也。哀我征夫、豈獨爲匪民哉。○匪兕徐履反。匪虎、率彼曠野。叶上與反。哀我征夫、朝夕不暇。叶後五反。○賦也。率、循也。曠、空也。○言征夫非兕非虎、何爲使之循曠野、而朝夕不得閒暇也。○有芃薄工反。者狐、與車叶。率彼幽草。有棧士板反。之車、行彼周道。興也。芃、尾長貌。棧車、役車也。周道、大道也。言不得休息也。

何草不黃四章、章四句。

都人士之什十篇、四十三章、二百句。

詩卷第十六

朱熹集傳

大雅三說見小雅。

文王之什三之一

文王在上、於音烏、下同。昭于天。叶鐵因反。周雖舊邦、其命維新。有周不顯、帝命不時。叶上紙反。文王陟降、在帝左右。叶羽已反。○賦也。於、歎辭。昭、明也。命、天命也。不顯、猶言豈不顯也。帝、上帝也。不時、猶言豈不時也。左右、旁側也。○周公追述文王之德、明周家所以受命而代商者、皆由於此、以戒成王。此章言文王既沒、而其神在上、昭明于天。是以周邦雖自后稷始封、千有餘年、而其受天命、則自今始也。夫文王在上而昭于天、則其德顯矣。周雖舊邦、而命則新、則其命時矣。故又曰、有周豈不顯乎、帝命豈不時乎。蓋以文王之神在天、一升一降、無時不在上帝之左右、是以子孫蒙其福澤、而君有天下也。春秋傳、天王追命諸侯之詞曰、叔父陟恪、在我先王之左右、以佐事上帝、語意與此正相似。或疑恪亦降字之誤、理或然也。

○亹亹音尾。文王、令聞音問。不已。陳錫哉周、侯文王孫子。叶獎里反。文王孫子、本支百世。凡周之士、不顯亦世。賦也。亹亹、强勉之貌。令聞、善譽也。陳、猶敷也。哉、語辭。侯、維也。本、宗子也。支、庶子也。○文王非有所勉也、純亦不已、而人見其若有所勉耳。其德不已、故今既沒而其令聞猶不已也。令聞不已、是以上帝敷錫于周、維文王孫子、則使之本宗百世爲天子、支庶百世爲諸侯。而又及其臣子、使凡周之士、亦世世修德、與周匹休焉。

○世之不顯、厥猶翼翼。思皇多士、生此王國。叶于逼反。王國克生、維周之楨。音貞。濟濟子禮反。多士、文王以寧。賦也。猶、謀。翼翼、勉敬也。思、語辭。皇、美。楨、榦也。濟濟、多貌。○此承上章而言。其傳世豈不顯乎、而其謀猶皆能勉敬如此也。美哉此衆多之賢士、而生於此文王之國也。文王之國能生此衆多之士、則足以爲國之榦、而文王亦賴以爲安矣。蓋言文王得人之盛、而宜其傳世之顯也。

○穆穆文王、於緝七入反。**熙敬止。假**古雅。**哉天命、有商孫子。商之孫子、其麗不億。上帝既命、侯於周服。**叶蒲北反。○賦也。穆穆、深遠之意。緝、續。熙、明。亦不已之意。止、語辭。假、大。麗、數也。不億、不止於億也。侯、維也。○言穆穆然文王之德、不已其敬如此、是以天命集焉、以有商孫子觀之、則可見矣。蓋商之孫子、其數不止於億、然以上帝之命集於文王、而今皆維服于周矣。

○侯服于周、天命靡常。殷士膚敏、祼古亂反。**將于京。**叶居良反。**厥作祼將、常服黼**音甫。**冔。**況甫反。**王之藎**才刃反。**臣、無念爾祖。**賦也。諸侯之大夫入天子之國曰某士、則殷士者、商孫子之臣屬也。膚、美。敏、疾也。祼、灌鬯也。將、行也、酌而送之也。京、周之京師也。黼、黼裳也。冔、殷冠也。蓋先代之後、統承先王、修其禮物、作賓于王家、時王不敢變焉、而亦所以爲戒也。王、指成王也。藎、進也。言其忠愛之篤、進進無已也。無念、猶言豈得無念也。爾祖、文王也。○言商之孫子而侯服于周、以天命之不可常也。故殷之士助祭於周京而服商之服也。於是呼王之藎臣而告之曰、得無念爾祖文王之德乎。蓋以戒王而不敢斥言、猶所謂敢告僕夫云爾。劉向曰、孔子論詩、至於殷士膚敏、祼將于京、喟然嘆曰、大哉天命、善不可不傳於後嗣、是以富貴無常、蓋傷微子之事周、而痛殷之亡也。

○無念爾祖、聿于筆反。**脩厥德。永言配命、自求多福。**叶筆力反。**殷之未喪**息浪反。**師、克配上帝。宜鑒于殷、駿**音峻。**命不易。**以豉反。○賦也。聿、發語辭。永、長。配、合也。命、天理也。師、衆也。上帝、天之主宰也。駿、大也。不易、言其難也。○言欲念爾祖、在於自修其德、而又常自省察、使其所行無不合於天理、則盛大之福、自我致之、有不外求而得矣。又言殷未失天下之時、其德足以配乎上帝矣、今其子孫乃如此、宜以爲鑒而自省焉、則知天命之難保矣。大學傳曰、得衆則得國、失衆則失國、此之謂也。

○命之不易、無遏爾躬。叶姑弓反。**宣昭義問、有虞殷自天。**叶鐵因反。**上天之載、無聲無臭。**叶初尤反。**儀刑文王、萬邦作孚。**叶房尤反。○賦也。遏、絕。宣、布。昭、明。義善也。問、聞通。有、又通。虞、度。載、事。儀、象。刑、法。孚、信也。○言天命之不易保、故告之使無若紂之自絕於天、而布明其善譽於天下。又度殷之所以廢興者、而折之於天。然上天之事、無聲無臭、不可得而度也、惟取法於文王、則萬邦作而信之矣。子思子曰、維天之命、於穆不已、蓋曰天之所以爲天也。於乎不顯、文王之德之純、蓋曰文王之所以爲文也、純亦不已。夫知天之所以爲天、又知文王之所以爲文、則夫與天同德者、可得而言矣。是詩首言文王在上、於昭於天、文王陟降、在帝左右、而終之以此、其旨深矣。

文王七章、章八句。東萊呂氏曰、呂氏春秋引此詩、以爲周公所作。味其詞意、信非周公不能作也。○今案此詩、一章言文王有顯德、而上帝有成命也。二章言天命集於文王、則不唯尊榮其身、又使其子孫百世爲天子諸侯也。三章言命周之福、不唯及其子孫、而又及其羣臣之後嗣也。四章言天命既絕於商、則不唯誅罰其身、又使其子孫亦來臣服于周也。五章言絕商之禍、不唯及其子孫、而又及其羣臣之後嗣也。六章言周之子孫臣庶、當以文王爲法、而以商爲監也。七章又言當以商爲監、而以文王爲法也。其於天人之際、興亡之理、丁寧反覆、至深切矣。故立之樂官、而因以爲天子諸侯朝會之樂、蓋將以戒乎後世之君臣、而又以昭先王之德於天下也。國語以爲兩君相見之樂、特舉其一端而言耳。然此詩之首章言文王之昭于天、而不言其所以昭、次章言其令聞不已、而不言其所以聞、至於四章、然後所以昭明而不已者乃可得而見焉。然亦多詠歎之言、而語其所以爲德之實、則不越乎敬之一字而已。然則後章所謂修厥德而儀刑之者、豈可以他求哉、亦勉於此而已矣。

明明在下、赫赫在上。叶辰羊反。天難忱市林反。斯、不易以豉反。維王。天位殷適、音的。使不挾子燮反。四方。賦也。明明、德之明也。赫赫、命之顯也。忱、信也。不易、難也。天位、天子之位也。殷適、殷之適嗣也。挾、有也。○此亦周公戒成王之詩。將陳文武受命、故先言在下者有明明之德、則在上者有赫赫之命、達於上下、去就無常、此天之所以難忱、而爲君之所以不易也。紂居天位、爲殷嗣、乃使之不得挾四方而有之、蓋以此爾。

○摯音至。仲氏任、音壬。自彼殷商、來嫁于周、曰嬪毗申反。于京。叶居良反。乃及王季、維德之行。叶戶郎反。大音泰。任有身、叶戶羊反。生此文王。賦也。摯、國名。仲、中女也。任、摯國姓也。殷商、商之諸侯也。嬪、婦也。京、周京也。曰嬪于京、疊言以釋上句之意、猶曰釐降二女于嬀汭嬪于虞也。王季、文王父也。身、懷孕也。○將言文王之聖而追本其所從來者如此。蓋曰自其父母而已然矣。

○維此文王、小心翼翼。昭

事上帝、聿懷多福。叶筆力反。厥德不回、以受方國。叶越逼反。○賦也。小心翼翼、恭愼之貌、即前篇之所謂敬也。文王之德於此爲盛。昭、明。懷、來。回、邪也。方國、四方來附之國。○天監在下、有命既集。叶昨合反。文王初載、天作之合。在洽之陽、在渭之涘。音士、叶羽已反。文王嘉止、大邦有子。叶奬禮反。○賦也。監、視。集、就。載、年。合、配也。洽、水名、本在今同州郃陽夏陽縣、今流已絕、故去水而加邑。渭水亦逕此入河也。嘉、婚禮也。大邦、莘國也。子、大姒也。○將言武王伐商之事、故此又推其本、而言天之監照、實在於下、其命既集於周矣。故於文王之初年、而默定其配、所以洽陽渭涘、當文王將婚之期、而大邦有子也。蓋曰、非人之所能爲矣。○大邦有子、俔牽遍反。天之妹。文定厥祥、親迎魚敬反。于渭。造舟爲梁、不顯其光。賦也。俔、磬也。韓詩作磬。說文云、俔、譬也。孔氏曰、如今俗語譬喩物、曰磬作然也。文、禮。祥、吉也。言卜得吉而以納幣之禮、定其祥也。造、作。梁、橋也。作船於水、比之而加版於其上、以通行者、即今之浮橋也。傳曰、天子造舟、諸侯維舟、大夫方舟、士特舟。張子曰、造舟爲梁、文王所制、而周世遂以爲天子之禮也。不顯、顯也。○有命自天、命此文王。于周于京、叶居良反。纘子管反。女維莘。所巾反。長丁丈反。子維行、叶戶郎反。篤生武王。保右音祐。命爾、燮伐大商。賦也。纘、繼也。莘、國名。長子、長女、大姒也。行、嫁。篤、厚也。言既生文王而又生武王也。右、助。燮、和也。○言天既命文王于周之京矣、而克纘大任之女事者、維此莘國以其長女來嫁于我也。天又篤厚之、使生武王、保之助之命之、而使之順天命以伐商也。○殷商之旅、其會如林。矢于牧野、維予侯興。叶音歆。上帝臨女、音汝。無貳爾心。賦也。如林、言衆也。書曰、受率其旅若林。矢、陳也。牧野在朝歌南七十里。侯、維。貳、疑也。爾、武王也。○此章言武王伐紂之時、紂衆會集如林以拒武王、而皆陳于牧野、則維我之師爲有興起之勢耳。然衆心猶恐武王以衆寡之不敵、而有所疑也、故勉之曰、上帝臨汝、毋貳爾心。蓋知天命之必然、而贊其決也。然武王非必有所疑也、設言以見衆心之同、非武王之得已耳。○牧野洋洋、檀車煌煌、駟騵音元。彭彭。叶鋪郎反。維師尚父、時維鷹揚、涼音亮。彼武王、肆伐大商。會朝清明。叶謨郎反。○賦也。洋洋、廣大之貌。檀、堅木、宜爲車者也。煌煌、鮮明貌。騵馬白腹曰騵。彭彭、强盛貌。師尚父、太公望爲太師而號尚父也。鷹揚、如鷹之飛揚而將擊、言其猛也。涼、漢書作亮。佐、助也。肆、縱兵也。會朝、會戰之旦也。○此章言武王師衆之盛、將帥之賢、伐商以除穢濁、不崇朝而天下淸明、所以終首章之意也。

大明八章、四章章六句、四章章八句。

名義見小旻篇。一章言天命無常、惟德是與。二章言王季太任之德、以及文王。三章言文王之德。四章五章六章言文王太姒之德、以及武王。七章言武王伐紂。八章言武王克商、以終首章之意。其章以六句八句相間。又國語以此及下篇皆爲兩君相見之樂、說見上篇。

緜緜瓜瓞。田節反。**民之初生、自土沮漆。**沮七余反。漆音七。**古公亶父、**亶都但反。父音甫。**陶復陶穴、**陶音桃。復音福。穴叶戶橘反。**未有家室。**比也。緜緜、不絕貌。大曰瓜、小曰瓞。瓜之近本初生者常小、其蔓不絕、至末而後大也。民、周人也。自、從。土、地也。沮、漆、二水名、在豳地。古公、號也。亶父、名也。或曰、字也。後乃追稱太王焉。陶、窰竈也。復、重窰也。穴、土室也。家、門內之通名也。豳地近西戎而苦寒、故其俗如此。○此亦周公戒成王之詩。追述太王始遷岐周、以開王業、而文王因之以受天命也。此其首章。言瓜之先小後大、以比周人始生於漆沮之上、而古公之時居於窰竈土室之中、其國甚小、至文王而後大也。

○**古公亶父、來朝走馬。**叶滿補反。**率西水滸、**呼五反。**至于岐下。**叶後五反。**爰及姜女、聿來胥宇。**賦也。朝、早也。走馬、避狄難也。滸、水厓也、漆沮之側也。岐下、岐山之下也。姜女、太王妃也。胥、相。宇、宅也。孟子曰、太王居邠、狄人侵之、事之以皮幣珠玉犬馬而不得免。乃屬其耆老而告之曰、狄人之所欲者、吾土地也。吾聞之也、君子不以其所以養人者害人。二三子何患乎無君、我將去之。去邠、踰梁山、邑於岐山之下居焉。邠人曰、仁人也、不可失也。從之者如歸市。

○**周原膴膴、**音武。**菫荼如飴。**菫音謹。飴音移。**爰始爰謀、**叶謨悲反。**爰契我龜。**契苦計反。**曰止曰時、築室于茲。**叶津之反。○賦也。周、地名、在岐山之南。廣平曰原。膴膴、肥美貌。菫、烏頭也。荼、苦菜、蓼屬也。飴、餳也。契、所以然火而灼龜者也、儀禮所謂楚焞是也。或曰、以刀刻龜甲欲鑽之處也。○言周原土地之美、雖物之苦者亦甘。於是太王始與豳人之從己者謀居之。又契龜而卜之、既得吉兆、乃告其民曰、可以止於是而築室矣。或曰、時謂土功之時也。○

迺慰迺止、迺左迺右、叶羽己反。迺疆迺理、迺宣迺畝、叶滿彼反。自西徂東、周爰執事。叶上止反。○賦也。慰、安。止、居也。左右、東西列之也。疆、謂畫其大界。理、謂別其條理也。宣、布散而居也。或曰、導其溝洫也。畝、治其田疇也。自西徂東、自西水滸而徂東也。周、徧也。言靡事不爲也。○乃召司空、乃召司徒、俾立室家。叶古胡反。其繩則直、縮色六反。版以載、叶節力反。作廟翼翼。賦也。司空、掌營國邑。司徒、掌徒役之事。繩、所以爲直。凡營度位處、皆先以繩正之、旣正、則束版而築也。縮、束也。載、上下相承也。言以索束版、投土築訖、則升下而上以相承載也。君子將營宮室、宗廟爲先、廄庫爲次、居室爲後。翼翼、嚴正也。○捄音俱。之陾陾、耳升反。度待洛反。之薨薨、築之登登、削屢馮馮、扶氷反。百堵丁古反。皆興、鼛音皐。鼓弗勝。音升。○賦也。捄、盛土於器也。陾陾、衆也。度、投土於版也。薨薨、衆聲也。登登、相應聲。削屢、牆成而削、治重複也。馮馮、牆堅聲。五版爲堵。興、起也。此言治宮室也。鼛鼓、長一丈二尺。以鼓役事。弗勝者、言其樂事勸功、鼓不能止也。○迺立皐門、皐門有伉。苦浪反、叶苦郎反。迺立應門、應門將將。七羊反。迺立冢土、戎醜攸行。叶戶郎反。○賦也。傳曰、王之郭門曰皐門。伉、高貌。王之正門曰應門。將將、嚴正貌。太王之時未有制度、特作二門、其名如此。及周有天下、遂尊以爲天子之門、而諸侯不得立焉。冢土、大社也、亦大王所立、而後因以爲天子之制也。戎醜、大衆也。起大事、動大衆、必有事乎社而後出謂之宜。○肆不殄田典反。厥慍、紆問反。亦不隕韻敏反。厥問。柞子洛反。棫音域。拔蒲貝反。矣、行道兌吐外反。矣。混音昆。夷駾徒對反。矣、維其喙呼貴反。矣。賦也。肆、故今也、猶言遂也、承上起下之辭。殄、絕。慍、怒。隕、墜也。問、聞通、謂聲譽也。柞、櫟也、枝長葉盛、叢生有刺。棫、白桵也、小木、亦叢生有刺。拔、挺拔而上、不拳曲蒙蔽也。兌、通也、始通道於柞棫之間也。駾、突。喙、息也。○言大王雖不能殄絕混夷之慍怒、亦不隕墜己之聲聞。蓋雖聖賢不能必人之不怒己、但不廢其自修之實耳。然大王始至此岐山之時、林木深阻、人物鮮少、至於其後、生齒漸繁、歸附日衆、則木拔道通、混夷畏之、而奔突竄伏、維其喙息而已。言德盛而混夷自服也。蓋已爲文王之時矣。○虞芮如銳反。質厥成、文王蹶居衞反。厥生。叶桑經反。予曰有疏附、叶上聲。予曰有先息薦反。後、胡豆反、叶下五反。予曰有奔奏、與走通、叶宗五反。予曰有禦侮。賦也。虞、芮、二國名。質、正。成、平也。傳曰、虞芮之君、相與爭田、久而不平、乃相與朝周。入其境、則耕者讓畔、行者讓路。入其邑、男女異路、斑白者不提挈。入其朝、士讓爲大夫、大夫讓爲卿。二國之君感而相謂曰、我等小人、不可以履君子之境。乃相讓以其所爭田爲閒田而退。天下聞之而歸者四十餘國。蘇氏曰、虞在陝之平陸、芮在同之馮翊、平陸有閒原焉、則虞芮之所讓也。蹶生、未詳其義。或曰、蹶、動而疾也。生、猶起也。予、詩人自予也。率下親上曰疏附。相道前後曰先後。喻德宣譽曰奔奏。武臣折衝曰禦侮。○言昆夷既服、而虞芮來質其訟之成、於是諸侯歸服者衆、而文王由此動其興起之勢。是雖其德之盛、然亦由有此四臣之助而然。故各以予曰起之。其辭繁而不殺者、所以深歎其得人之盛也。

緜九章、章六句。一章言在豳。二章言至岐。三章言定宅。四章言授田居民。五章言作宗廟。六章言治宮室。七章言作門社。八章言至文王而服混夷。九章遂言文王受命之事。餘說見上篇。

芃芃薄紅反。棫雨逼反。樸、音卜。薪之槱音酉。之。濟濟子禮反。辟音壁。王、左右趣叶此苟反。之。興也。芃芃、木盛貌。樸、叢、生也。言根枝迫迮相附著也。槱、積也。濟濟、容貌之美也。辟、君也。君王、謂文王也。○此亦以詠歌文王之德。言芃芃棫樸、則薪之槱之矣。濟濟辟王、則左右趣之矣。蓋德盛而人心歸附趣向之也。

○濟濟辟王、左右奉璋。奉璋峨峨、五歌反。髦士攸宜。叶牛何反。○賦也。半圭曰璋。祭祀之禮、王祼以圭瓚、諸臣助之。亞祼以璋瓚、左右奉之。其判在內、亦有趣向之意。峨峨、盛壯也。髦、俊也。

○淠匹世反。彼涇音經。舟、烝徒楫音接、叶接入反。之。周王于邁、六師及之。興也。淠、舟行貌。涇、水名。烝、衆。楫、櫂。于、往。邁、行也。六師、六軍也。○言淠彼涇舟、則舟中之人無不楫之。周王于邁、則六師之衆追而及之。蓋衆歸其德、不令而從也。

○倬陟角反。彼雲漢、爲章于天。叶鐵因反。周王壽考、遐不作人。興也。倬、大也。雲漢、天河也、在箕斗二星之間、其長竟天。章、文章也。文王九十七乃終、故言壽考。遐、與何同。作人、謂變化鼓舞之也。

○追對迴反。琢陟角反。其章、金玉其相。勉勉我王、綱紀四方。興也。追、雕也。金曰雕、玉曰琢。相、質也。勉勉、猶言不已也。凡網罟張之爲綱、理之爲紀。○追之琢之、則所以美其文者至矣。金之玉之、則所以美其質者至矣。勉勉我王、則所以綱紀乎四方者至矣。

棫樸五章、章四句。此詩前三章言文王之德、爲人所歸。後二章言文王之德、有以振作綱紀天下之人、而人歸之。自此以下至假樂、皆不知何人所作、疑多出於周公也。

瞻彼旱麓、音鹿。榛楛音戶。濟濟。子禮反。豈弟君子、干祿豈弟。興也。旱、山名。麓、山足也。榛、似栗而小。楛、似荊而赤。濟濟、衆多也。豈弟、樂易也。君子、指文王也。○此亦以詠歌文王之德。言旱山之麓、則榛楛濟濟然矣。豈弟君子、則其干祿也豈弟矣。干祿豈弟、言其干祿之有道、猶曰其爭也君子云爾。

○瑟所乙反。彼玉瓚、才旱反。黃流在中。豈弟君子、福祿攸降。叶呼攻反。興也。瑟、縝密貌。玉瓚、圭瓚也。以圭爲柄、黃金爲勺、青金爲外、而朱其中也。黃流、鬱鬯也。釀秬黍爲酒、築鬱金煮而和之、使芬芳條鬯、以瓚酌而祼之也。攸、所。降、下也。○言瑟然之玉瓚、則必有黃流在其中。豈弟之君子、則必有福祿下其躬。明寶器不薦於褻味、而黃流不注瓦缶。則知盛德必享於祿壽、而福澤不降於淫人矣。

○鳶弋專反。飛戾天、叶鐵因反。魚躍于淵。叶一均反。豈弟君子、遐不作人。興也。鳶、鴟類。戾、至也。李氏曰、抱朴子曰、鳶之在下無力、及至乎上、聳身直翅而已。蓋鳶之飛全不用力、亦如魚躍、怡然自得而不知其所以然也。遐、何通。○言鳶之飛、則戾于天矣。魚之躍、則出于淵矣。豈弟君子、而何不作人乎。言其必作人也。

○清酒既載、叶節力反。騂息營反。牡既備。叶蒲北反。以享以祀、叶逸織反。以介景福。叶筆力反。○賦也。載、在尊也。備、全具也。承上章言有豈弟之德、則祭必受福也。

○瑟彼柞棫、民所燎力召反。矣。豈弟君子、神所勞力報反。矣。興也。瑟、茂密貌。燎、爨也。勞、慰撫也。

○莫莫葛藟、力軌反。施以豉反。于條枚。莫回反。豈弟君子、求福不回。興也。莫莫、盛貌。回、邪也。

旱麓六章、章四句。

思齊側皆反。大音泰。任、文王之母、莫後反。思媚美記反。周姜、京室之婦。房九反。大同上。姒嗣徽音、則百斯男。

叶尼心反。○賦也。思、語辭。齊、莊。媚、愛也。周姜、大王之妃大姜也。京、周也。大姒、文王之妃也。徽、美也。百男、舉成數而言其多也。○此詩亦歌文王之德、而推本言之。曰、此莊敬之大任、乃文王之母、實能媚於周姜、而稱其爲周室之婦。至於大姒、又能繼其美德之音、而子孫衆多。上有聖母、所以成之者遠、內百賢妃、所以助之者深也。

○**惠于宗公、神罔時怨、神罔時恫。**音通。**刑于寡妻、至于兄弟、以御**牙嫁反。**于家邦。**叶卜工反。○賦也。惠、順也。宗公、宗廟先公也。恫、痛也。刑、儀法也。寡妻、猶言寡小君也。御、迎也。○言文王順于先公、而鬼神歆之無怨恫者。其儀法內施於閨門、而至于兄弟、以御于家邦也。孔子曰、家齊而後國治。孟子曰、言舉斯心、加諸彼而已。張子曰、言接神人、各得其道也。

○**雝雝**於容反。**在宮、肅肅在廟。**叶音貌。**不顯亦臨、無射**音亦。**亦保。**叶音鮑。○賦也。雝雝、和之至也。肅肅、敬之至也。不顯、幽隱之處也。射、與斁同、厭也。保、猶守也。○言文王在閨門之內則極其和、在宗廟之中則極其敬、雖居幽隱、亦常若有臨之者、雖無厭射、亦常有所守焉。其純亦不已蓋如是。

○**肆戎疾不殄、烈假**古雅反。**不瑕。不聞亦式、不諫亦入。**此與下章用韻未詳。○賦也。肆、故今也。戎、大也。疾、猶難也。大難、如羑里之囚、及昆夷玁狁之屬也。殄、絕。烈、光。假、大。瑕、過也。此兩句與不殄厥慍、不隕厥問相表裏。聞、前聞也。式、法也。○承上章言文王之德如此、故其大難雖不殄絕、而光大亦無玷缺、雖事之無所前聞者、而亦無不合於法度。雖無諫諍之者、而亦未嘗不入於善。傳所謂性與天合是也。

○**肆成人有德、小子有造。古之人無斁、**音亦。**譽髦斯士。**賦也。冠以上爲成人。小子、童子也。造、爲也。古之人、指文王也。譽、名。髦、俊也。○承上章言文王之德見於事者如此。故一時人材、皆得其所成就。蓋由其德純而不已、故令此士皆有譽於天下而成其俊乂之美也。

思齊五章、二章章六句、三章章四句。

皇矣上帝、臨下有赫。叶黑各反。**監觀四方、求民之莫。維此二國、其政不獲。**叶胡郭反。**維彼四國、爰究爰度。**待洛反。**上帝耆之、憎其式廓。乃眷西顧、此維與宅。**叶達各反。○賦也。皇、大。臨、視也。赫、威明也。監、亦視也。莫、定也。二國、夏商也。不獲、謂失其道也。四國、四方之國也。究、尋。度、謀也。耆、憎、式廓、未詳其義。或曰、耆、致也。憎、當作增。式廓、猶言規模也。此謂岐周之地也。○此詩敘大王大伯王季之德、以及文王伐密伐崇之事也。此其首章先言天之臨下甚明、但求民之安定而已。彼夏商之政既不得矣、故求於四方之國。苟上帝之所欲致者、則增大其疆境之規模。於是乃眷然顧視西土、以此岐周之地、與大王爲居宅也。

○**作之屏**必領反。**之、其菑**莊持反。**其翳**。一計反。**脩之平之、其灌其栵**。音例。**啓之辟**婢亦反。**之、其檉**丑貞反。**其椐**。羌居反、叶紀庶反。**攘之剔**它歷反。**之、其檿**烏劍反。**其柘**。章夜反、叶都故反。**帝遷明德、串**古患反。**夷載路。天立厥配、受命既固**。賦也。作、拔起也。屏、去之也。菑、木立死者也。翳、自斃者也。或曰、小木蒙密蔽翳者也。脩、平、皆治之使疏密正直得宜也。灌、叢生者也。栵、行生者也。啓、辟、芟除也。檉、河柳也、似楊、赤色、生河邊。椐、樻也、腫節、似扶老、可爲杖者也。攘、剔、謂穿剔去其繁冗使成長也。檿、山桑也。與柘皆美材、可爲弓榦、又可蠶也。明德、謂明德之君、卽太王也。串夷載路、未詳。或曰、串夷、卽混夷。載路、謂滿路而去。所謂混夷駾矣者也。配、賢妃也。謂大姜。○此章言大王遷於岐周之事。蓋岐周之地、本皆山林險阻、無人之境、而近於混夷。大王居之、人物漸盛、然後漸次開闢如此。乃上帝遷此明德之君、使居其地、而昆夷遠遁、天又爲之立賢妃以助之。是以受命堅固、而卒成王業也。

○**帝省**息井反。**其山、柞棫斯拔**、蒲貝反。**松柏斯兌**。徒外反。**帝作邦作對、自大**音泰。**伯王季。維此王季、因心則友**。叶羽已反。**則友其兄**、叶虛王反。**則篤其慶**。叶祛羊反。**載錫之光、受祿無喪**、息浪反、叶平聲。**奄有四方**。賦也。拔、兌、見緜篇。此亦言其山林之間道路通也。對、猶當也。作對、言擇其可當此國者以君之也。大伯、大王之長子。王季、大王之少子也。因心、非勉強也。善兄弟曰友。兄、謂大伯也。篤、厚。載、則也。奄字之義、在忽遂之間。○言帝省其山、而見其木拔道通、則知民之歸之者益衆矣。於是既作之邦、又與之賢君以嗣其業、蓋自其初生大伯王季之時而已定矣。於是大伯見王季生文王、又知天命之有在、故適吳不反。大王沒而國傳於王季、及文王而周道大興也。然以大伯而避王季、則王季疑於不友、故又特言王季所以友其兄者、乃因其心之自然、而無待於勉強。既受大伯之讓則益脩其德、以厚周家之慶、而與其兄以讓德之光。猶曰彰其知人之明、不爲徒讓耳。其德如是、故能受天祿而不失、至於文武而奄有四方也。

○**維此王季、帝度**待洛反。**其心、貊**武伯反。**其德音。其**

德克明、克明克類、克長丁丈反。克君。王如字、或于況反。此大邦、克順克比。必里反。比毗至反。于文王、其德靡悔。叶虎洧反。既受帝祉、音恥。施以豉反。于孫子。叶獎里反。○賦也。度、能度物制義也。貊、春秋傳樂記皆作莫、謂其莫然淸靜也。克明、能察是非也。克類、能分善惡也。克長、敎誨不倦也。克君、賞慶刑威也。言其賞不僭、故人以爲慶、刑不濫、故人以爲威也。順、慈和徧服也。比、上下相親也。比于、至于也。悔、遺恨也。○言上帝制王季之心、使有尺寸、能度義、又淸靜其德音、使無非閒之言。是以王季之德能此六者。至於文王、而其德尤無遺恨。是以既受上帝之福、而延及于子孫也。

○帝謂文王、無然畔援、于願反。無然歆羨、錢面反。誕先登于岸。叶魚戰反。密人不恭、敢距大邦、叶卜攻反。侵阮魚宛反。徂共。音恭。王赫斯怒、叶暖五反。爰整其旅、以按音遏。徂旅、以篤于周祜、候五反。以對于天下。叶後五反。○賦也。帝謂文王、設爲天命文王之詞、如下所言也。無然、猶言不可如此也。畔、離畔也。援、攀援也。言舍此而取彼也。歆、欲之動也。羨、愛慕也。言肆情以徇物也。岸、道之極至處也。密、密須氏也、姞姓之國、在今寧州。阮、國名、在今涇州。徂、往也。共、阮國之地名、今涇州之共池是也。其旅、周師也。按、遏也。徂旅、密師之往共者也。祜、福。對、答也。○人心有所畔援、有所歆羨、則溺於人欲之流、而不能以自濟。文王無是二者、故獨能先知先覺、以造道之極至。蓋天實命之、而非人力之所及也。是以密人不恭、敢違其命、而擅興師旅以侵阮而往至于共、則赫怒整兵、而往遏其衆、以厚周家之福而答天下之心。蓋亦因其可怒而怒之、初未嘗有所畔援歆羨也。此文王征伐之始也。

○依其在京、叶居良反。侵自阮疆、陟我高岡。無矢我陵、我陵我阿。無飲我泉、我泉我池。叶徒何反。度待洛反。其鮮息淺反。原、居岐之陽、在渭之將。萬邦之方、下民之王。賦也。依、安貌。京、周京也。矢、陳。鮮、善。將、側。方、鄉也。○言文王安然在周之京、而所整之兵既遏密人、遂從阮疆而出以侵密。所陟之岡、卽爲我岡、而人無敢陳兵於陵、飲水於泉、以拒我也。於是相其高原而徙都焉、所謂程邑也、其地於漢爲扶風安陵、今在京兆府咸陽縣。○

帝謂文王、予懷明德、不大聲以色、不長丁丈反。夏以革。不識不知、順帝之則。帝謂文王、詢爾

仇方、同爾兄弟、以爾鉤援、音爰。**與爾臨衝、以伐崇墉。**賦也。予、設爲上帝之自稱也。懷、眷念也。明德、文王之明德也。以、猶與也。夏、革、未詳。則、法也。仇方、讎國也。兄弟、與國也。鉤援、鉤梯也。所以鉤引上城、所謂雲梯者也。臨、臨車也、在上臨下者也。衝、衝車也、從旁衝突者也。皆攻城之具也。崇、國名、在今京兆府鄠縣。墉、城也。史記、崇侯虎譖西伯於紂、紂囚西伯於羑里。西伯之臣、閎夭之徒、求美女奇物善馬以獻紂。紂乃赦西伯、賜之弓矢鈇鉞、得專征伐。曰、譖西伯者、崇侯虎也。西伯歸、三年、伐崇侯虎而作豐邑。○言上帝眷念文王、而言其德之深微、不暴著其形迹、又能不作聰明、以循天理。故又命之以伐崇也。呂氏曰、此言文王德不形而功無迹、與天同體而已。雖興兵以伐崇、莫非順帝之則而非我也。

○臨衝閑閑、叶胡員反。**崇墉言言。執訊**音信。**連連、攸馘**古獲反。**安安。**叶於肩反。**是類是禡、**馬嫁反、叶滿補反。**是致是附。**叶上聲。**四方以無侮。臨衝茀茀、**音弗、叶分聿反。**崇墉仡仡。**魚乞反。**是伐是肆、是絶是忽。**叶虛屈反。**四方以無拂。**叶分聿反。○賦也。閑閑、徐緩也。言言、高大也。連連、屬續狀。馘、割耳也。軍法獲者不服、則殺而獻其左耳。安安、不輕暴也。類、將出師祭上帝也。禡、至所征之地而祭始造軍法者、謂黃帝及蚩尤也。致、致其至也。附、使之來附也。茀茀、強盛貌。仡仡、堅壯貌。肆、縱兵也。忽、滅。拂、戾也。春秋傳曰、文王伐崇、三旬不降、退脩教而復伐之、因壘而降。○言文王伐崇之初、緩攻徐戰、告祀羣神、以致附來者、而四方無不畏服。及終不服、則縱兵以滅之、而四方無不順從也。夫始攻之緩、戰之徐也、非力不足也、非示之弱也、將以致附而全之也。及其終不下而肆之也、則天誅不可以留、而罪人不可以不得故也。此所謂文王之師也。

皇矣八章、章十二句。一章二章、言天命太王。三章四章、言天命王季。五章六章、言天命文王伐密。七章八章、言天命文王伐崇。

經始靈臺、叶田飴反。**經之營之。庶民攻之、不日成之。經始勿亟、**居力反。**庶民子來。**叶六直反。○賦也。經、度也。靈臺、文王所作。謂之靈者、言其倏然而成、如神靈之所爲也。營、表。攻、作也。不日、不終日也。亟、急也。○國之有臺、所以望氛祲、察災祥、時觀游、節勞佚也。文王之臺、方其經度營表之際、而庶民已來作之、所以不終日而成也。雖文王心恐煩民、戒令勿亟。而民心樂之、如子趣父事、不召自來也。孟子曰、文王以民力爲臺爲沼、而民歡樂之、謂其臺曰靈臺、謂其沼曰靈沼、此之謂也。

○**王在靈囿、**叶音郁。**麀**音憂。**鹿攸伏、麀鹿濯濯、**直角反。**白鳥翯翯。**戶角反。**王在靈沼、**叶音灼。**於**音烏。**牣**音刃。**魚躍。**賦也。靈囿、臺之下有囿、所以域養禽獸也。麀、牝鹿也。伏、安其所處、不驚擾也。濯濯、肥澤貌。翯翯、潔白貌。靈沼、囿之中有沼也。牣、滿也。魚滿而躍、言多而得其所也。

○**虡**音巨。**業維樅、**七凶反。**賁**扶云反。**鼓維鏞。**音庸。**於論**盧門反。**鼓鍾、於樂**音洛。**辟**音璧。**廱。**賦也。虡、植木以懸鍾磬、其橫者曰栒。業、栒上大版、刻之捷業如鋸齒者也。樅、業上懸鍾磬處、以綵色爲崇牙、其狀樅樅然者也。賁、大鼓也、長八尺。鼓四尺、中圍加三之一。鏞、大鍾也。論、倫也。言得其倫理也。辟、璧通。廱、澤也。辟廱、天子之學、大射行禮之處也。水旋丘如璧、以節觀者、故曰辟廱。

○**於論鼓鍾、於樂辟廱。鼉**徒河反。**鼓逢逢、**薄紅反。**矇**音蒙。**瞍**音叟。**奏公。**賦也。鼉似蜥蜴、長丈餘、皮可冒鼓。逢逢、和也。有眸子而無見曰矇、無眸子曰瞍。古者樂師皆以瞽者爲之、以其善聽而審於音也。公、事也。聞鼉鼓之聲、而知矇瞍方奏其事也。

靈臺四章、二章章六句、二章章四句。東萊呂氏曰、前二章、樂文王有臺池鳥獸之樂也。後二章、言文王有鍾鼓之樂也。皆述民樂之詞也。

下武維周、世有哲王。三后在天、王配于京。叶居良反。○賦也。下、義未詳。或曰、字當作文、言文王武王實造周也。哲王、通言大王王季也。三后、大王王季文王也。在天、既沒而其精神上與天合也。王、武王也。配、對也。謂繼其位以對三后也。京、鎬京也。○此章美武王能纘大王王季文王之緒、而有天下也。

○**王配于京、世德作求。永言配命、成王之孚。**叶孚尤反。○賦也。言武王能繼先王之德、而長言合於天理、故能成王者之信於天下也。若暫合而遽離、暫得而遽失、則不足以成其信矣。

○**成王之孚、下土之式。永言孝思、孝思維則。**賦也。式、則、皆法也。○言武王所以能成王者之信、而爲四方之法者、以其長言孝思而不忘、是以其孝可爲法耳。若有時而忘之、則其孝者僞耳、何足法哉。

○**媚茲一人、應侯順德。永言孝思、昭哉嗣服。**叶蒲北反。○賦也。媚、愛也。一人、謂武王。應、如丕應徯志之應。侯、維。服、事也。○言天下之人皆愛戴武王以爲天子、而所以應之、維以順德。是武王能長言孝思、而明哉其嗣先王之事也。〇**昭茲來許、繩其祖武。於萬斯年、受天之祜。**候古反。〇賦也。昭茲、承上句而言、茲哉聲相近、古蓋通用也。來、後世也。許、猶所也。繩、繼。武、迹也。〇言武王之道昭明如此、來世能繼其迹、則久荷天祿而不替矣。〇**受天之祜、四方來賀。於萬斯年、不遐有佐。**賦也。賀、朝賀也。周末秦强、天子致胙、諸侯皆賀。遐、何通。佐、助也。蓋曰豈不有助乎云爾。

下武六章、章四句。或疑此詩有成王字、當為康王以後之詩。然考尋文意、恐當只如舊說。且其文體亦與上下篇血脉通貫、非有誤也。

文王有聲、遹尹橘反。**駿**音峻。**有聲。遹求厥寧、遹觀厥成。文王烝哉。**賦也。遹、義未詳、疑與聿同、發語辭。駿、大。烝、君也。〇此詩言文王遷豐、武王遷鎬之事。而首章推本之曰、文王之有聲也、甚大乎其有聲也。蓋以求天下之安寧、而觀其成功耳。文王之德如是、信乎其克君也哉。〇**文王受命、有此武功。既伐于崇、作邑于豐。文王烝哉。**賦也。伐崇事見皇矣篇。作邑、徙都也。豐、即崇國之地、在今鄠縣杜陵西南。〇**築城伊淢、**況域反。**作豐伊匹。匪棘**居力反。**其欲、**禮記作猶。**遹追來孝。**叶許六反、或呼候反。**王后烝哉。**賦也。淢、成溝也。方十里為成、成間有溝、深廣各八尺。匹、稱。棘、急也。王后、亦指文王也。〇言文王營豐邑之城、因舊溝為限而築之、其作邑居、亦稱其城而不侈大。皆非急成己之所欲也、特追先人之志、而來致其孝耳。〇**王公伊濯、**直角反。**維豐之垣。**音袁。**四方攸同、王后維翰。**叶胡田反。**王后烝哉。**賦也。公、功也。濯、著明也。〇王之功所以著明者、以其能築此豐之垣故爾。四方於是來歸、而以文王為楨榦也。〇**豐水東注、維禹之績。四方攸同、皇王維辟。皇王烝哉。**賦也。豐水東北流、徑豐邑之東、入渭而注于河。績、功也。皇王、有天下之號、指武王也。辟、君也。〇言豐水東注、由禹之功、故四方得以來同於此、而以武王為君。此武王未作鎬京時也。〇**鎬京辟廱。自西自東、自南自北、無思不服。**叶蒲北反。**皇王烝哉。**賦也。鎬京、武王所營也。在豐水東、去豐邑二十五里。張子曰、周家自后稷居邰、公劉居豳、大王邑岐、而文王則遷于豐、至武王又居于鎬。當是時民之歸者日衆、其地有不能容、不得不遷也。辟廱、說見前篇。張子曰、靈臺辟廱、文王之學也。鎬京辟廱、武王之學也。至此始爲天子之學矣。無思不服、心服也。孟子曰、天下不心服而王者、未之有也。○此言武王徙居鎬京、講學行禮、而天下自服也。

○考卜維王、宅是鎬京。叶居良反。維龜正叶諸盈反。之、武王成之。武王烝哉。賦也。考、稽。宅、居。正、決也。成之、作邑居也。張子曰、此舉謚者、追述其事之言也。

○豐水有芑、武王豈不仕。鉏里反。詒厥孫謀、以燕翼子。叶奬里反。武王烝哉。興也。芑、草名。仕、事。詒、遺。燕、安。翼、敬也。子、成王也。○鎬京猶在豐水下流、故取以起興。言豐水猶有芑、武王豈無所事乎。詒厥孫謀、以燕翼子、則武王之事也。謀及其孫、則子可以無事矣。或曰、賦也。言豐水之傍、生物繁茂、武王豈不欲有事於此哉。但以欲遺孫謀以安翼子、故不得而不遷耳。

文王有聲八章、章五句。此詩以武功稱文王。至於武王、則言皇王維辟、無思不服而已。蓋文王既造其始、則武王續而終之、無難也。又以見文王之文、非不足於武、而武王之有天下、非以力取之也。

文王之什十篇、六十六章、四百一十四句。鄭譜、此以上爲文武時詩、以下爲成王周公時詩。今案文王首句卽云文王在上、則非文王之詩矣。又曰無念爾祖、則非武王之詩矣。大明有聲、幷言文武者非一、安得爲文武之時所作乎。蓋正雅皆成王周公以後之詩、但此什皆爲追述文武之德、故譜因此而誤耳。

詩卷第十七

朱熹集傳

生民之什三之二

厥初生民、時維姜嫄。音原、叶魚倫反。生民如何、克禋音因。克祀、叶養里反。以弗無子。叶獎里反。履帝武敏叶母鄙反。歆、攸介攸止、載震載夙、叶相即反。載生載育、叶日逼反。時維后稷。賦也。民、人也、謂周人也。時、是也。姜嫄、炎帝後、姜姓、有邰氏女、名嫄、爲高辛之世妃。精意以享謂之禋。祀、祀郊禖也。弗之言祓也。祓無子、求有子也。古者立郊禖、蓋祭天於郊、而以先媒配也。變媒言禖者、神之也。其禮以玄鳥至之日、用大牢祀之。天子親往、后率九嬪御乃禮天子所御、帶以弓韣、授以弓矢、于郊禖之前也。履、踐也。帝、上帝也。武、迹。敏、拇。歆、動也、猶驚異也。介、大也。震、娠也。夙、肅也。生子者、及月辰居側室也。育、養也。○姜嫄出祀郊禖、見大人跡而履其拇、遂歆歆然如有人道之感、於是即其所大所止之處而震動有娠、乃周人所由以生之始也。周公制禮、尊后稷以配天、故作此詩、以推本其始生之祥、明其受命於天、固有以異於常人也。然巨迹之說、先儒或頗疑之。而張子曰、天地之始、固未嘗先有人也、則人固有化而生者矣、蓋天地之氣生之也。蘇氏亦曰、凡物之異於常物者、其取天地之氣常多、故其生也或異、麒麟之生、異於犬羊、蛟龍之生、異於魚鼈、物固有然者矣。神人之生、而有以異於人、何足怪哉。斯言得之矣。

○誕彌厥月、先生如達、他末反。不坼敕宅反。不副、孚逼反、叶孚迫反。無菑音災。無害。叶音曷。以赫厥靈、上帝不寧、不康禋祀、叶養里反。居然生子。叶獎里反。○賦也。誕、發語辭。彌、終也、終十月之期也。先生、首生也。達、小羊也。羊子易生、無留難也。坼、副、皆裂也。赫、顯也。不寧、寧也。不康、康也。居然、猶徒然也。○凡人之生、必坼副菑害其母、而首生之子尤難。今姜嫄首生后稷、如羊子之易、無坼副菑害之苦、是顯其靈異也。上帝豈不寧乎、豈不康我之禋祀乎、而使我無人道而徒然生是子也。

○誕寘之隘於懈反。巷、牛羊腓符非反。字之。誕寘之平林、會伐平林。誕寘之寒冰、鳥覆敷救反。翼叶音異。之。鳥乃去矣、后稷呱叶去聲。矣、實覃實訏、叶去聲。厥聲載路。賦也。隘、狹。腓、芘。字、愛。會、值也。值人伐木而收之。覆、蓋。翼、藉也。以一翼覆之、以一翼藉之也。呱、啼聲也。覃、長。訏、大。載、滿也。滿路言其聲之大也。○無人道而生子、或者以爲不祥、故棄之。而有此異也、於是始收而養之。

○誕實匍音蒲。匐、蒲北反。克岐克嶷、魚極反。以就口食。蓺之荏而甚反。菽、荏菽旆旆、禾役穟穟、音遂。麻麥幪幪、莫孔反。瓜瓞唪唪。布孔反。○賦也。匍匐、手足並行也。岐、嶷、峻茂之狀。就、向也。口食、自能食也。蓋六七歲時也。蓺、樹也。荏菽、大豆也。旆旆、枝旟揚起也。役、列也。穟穟、苗美好之貌也。幪幪然、茂密也。唪唪然、多實也。○言后稷能食時已有種殖之志、蓋其天性然也。史記曰、棄爲兒時、其遊戲好種殖麻麥、麻麥美。及爲成人、遂好耕農。堯舉以爲農師。

○誕后稷之穡、有相息亮反。之道。叶徒口反。茀音弗。厥豐草、叶此苟反。種去聲。之黃茂。叶莫口反。實方實苞、叶蒲苟反。實種上聲。實褎、叶徐久反。實發實秀、叶思久反。實堅實好、叶許口反。實穎營井反。實栗。即有邰他來反。家室。賦也。相、助也。言盡人力之助也。茀、治也。種、布之也。黃茂、嘉穀也。方、房也。苞、甲而未坼也。此漬其種也。種、甲坼而可爲種也。褎、漸長也。發、盡發也。秀、始穟也。堅、其實堅也。好、形味好也。穎、實繁碩而垂末也。栗、不秕也。既收成、見其實皆栗栗然不秕也。邰、后稷之母家也。豈其或滅或遷、而遂以其地封后稷歟。○言后稷之穡如此、故堯以其有功於民、封於邰、使即其母家而居之、以主姜嫄之祀。故周人亦世祀姜嫄焉。

○誕降嘉種、維秬音巨。維秠、孚鄙反。維穈音門。維芑。音起。恆古鄧反。之秬秠、是穫是畝。叶滿洧反。恆之穈芑、是任音壬。是負。叶扶委反。以歸肇祀。叶養里反。○賦也。降、降是種於民也。書曰、稷降播種、是也。秬、黑黍也。秠、黑黍、一稃二米者也。穈、赤粱粟也。芑、白粱粟也。恆、偏也、謂偏種之也。任、肩任也。負、背負也。既成則穫而棲之於畝、任負而歸、以供祭祀也。秬秠言穫畝、穈芑言任負、互文耳。肇、始也。稷始受國爲祭主、故曰肇祀。

○誕我祀如何。或舂傷容反。或揄、音由。或簸波我反。或蹂。音柔。釋之叟叟、所留反。烝之浮浮。載謀載惟、取蕭祭脂、取羝都禮反。以軷。蒲末反、叶蒲昧反。載燔載烈、如字、叶力制反。以興嗣歲。叶音雪、又如字。○賦也。我祀、承上章而言后稷之祀也。揄、抒臼也。簸、揚去糠也。蹂、蹂禾取穀以繼之也。釋、淅米也。叟叟、聲也。浮浮、氣也。謀、卜日擇士也。惟、齊戒具脩也。蕭、蒿也。脂、膟膋也。宗廟之祭、取蕭合膟膋爇之、使臭達牆屋也。羝、牡羊也。軷、祭行道之神也。燔、傅諸火也。烈、貫之而加於火也。四者皆祭祀之事、所以興來歲而繼往歲也。

○卬五郎反。盛音成。于豆、于豆于登。其香始升、上帝居歆。下與今叶。胡臭亶時、叶上止反。后稷肇祀、叶養里反。庶無罪悔、叶呼委反。以迄許乙反。于今。上與歆叶。○賦也。卬、我也。木曰豆、以薦葅醢也。瓦曰登、以薦大羹也。居、安也。鬼神食氣曰歆。胡、何。臭、香。亶、誠也。時、言得其時也。庶、近。迄、至也。○此章言其尊祖配天之祭。其香始升、而上帝已安而饗之、言應之疾也。此何但芳臭之薦、信得其時哉。蓋自后稷之肇祀、則庶無罪悔而至於今矣。曾氏曰、自后稷肇祀以來、前後相承、兢兢業業、惟恐一有罪悔、獲戾於天。閱數百年、而此心不易。故曰、庶無罪悔、以迄于今、言周人世世用心如此也。

生民八章、四章章十句、四章章八句。此詩未詳所用、豈郊祀之後、亦有受釐頒胙之禮也歟。舊說、第三章八句、第四章十句。今案第三章當爲十句、第四章當爲八句、則去呱訏路音韻諧協、呱聲載路文勢相貫、而此詩八章、皆以十句八句相間爲次。又二章以後、七章以前、每章章之首皆有誕字。

敦徒端反。彼行葦、牛羊勿踐履、方苞方體、維葉泥泥。乃禮反。戚戚兄弟、待禮反。莫遠具爾、或肆之筵、或授之几。興也。敦、聚貌、勾萌之時也。行、道也。勿、戒止之詞也。苞、甲而未拆也。體、成形也。泥泥、柔澤貌。戚戚、親也。莫、猶勿也。具、俱也。爾、與邇同。肆、陳也。○疑此祭畢而燕父兄耆老之詩。故言敦彼行葦、而牛羊勿踐履、則方苞方體、而葉泥泥矣。戚戚兄弟而莫遠具爾、則或肆之筵、而或授之几矣。此方言其開燕設席之初、而慇勤篤厚之意、藹然已見於言語之外矣。讀者詳之。

○肆筵設席、叶祥勺反。授几有緝御。叶魚駕反。或獻或酢、才洛反。洗爵奠斝。古雅反、叶居訝反。醓他感反。醢以薦、叶卽略反。或燔或炙。叶陟略反。嘉殽脾婢支反。臄、渠略反。或歌或咢。五洛反。○賦也。設席、重席也。緝、續。御、侍也。有相續代而侍者、言不乏使也。進酒於客曰獻。客答之曰酢。主人又洗爵醻客、客受而奠之、不舉也。斝、爵也。夏曰醆、殷曰斝、周曰爵。醓、醢之多汁者也。燔、用肉。炙、用肝。臄、口上肉也。歌者、比於琴瑟也。徒擊鼓曰咢。○言侍御獻酬飲食歌樂之盛也。

○敦音雕、下同。弓既堅、叶吉因反。四鍭音侯。既鈞、舍音捨。矢既均、序賓以賢。叶下珍反。敦弓既句、古候反、叶古侯反。既挾子協反。四鍭、四鍭如樹、叶上主反。序賓以不侮。賦也。敦、雕通、畫也。天子雕弓。堅、猶勁也。鍭、金鏃翦羽矢也。鈞、參亭也。謂三分之、一在前、二在後。三訂之而平者、前有鐵重也。舍、釋也、謂發矢也。均、皆中也。賢射多中也。投壺曰、某賢於某若干純。奇則曰奇、均則曰左右均、是也。句彀通、謂引滿也。射禮、搢三挾一、既挾四鍭則徧釋矣。如樹、如手就樹之、言貫革而堅正也。不侮、敬也。令弟子辭所謂無憮無敖無偝立無踰言者也。或曰、不以中、病不中者也。射以中多爲雋、以不侮爲德。○言既燕而射、以爲樂也。

○曾孫維主、如字、或叶當口反。酒醴維醹。如主反、或叶奴口反。酌以大斗、叶腫庾反、或如字。以祈黃耇。叶果五反、或如字。黃耇台湯來反。背、叶必墨反。以引以翼。壽考維祺、音其。以介景福。叶筆力反。○賦也。曾孫、主祭者之稱、今祭畢而燕、故因而稱之也。醹、厚也。大斗、柄長三尺。祈、求也。黃耇老人之稱。以祈黃耇、猶曰以介眉壽云耳。古器物欵識云、用蘄萬壽、用蘄眉壽、永命多福、用蘄眉壽、萬年無疆、皆此類也。台、鮐也。大老則背有鮐文。引、導。翼、輔。祺、吉也。○此頌禱之辭。欲其飲此酒而得老壽、又相引導輔翼、以享壽祺、介景福也。

行葦四章、章八句。毛七章、二章章六句、五章章四句。鄭八章、章四句。毛首章以四句興二句、不成文理、二章又不協韻、鄭首章有起興而無所興、皆誤。今正之如此。

既醉以酒、既飽以德。君子萬年、介爾景福。叶筆力反。○賦也。德、恩惠也。君子、謂王也。爾、亦指王也。○此父兄所以答行葦之詩。言享其飲食恩意之厚、而願其受福如此也。

○既醉以酒、爾殽既將。君子萬年、介爾昭明。叶謨郎反。○賦也。殽、俎實也。將、行也。亦奉持而進之意。昭明、猶光大也。

○昭明有融、高朗令終。令終有俶、尺六反。公尸嘉告。叶姑沃反。○賦也。融、明之盛也。春秋傳曰、明而未融。朗、虛明也。令終、善終也。洪範所謂考終命、古器物銘所謂令終令命是也。俶、始也。公尸、君尸也。周稱王、而尸但曰公尸、蓋因其舊。如秦已稱皇帝、而其男女猶稱公子公主也。嘉告、以善言告之、謂嘏辭也。蓋欲善其終者、必善其始、今固未終也、而既有其始矣。於是公尸以此告之。○其告維何、籩豆靜嘉。叶居何反。朋友攸攝、攝以威儀。叶牛何反。○賦也。靜嘉、清潔而美也。朋友、指賓客助祭者、說見楚茨篇。攝、檢也。○公尸告以汝之祭祀、籩豆之薦既靜嘉矣、而朋友相攝佐者、又皆有威儀、當神意也。自此至終篇、皆述尸告之辭。○威儀孔時、叶上止反。君子有孝子。叶獎里反。孝子不匱、求位反。永錫爾類。賦也。孝子、主人之嗣子也。儀禮、祭祀之終、有嗣舉奠。匱、竭。類、善也。○言汝之威儀既得其宜、又有孝子以舉奠、孝子之孝誠而不竭、則宜永錫爾以善矣。東萊呂氏曰、君子既孝而嗣子又孝、其孝可謂源源不竭矣。○其類維何、室家之壼。苦本反、叶苦俊反。君子萬年、永錫祚才故反。胤。羊刃反。○賦也。壼、宮中之巷也。言深遠而嚴肅也。祚、福祿也。胤、子孫也。錫之以善、莫大於此。○其胤維何、天被皮寄反。爾祿。君子萬年、景命有僕。賦也。僕、附也。○言將使爾有子孫者、先當使爾被天祿、而為天命之所附屬。下章乃言子孫之事。○其僕維何、釐力之反。爾女士。鉏里反。釐爾女士、從以孫子。叶獎里反。○賦也。釐、予也。女士、女之有士行者、謂生淑媛使為之妃也。從、隨也。謂又生賢子孫也。

既醉八章、章四句。

鳧音扶。鷖於雞反。在涇、公尸來燕來寧。爾酒既清、爾殽既馨、公尸燕飲、福祿來成。興也。鳧、水鳥、如鴨者。鷖、鷗也。涇、水名。爾、自歌工而指主人也。馨、香之遠聞也。○此祭之明日、繹而賓尸之樂。故言鳧鷖則在涇矣、公尸則來燕來寧矣。酒清殽馨則公尸燕飲、而福祿來成矣。○鳧鷖在沙、叶桑何反。公尸來燕來宜。叶牛何反。爾酒既多、爾殽既嘉、叶居何反。公尸燕飲、福祿來為。叶吾禾反。○興也。為、猶助也。○鳧鷖在渚、公尸來燕來處。爾酒既湑、息汝反。爾殽伊脯、公尸燕飲、福祿來下。叶後五反。○興也。渚、水中高地也。湑、酒之泲者也。○鳧鷖在潨、在公反。公尸來燕來宗。既燕于宗、福祿攸降。叶乎攻反。公尸燕飲、福祿來崇。興也。潨、水會也。來宗之宗、尊也。于宗之宗、廟也。崇、積而高大也。○鳧鷖在亹、音門。公尸來止熏熏。叶眉貧反。旨酒欣欣、燔炙芬芬、叶豐勻反。公尸燕飲、無有後艱。叶居銀反。○興也。亹、水流峽中、兩岸如門也。熏熏、和說也。欣欣、樂也。芬芬、香也。

鳧鷖五章、章六句。

假中庸春秋傳皆作嘉、今當作嘉。樂音洛。君子、叶音則。顯顯令德。宜民宜人、受祿于天。叶鐵因反。保右音又。命叶彌并反。之、自天申之。○賦也。嘉、美也。君子、指王也。民、庶民也。人、在位者也。申、重也。○言王之德既宜民人而受天祿矣、而天之於王、猶反覆眷顧之不厭、既保之右之命之、而又申重之也。疑此即公尸之所以答鳧鷖者也。○干祿百福、叶筆力反。子孫千億。穆穆皇皇、宜君宜王。不愆不忘、率由舊章。○賦也。穆穆、敬也。皇皇、美也。君、諸侯也。王、天子也。愆、過。率、循也。舊章、先王之禮樂政刑也。○言王者干祿而得百福、故其子孫之蕃、至於千億。適爲天子、庶爲諸侯、無不穆穆皇皇以遵先王之法者。○威儀抑抑、德音秩秩。無怨無惡、烏路反。率由羣匹。受福無疆、四方之綱。○賦也。抑抑、密也。秩秩、有常也。匹、類也。○言有威儀聲譽之美、又能無私怨惡以任衆賢、是以能受無疆之福、爲四方之綱。此與下章、皆稱願其子孫之辭也。或曰、無怨無惡、不爲人所怨惡也。○之綱之紀、燕及朋友。叶羽己反。百辟卿士、鉏里反。媚眉備反。于天子。叶獎里反。不解佳賣反。于位、民之攸塈。許既反。○賦也。燕、安也。朋友、亦謂諸臣也。解、惰。塈、息也。○言人君能綱紀四方、而臣下賴之以安、則百辟卿士、媚而愛之、維欲其不解于位、而爲民所安息也。東萊呂氏曰、君燕其臣、臣媚其君、此上下交而爲泰之時也。泰之時、所憂者怠荒而已。此詩所以終於不解於位、民之攸塈也。方嘉之又規之者、蓋臯陶賡歌之意也。民之勞逸在下、而樞機在上、上逸則下勞矣、上勞則下逸矣。不解于位、乃民之所由休息也。

假樂四章、章六句。

篤公劉、匪居匪康、迺埸音易。迺疆、迺積迺倉。迺裹音果。餱音侯。糧、音良。于橐他洛反。于囊、乃郎反。思輯音集。用光。弓矢斯張、干戈戚揚、爰方啓行。叶戶郎反。○賦也。篤、厚也。公劉、后稷之曾孫也。事見豳風。居、安。康、寧也。埸、疆、田畔也。積、露積也。餱、食。糧、糗也。無底曰橐、有底曰囊。輯、和。戚、斧。揚、鉞。方、始也。○舊說召康公以成王將涖政、當戒以民事、故詠公劉之事以告之曰、厚哉、公劉之於民也。其在西戎、不敢寧居、治其田疇、實其倉廩。既富且强、於是裹其餱糧、思以輯和其民人、而光顯其國家、然後以其弓矢斧鉞之備、爰始啓行、而遷都於豳焉。蓋亦不出其封內也。

○篤公劉、于胥斯原、既庶既繁、叶紛乾反。既順迺宣、而無永歎。他安反。陟則在巘、魚輦反、叶魚軒反。復降在原。何以舟叶之遙反。之、維玉及瑤、音遙。鞞必頂反。琫必孔反。容刀。叶徒招反。○賦也。胥、相也。庶、繁、謂居之者衆也。順、安。宣、徧也、言居之徧也。無永歎、得其所、不思舊也。巘、山頂也。舟、帶也。鞞、刀鞘也。琫、刀上飾也。容刀、容飾之刀也。或曰、容刀、如言容臭、謂鞞琫之中、容此刀耳。○言公劉至豳、欲相土以居、而帶此劍佩、以上下於山原也。東萊呂氏曰、以如是之佩服、而親如是之勞苦、斯其所以爲厚於民也歟。

○篤公劉、逝彼百泉、瞻彼溥音普。原。迺陟南岡、乃覯于京。叶居良反。京師之野、叶上與反。于時處處、于時廬旅、于時言言、于時語語。賦也。溥、大。覯、見也。京、高丘也。師、衆也。京師、高丘而衆居也。董氏曰、所謂京師者、蓋起於此、其後世因以所都爲京師也。時、是也。處處、居室也。廬、寄也。旅、賓旅也。直言曰言、論難曰語。○此章言營度邑居也。自下觀之、則往百泉而望廣原。自上觀之、則陟南岡而覯于京。于是爲之居室、于是廬其賓、於是言其所言、於是語其所語、無不于斯焉。

○篤公劉、于京斯依。叶於豈反。蹌蹌七羊反。濟濟、子禮反。俾筵俾几。既登乃依。同上。

乃造七到反。其曹、執豕于牢、酌之用匏。步交反。食音嗣。之飲於鴆反。之、君之宗之。就用之字爲韻。○賦也。依、安也。蹌蹌濟濟、羣臣有威儀貌。俾、使也、使人爲之設筵几也。登、登筵也。依、依几也。曹、羣牧之處也。以豕爲殽、用匏爲爵、儉以質也。宗、尊也、主也。嫡子孫主祭祀、而族人尊之以爲主也。○此章言宮室既成而落之、既以飲食勞其羣臣、而又爲之君、爲之宗焉。東萊呂氏曰、既饗燕而定經制、以整屬其民、上則皆統於君、下則各統於宗。蓋古者建國立宗、其事相須。楚執戎蠻子、而致邑立宗、以誘其遺民、即其事也。

○篤公劉、既溥既長、既景迺岡、相息亮反。其陰陽、觀其流泉、其軍三單。音丹、叶多涓反。度待洛反。其隰原、徹田爲糧。度同上。其夕陽、豳居允荒。賦也。溥、廣也。言其芟夷墾辟、土地既廣而且長也。景、考日景以正四方也。岡、登高以望也。相、視也。陰陽、向背寒暖之宜也。流泉、水泉灌溉之利也。三單、未詳。徹、通也。一井之田九百畝、八家皆私百畝、同養公田、耕則通力而作、收則計畝而分也。周之徹法自此始、其後周公蓋因而脩之耳。山西曰夕陽。允、信。荒、大也。○此言辨土宜以授所徙之民、定其軍賦與其稅法、又度山西之田以廣之、而豳人之居於此益大矣。

○篤公劉、于豳斯館。叶古玩反。涉渭爲亂、取厲取鍛。丁亂反。止基迺理、爰衆爰有。叶羽已反。夾其皇澗、遡其過澗。古禾反。止旅迺密、芮鞫居六反。之即。賦也。館、客舍也。亂、舟之截流橫渡者也。厲、砥。鍛、鐵。止、居。基、定也。理、疆理也。衆、人多也。有、財足也。遡、鄉也。皇、過、二澗名。芮、水名、出吳山西北、東入涇。周禮職方作汭。鞫、水外也。○此章又總敘其始終。言其始來未定居之時、涉渭取材、而爲舟以來往。取厲取鍛、而成宮室。既止基於此矣、乃疆理其田野、則日益繁庶富足、其居有夾澗者、有遡澗者。其止居之衆日以益密、乃復即芮鞫而居之、而豳地日以廣矣。

公劉六章、章十句。

泂音迥。酌彼行潦、音老。挹音揖。彼注茲、可以餴甫云反。饎。尺志反、叶昌里反。豈弟君子、民之父母。叶滿彼反。○興也。泂、遠也。行潦、流潦也。餴、烝米一熟、而以水沃之、乃再烝也。饎、酒食也。君子、指王也。○舊說以爲召康公戒成王。言遠酌彼行潦、挹之於彼而注之於此、尙可以餴饎、況豈弟之君子、豈不爲民之父母乎。傳曰、豈以强教之、弟以悅安之、民皆有父之尊、有母之親。又曰、民之所好好之、民之所惡惡之、此之謂民之父母。○洞酌彼行潦、挹彼注茲、可以濯罍。音雷。豈弟君子、民之攸歸。叶古回反。○興也。濯、滌也。○洞酌彼行潦、挹彼注茲、可以濯溉。古愛反、叶古氣反。豈弟君子、民之攸塈。許既反。○興也。溉、亦滌也。塈、息也。

洞酌三章、章五句。

有卷音權。者阿、與歌叶。飄風自南。叶尼心反。豈弟君子、來游來歌、與阿叶。以矢其音。賦也。卷、曲也。阿、大陵也。豈弟君子、指王也。矢、陳也。○此詩舊說亦召康公作。疑公從成王游歌於卷阿之上、因王之歌、而作此以爲戒。此章總敍以發端也。○伴音判。奐音喚。爾游矣、優游爾休矣。豈弟君子、俾爾彌爾性、似先公酋在由反。矣。賦也。伴奐優游、閑暇之意。爾、君子、皆指王也。彌、終也。性、猶命也。酋、終也。○言爾既伴奐優游矣、又呼而告之、言使爾終其壽命、似先君善始而善終也。自此至第四章、皆極言壽考福祿之盛、以廣王心而歆動之。五章以後、乃告以所以致此之由也。○爾土宇昄符版反。章、亦孔之厚叶狠口下主二反。矣。豈弟君子、俾爾彌爾性、百神爾主叶當口腫庾二反。矣。賦也。昄章、大明也。或曰、昄當作版、版章、猶版圖也。○言爾土宇昄章既甚厚矣、又使爾終其身常爲天地山川鬼神之主也。○爾受命長矣、茀芳弗反。祿爾康矣。豈弟君子、俾爾彌爾性、純嘏爾常矣。賦也。茀、嘏、皆福也。常、常享之也。○有馮符冰反。有翼、有孝有德、以引以翼。豈弟君子、四方爲則。賦也。馮、謂可爲依者。翼、謂可爲輔者。孝、謂能事親者。德、謂得於己者。引、導其前也。翼、相其左右也。東萊呂氏曰、賢者之行非一端、必曰有孝有德、何也。蓋人主常與慈祥篤實之人處、其所以興起善端、涵養德性、鎭其躁而消其邪、日改月化、有不在言語之間者矣。○言得賢以自輔如此、則其德日脩、而四方以爲則矣。自此章以下、乃言所以致上章福祿之由也。○顒顒卬卬、如圭如璋、令聞音問。令望。叶無方反。豈弟君子、四方爲綱。賦也。顒顒卬卬、尊嚴也。如圭如璋、純絜也。令聞、善譽也。令望、威儀可望法也。○承上章言得馮翼孝德之助、則能如此、而四方以爲綱矣。

鳳凰于飛、翽翽呼會反。其羽、亦集爰止。藹藹王多吉士、鉏里反。維君子使、媚於天子。興也。鳳凰、靈鳥也。雄曰鳳、雌曰凰。翽翽、羽聲也。鄭氏以爲因時鳳凰至、故以爲喩、理或然也。藹藹、衆多也。媚、順愛也。○鳳凰于飛、則翽翽其羽、而集於其所止矣。藹藹王多吉士、則維王之所使、而皆媚於天子矣。既曰君子、又曰天子、猶曰王于出征以佐天子云爾。

鳳凰于飛、翽翽其羽、亦傅音附。于天。叶鐵因反。藹藹王多吉人、維君子命、叶彌并反。媚于庶人。興也。媚于庶人、順愛于民也。

鳳凰鳴矣、于彼高岡。梧桐生矣、于彼朝陽。菶菶布孔反。萋萋、七西反。雝雝喈喈。叶居奚反。○比也。又以興下章之事也。山之東曰朝陽。鳳凰之性、非梧桐不棲、非竹實不食。菶菶萋萋、梧桐生之盛也。雝雝喈喈、鳳凰鳴之和也。

君子之車、既庶且多。君子之馬、既閑且馳。叶唐何反。矢詩不多、維以遂歌。賦也。承上章之興也。菶菶萋萋、則雝雝喈喈矣。君子之車馬、則既衆多而閑習矣。其意若曰、是亦足以待天下之賢者、而不厭其多矣。遂歌、蓋繼王之聲而遂歌之、猶書所謂賡載歌也。

卷阿十章、六章章五句、四章章六句。

民亦勞止、汔許乙反。可小康。惠此中國、以綏四方。無縱詭居毀反。隨、以謹無良。式遏寇虐、憯七感反。不畏明。叶謨郎反。柔遠能邇、以定我王。賦也。汔、幾也。中國、京師也。四方、諸夏也。京師、諸夏之根本也。詭隨、不顧是非而妄隨人也。謹、斂束之意。憯、曾也。明、天之明命也。柔、安也。能、順習也。○序說以此爲召穆公刺厲王之詩。以今考之、乃同列相戒之辭耳、未必專爲刺王而發。然其憂時感事之意、亦可見矣。蘇氏曰、人未有無故而妄從人者、維無良之人、將悅其君而竊其權以爲寇虐、則爲之。故無縱詭隨、則無良之人肅、而寇虐無畏之人止、然後柔遠能邇、而王室定矣。穆公名虎、康公之後。厲王名胡、成王七世孫也。○民亦勞止、汔可小休。惠此中國、以爲民逑。無縱詭隨、以謹惛怓。女交反、叶尼猶反。式遏寇虐、無俾民憂。無棄爾勞、以爲王休。賦也。逑、聚也。惛怓、猶讙譁也。勞、猶功也。言無棄爾之前功也。休、美也。

○民亦勞止、汔可小息。惠此京師、以綏四國。叶于逼反。無縱詭隨、以謹罔極。式遏寇虐、無俾作慝。吐得反。敬愼威儀、以近有德。賦也。罔極、爲惡無窮極之人也。有德、有德之人也。

○民亦勞止、汔可小愒。起例反。惠此中國、俾民憂泄。以世反。無縱詭隨、以謹醜厲。式遏寇虐、無俾正敗。叶蒲寐反。戎雖小子、而式弘大。叶特計反。○賦也。愒、息。泄、去。厲、惡也。正敗、正道敗壞也。戎、汝也。言汝雖小子、而其所爲甚廣大、不可不謹也。

○民亦勞止、汔可小安。惠此中國、國無有殘。無縱詭隨、以謹繾綣。式遏寇虐、無俾正反。王欲玉女、是用大諫。春秋傳荀子書並作簡、音簡。○賦也。繾綣、小人之固結其君者也。正反、反於正也。玉、寶愛之意。言王欲以女爲玉而寶愛之、故我用王之意、大諫正於女。蓋託爲王意以相戒也。

民勞五章、章十句。

上帝板板、下民卒癉。當簡反。出話不然、爲猶不遠。靡聖管管、不實於亶。猶之未遠、是用大諫。叶音簡。○賦也。板板、反也。卒、盡。癉、病。猶、謀也。管管、無所依也。亶、誠也。○序以此爲凡伯刺厲王之詩。今考其意、亦與前篇相類、但責之益深切耳。此章首言天反其常道、而使民盡病矣。而女之出言皆不合理、爲謀又不久遠、其心以爲無復聖人、但恣己妄行、而無所依據、又不實之於誠信、豈其謀之未遠而然乎。世亂乃人所爲、而曰上帝板板者、無所歸咎之辭也。○天之方難、叶泥涓反。無然憲憲。叶虛言反。天之方蹶、俱衞反。無然泄泄。以世反。辭之輯音集、叶祖合反。矣、民之洽矣。辭之懌叶弋灼反。矣、民之莫矣。賦也。憲憲、欣欣也。蹶、動也。泄泄、猶沓沓也、蓋弛緩之意。孟子曰、事君無義、進退無禮、言則非先王之道者、猶沓沓也。輯、和。洽、合。懌、悅。莫、定也。辭輯而懌、則言必以先王之道矣。所以民無不合、無不定也。

○我雖異事、及爾同僚。我卽而謀、聽我囂囂。許驕反。我言維服、勿以爲笑。叶思邀反。先民有言、詢于芻初俱反。蕘。如謠反。○賦也。異事、不同職也。同僚、同爲王臣也。春秋傳曰、同官爲僚。卽、就也。囂囂、自得不肯受言之貌。服、事也。猶曰我所言者、乃今之急事也。先民、古之賢人也。芻蕘、采薪者。古人尙詢及芻蕘、況其僚友乎。

○天之方虐、無然謔謔。虛虐反。老夫灌灌、小子蹻蹻。其略反。匪我言耄、莫報反、叶毛博反。爾用憂謔。多將熇熇、叶許各反。不可救藥。賦也。謔、戲侮也。老夫、詩人自稱。灌灌、欵欵也。蹻蹻、驕貌。耄、老而昏也。熇熇、熾盛也。○蘇氏曰、老者知其不可、而盡其欵誠以告之、少者不信而驕之。故曰、非我老耄而妄言、乃汝以憂爲戲也。夫憂未至而救之、猶可爲也。苟俟其益多、則如火之盛、不可復救矣。

○天之方懠、音薺、叶箋西反。無爲夸毗。苦花反。威儀卒迷、善人載尸。民之方殿屎、許伊反。則莫我敢葵。喪息浪反。亂蔑資、叶箋西反。曾莫惠我師。叶霜夷反。○賦也。懠、怒。夸、大。毗、附也。小人之於人、不以大言夸之、則以諛言毗之也。尸、則不言不爲、飮食而已者也。殿屎、呻吟也。葵、揆也。蔑、猶滅也。資、與咨同。嗟、歎聲也。惠、順。師、衆也。○戒小人毋得夸毗、使威儀迷亂、而善人不得有所爲也。又言民方愁苦呻吟、而莫敢揆度其所以然者、是以至於散亂滅亡、而卒無能惠我師者也。

○天之牖民、如壎許元反。如篪、音池。如璋如圭、如取如攜。攜無曰益、牖民孔易。以豉反、叶夷益反。民之多辟、匹亦反、下同。無自立辟。賦也。牖、開明也。猶言天啓其心也。壎唱而篪和、璋判而圭合、取求攜得而無所費、皆言易也。辟、邪也。○言天之開民、其易如此、以明上之化下、其易亦然。今民旣多邪辟矣、豈可又自立邪辟以道之邪。

○价音介。人維藩、叶分邅反。大師維垣、大邦維屛、大宗維翰、叶胡田反。懷德維寧、宗子維城。無俾城壞、叶胡罪胡威二反。無獨斯畏。叶紆會於非二反。○賦也。价、大也。大德之人也。藩、籬。師、衆。垣、牆也。大邦、强國也。屛、樹也、所以爲蔽也。大宗、强族也。翰、榦也。宗子、同姓也。○言是六者、皆君之所恃以安、而德其本也。有德則得是五者之助、不然則親戚叛之而城壞。城壞則藩垣屛翰皆壞而獨居、獨居而所可畏者至矣。○敬天之怒、無敢戲豫。敬天之渝、用朱反。無敢馳驅。昊天曰明、叶謨郎反。及爾出王。音往、叶如字。昊天曰旦、叶得絹反。及爾游衍。叶怡戰反。○賦也。渝、變也。王、往通。言出而有所往也。旦、亦明也。衍、寬縱之意。○言天之聰明無所不及、不可以不敬也。板板也、難也、蹶也、虐也、懠也、其怒而變也、甚矣、而不之敬也、亦知其有日監在茲者乎。張子曰、天體物而不遺、猶仁體事而無不在也。禮儀三百、威儀三千、無一事而非仁也。昊天曰明、及爾出王、昊天曰旦、及爾游衍、無一物之不體也。

板八章、章八句。

生民之什十篇、六十一章、四百三十三句。

詩卷第十八

朱熹集傳

蕩之什三之三

蕩蕩上帝、下民之辟。必亦反。疾威上帝、其命多辟。匹亦反。天生烝民、其命匪諶。市林反、或叶市隆反。靡不有初、鮮克有終。叶諸深反、或如字。○賦也。蕩蕩、廣大貌。辟、君也。疾威、猶暴虐也。多辟、多邪僻也。烝、衆。諶、信也。○言此蕩蕩之上帝、乃下民之君也。今此暴虐之上帝、其命乃多邪僻者、何哉。蓋天生衆民、其命有不可信者。蓋其降命之初、無有不善、而人少能以善道自終、是以致此大亂、使天命亦罔克終、如疾威而多僻也。蓋始爲怨天之辭、而卒自解之如此。劉康公曰、民受天地之中以生、所謂命也。能者養之以福、不能者敗以取禍、此之謂也。

○文王曰咨、咨女音汝。殷商。曾是彊禦、曾是掊蒲侯反。克、曾是在位、曾是在服。叶蒲北反。天降慆他刀反。德、女興是力。賦也。此設爲文王之言也。咨、嗟也。殷商、紂也。彊禦、暴虐之臣也。掊克、聚斂之臣也。服、事也。慆、慢。興、起也。力、如力行之力。○詩人知厲王之將亡、故爲此詩、託於文王所以嗟歎殷紂者。言此暴虐聚斂之臣、在位用事、乃天降慆慢之德而害民。然非其自爲之也、乃汝興起此人而力爲之耳。

○文王曰咨、咨女殷商。而秉義類、彊禦多懟。直類反。流言以對、寇攘式內。侯作側慮反。侯祝、周救反。靡屆靡究。賦也。而、亦女也。義、善。懟、怨也。流言、浮浪不根之言也。侯、維也。作、讀爲詛。詛祝、怨謗也。○言汝當用善類、而反任此暴虐多怨之人、使用流言以應對。則是爲寇盜攘竊而反居內矣、是以致怨謗之無極也。

○文王曰咨、咨女殷商。女炰白交反。烋火交反。于中國、叶于逼反。斂怨以爲德。不明爾德、時無背布內反。無側。爾德不明、以無陪蒲回反。無卿。賦也。炰烋、氣健貌。斂怨以爲德、多爲可怨之事、而反自以爲德也。背、後。側、傍。陪、貳也。言前後左右公卿之臣、皆不稱其官、如無人也。○文王曰咨、咨女殷商。天不湎面善反。爾以酒、不義從式。叶式吏反。既愆爾止、靡明靡晦。叶呼洧反。式號式呼、火故反。俾晝作夜。叶羊茹反。○賦也。湎、飲酒變色也。式、用也。言天不使爾沈湎於酒、而惟不義是從是用也。止、容止也。○文王曰咨、咨女殷商。如蜩如螗、音唐。如沸如羹。叶盧當反。小大近喪、息浪反、呼平聲。人尙乎由行。叶戶郎反。內奰皮器反。于中國、覃及鬼方。賦也。蜩、螗、皆蟬也。如蟬鳴、如沸羹、皆亂意也。小者大者幾於喪亡矣、尙且由此而行、不知變也。奰、怒。覃、延也。鬼方、遠夷之國也。言自近及遠、無不怨怒也。○文王曰咨、咨女殷商。匪上帝不時、叶上止反。殷不用舊。叶巨已反。雖無老成人、尙有典刑。曾是莫聽、湯經反。大命以傾。賦也。老成人、舊臣也。典刑、舊法也。○言非上帝爲此不善之時、但以殷不用舊、致此禍爾。雖無老成人與圖先王舊政、然典刑尙在、可以循守。乃無聽用之者、是以大命傾覆而不可救也。○文王曰咨、咨女殷商。人亦有言、顚沛之揭。紀竭去例二反。枝葉未有害、許曷瑕憩二反。本實先撥。蒲末反、叶方吠筆烈二反。殷鑒不遠、在夏后之世。叶始制私列二反。○賦也。顚沛、仆拔也。揭、木根蹶起之貌。撥、猶絕也。鑒、視也。夏后、桀也。○言大木揭然將蹶、枝葉未有折傷、而其根本之實已先絕、然後此木乃相隨而顚拔爾。蘇氏曰、商周之衰、典刑未廢、諸侯未畔、四夷未起、而其君先爲不義以自絕於天、莫可救止、正猶此爾。殷鑒在夏、蓋爲文王歎紂之辭。然周鑒之在殷、亦可知矣。

蕩八章、章八句。

抑抑威儀、維德之隅。人亦有言、靡哲不愚。庶人之愚、亦職維疾。叶集二反。哲人之愚、亦維斯戾。賦也。抑抑、密也。隅、廉角也。鄭氏曰、人密審於威儀者、是其德必嚴正也。故古之賢者、道行心平、可外占而知內。如宮室之制、內有繩直、則外有廉隅也。哲、知。庶、衆。職、主。戾、反也。○衞武公作此詩、使人日誦於其側以自警。

言抑抑威儀、乃德之隅、則有哲人之德者、固必有哲人之威儀矣。而今之所謂哲者、未嘗有其威儀、則是無哲而不愚矣。夫衆人之愚、蓋有稟賦之偏、宜有是疾、不足爲怪。哲人而愚、則反戾其常矣。

○無競維人、四方其訓之。有覺德行、下孟反。四國順之。訏況于反。謨定命、遠猶辰告。叶古得反。敬愼威儀、維民之則。

賦也。競、强也。覺、直大也。訏、大。謨、謀也。大謀、謂不爲一身之謀、而有天下之慮也。定、審定不改易也。命、號令也。猶、圖也。遠謀、謂不爲一時之計、而爲長久之規也。辰、時。告、戒也。辰告、謂以時播告也。則、法也。○言天地之性人爲貴、故能盡人道、則四方皆以爲訓。有覺德行、則四國皆順從之。故必大其謀、定其命、遠圖時告、敬其威儀、然後可以爲天下法也。

○其在于今、叶音經。興迷亂于政。叶音征。顚覆厥德、荒湛都南反、下同。于酒。叶子小反。女音汝。雖湛樂音洛。從、弗念厥紹。市沼反。罔敷求先王、克共九勇反。明刑。

叶胡光反。○賦也。今、武公自言己今日之所爲也。興、尙也。女、武公使人誦詩而命己之辭也。後凡言女、言爾、言小子者、放此。湛樂從、言惟湛樂之是從也。紹、謂所承之緖也。敷求先王、廣求先王所行之道也。共、執。刑、法也。

○肆皇天弗尙、叶平聲。如彼泉流、無淪胥以亡。夙興夜寐、洒掃廷內、維民之章。脩爾車馬、弓矢戎兵。叶晡亡反。用戒戎作、用逷他歷反。蠻方。

賦也。弗尙、厭棄之也。淪、陷。胥、相。章、表。戒、備。戎、兵。作、起。逷、遠也。○言天所不尙、則無乃淪陷相與而亡、如泉流之易乎。是以內自庭除之近、外及蠻方之遠、細而寢興洒掃之常、大而車馬戎兵之變、慮無不周、備無不飭也。上章所謂訏謨定命、遠猶辰告者、於此見矣。

○質爾人民、謹爾侯度、用戒不虞。叶元具反。愼爾出話、敬爾威儀、叶牛何反。無不柔嘉。叶居何反。白圭之玷、丁簟反。尙可磨也。斯言之玷、不可爲叶吾禾反。也。

賦也。質、成也、定也。侯度、諸侯所守之法度也。虞、慮。話、言。柔、安。嘉、善。玷、缺也。○言既治民守法、防意外之患矣、又當謹其言語。蓋玉之玷缺、尙可磨鑢使平、言語一失、莫能救之、其戒深切矣。故南容一日三復此章、而孔子以其兄之子妻之。

○無易以豉反。由言、無曰苟矣。此二句不用韻。莫捫音門。朕舌、言不可逝叶音折、與舌叶。矣。無言不讎、叶市又反。無德不報。叶蒲救反。惠于朋友、叶羽已反。庶民小子、叶奬履反。子孫繩繩、萬民靡不承。賦也。易、輕。捫、持。逝、去。讎、答。承、奉也。〇言不可輕易其言、蓋無人爲我執持。其舌者、故言語由已、易致差失、常當執守、不可放去也。且天下之理、無有言而不讎、無有德而不報者。若爾能惠于朋友、庶民小子、則子孫繩繩、而萬民靡不承矣。皆謹言之效也。〇視爾友君子、輯音集。柔爾顏、叶魚堅反。不遐有愆。相息亮反。在爾室、尚不媿于屋漏。無曰不顯、莫予云覯。神之格叶剛鶴反。思、不可度待洛反。思、矧可射音亦、叶弋灼反。思。賦也。輯、和也。遐、何通。愆、過也。尚、庶幾也。屋漏、室西北隅也。覯、見。格、至。度、測。矧、況也。射、斁通、厭也。〇言視爾友於君子之時、和柔爾之顏色、其戒懼之意、常若自省曰、豈不至於有過乎。蓋常人之情、其脩於顯者、無不如此。然視爾獨居於室之時、亦當庶幾不愧于屋漏、然後可爾。無曰此非顯明之處、而莫予見也。當知鬼神之妙、無物不體、其至於是、有不可得而測者。不顯亦臨、猶懼有失、況可厭射而不敬乎。此言不但脩之於外、又當戒謹恐懼乎其所不睹不聞也。子思子曰、君子不動而敬、不言而信。又曰、夫微之顯、誠之不可揜如此。此正心誠意之極功、而武公及之、則亦聖賢之徒矣。〇辟爾爲德、俾臧俾嘉。叶居何反。淑愼爾止、不愆于儀。叶牛何反。不僭不賊、鮮息淺反。不爲則。投我以桃、報之以李。彼童而角、實虹戶公反。小子。叶奬履反。〇賦也。辟、君也、指武公也。止、容止也。僭、差。賊、害。則、法也。無角曰童。虹、潰亂也。〇既戒以脩德之事、而又言爲德而人法之、猶投桃報李之必然也。彼謂不必脩德而可以服人者、是牛羊之童者、而求其角也、亦徒潰亂汝而已、豈可得哉。〇荏、而甚反。染、而漸反。柔木、言緡之絲。叶新夷反。溫溫恭人、維德之基。其維哲人、告之話言、順德之行。與言叶。其維愚人、覆謂我僭。叶七尋反。民各有心。興也。荏染、柔貌。柔木、柔忍之木也。緡、綸也。被之綸以爲弓也。話言、古之善言也。覆、猶反也。僭、不信也。民各有心、言人心不同、愚智相越之遠也。〇於音烏。乎音呼。小子、叶奬履反。未知臧否。音鄙。匪手攜之、言示之事。叶上止反。匪面命之、言提其耳。借曰未知、亦既抱子。同上。

民之靡盈、誰夙知而莫音慕。成。賦也。非徒手攜之也、而又示之以事。非徒面命之也、而又提其耳。所以喻之者詳且切矣。假令言汝未有知識、則汝既長大而抱子、宜有知矣。人若不自盈滿、能受教戒、則豈有既早知而反晚成者乎。○昊天孔昭、叶音灼。我生靡樂。音洛。視爾夢夢、莫公反。我心慘慘。當作懆七到反、叶七各反。誨爾諄諄、之純反。聽我藐藐。美角反。匪用爲教、叶入聲。覆用爲虐。借曰未知、亦聿既耄。叶音莫。○賦也。夢夢、不明、亂意也。慘慘、憂貌。諄諄、詳熟也。藐藐、忽略貌。耄、老也。八十九十曰耄。左史所謂年九十有五時也。○於乎小子、見上章。告爾舊止。聽用我謀、庶無大悔。叶虎委反。天方艱難、曰喪息浪反。厥國。叶于逼反。取譬不遠、昊天不忒。他得反。回遹于橘反。其德、俾民大棘。賦也。舊、舊章也。或曰、久也。止、語詞。庶、幸。悔、恨。忒、差。遹、僻。棘、急也。○言天運方此艱難、將喪厥國矣。我之取譬、夫豈遠哉。觀天道禍福之不差忒、則知之矣。今女乃回遹其德、而使民至於困急、則喪厥國也必矣。

抑十二章、三章章八句、九章章十句。楚語左史倚相曰、昔衞武公年數九十五矣、猶箴儆於國曰、自卿以下、至于師長士、苟在朝者、無謂我老耄而舍我。必恭恪於朝夕、以交戒我。在輿有旅賁之規、位宁有官師之典、倚几有誦訓之諫、居寢有暬御之箴、臨事有瞽史之道、宴居有師工之誦、史不失書、矇不失誦、以訓御之。於是作懿戒以自儆。及其沒也、謂之睿聖武公。韋昭曰、懿、讀爲抑。卽此篇也。董氏曰、侯包言武公行年九十有五、猶使人日誦是詩而不離於其側、然則序說爲刺厲王者誤矣。

菀音鬱。彼桑柔、與劉憂叶、篇內多放此。其下侯旬。捋力活反。采其劉、瘼音莫。此下民。不殄心憂、倉初亮反。兄與怳同。填舊說古塵字。兮。倬彼昊天、叶鐵因反。寧不我矜。比也。菀、茂。旬、徧。劉、殘。殄、絕也。倉兄、與愴怳同、悲閔之意也。填、未詳。舊說與塵陳同、蓋言久也。或疑與瘨字同、爲病之義。但召旻篇內二字並出、又恐未然。今姑闕之。倬、明貌。○舊說此爲芮伯刺厲王而作。春秋傳亦曰、芮良夫之詩、則其說是也。以桑爲比者、桑之爲物、其葉最盛、然及其采之也、一朝而盡、無黃落之漸。故取以比周之盛時、如葉之茂、其陰無所不徧。至於厲王肆行暴虐、以敗其成業、王室忽焉凋弊、如桑之既采、民失其蔭而受其病。故君子憂之不絕於心、悲閔之甚而至於病、遂號天而訴之也。

○四牡騤騤、旗旐有翩。叶批賓反。亂生不夷、靡國不泯。叶彌鄰反。民靡有黎、具禍以燼。叶咨辛反。於音烏。乎音呼。有哀、叶音依。國步斯頻。賦也。夷、平。泯、滅。黎、黑也、謂黑首也。具、俱也。燼、灰燼也。步、猶運也。頻、急蹙也。○厲王之亂、天下征役不息、故其民見其車馬旌旗而厭苦之。自此至第四章、皆征役者之怨辭也。

○國步蔑資、天不我將。叶子兩反。靡所止疑、魚乞反、叶如字。云徂何往。君子實維、秉心無競。叶其兩反。誰生厲階、叶居奚反。至今為梗。古杏反、叶古黨反。○賦也。蔑、滅。資、咨。將、養也。疑、讀如儀禮疑立之疑、定也。徂、亦往也。競、爭。厲、怨。梗、病也。○言國將危亡、天不我養、居無所定、徂無所往、然非君子之有爭心也。誰實為此禍階、使至今為病乎。蓋曰禍有根原、其所從來也遠矣。

○憂心慇慇、念我土宇。我生不辰、逢天僤都但反。怒。叶暖五反。自西徂東、叶音丁。靡所定處。多我覯痻、武巾反。孔棘我圉。賦也。土、鄉。宇、居。辰、時。僤、厚。覯、見。痻、病。棘、急。圉、邊也、或曰禦也。多矣我之見病也、急矣我之在邊也。

○為謀為毖、叶音必。亂況斯削。告爾憂恤、誨爾序爵。誰能執熱、逝不以濯。其何能淑、載胥及溺。叶奴學反。○賦也。毖、慎。況、滋也。序爵、辨別賢否之道也。執熱、手持熱物也。○蘇氏曰、王豈不謀且慎哉、然而不得其道、適所以長亂而自削耳。故告之以其所當憂、而誨之以序爵。且曰、誰能執熱而不濯者、賢者之能已亂、猶濯之能解熱耳。不然、則其何能善哉、相與入於陷溺而已。

○如彼遡風、叶孚音反。亦孔之僾。音愛。民有肅心、荓普耕反。云不逮。好呼報反。是稼穡、力民代食。稼穡維寶、代食維好。賦也。遡、鄉。僾、唈。肅、進。荓、使也。○蘇氏曰、君子視厲王之亂、悶然如遡風之人、唈而不能息。雖有欲進之心、皆使之曰世亂矣、非吾所能及也。於是退而稼穡、盡其筋力、與民同事、以代祿食而已。當是時也、仕進之憂甚於稼穡之勞。故曰、稼穡維寶、代食維好、言雖勞而無患也。

○天降喪息浪反。亂、滅我立王。降此蟊賊、稼穡卒痒。音羊。哀恫音通。中國、具贅之芮反。卒荒。靡有旅力、以念穹蒼。賦也。恫、痛。具、俱也。贅、屬也。言危也。春秋傳曰、君若綴旒然、與此贅同。卒、盡。荒、虛也。旅、與膂同。穹蒼、天也。穹言其形、蒼言其色。○言天降喪亂、固已滅我所立之王矣。又降此蟊賊、則我之稼穡又病、而不得以代食矣。哀此中國、皆危盡荒、是以危困之極、無力以念天禍也。此詩之作、不知的在何時、其言滅我立王、則疑在共和之後也。

○維此惠君、民人所瞻。叶側姜反。秉心宣猶、考慎其相。息亮反、叶平聲。維彼不順、自獨俾臧。自有肺腸、俾民卒狂。賦也。惠、順也、順於義理也。宣、徧。猶、謀。相、輔。狂、惑也。○言彼順理之君所以為民所尊仰者、以其能秉持其心、周徧謀度、考擇其輔相、必衆以為賢、而後用之。彼不順理之君則自以為善而不考衆謀、自有私見而不通衆志、所以使民眩惑、至於狂亂也。

○瞻彼中林、甡甡所巾反。其鹿。朋友已譖、子念反、叶子林反。不胥以穀。人亦有言、進退維谷。興也。甡甡、衆多並行之貌。譖、不信也。胥、相。穀、善。谷、窮也。言朋友相譖、不能相善、曾鹿之不如也。○言上無明君、下有惡俗、是以進退皆窮也。

○維此聖人、瞻言百里。維彼愚人、覆狂以喜。匪言不能、胡斯畏忌。叶巨已反。○賦也。聖人炳於幾先、所視而言者、無遠而不察。愚人不知禍之將至、而反狂以喜、今用事者蓋如此。我非不能言也、如此畏忌何哉。言王暴虐、人不敢諫也。

○維此良人、弗求弗迪。叶徒沃反。維彼忍心、是顧是復。房六反。民之貪亂、寧為荼毒。賦也。迪、進也。忍、殘忍也。顧、念。復、重也。荼、苦菜也、味苦氣辛、能殺物、故謂之荼毒也。○言不求善人進而用之、其所顧念重復而不已者、乃忍心不仁之人。民不堪命、所以肆行貪亂、而安為荼毒也。

○大風有隧、音遂。有空大谷。維此良人、作為式穀。維彼不順、征以中垢。古口反、叶居六反。○興也。隧、道。式、用。穀、善也。征以中垢、未詳其義。或曰、征、行也。中、隱暗也。垢、汚穢也。○大風之行有隧、蓋多出於空谷之中、以興下文君子小人所行、亦各有道耳。

○大風有隧、貪人敗類。聽言則對、誦言如醉。匪用其良、覆俾我悖。叶蒲寐反。○興也。敗類、猶言圮族也。王使貪人為政、我以其或能聽我之言而對之。然亦知其不能聽也、故誦言而中心如醉。由王不用善人、而反使我至此悖眊也。厲王說榮夷公、芮良夫曰、王室其將卑乎。夫榮公好專利而不備大難。夫利、百物之所生也、天地之所載也、而或專之、其害多矣。此詩所謂貪人、其榮公也與。芮伯之憂、非一日矣。

○嗟爾朋友、予豈不知而作。如彼飛蟲、時亦弋獲。叶胡郭反。既之陰於鴆反。女、音汝。反予來赫。叶黑各反。○賦也。如彼飛蟲、時亦弋獲、言已之所言或亦有中、猶曰千慮而一得也。之、往。陰、覆也。赫、威怒之貌。我以言告女、是往陰覆於女、女反來加赫然之怒於己也。張子曰、既往密告於女、反謂我來恐動也。亦通。

○民之罔極、職涼善背。叶必墨反。爲民不利、如云不克。民之回遹、職競用力。賦也。職、專也。涼、義未詳。傳曰、涼、薄也。鄭讀作諒、信也。疑鄭說爲得之。善背、工爲反覆也。克、勝也。回遹、邪僻也。○言民之所以貪亂而不知所止者、專由此人名爲直諒、而實善背、又爲民所不利之事、如恐不勝而力爲之也。又言民之所以邪僻者、亦由此輩專競用力而然也。反覆其言、所以深惡之也。

○民之未戾、職盜爲寇。涼曰不可、覆背善詈。力智反。雖曰匪予、既作爾歌。叶韻未詳。○賦也。戾、定也。民之所以未定者、由有盜臣爲之寇也。蓋其爲信也、亦以小人爲不可矣。及其反背也、則又工爲惡言以詈君子。是其色厲內荏、眞可謂穿窬之盜矣。然其人又自文飾、以爲此非我言也、則我已作爾歌矣。言得其情、且事已著明、不可揜覆也。

桑柔十六章、八章章八句、八章章六句。

倬彼雲漢、昭回于天。叶鐵因反。王曰於音烏。乎、音呼。何辜今之人。天降喪息浪反。亂、饑饉薦在甸反。臻。靡神不舉、靡愛斯牲。叶桑經反。圭璧既卒、寧莫我聽。吐丁反。○賦也。雲漢、天河也。昭、光。回、轉也。言其光隨天而轉也。薦、荐通、重也。臻、至也。靡神不舉、所謂國有凶荒、則索鬼神而祭之也。圭璧、禮神之玉也。卒、盡也。寧、猶何也。○舊說以爲宣王承厲王之烈、內有撥亂之志、遇裁而懼、側身脩行、欲銷去之。天下喜於王化復行、百姓見憂、故仍叔作此詩以美之。言雲漢者、夜晴則天河明、故述王仰訴於天之詞如此也。

○旱既大音泰。甚、蘊隆蟲蟲。不殄禋祀、自郊徂宮。上下奠瘞、靡神不宗。后稷不克、上

帝不臨。叶力中反。耗斁丁故反。下土、寧丁我躬。賦也。蘊、蓄。隆、盛也。蟲蟲、熱氣也。殄、絕也。郊、祀天地也。宮、宗廟也。上祭天、下祭地、奠其禮、瘞其物。宗、尊也。克、勝也。言后稷欲救此旱災而不能勝也。臨、享也。稷以親言、帝以尊言也。斁、敗。丁、當也。何以當我之身而有是災也。或曰、與其耗斁下土、寧使災害當我身也。亦通。

○旱既大甚、則不可推。吐雷反。兢兢業業、如霆如雷。周餘黎民、靡有孑遺。叶夷回反、下同。昊天上帝、則不我遺。胡不相畏、先祖于摧。在雷反。○賦也。推、去也。兢兢、恐也。業業、危也。如霆如雷、言畏之甚也。孑、無右臂貌。遺、餘也。言大亂之後、周之餘民、無復有半身之遺者。而上天又降旱災、使我亦不見遺也。摧、滅也。言先祖之祀將自此而滅也。

○旱既大甚、則不可沮。在呂反。赫赫炎炎、云我無所。大命近止、靡瞻靡顧。叶果五反。羣公先正、則不我助。叶牀所反。父母先祖、胡寧忍予。叶演女反。○賦也。沮、止也。赫赫、旱氣也。炎炎、熱氣也。無所、無所容也。大命近止、死將至也。瞻、仰。顧、望也。羣公先正、月令所謂雩祀百辟卿士之有益於民者、以祈穀實者也。於羣公先正、但言其不見助、至父母先祖、則以恩望之矣。所謂垂涕泣而道之也。

○旱既大甚、滌滌徒歷反。山川。叶樞倫反。旱魃蒲末反。為虐、如惔音談。如焚。叶符匀反。我心憚暑、憂心如熏。羣公先正、則不我聞。叶微匀反。昊天上帝、寧俾我遯。叶徒匀反。○賦也。滌滌、言山無木、川無水、如滌而除之也。魃、旱神也。惔、燎之也。憚、勞也、畏也。熏、灼。遯、逃也。言天又不肯使我得逃遯而去也。

○旱既大甚、黽勉畏去。胡寧瘨都田反。我以旱、憯七感反。不知其故。祈年孔夙、方社不莫。音慕。昊天上帝、則不我虞。叶元具反。敬恭明神、宜無悔怒。賦也。黽勉畏去、出無所之也。瘨、病。憯、曾也。祈年、孟春祈穀于上帝、孟冬祈來年于天宗是也。方、祭四方也。社、祭土神也。虞、度。悔、恨也。言天曾不度我之心、如我之敬事明神、宜可以無恨怒也。

○旱既大甚、散無友紀。鞫居六反。哉庶正、疚哉冢宰。叶奬里反。趣七口反。馬師氏、膳夫左右。叶羽已反。靡人不周、無不能止。瞻卬音仰。昊天、云如何里。賦也。友紀、猶言綱紀也。或曰、友、疑作有。鞫、窮也。庶正、衆官之長也。疚、病也。冢宰、又衆長之長也。趣馬、掌馬之官。師氏、掌以兵守王門者。膳夫、掌食之官也。歲凶、年穀不登、則趣馬不秣、師氏弛其兵、馳道不除、祭事不縣、膳夫徹膳、左右布而不脩、大夫不食粱、士飲酒不樂。周、救也。無不能止、言諸臣無有一人不周救百姓者、無有自言不能、而遂止不爲也。里、憂也。與漢書無俚之俚同、聊賴之意也。○瞻卬昊天、有嘒呼惠反。其星。大夫君子、昭假音格。無贏。音盈。大命近止、無棄爾成。何求爲于僞反。我、以戾庶正。叶諸盈反。瞻卬昊天、曷惠其寧。賦也。嘒、明貌。昭、明。假、至也。○久旱而仰天以望雨、則有嘒然之明星、未有雨徵也。然羣臣竭其精誠、而助王以昭假于天者、已無餘矣。雖今死亡將近、然不可以棄其前功。當益求所以昭假者而修之、固非求爲我之一身而已、乃所以定衆正也。於是語終又仰天而訴之曰、果何時而惠我以安寧乎。張子曰、不敢斥言雨者、畏懼之甚、且不敢必云爾。

雲漢八章、章十句。

崧息中反。高維嶽、駿音峻。極于天。叶鐵因反。維嶽降神、生甫及申。維申及甫、維周之翰。叶胡干反。四國于蕃、叶分邅反。四方于宣。賦也。山大而高曰崧。嶽、山之尊者、東岱、南霍、西華、北恒是也。駿、大也。甫、甫侯也、即穆王時作呂刑者。或曰、此是宣王時人、而作呂刑者之子孫也。申、申伯也。皆姜姓之國也。翰、榦。蕃、蔽也。○宣王之舅申伯出封于謝、而尹吉甫作詩以送之。言嶽山高大、而降其神靈和氣、以生甫侯申伯、實能爲周之楨榦屛蔽、而宣其德澤於天下也。蓋申伯之先、神農之後、爲唐虞四嶽、總領方嶽諸侯、而奉嶽神之祭、能脩其職、嶽神享之。故此詩推本申伯之所以生、以爲嶽降神而爲之也。○亹亹申伯、王纘祖管反。之事。于邑于謝、南國是式。叶失吏反。王命召伯、叶逋莫反。定申伯之宅。叶達各反。登是南邦、叶卜工反。世執其功。賦也。亹亹、強勉之貌。纘、繼也、使之繼其先世之事也。邑、國都之處也。謝、在今鄧州南陽縣、周之南土也。式、使諸侯以爲法也。召伯、召穆公虎也。登、成也。世執其功、言使申伯後世常守其功也。或曰、大封之禮、召公之世職也。○王命申伯、式是南邦。叶卜功反。因是謝人、以作爾庸。王命召伯、徹申伯土田。叶地因反。王命傅御、遷其私人。賦也。庸、城也。言因謝邑之人而爲國也。鄭氏曰、庸、功也、爲國以起其功也。徹、定其經界、正其賦稅也。傅御、申伯家臣之長也。私人、家人。遷、使就國也。漢明帝送侯印與東平王蒼諸子、而以手詔賜其國中傅、蓋古制如此。○申伯之功、召伯是營。有俶尺叔反。其城、寢廟既成。既成藐藐、王錫申伯。叶逋各反。四牡蹻蹻、渠略反。鉤膺濯濯。賦也。俶、始作也。藐藐、深貌。蹻蹻、壯貌。濯濯、光明貌。○王遣申伯、路車乘繩證反。馬。叶滿補反。我圖爾居、莫如南土。錫爾介圭、以作爾寶。叶音補。往近鄭音記、按說文從辵從丌、今從斤誤。王舅、南土是保。叶音補。○賦也。介圭、諸侯之封圭也。近、辭也。○申伯信邁、王餞賤淺反。于郿。芒悲反。申伯還南、謝于誠歸。王命召伯、徹申伯土疆、以峙直里反。其粻、音張。式遄市專反。其行。叶戶郎反。○賦也。郿、在今鳳翔府郿縣、在鎬京之西、岐周之東、而申在鎬京之東南。時王在岐周、故餞于郿也。言信邁誠歸、以見王之數留、疑於行之不果故也。峙、積。粻、糧。遄、速也。召伯之營謝也、則已斂其稅賦、積其餱糧、使廬市有止宿之委積、故能使申伯無留行也。○申伯番番、音波、叶分邅反。既入于謝、徒御嘽嘽。吐丹反。周邦咸喜、戎有良翰。叶胡干反。不顯申伯、王之元舅、文武是憲。叶虛言反。○賦也。番番、武勇貌。嘽嘽、衆盛也。戎、女也。申伯既入于謝、周人皆以爲喜、而相謂曰、汝今有良翰矣。元、長。憲、法也。言文武之士皆以申伯爲法也。或曰、申伯能以文王武王爲法也。○申伯之德、柔惠且直。揉汝又反。此萬邦、聞音問。于四國。叶于逼反。吉甫作誦、其詩孔碩、其風肆好、以贈申伯。賦也。揉、治也。吉甫、尹吉甫、周之卿士。誦、工師所誦之詞也。碩、大。風、聲。肆、遂也。

崧高八章、章八句。

天生烝民、有物有則。民之秉彝、(音夷。)**好**(呼報反。)**是懿德。天監有周、昭假**(音格。)**于下、**(叶後五反。)**保茲天子、生仲山甫。**賦也。烝、衆。則、法。秉、執。彝、常。懿、美。監、視。昭、明。假、至。保、祐也。仲山甫、樊侯之字也。○宣王命樊侯仲山甫築城于齊、而尹吉甫作詩以送之。言天生衆民、有是物必有是則。蓋自百骸九竅五藏而達之君臣父子夫婦長幼朋友、無非物也。而莫不有法焉、如視之明、聽之聰、貌之恭、言之順、君臣有義、父子有親之類是也。是乃民所執之常性、故其情無不好此美德者。而況天之監視有周、能以昭明之德感格于下、故保祐之、而爲之生此賢佐曰仲山甫焉。則所以鍾其秀氣、而全其美德者、又非特如凡民而已也。昔孔子讀詩至此而贊之曰、爲此詩者、其知道乎。故有物必有則、民之秉彝也、故好是懿德。而孟子引之、以證性善之說。其指深矣、讀者其致思焉。

○仲山甫之德、柔嘉維則。令儀令色、小心翼翼。古訓是式、威儀是力。天子是若、明命使賦。(叶韻若賦、未詳。)○賦也。嘉、美。令、善也。儀、威儀也。色、顏色也。翼翼、恭敬貌。古訓、先王之遺典也。式、法。力、勉。若、順。賦、布也。○東萊呂氏曰、柔嘉維則、不過其則也。過其則、斯爲弱、不得謂之柔嘉矣。令儀令色、小心翼翼、言其表裏柔嘉也。古訓是式、威儀是力、言其學問進修也。天子是若、明命使賦、言其發而措之事業也。此章蓋備舉仲山甫之德。

○王命仲山甫、式是百辟。(音壁、無韻未詳。)**纘戎祖考、王躬是保。出納王命、王之喉舌。賦政于外、四方爰發。**(叶方月反。)○賦也。式、法。戎、女也。王躬是保、所謂保其身體者也。然則仲山甫蓋以冢宰兼太保、而太保抑其世官也與。出、承而布之也。納、行而復之也。喉舌、所以出言也。發、發而應之也。○東萊呂氏曰、仲山甫之職、外則總領諸侯、內則輔養君德、入則典司政本、出則經營四方。此章蓋備舉仲山甫之職。

○肅肅王命、仲山甫將之。邦國若否、(音鄙。)**仲山甫明**(叶謨郎反。)**之。既明且哲、以保其身。夙夜匪解、**(佳賣反。)**以事一人。**賦也。肅肅、嚴也。將、奉行也。若、順也。順否、猶臧否也。明、謂明於理。哲、謂察於事。保身、蓋順理以守身、非趨利避害、而偷以全軀之謂也。解、怠也。一人、天子也。

○人亦有言、柔則茹(忍與反。)**之、**

剛則吐之。維仲山甫、柔亦不茹、剛亦不吐、不侮矜古頑反。寡、叶果五反。不畏彊禦。賦也。人亦有言、世俗之言也。茹、納也。○不茹柔、故不侮矜寡。不吐剛、故不畏强禦。以此觀之、則仲山甫之柔嘉、非軟美之謂、而其保身未嘗枉道以徇人可知矣。

○人亦有言、德輶羊久反。如毛、民鮮息淺反。克舉之。我儀圖叶丁五反。之、維仲山甫舉之、愛莫助叶牀五反。之。袞職有闕、維仲山甫補之。賦也。輶、輕。儀、度。圖、謀也。袞職、王職也。天子龍袞、不敢斥言王闕、故曰袞職有闕也。○言人皆言德甚輕而易舉、然人莫能舉也。我於是謀度其能舉之者、則惟仲山甫而已。是以心誠愛之、而恨其不能有以助之。蓋愛之者、秉彝好德之性也。而不能助者、在彼而已、固無待於人之助、而亦非人之所能助也。至於王職有闕失、亦惟仲山甫獨能補之。蓋惟大人然後能格君心之非、未有不能自舉其德、而能補君之闕者也。

○仲山甫出祖、四牡業業、征夫捷捷、在接反。每懷靡及。叶極業反。四牡彭彭、叶鋪郎反。八鸞鏘鏘。七羊反。王命仲山甫、城彼東方。賦也。祖、行祭也。業業、健貌。捷捷、疾貌。東方、齊也。傳曰、古者諸侯之居逼隘、則王者遷其邑而定其居。蓋去薄姑而遷於臨菑也。孔氏曰、史記齊獻公元年、徙薄姑都治臨菑。計獻公當夷王之時、與此傳不合。豈徙於夷王之時、至是而始備其城郭之守歟。

○四牡騤騤、求龜反。八鸞喈喈。音皆、叶居奚反。仲山甫徂齊、式遄其歸。吉甫作誦、穆如清風。叶孚愔反。仲山甫永懷、以慰其心。賦也。式遄其歸、不欲其久於外也。穆、深長也。清風、清微之風、化養萬物者也。以其遠行而有所懷思、故以此詩慰其心焉。曾氏曰、賦政于外、雖仲山甫之職、然保王躬、補王闕、尤其所急。城彼東方、其心永懷、蓋有所不安者。尹吉甫深知之、作誦而告以遄歸、所以安其心也。

烝民八章、章八句。

奕奕梁山、維禹甸之、有倬其道。下與考叶。韓侯受命、王親命之、纘戎祖考。上與道叶。無廢朕命、夙夜匪解。音懈、叶訖力反。虔共爾位、朕命不易。榦古旦反。不庭方、以佐戎辟。音壁。○賦也。奕奕、大也。梁山、韓之鎭也、今在同州韓城縣。甸、治也。倬、明貌。韓、國名。侯爵、武王之後也。受命、蓋卽位除喪、以士服入見天子而聽命也。纘、繼。戎、汝也。言王錫命之、使繼世而爲諸侯也。虔、敬。易、改。榦、正也。不庭方、不來庭之國也。辟、君也。此又戒之以修其職業之詞也。○韓侯初立來朝、始受王命而歸、詩人作此以送之。序亦以爲尹吉甫作、今未有據。下篇云召穆公凡伯者、放此。

○四牡奕奕、孔脩且張。韓侯入覲、以其介圭、入覲于王。王錫韓侯、淑旂綏章。簟茀錯衡。叶戶郎反。玄袞赤舄、鉤膺鏤音漏。鍚、音羊。鞹苦郭反。鞃苦弘反。淺幭、莫歷反。鞗音條。革金厄。叶於栗反。○賦也。脩、長。張、大也。介圭、封圭、執之爲贄、以合瑞于王也。淑、善也。交龍曰旂。綏章、染鳥羽或旄牛尾爲之、注於旂竿之首、爲表章者也。鏤、刻金也。馬眉上飾曰鍚、今當盧也。鞹、去毛之革也。鞃、式中也。謂兩較之間、橫木可憑者、以鞹持之、使牢固也。淺、虎皮也。幭、覆式也、字一作幦、又作幎、以有毛之皮覆式上也。鞗革、轡首也。金厄、以金爲環、纏搤轡首也。

○韓侯出祖、出宿于屠。顯父音甫。餞之、淸酒百壺。其殽維何、炰白交反。鼈鮮魚。其蔌音速。維何、維筍恤尹反。及蒲。其贈維何、乘繩證反。馬路車。籩豆有且、子余反。侯氏燕胥。賦也。既覲而反國必祖者、尊其所往、去則如始行焉。屠、地名、或曰卽杜也。顯父、周之卿士也。蔌、菜殽也。筍、竹萌也。蒲、蒲蒻也。且、多貌。侯氏、觀禮諸侯來朝者之稱。胥、相也。或曰、語辭。

○韓侯取七住反。妻、汾符云反。王之甥、蹶俱衞反。父音甫。之子。叶獎履反。韓侯迎魚覲反。止、于蹶之里。百兩音亮、又如字。彭彭、叶鋪郎反。八鸞鏘鏘、不顯其光。諸娣大計反。從之、祁祁巨移反。如雲。韓侯顧之、爛其盈門。叶眉貧反。○賦也。此言韓侯既覲而還、遂以親迎也。汾王、厲王也。厲王流于彘、在汾水之上、故時人以目王焉。猶言莒郊公、黎比公也。蹶父、周之卿士、姞姓也。諸娣、諸侯一娶九女、二國勝之、皆有娣姪也。祁祁、徐靚也。如雲、衆多也。

○蹶父孔武、靡國不到。爲于僞反。韓姞其一反。相息亮反。攸、莫如韓樂。音洛、叶力告反。孔樂韓土、川澤訏訏、況甫反。魴鱮甫甫、麀鹿噳噳、愚甫反。有熊有羆、有貓苗茅二音。有虎。慶既令居、叶斤御斤於二反。韓姞燕譽。叶羊茹羊諸二反。○賦也。韓姞、蹶父之子、韓侯妻也。相攸、擇可嫁之所也。訏訏、甫甫、大也。噳噳、衆也。貓、似虎而淺毛。慶、喜。令、善也。喜其有此善居也。燕、安。譽、樂也。○溥彼韓城、燕因肩反。師所完。以先祖受命、因時百蠻。王錫韓侯、其追其貊、母伯反。奄受北國、因以其伯。實墉實壑、實畝實籍、獻其貔音毗。皮、赤豹黃羆。賦也。溥、大也。燕、召公之國也。師、衆也。追、貊、夷狄之國也。墉、城。壑、池。籍、稅也。貔、猛獸名。○韓初封時、召公爲司空。王命以其衆爲築此城、如召伯營謝、山甫城齊、春秋諸侯城邢城楚丘之類也。王以韓侯之先因是百蠻而長之、故錫之追貊、使爲之伯、以脩其城池、治其田畝、正其稅法、而貢其所有於王也。

韓奕六章、章十二句。

江漢浮浮、武夫滔滔。叶他侯反。匪安匪遊、淮夷來求。既出我車、既設我旟。匪安匪舒、淮夷來鋪。賦也。浮浮、水盛貌。滔滔、順流貌。淮夷、夷之在淮上者也。鋪、陳也、陳師以伐之也。○宣王命召穆公平淮南之夷、詩人美之。此章總序其事。言行者皆莫敢安徐、而曰吾之來也、惟淮夷是求是伐耳。○江漢湯湯、書羊反。武夫洸洸。音光。經營四方、告成于王。四方既平、王國庶定。叶唐丁反。時靡有爭、叶甾陘反。王心載寧。賦也。洸洸、武貌。庶、幸也。○此章言既伐而成功也。○江漢之滸、音虎。王命召虎、式辟音闢。四方、徹我疆土。匪疚匪棘、王國來極。于理于理、至于南海。叶虎委反。○賦也。虎、召穆公名也。辟、與闢同。徹、井其田也。疚、病。棘、急也。極、中之表也、居中而爲四方所取正也。○言江漢既平、王又命召公闢四方之侵地、而治其疆界。非以病之、非以急之也、但使其來取正於王國而已。於是遂疆理之、盡南海而止也。○王命召虎、來旬來宣。文武受命、召公維翰。叶胡千反。無曰予小子、叶奬履反。召公是似。叶養里反。肇敏戎公、用錫爾祉。賦也。旬、徧。宣、布也。自江漢之滸言之、故曰來。召公、召康公奭也。翰、榦也。予小子、王自稱也。肇、開。戎、女。公、功也。○又言王命召虎來此江漢之滸、徧治其事、以布王命。而曰、昔文武受命、惟召公爲楨榦。今女無曰以予小子之故也、但自爲嗣女召公之事耳。能開敏女功、則我當錫女以祉福、如下章所云也。○釐力之反。爾圭瓚、才旱反。秬音巨。鬯初亮反。一卣。音酉、無韻未詳。告于文人、錫山土田。叶地因反。于周受命、叶滿井反、下同。自召祖命。虎拜稽首、天子萬年。叶禰因反。○賦也。釐、賜。卣、尊也。文人、先祖之有文德者、謂文王也。周、岐周也。召祖、穆公之祖康公也。○此敘王賜召公策命之詞。言錫爾圭瓚秬鬯者、使之以祀其先祖。又告于文人、而錫之山川土田、以廣其封邑。蓋古者爵人必於祖廟、示不敢專也。又使往受命於岐周、從其祖康公受命於文王之所、以寵異之。而召公拜稽首、以受王命之策書也。人臣受恩、無可以報謝者、但言使君壽考而已。○虎拜稽首、對揚王休、叶虛久反。作召公考、叶去久反。天子萬壽。叶殖酉反。明明天子、叶奬履反。令聞音問。不已、矢其文德、洽此四國。叶越逼反。○賦也。對、答。揚、稱。休、美。考、成。矢、陳也。○言穆公既受賜、遂答稱天子之美命、作康公之廟器、而勒王策命之詞、以考其成、且祝天子以萬壽也。古器物銘云、郝拜稽首、敢對揚天子休命、用作朕皇考龔伯尊敦。郝其眉壽、萬年無疆。語正相類。但彼自祝其壽、而此祝君壽耳。既又美其君之令聞、而進之以不已、勸其君以文德、而不欲其極意於武功。古人愛君之心、於此可見矣。

江漢六章、章八句。

赫赫明明、王命卿士、叶音所。南仲大音泰、下同。祖、大師皇父。音甫。整我六師、以脩我戎。叶音汝。既敬既戒、叶訖力反。惠此南國。叶越偪反。○賦也。卿士、即皇父之官也。南仲、見出車篇。大祖、始祖也。大師、皇父之兼官也。我、爲宣王之自我也。戎、兵器也。○宣王自將以伐淮北之夷、而命卿士之謂南仲爲大祖兼大師而字皇父者、整治其從行之六軍、修其戎事、以除淮夷之亂、而惠此南方之國。詩人作此以美之。必言南仲大祖者、稱其世功以美大之也。○王謂尹氏、命程伯休父。左右陳行、戶郎反。戒我師旅。率彼淮浦、省此徐土。不留不處、三事就緒。象呂反。○賦也。尹氏、吉甫也。蓋爲內史掌策命卿大夫也。程伯休父、周大夫。三事、未詳。或曰、三農之事也。○言王詔尹氏、策命程伯休父爲司馬、使之左右陳其行列、循淮浦而省徐州之土。蓋伐淮北徐州之夷也。上章既命皇父、而此章又命程伯休父者、蓋王親命大師以三公治其軍事、而使內史命司馬以六卿副之耳。○

赫赫業業、叶宜却反。有嚴天子。王舒保作、匪紹匪遊、徐方繹騷。叶蘇侯反。震驚徐方、如雷如霆、徐方震驚。賦也。赫赫、顯也。業業、大也。嚴、威也。天子自將、其威可畏也。王舒保作、未詳其義。或曰舒、徐。保、安。作、行也。言王師舒徐而安行也。紹、糾緊也。遊、遨遊也。繹、連絡也。騷、擾動也。○夷厲以來、周室衰弱、至是而天子自將以征不庭。其師始出、不疾不遲、而徐方之人皆已震動、如雷霆作於其上、不遑安矣。○

王奮厥武、如震如怒。叶暖五反。進厥虎臣、闞呼檻反。如虓火交反。虎。鋪普兵反。敦淮濆、符云反。仍執醜虜。截彼淮浦、王師之所。賦也。進、鼓而進之也。闞、奮怒之貌。虓、虎之自怒也。鋪、布也、布其師旅也。敦、厚也、厚集其陳也。仍、就也。老子曰、攘臂而仍之。截、截然不可犯之貌。○

王旅嘽嘽、吐丹反。如飛如翰、如江如漢、如山之苞、叶補鉤反。如川之流、緜緜翼翼、不測不克、濯征徐國。叶越逼反。○賦也。嘽嘽、衆盛貌。翰、羽。苞、本也。如飛如翰、疾也。如江如漢、衆也。如山、不可動也。如川、不可禦也。緜緜、不可絕也。翼翼、不可亂也。不測、不可知也。不克、不可勝也。濯、大也。○

王猶允塞、徐方既來。叶六直反。徐方既同、天子之功。四方既平、徐方來庭。徐方不回、王曰還歸。叶古回反。○賦也。猶、道。允、信。塞、實。庭、朝。回、違也。還歸、班師而歸也。○前篇召公帥師以出、歸告成功、故備載其褒賞之詞。此篇王實親行、故於卒章反復其辭、以歸功於天子。言王道甚大、而遠方懷之、非獨兵威然也。序所謂因以爲戒者是也。

常武六章、章八句。

瞻卬昊天、則不我惠。孔塡舊說古塵字。不寧、降此大厲。邦靡有定、士民其瘵。側界反、叶側例反。蟊音牟。賊蟊疾、靡有夷屆。音戒、叶居氣反。罪罟不收、靡有夷瘳。敕留反。○賦也。塡、久。厲、亂。瘵、病也。蟊賊、害苗之蟲也。疾、害。夷、平。屆、極。罟、網也。○此刺幽王嬖褒姒任奄人以致亂之詩。首言昊天不惠而降亂、無所歸咎之詞也。蘇氏曰、國有所定、則民受其福、無所定、則受其病。於是有小人爲之蟊賊、刑罪爲之罔罟、凡此皆民之所以病也。○人有土田、女音汝。反有酉由二音。之。人有民人、女覆奪徒活反。之。此宜無罪、女反收殖酉殖由二反。之。彼宜有罪、女覆說音脫。之。賦也。反、覆。收、拘。說、赦也。○哲夫成城、哲婦傾城。懿厥哲婦、爲梟古堯反。爲鴟。處之反。婦有長舌、維厲之階。叶居奚反。亂匪降自天、叶鐵因反。生自婦人。匪教匪誨、叶呼位反。時維婦寺。賦也。哲、知也。城、猶國也。哲婦、蓋指褒姒也。傾、覆。懿、美也。梟鴟、惡聲之鳥也。長舌、能多言者也。階、梯也。寺、奄人也。○言男子正位乎外、爲國家之主、故有知則能立國。婦人以無非無儀爲善、無所事哲、哲則適以覆國而已。故此懿美之哲婦而反爲梟鴟、蓋以其多言而能爲禍亂之梯也。若是、則亂豈眞自天降、如首章之說哉、特由此婦人而已。蓋其言雖多、而非有教誨之益者、是惟婦人與奄人耳、豈可近哉。上文但言婦人之禍、末句兼以奄人爲言、蓋二者常相倚而爲姦、不可不并以爲戒也。歐陽公常言宦者之禍甚於女寵、其言尤爲深切。有國家者可不戒哉。○鞫人忮之豉反。忒、譖子念反。始竟背。音佩、叶必墨反。豈曰不極、伊胡爲慝。如賈音古。三倍、君子是識。婦無公事、休其蠶織。賦也。鞫、窮。忮、害。忒、變也。譖、不信也。竟、終。背、反。極、已。慝、惡也。賈、居貨者也。三倍、獲利之多也。公事、朝廷之事。蠶織、婦人之業。○言婦寺能以其知辨窮人之言、其心忮害而變詐無常。既以譖妄唱始於前、而終或不驗於後。則亦不復自謂其言之放恣無所極已、而反曰是何足爲慝乎。夫商賈之利、非君子之所宜識、如朝廷之事、非婦人之所宜與也。今賈三倍、而君子識其所以然、婦人無朝廷之事、而舍其蠶織以圖之、則豈不爲慝哉。○天何以刺、叶音砌。何神不富。叶方未反。舍音捨。爾介狄、維予胥忌。不弔不祥、威儀不類。人之云亡、邦國殄瘁。賦也。刺、責。介、大。胥、相。弔、閔也。○言天何用責王、神何用不富王哉、凡以王信用婦人之故也。是必將有夷狄之大患。今王舍之不忌、而反以我之正言不諱爲忌、何哉。夫天之降不祥、庶幾王懼而自脩。今王遇災而不恤、又不謹其威儀、又無善人以輔之、則國之殄瘁宜矣。或曰、介狄、卽指婦寺、猶所謂女戎者也。

天之降罔、維其幾矣。人之云亡、心之悲矣。賦也。罔、罟。優、多。幾、近也。蓋承上章之意而重言之、以警王也。○天之降罔、維其優矣。人之云亡、心之憂矣。○觱音必。沸音弗。檻胡覽反。泉、維其深矣。心之憂矣、寧自今矣。不自我先、不自我後。叶下五反。藐藐昊天、無不克鞏。叶音古。無忝皇祖、式救爾後。同上。○興也。觱沸、泉涌貌。檻泉、泉上出者。藐藐、高遠貌。鞏、固也。○言泉之瀵涌上出、其源深矣。我心之憂、亦非適今日然也。然而禍亂之極、適當此時、蓋已無可爲者。惟天高遠、雖若無意於物、然其功用神明不測、雖危亂之極、亦無不能鞏固之者。幽王苟能改過自新、而不忝其祖、則天意可回、來者猶必可救、而子孫亦蒙其福矣。

瞻卬七章、三章章十句、四章章八句。

旻天疾威、天篤降喪。息浪反、叶桑郎反。瘨都田反。我饑饉、民卒流亡。我居圉魚呂反。卒荒。賦也。篤、厚。瘨、病。卒、盡也。居、國中也。圉、邊垂也。○此刺幽王任用小人、以致饑饉侵削之詩也。○天降罪罟、蟊賊內訌、戶工反、叶卜功反。昏椓丁角反。靡共。音恭。潰潰回遹、實靖夷我邦。○賦也。訌、潰也。昏椓、昏亂椓喪之人也。共、與恭同。一說、與供通、謂供其職也。潰潰、亂也。回遹、邪僻也。靖、治。夷、平也。○言此蟊賊昏椓者、皆潰亂邪僻之人、而王乃使之治平我邦、所以致亂也。○皋皋訿訿、音紫。曾不知其玷。丁險反。兢兢業業、孔塡已見上篇。不寧、我位孔貶。賦也。皋皋、頑慢之意。訿訿、務爲謗毀也。玷、缺也。塡、久也。○言小人在位、所爲如此、而王不知其缺。至於戒敬恐懼、甚久而不寧者、其位乃更見貶黜。其顚倒錯亂之甚如此。○如彼歲旱、草不潰集注作遂。茂。如彼棲音西。苴。七如反。我相息亮反。此邦、無不潰止。叶韻未詳。○賦也。潰、遂也。棲苴、水中浮草棲於木上者。言枯槁無潤澤也。相、視。潰、亂也。○維昔之富、不如時、維今之疚、不如茲。彼疏斯粺、薄賣反。胡不自替、職兄音怳、下同。斯引。叶韻未詳。○賦也。時、是。疚、病也。疏、糲也。粺、則精矣。替、廢也。兄、怳同。引、長也。○言昔之富未嘗若是之疚也、而今之疚又未有若此之甚也。彼小人之與君子、如疏與粺、其分審矣、而曷不自替以避君子乎。而使我心專爲此故、至於愴怳引長、而不能自已也。○池之竭矣、不云自頻。泉之竭矣、不云自中。叶諸仍反。溥斯害矣、職兄斯弘、不烖我躬。叶姑弘反。○賦也。頻、崖。溥、廣。弘、大也。○池、水之鍾也。泉、水之發也。故池之竭由外之不入、泉之竭由內之不出。言禍亂有所從起、而今不云然也。此其爲害亦已廣矣。是使我心專爲此故、至於愴怳日益弘大、而憂之曰、是豈不烖及我躬也乎。○昔先王受命、有如召公、日辟音闢。國百里。今也日蹙子六反。國百里。於音烏。乎音呼。哀哉、維今之人、不尙有舊。叶巨已反。○賦也。先王、文武也。召公、康公也。辟、開。蹙、促也。○文王之世、周公治內、召公治外、故周人之詩、謂之周南、諸侯之詩、謂之召南。所謂日闢國百里云者、言文王之化自北而南、至於江漢之間、服從之國日以益衆、及虞芮質成、而其旁諸侯聞之、相帥歸周者四十餘國焉。今謂幽王之時。促國、蓋犬戎內侵、諸侯外畔也。又歎息哀痛而言、今世雖亂、豈不猶有舊德可用之人哉。言有之而不用耳。

召旻七章、四章章五句、三章章七句。因其首章稱旻天、卒章稱召公、故謂之召旻、以別小旻也。

蕩之什十一篇、九十二章、七百六十九句。

詩卷第十九

朱熹集傳

頌四

頌者、宗廟之樂歌、大序所謂美盛德之形容、以其成功、告於神明者也。蓋頌與容、古字通用、故序以此言之。周頌三十一篇、多周公所定、而亦或有康王以後之詩。魯頌四篇、商頌五篇、因亦以類附焉。凡五卷。

周頌清廟之什四之一

於音烏。穆清廟、肅雝顯相。息亮反。濟濟子禮反。多士、秉文之德。對越在天、駿奔走在廟。不顯不承、無射音亦、與斁同。於人斯。周頌多不叶韻、未詳其說。○賦也。於、歎辭。穆、深遠也。清、清靜也。肅、敬。雝、和。顯、明。相、助也、謂助祭之公卿諸侯也。濟濟、衆也。多士、與祭執事之人也。越、於也。駿、大而疾也。承、尊奉也。斯、語辭。○此周公既成洛邑而朝諸侯、因率之以祀文王之樂歌。言於穆哉此清靜之廟、其助祭之公侯、皆敬且和、而其執事之人又無不執行文王之德、既對越其在天之神、而又駿奔走其在廟之主。如此、則是文王之德豈不顯乎、豈不承乎。信乎其無有厭斁於人也。

清廟一章、八句。書稱王在新邑烝祭歲、文王騂牛一、武王騂牛一、實周公攝政之七年、而此其升歌之辭也。書大傳曰、周公升歌清廟、苟在廟中、嘗見文王者、愀然如復見文王焉。樂記曰、清廟之瑟、朱弦而疏越、壹倡而三嘆、有遺音者矣。鄭氏曰、朱弦、練朱弦、練則聲濁。越、瑟底孔也、疏之使聲遲也。唱、發歌句也。三歎、三人從歎之耳。漢因秦樂、乾豆上、奏登歌、獨上歌不以筦弦亂人聲、欲在位者徧聞之、猶古清廟之歌也。

維天之命、於音烏。穆不已。於同上。乎音呼。不顯、文王之德之純。賦也。天命、即天道也。不已、言無窮也。純、不雜也。○此亦祭文王之詩。言天道無窮、而文王之德純一不雜、與天無間、以贊文王之德之盛也。子思子曰、維天之命、於穆不已、蓋曰天之所以爲天也。於乎不顯、文王之德之純、蓋曰文王之所以爲文也、純亦不已。程子曰、天道不已、文王純於天道亦不已。純則無二無雜、不已則無間斷先後。

假春秋傳作何。**以溢**春秋傳作恤。**我、我其收之。駿惠我文王、曾孫篤之。**何之爲假、聲之轉也。恤之爲溢、字之訛也。收、受。駿、大。惠、順也。曾孫、後王也。篤、厚也。〇言文王之神將何以恤我乎。有則我當受之、以大順文王之道、後王又當篤厚之而不忘也。

維天之命一章、八句。

維清緝熙、文王之典。肇禋、音因。**迄**許乞反。**用有成、維周之禎。**賦也。清、清明也。緝、續。熙、明。肇、始。禋、祀。迄、至也。〇此亦祭文王之詩。言所當清明而緝熙者、文王之典也。故自始祀至今有成、實惟周之禎祥也。然此詩疑有闕文焉。

維清一章、五句。

烈文辟音壁、下同。**公、錫茲祉福。惠我無疆、子孫保之。**賦也。烈、光也。辟公、諸侯也。〇此祭於宗廟而獻助祭諸侯之樂歌。言諸侯助祭、使我獲福、則是諸侯錫此祉福、而惠我以無疆、使我子孫保之也。

無封靡于爾邦、維王其崇之。念茲戎功、繼序其皇之。封靡之義未詳。或曰、封、專利以自封殖也。靡、汰侈也。崇、尊尚也。戎、大。皇、大也。〇言汝能無封靡于爾邦、則王當尊汝。又念汝有此助祭錫福之大功、則使汝之子孫繼序而益大之也。

無競維人、四方其訓之。不顯維德、百辟其刑之。於音烏。**乎**音呼。**前王不忘。**又言莫强於人、莫顯於德、先王之德所以人不能忘者、用此道也。此戒飭而勸勉之也。中庸引不顯惟德、百辟其刑之、而曰、故君子篤恭而天下平。大學引於乎前王不忘、而曰、君子賢其賢而親其親、小人樂其樂而利其利、此以沒世不忘也。

烈文一章、十三句。此篇以公釐兩韻相叶、未詳當從何讀、意亦可互用也。

天作高山、大音泰。王荒之。彼作矣、文王康之。彼徂矣岐、沈括曰、後漢書西南夷傳作彼岨者岐。今按彼書岨但作徂、而引韓詩薛君章句亦但訓爲往、獨矣字正作者、如沈氏說。然其注末復云岐雖阻僻、則似又有岨意。韓子亦云彼岐有岨、疑或別有所據。故今從之、而定讀岐字絕句。有夷之行、叶戶郎反。子孫保之。賦也。高山、謂岐山也。荒、治。康、安也。岨、險僻之意也。夷、平。行、路也。○此祭大王之詩。言天作岐山、而大王始治之。大王既作、而文王又安之。於是彼險僻之岐山、人歸者衆、而有平易之道路。子孫當世世保守而不失也。

天作一章、七句。

昊天有成命、二后受之。成王不敢康、夙夜基命宥密。於音烏。緝熙、單厥心。肆其靖之。賦也。二后、文武也。成王、名誦、武王之子也。基、積累于下以承藉乎上者也。宥、宏深也。密、靜密也。於、歎詞。靖、安也。○此詩多道成王之德、疑祀成王之詩也。言天祚周以天下、既有定命、而文武受之矣。成王繼之、又能不敢康寧、而其夙夜積德、以承藉天命者、又宏深而靜密。是能繼續光明文武之業而盡其心、故今能安靜天下、而保其所受之命也。國語叔向引此詩而言曰、是道成王之德也。成王能明文昭定武烈者也。以此證之、則其爲祀成王之詩無疑矣。

昊天有成命一章、七句。此康王以後之詩。

我將我享、維羊維牛、維天其右叶音由。之。賦也。將、奉。享、獻。右、尊也。神坐東向、在饌之右、所以尊之也。○此宗祀文王於明堂、以配上帝之樂歌。言奉其牛羊以享上帝、而曰天庶其降而在此牛羊之右乎、蓋不敢必也。儀式刑文王之典、日靖四方。伊嘏古雅反。文王、既右享叶虛良反。之。儀、式、刑、皆法也。嘏、錫福也。○言我儀式刑文王之典、以靖天下、則此能錫福之文王既降而在此之右、以享我祭。若有以見其必然矣。我其夙夜、畏天之威、于時保之。又言天與文王既皆右享我矣、則我其敢不夙夜畏天之威、以保天與文王所以降鑒之意乎。

我將一章、十句。程子曰、萬物本乎天、人本乎祖、故冬至祭天而以祖配之、以冬至氣之始也。萬物成形於帝、而人成形於父、故季秋享帝而以父配之、以季秋成物之時也。陳氏曰、古者祭天於圜丘、掃地而行事、器用陶匏、牲用犢、其禮極簡。聖人之意以爲未足以盡其意之委曲、故於季秋之月、有大享之禮焉。天、卽帝也。郊而曰天、所以尊之也、故以后稷配焉。后稷遠矣、配稷於郊、亦以尊稷也。明堂而曰帝、所以親之也、以文王配焉。文王親也、配文王於明堂、亦以親文王也。尊尊而親親、周道備矣。然則郊者古禮、而明堂者周制也。周公以義起之也。東萊呂氏曰、於天維庶其饗之、不敢加一辭焉。於文王則言儀式其典、日靖四方、天不待贊、法文王所以法天也。卒章惟言畏天之威、而不及文王者、統於尊也。畏天所以畏文王也、天與文王一也。

時邁其邦、昊天其子之。賦也。邁、行也。邦、諸侯之國也。周制、十有二年、王巡守殷國、柴望祭告、諸侯畢朝。○此巡守而朝會祭告之樂歌也。言我之以時巡行諸侯也、天其子我乎哉。蓋不敢必也。**實右序有周。薄言震之、莫不震疊。懷柔百神、及河喬嶽。允王維后。**右、尊。序、次。震、動。疊、懼。懷、來。柔、安。允、信也。○旣而曰、天實右序有周矣、是以使我薄言震之、而四方諸侯莫不震懼。又能懷柔百神、以至于河之深廣、嶽之崇高、而莫不感格。則是信乎周王之爲天下君矣。**明昭有周、式序在位。載戢**側立反。**干戈、載櫜**古刀反。**弓矢。我求懿德、肆于時夏。**戶雅反。**允王保之。**戢、聚。櫜、韜。肆、陳也。夏、中國也。○又言明昭乎我周也、旣以慶讓黜陟之典、式序在位之諸侯、又收斂其干戈弓矢、而益求懿美之德、以布陳于中國、則信乎王之能保天命也。或曰、此詩卽所謂肆夏、以其有肆于時夏之語而命之也。

時邁一章、十五句。春秋傳曰、昔武王克商、作頌曰、載戢干戈。而外傳又以爲周文王之頌。則此詩乃武王之世、周公所作也。外傳又曰、金奏肆夏繁遏渠、天子以饗元侯也。韋昭注云、肆夏一名樊、韶夏一名遏、納夏一名渠、卽周禮九夏之三也。呂叔玉云、肆夏、時邁也。繁遏、執競也。渠、思文也。

執競武王、無競維烈。不顯成康、上帝是皇。賦也。此祭武王成王康王之詩。競、強也。言武王持其自強不息之心、故其功烈之盛、天下莫得而競、豈不顯哉。成王康王之德、亦上帝之所君也。自彼成康、奄有四方、斤斤紀覲反。其明。叶謨郎反。○斤斤、明之察也。言成康之德明著如此也。鍾鼓喤喤、華彭反、叶胡光反。磬筦音管。將將、七羊反。降福穰穰。如羊反。○喤喤、和也。將將、集也。穰穰、多也。言今作樂以祭而受福也。降福簡簡、威儀反反。既醉既飽、福祿來反。簡簡、大也。反反、謹重也。反、覆也。言受福之多而愈益謹重、是以既醉既飽、而福祿之來、反覆而不厭也。

執競一章、十四句。此昭王以後之詩。國語說見前篇。

思文后稷、克配彼天。立我烝民、莫匪爾極。貽我來牟、帝命率育。叶曰逼反。無此疆爾界、叶訖力反。陳常于時夏。賦也。思、語辭。文、言有文德也。立、粒通。極、至也、德之至也。貽、遺也。來、小麥。牟、大麥也。率、徧。育、養也。○言后稷之德、眞可配天、蓋使我烝民得以粒食者、莫非其德之至也。且其貽我民以來牟之種、乃上帝之命、以此徧養下民者。是以無有遠近彼此之殊、而得以陳其君臣父子之常道於中國也。或曰、此詩即所謂納夏者、亦以其有時夏之語而命之也。

思文一章、八句。國語說見時邁篇。

清廟之什十篇、十章、九十五句。

周頌臣工之什四之二

嗟嗟臣工、敬爾在公。王釐力之反。爾成、來咨來茹。如預反。○賦也。嗟嗟、重歎以深敕之也。臣工、羣臣百官也。公、公家也。釐、賜也。成、成法也。茹、度也。○此戒農官之詩。先言王有成法以賜女、女當來咨度也。

嗟嗟保介、維莫音慕。**之春、亦又何求、如何新畬。**音余。**於**音烏。**皇來牟、將受厥明。明昭上帝、迄用康年。命我衆人、庤**持恥反。**乃錢**子淺反。**鎛、**音博。**奄觀銍**珍栗反。**艾。**音刈。〇保介、見月令呂覽、其說不同、然皆爲籍田而言、蓋農官之副也。莫春、斗柄建辰、夏正之三月也。畬、二歲田也。於皇、歎美之辭。來牟、麥也。明、上帝之明賜也。言麥將熟也。迄、至也。康年、猶豐年也。衆人、甸徒也。庤、具也。錢、銚。鎛、鉏。皆田器也。銍、穫禾短鎌也。艾、穫也。〇此乃言所戒之事。言三月則當治其新畬矣、今如何哉。然麥亦將熟、則可以受上帝之明賜、而此明昭之上帝、又將賜我新畬以豐年也。於是命甸徒具農器以治其新畬、而又將忽見其收成也。

臣工一章、十五句。

噫嘻成王、既昭假音格。**爾。率時農夫、播厥百穀。駿**音峻。**發爾私、終三十里。亦服爾耕、十千維耦。**叶音擬。〇賦也。噫嘻、亦歎詞也。昭、明。假、格也。爾、田官也。時、是。駿、大。發、耕也。私、私田也。三十里、萬夫之地。四旁有川、內方三十二里有奇、言三十里、舉成數也。耦、二人並耕也。〇此連上篇、亦戒農官之詞。昭假爾、猶言格汝衆庶。蓋成王始置田官、而嘗戒命之也。爾當率是農夫播其百穀、使之大發其私田、皆服其耕事、萬人爲耦而並耕也。蓋耕本以二人爲耦、今合一川之衆爲言、故云萬人畢出、并力齊心、如合一耦也。此必鄉遂之官、司稼之屬、其職以萬夫爲界者。溝洫用貢法、無公田、故皆謂之私。蘇氏曰、民曰雨我公田、遂及我私、而君曰駿發爾私、終三十里。其上下之間、交相忠愛如此。

噫嘻一章、八句。

振鷺于飛、于彼西雝。我客戾止、亦有斯容。賦也。振、羣飛貌。鷺、白鳥。雝、澤也。客、謂二王之後。夏之後杞、商之後宋、於周爲客、天子有事膰焉、有喪拜焉者也。〇此二王之後來助祭之詩。言鷺飛于西雝之水、而我客來助祭者、其容貌脩整、亦如鷺之潔白也。或曰、興也。**在彼無惡、**烏路反。**在此無斁。**叶丁故反。**庶幾夙夜、**叶羊茹反。**以**

永終譽。彼、其國也。在國無惡之者、在此無厭之者、如是則庶幾其能夙夜以永終此譽矣。陳氏曰、在彼不以我革其命而有惡於我、知天命無常、惟德是與、其心服也。在我不以彼墜其命而有厭於彼、崇德象賢、統承先王、忠厚之至也。

振鷺一章、八句。

豐年多黍多稌。音杜。亦有高廩、力錦反。萬億及秭。咨履反。爲酒爲醴、烝畀祖妣、以洽百禮。降福孔皆。叶舉里反。○賦也。稌、稻也。黍宜高燥而寒、稌宜下濕而暑、黍稌皆熟、則百穀無不熟矣。亦、助語辭。數萬至萬曰億、數億至億曰秭。烝、進。畀、予。洽、備。皆、徧也。此秋冬報賽田事之樂歌。蓋祀田祖先農方社之屬也。言其收入之多、至於可以供祭祀、備百禮、而神降之福、將甚徧也。

豐年一章、七句。

有瞽有瞽、在周之庭。賦也。瞽、樂官無目者也。○序以此爲始作樂而合乎祖之詩。兩句總序其事也。設業設虡、音巨。崇牙樹羽、應田縣鼓、鞉音桃。磬柷尺叔反。圉。魚女反。既備乃奏。叶音祖。簫管備舉。以上叶瞽字。○業、虡、崇牙、見靈臺篇。樹羽、置五采之羽於崇牙之上也。應、小鞞。田、大鼓也。鄭氏曰、田、當作朄、小鼓也。縣鼓、周制也。夏后氏足鼓、殷楹鼓、周縣鼓。鞉、如鼓而小、有柄、兩耳、持其柄搖之、則傍耳還自擊。磬、石磬也。柷狀如漆桶、以木爲之、中有椎連底挏之、令左右擊、以起樂者也。圉、亦作敔、狀如伏虎、背上有二十七鉏鋙刻、以木長尺櫟之、以止樂者也。簫、編小竹管爲之。管、如篴、併兩而吹之者也。喤喤厥聲、音橫。肅雝和鳴、先祖是聽。我客戾止、永觀厥成。以上叶庭字。○我客、二王後也。觀、視也。成、樂闋也。如簫韶九成之成。獨言二王後者、猶曰虞賓在位、我有嘉客、蓋尤以是爲盛耳。

有瞽一章、十三句。

猗於宜反。與音余。漆沮、七余反。潛有多魚、有鱣張連反。有鮪、叶于軌反。鰷音條。鱨音常。鰋音偃。鯉。以享以祀、叶逸織反。以介景福。叶筆力反。○賦也。猗與、歎辭。潛、槮也。蓋積柴養魚、使得藏隱避寒、因以薄圍取之也。或曰、藏之深也。鰷、白鰷也。月令、季冬命漁師始漁。天子親往、乃嘗魚。先薦寢廟。季春薦鮪于寢廟。此其樂歌也。

潛一章、六句。

有來雝雝、與公叶、篇內同。至止肅肅。相息亮反。維辟音璧。公、天子穆穆。賦也。雝雝、和也。肅肅、敬也。相、助祭也。辟公、諸侯也。穆穆、天子之容也。○此武王祭文王之詩。言諸侯之來、皆和且敬、以助我之祭事、而天子有穆穆之容也。於音烏。薦廣牡、相同上。予肆祀。叶養里反。假古雅反。哉皇考、叶音口。綏予孝子。叶奬履反。○於、歎辭也。廣牡、大牲也。肆、陳。假、大也。皇考、文王也。綏、安也。孝子、武王自稱也。○言此和敬之諸侯、薦大牲以助我之祭事。而大哉之文王、庶其享之、以安我孝子之心也。宣哲維人、文武維后。燕及皇天、叶鐵因反。克昌厥後。宣、通。哲、知。燕、安也。○此美文王之德。宣哲則盡人之道、文武則備君之德、故能安人以及于天、而克昌其後嗣也。蘇氏曰、周人以諱事神、文王名昌、而此詩曰克昌厥後、何也。曰、周之所謂諱、不以其名號之耳、不遂廢其文也。諱其名而廢其文者、周禮之末失也。綏我眉壽、叶殖酉反。介以繁祉。既右音又。烈考、叶音口。亦右文母。叶滿彼反。○右、尊也。周禮所謂享右祭祀是也。烈考、猶皇考也。文母、大姒也。○言文王昌厥後而安之以眉壽、助之以多福、使我得以右于烈考文母也。

雝一章、十六句。

周禮大師及徹、帥學士而歌徹、說者以爲卽此詩。論語亦曰、以雍徹。然則此蓋徹祭所歌、而亦名爲徹也。

載見賢遍反、下同。辟音璧。王、曰求厥章。龍旂陽陽、和鈴央央、於良反。鞗音條。革有鶬、七羊反。休有烈光。賦也。載、則也、發語辭也。章、法度也。交龍曰旂。陽、明也。軾前曰和、旂上曰鈴。央央、有鶬、皆聲和也。休、美也。○此諸侯助祭于武王廟之詩。先言其來朝、稟受法度、其車服之盛如此。率見昭考、以孝以享、叶虛良反。○昭考、武王也。廟制、太祖居中、左昭右穆。周廟文王當穆、武王當昭。故書稱穆考文王、而此詩及訪落皆謂武王爲昭考。○此乃言王率諸侯以祭武王廟也。以介眉壽。永言保之、思皇多祜。後五反。烈文辟公、綏以多福、俾緝熙于純嘏。叶音古。○思、語辭。皇、大也、美也。○又言孝享以介眉壽、而受多福、是皆諸侯助祭有以致之、使我得繼而明之、以至于純嘏也。蓋歸德于諸侯之辭、猶烈文之意也。

載見一章、十四句。

有客有客、亦白其馬。叶滿補反。有萋有且、七序反。敦都回反。琢其旅。賦也。客、微子也。周既滅商、封微子於宋、以祀其先王、而以客禮待之、不敢臣也。亦、語辭也。殷尚白、修其禮物、仍殷之舊也。萋、且、未詳。傳曰、敬愼貌。敦琢、選擇也。旅、其卿大夫從行者也。○此微子來見祖廟之詩。而此一節言其始至也。有客宿宿、有客信信。言授之縶、陟立反。以縶其馬。同上。○一宿曰宿、再宿曰信。縶其馬、愛之不欲其去也。此一節言其將去也。薄言追之、左右綏之。既有淫威、降福孔夷。追之、已去而復還之、愛之無已也。左右綏之、言所以安而留之者無方也。淫威、未詳。舊說、淫、大也。統承先王、用天子禮樂、所謂淫威也。夷、易也、大也。此一節言其留之也。

有客一章、十二句。

於音烏。皇武王、無競維烈。允文文王、克開厥後。嗣武受之、勝殷遏劉、耆音指。定爾功。賦也。於、歎辭。皇、大。遏、止。劉、殺。耆、致也。○周公象武王之功、爲大武之樂。言武王無競之功、實文王開之。而武王嗣而受之、勝殷止殺、以致定其功也。

武一章、七句。春秋傳以此爲大武之首章也。大武、周公象武王武功之舞、歌此詩以奏之。禮曰、朱干玉戚、冕而舞大武。然傳以此詩爲武王所作、則篇內已有武王之諡、而其說誤矣。

臣工之什十篇、十章、一百六句。

周頌閔予小子之什四之三

閔予小子、遭家不造、叶徂候反。嬛嬛其傾反。在疚。音救。於音烏。乎音呼。皇考、叶祛候反。永世克孝。叶呼候反。○賦也。成王免喪、始朝于先王之廟、而作此詩也。閔、病也。予小子、成王自稱也。造、成也。嬛、與煢同、無所依怙之意。疚、哀病也。康衡曰、煢煢在疚、言成王喪畢思慕、意氣未能平也。蓋所以就文武之業、崇大化之本也。皇考、武王也。歎武王之終身能孝也。

念茲皇祖、陟降庭叶去聲。止。維予小子、夙夜敬止。皇祖、文王也。承上文言武王之孝、思念文王、常若見其陟降於庭、猶所謂見堯於牆、見堯於羹也。楚辭云、三公揖讓、登降堂只、與此文勢正相似。而康衡引此句、顏注亦云、若神明臨其朝廷是也。

於乎皇王、二字同上。繼序思不忘。皇王、兼指文武也。承上文言我之所以夙夜敬止者、思繼此序而不忘耳。

閔予小子一章、十一句。此成王除喪朝廟所作、疑後世遂以爲嗣王朝廟之樂。後三篇放此。

訪予落止、率時昭考。於音烏。乎音呼。悠哉、朕未有艾。五蓋反。將予就之、繼猶判渙。維予小子、未堪家多難、乃旦反。紹庭上下、陟降厥家。休矣皇考、以保明其身。賦也。訪、問。落、始。悠、遠也。艾、如夜未艾之艾。判、分。渙、散。保、安。明、顯也。○成王既朝于廟、因作此詩、以道延訪羣臣之意。言我將謀之於始、以循我昭考武王之道。然而其道遠矣、予不能及也。將使予勉强以就之、而所以繼之者、猶恐其判渙而不合也、則亦繼其上下於庭、陟降於家、庶幾賴皇考之休、有以保明吾身而已矣。

訪落一章、十二句。說同上篇。

敬之敬之、天維顯思、叶新夷反。命不易以豉反。哉。叶將黎反。無曰高高在上、陟降厥士、日監在茲。叶津之反。○賦也。顯、明也。思、語辭也。士、事也。○成王受羣臣之戒而述其言曰、敬之哉、敬之哉、天道甚明、其命不易保也。無謂其高而不吾察、當知其聰明明畏、常若陟降於吾之所爲、而無日不臨監于此者、不可以不敬也。維予小子、叶獎履反。不聰敬止。日就月將、學有緝熙于光明。叶謨郎反。佛符弗反、又音弼。時仔音茲。肩、示我顯德行。下孟反、叶戶郎反。○將、進也。佛、弼通。仔肩、任也。○此乃自爲答之之言曰、我不聰而未能敬也、然願學焉、庶幾日有所就、月有所進、續而明之、以至於光明。又賴羣臣輔助我所負荷之任、而示我以顯明之德行、則庶乎其可及爾。

敬之一章、十二句。

予其懲、直升反。而毖後患、莫予荓普經反。蜂、自求辛螫。施隻反。肇允彼桃蟲、拚芳煩反。飛維鳥。未堪家多難、乃旦反。予又集于蓼。音了。○賦也。懲、有所傷而知戒也。毖、慎。荓、使也。蜂、小物而有毒。肇、始。允、信也。桃蟲、鷦鷯、小鳥也。拚、飛貌。鳥、大鳥也。鷦鷯之雛、化而爲鵰。故古語曰、鷦鷯生鵰、言始小而終大也。蓼、辛苦之物也。○此亦訪落之意。成王自言、予何所懲而謹後患乎。荓蜂而得辛螫、信桃蟲而不知其能爲大鳥、此其所當懲者。蓋指管蔡之事也。然我方幼沖、未堪多難、而又集於辛苦之地、羣臣奈何捨我而弗助哉。

小毖一章、八句。蘇氏曰、小毖者、謹之於小也。謹之於小、則大患無由至矣。

載芟載柞、側百反、叶疾各反。其耕澤澤。音釋、叶徒洛反。○賦也。除草曰芟。除木曰柞。秋官、柞氏掌攻草木是也。澤澤、解散也。千耦其耘、徂隰徂畛。音眞。○耘、去苗間草也。隰、爲田之處也。畛、田畔也。侯主侯伯、侯亞侯旅、侯彊侯以。有嗿它感反。其饁、于輒反。思媚其婦、有依其士。

與以叶。有略其耜、叶養里反。俶載南畝。叶滿委反。〇主、家長也。伯、長子也。亞、仲叔也。旅、衆子弟也。彊、民之有餘力而來助者。遂人所謂以彊予任甿者也。能左右之曰以。大宰所謂閒民轉移執事者、若今時傭力之人、隨主人所左右者也。嗿、衆飲食聲也。媚、順。依、愛。士、夫也。言餉婦與耕夫相慰勞也。略、利。俶、始。載、事也。播厥百穀、實函斯活。叶呼酷反。〇函、含。活、生也。既播之、其實含氣而生也。驛驛其達、叶佗悅反。有厭其傑。驛驛、苗生貌。達、出土也。厭、受氣足也。傑、先長者也。厭厭其苗、緜緜其麃。表驕反。〇緜緜、詳密也。麃、耘也。

載穫濟濟、子禮反。有實其積、子賜反、叶上聲。萬億及秭。為酒為醴、烝畀祖妣、以洽百禮。濟濟、人衆貌。實、積之實也。積、露積也。

有飶蒲即反。其香、邦家之光。有椒其馨、胡考之寧。飶、芬香也、未詳何物。胡、壽也。以燕享賓客、則邦家之所以光也。以共養耆老、則胡考之所以安也。

匪且有且、匪今斯今、叶音經。振古如茲。無韻未詳。〇且、此。振、極也。言非獨此處有此稼穡之事、非獨今時有今豐年之慶、蓋自極古以來、已如此矣。猶言自古有年也。

載芟一章、三十一句。此詩未詳所用、然辭意與豐年相似、其用應亦不殊。

畟畟楚側反。良耜、叶養里反。俶尺叔反。載南畝。叶蒲委反。〇賦也。畟畟、嚴利也。播厥百穀、實函斯活。叶呼酷反。說見前篇。或來瞻女、音汝。載筐及筥、其饟式亮反。伊黍。或來瞻女、婦子之來饁者也。筐、筥、饟具也。其笠伊糾、叶其了反。其鎛音博。斯趙、直了反。以薅呼毛反。荼蓼。糾、然笠之輕舉也。趙、刺。薅、去也。荼、陸草、蓼、水草、一物而有水陸之異也。今南方人猶謂蓼為辣荼、或用以毒溪取魚、即所謂荼毒也。荼蓼朽止、黍稷茂叶莫口反。止。毒草朽則土熱而苗盛。穫之挃挃、珍栗反。積之栗栗。其崇如墉、其比毗志反。如櫛。側瑟反。以開百室。挃挃、穫聲也。栗栗、積之密也。櫛、理髮器、言密也。百室、一族之人也。五家為比、五比為閭、四閭為族、族人輩作相助、故同時入穀也。百室盈止、婦子寧止。盈、滿。寧、安也。殺時犉如純反。牡、有捄音求。其角。

叶盧谷反。以似以續、續古之人。無韻未詳。○黃牛黑脣曰犉。捄、曲貌。續、謂續先祖以奉祭祀。

良耜一章、二十三句。

或疑思文、臣工、噫嘻、豐年、載芟、良耜等篇即所謂豳頌者、其詳見於豳風及大田篇之末、亦未知其是否也。

絲衣其紑、孚浮反。載弁俅俅。音求。自堂徂基、自羊徂牛。鼐乃代反。鼎及鼒、叶津之反。兕觥其觩。音求。旨酒思柔。不吳音話。不敖、音傲。胡考之休。賦也。絲衣、祭服也。紑、潔貌。載、戴也。弁、爵弁也、士祭於王之服。俅俅、恭順貌。基、門塾之基。鼐、大鼎。鼒、小鼎也。思、語辭。柔、和也。吳、譁也。○此亦祭而飲酒之詩。言此服絲衣爵弁之人、升門堂、視壺濯籩豆之屬、降往於基。告濯具、又視牲、從羊至牛、反告充、已乃舉鼎冪告潔、禮之次也。又能謹其威儀、不諠譁、不怠敖、故能得壽考之福。

絲衣一章、九句。

此詩或紑俅牛觩柔休並叶基韻、或基鼒並叶紑韻。

於音烏。鑠式灼反。王師、遵養時晦。時純熙矣、是用大介。我龍受之、蹻蹻居表反。王之造。叶徂候反。載用有嗣、叶音祠。實維爾公允師。賦也。於、歎辭。鑠、盛。遵、循。熙、光。介、甲也、所謂一戎衣也。龍、寵也。蹻蹻、武貌。造、爲。載、則。公、事。允、信也。○此亦頌武王之詩。言其初有於鑠之師而不用、退自循養、與時皆晦、既純光矣、然後一戎衣而天下大定。後人於是寵而受此蹻蹻然王者之功、其所以嗣之者、亦維武王之事是師爾。

酌一章、八句。

酌、即勺也。內則十三舞勺、即以此詩爲節而舞也。然此詩與賚般、皆不用詩中字名篇、疑取樂節之名、如曰武宿夜云爾。

綏萬邦、婁力注反。豐年。天命匪解。佳賣反。桓桓武王、保有厥士。于以四方、克定厥家。於音烏。昭于天。皇以閒之。賦也。綏、安也。桓桓、武貌。大軍之後、必有凶年。而武王克商、則除害以安天下、故屢獲豐年之祥。傳所謂周饑克殷而年豐是也。然天命之於周、久而不厭也。故此桓桓之武王、保有其士而用之於四方、

以定其家、其德上昭于天也。閒字之義未詳。傳曰、
閒、代也、言君天下以代商也。此亦頌武王之功。

桓一章、九句。春秋傳以此爲大武之六章、則今之篇次、蓋已失其舊矣。又篇內已有武王之謚、則其謂武王時作者亦誤矣。序以爲講武類禡之詩、豈後世取其義而用之於其事也與。

文王既勤止、我應受之。敷時繹思、我徂維求定。時周之命、於音烏。繹思。賦也。應、當也。敷、布。時、是也。繹、尋繹也。於、歎
辭。繹思、尋繹而思念也。○此頌文武之功、而言其大封功臣之意也。言文王之勤勞天下至矣、其子孫受而有之、然而不
敢專也。布此文王功德之在人而可繹思者、以賚有功而往求天下之安定。又以爲凡此皆周之命、而非復商之舊矣、遂歎
美之、而欲諸臣受封賞者、
繹思文王之德而不忘也。

賚一章、六句。春秋傳以此爲大武之三章、而序以爲大封於廟之詩。說同上篇。

於音烏。皇時周。陟其高山、嶞吐果反。山喬嶽、允猶翕許及反。河。敷天之下、裒蒲侯反。時之對、時周之命。
賦也。高山、泛言山耳。嶞、則其狹而長者。喬、高也。嶽、則其高而大者。允猶、未詳。或曰、允、信也。猶、與由同。翕河、河
善泛溢、今得其性、故翕而不爲暴也。裒、聚也。對、答也。言美哉此周也。其巡守而登此山以柴望、又道於河以周四嶽、凡
以敷天之下莫不有望於我、故聚
而朝之方嶽之下、以答其意耳。

般一章、七句。般義未詳。

閔予小子之什十一篇、十一章、一百三十六句。

詩卷第二十

朱熹集傳

魯頌四之四

魯、少皞之墟、在禹貢徐州蒙羽之野、成王以封周公長子伯禽、今襲慶東平府沂密海等州卽其地也。成王以周公有大勳勞於天下、故賜伯禽以天子之禮樂。魯於是乎有頌、以爲廟樂。其後又自作詩以美其君、亦謂之頌。舊說皆以爲伯禽十九世孫僖公申之詩、今無所考。獨閟宮一篇、爲僖公之詩無疑耳。夫以其詩之僭如此、然夫子猶錄之者、蓋其體固列國之風、而所歌者、乃當時之事、則猶未純於天子之頌。若其所歌之事、又皆有先王禮樂教化之遺意焉。則其文疑若猶可予也。況夫子魯人、亦安得而削之哉。然因其實而著之、而其是非得失、自有不可揜者、亦春秋之法也。或曰、魯之無風、何也。先儒以爲時王襃周公之後、比於先代、故巡守不陳其詩、而其篇第不列於太師之職、是以宋魯無風。其或然歟。或謂夫子有所諱而削之、則左氏所記當時列國大夫賦詩、及吳季子觀周樂、皆無曰魯風者、其說不得通矣。

駉駉古熒反。牡馬、叶滿補反。在坰古熒反。之野。叶上與反。薄言駉者、叶章與反。有驈戶橘反。有皇、有驪力知反。有黃、以車彭彭。叶鋪郎反。思無疆、思馬斯臧。

賦也。駉駉、腹幹肥張貌。邑外謂之郊、郊外謂之牧、牧外謂之野、野外謂之林、林外謂之坰。驪馬白跨曰驈。黃白曰皇。純黑曰驪。黃騂曰黃。彭彭、盛貌。思無疆、言其思之深廣無窮也。臧、善也。○此詩言僖公牧馬之盛、由其立心之遠。故美之曰、思無疆、則思馬斯臧矣。衞文公秉心塞淵、而騋牝三千、亦此意也。

○駉駉牡馬、在坰之野。薄言駉者、有騅音佳。有駓、符悲反。有騂有騏、以車伾伾。符丕反。思無期、思馬斯才。叶前西反。○賦也。倉白雜毛曰騅。黃白雜毛曰駓。赤黃曰騂。青黑曰騏。伾伾、有力也。無期、猶無疆也。才、材力也。

○駉駉牡馬、在坰之野。薄言駉者、有驒徒河反。有駱、有駵有雒、以車繹繹。思無斁、思馬斯作。

賦也。青驪驎曰驒。色有深淺、班駮如魚鱗、今之連錢驄也。白馬黑鬛曰駱。赤身黑鬛曰駵。黑身白鬛曰雒。繹繹、不絕貌。斁、厭也。作、奮起也。

○駉駉牡馬、

在坰之野。薄言駉者、有駰音因。有騢、音遐、叶洪孤反。有驔音簟。有魚、以車祛祛。起居反。思無邪、叶祥余反。思馬斯徂。賦也。陰白雜毛曰駰。陰淺黑色、今泥驄也。彤白雜毛曰騢。豪骭曰驔、毫在骭而白也。二目白曰魚、似魚目也。祛祛、彊健也。徂、行也。孔子曰、詩三百、一言以蔽之、曰思無邪。蓋詩之言美惡不同、或勸或懲、皆有以使人得其情性之正。然其明白簡切、通于上下、未有若此言者。故特稱之、以爲可當三百篇之義、以其要爲不過乎此也。學者誠能深味其言、而審於念慮之間、必使無所思而不出於正、則日用云爲、莫非天理之流行矣。蘇氏曰、昔之爲詩者、未必知此也。孔子讀詩至此、而有合於其心焉、是以取之、蓋斷章云爾。

駉四章、章八句。

有駜蒲必反。有駜、駜彼乘繩證反。黃。夙夜在公、在公明明。叶謨郎反。振振鷺、鷺于下。叶後五反。鼓咽咽、烏玄反。醉言舞。于胥樂音洛。兮。興也。駜、馬肥彊貌。明明、辨治也。振振、羣飛貌。鷺、鷺羽、舞者所持、或坐或伏、如鷺之下也。咽、與淵同、鼓聲之深長也。或曰、鷺亦興也。胥、相也、醉而起舞以相樂也。此燕飲而頌禱之辭也。

○有駜有駜、駜彼乘牡。夙夜在公、在公飲酒。振振鷺、鷺于飛。鼓咽咽、醉言歸。于胥樂兮。興也。鷺于飛、舞者振作鷺羽如飛也。

○有駜有駜、駜彼乘駽。呼縣反。夙夜在公、在公載燕。自今以始、歲其有。叶羽已反。君子有穀、詒孫子。叶獎履反。于胥樂兮。興也。青驪曰駽、今鐵驄也。載、則也。有、有年也。穀、善也。或曰、祿也。詒、遺也。頌禱之辭也。

有駜三章、章九句。

思樂音洛。泮普半反。水、薄采其芹。其斤反。魯侯戾止、言觀其旂。叶其斤反。其旂茷茷、蒲害反。鸞聲噦噦。呼會反。無小無大、從公于邁。賦其事以起興也。思、發語辭也。泮水、泮宮之水也。諸侯之學、鄉射之宮、謂之泮宮。其東西南方有水、形如半璧、以其半於辟廱、故曰泮水、而宮亦以名也。芹、水菜也。戾、至也。茷茷、飛揚也。噦噦、和也。此飲於泮宮而頌禱之辭也。

○思樂泮水、薄采其藻。魯侯戾止、其馬蹻蹻。居表反。其馬蹻蹻、其音昭昭。叶之繞反。載色載笑、匪怒伊教。賦其事以起興也。蹻蹻、盛貌。色、和顏色也。

○思樂泮水、薄采其茆。叶謨九反。魯侯戾止、在泮飲酒。既飲旨酒、永錫難老。叶魯吼反。順彼長道、叶徒吼反。屈此羣醜。賦其事以起興也。茆、鳧葵也、葉大如手、赤圓而滑、江南人謂之蓴菜者也。長道、猶大道也。屈、服。醜、衆也。此章以下皆頌禱之辭也。

○穆穆魯侯、敬明其德。敬慎威儀、維民之則。允文允武、昭假音格。烈祖。靡有不孝、自求伊祜。侯五反。○賦也。昭、明也。假、與格同。烈祖、周公魯公也。

○明明魯侯、克明其德。既作泮宮、淮夷攸服。叶蒲北反。矯矯虎臣、在泮獻馘。古獲反、叶況璧反。淑問如皐陶、叶夷周反。在泮獻囚。賦也。矯矯、武貌。馘、所格者之左耳也。淑、善也。問、訊囚也。囚、所虜獲者。蓋古者出兵受成於學、及其反也、釋奠於學、而以訊馘告。故詩人因魯侯在泮、而願其有是功也。

○濟濟子禮反。多士、克廣德心。桓桓于征、狄他歷反。彼東南。叶尼心反。烝烝皇皇、不吳音話。不揚。不告于訩、音凶。在泮獻功。賦也。廣、推而大之也。德心、善意也。狄、猶遏也。東南、謂淮夷也。烝烝皇皇、盛也。不吳不揚、肅也。不告于訩、師克而和、不爭功也。

○角弓其觩、音求。束矢其搜。色留反。戎車孔博、徒御無斁。叶弋灼反。既克淮夷、孔淑不逆。叶宜脚反。式固爾猶、淮夷卒獲。叶黃郭反。○賦也。觩、弓健貌。五十矢爲束。或曰、百矢也。搜、矢疾聲也。博、廣大也。無斁、言競勸也。逆、違命也。蓋能審固其謀猶、則淮夷終無不獲矣。

○翩彼飛鴞、吁驕反。集于泮林。食我桑黮、尸荏反。懷我好音。憬九永反。彼淮夷、來獻其琛、敕金反。元龜象齒、大賂南金。興也。鴞、惡聲之鳥也。黮、桑實也。憬、覺悟也。琛、寶也。元龜、尺二寸。賂、遺也。南金、荊揚之金也。此章前四句興後四句、如行葦首章之例。

泮水八章、章八句。

閟筆位反。宮有侐、況域反。實實枚枚。赫赫姜嫄、音元。其德不回。上帝是依、叶音隈。無災無害。彌月不遲、叶陳回反。是生后稷、降之百福。叶筆力反。黍稷重直龍反。穋、音六、叶六直反。稙徵力反。穉菽麥。叶訖力反。奄有下國、叶于逼反。俾民稼穡、有稷有黍、有稻有秬。求許反。奄有下土、纘禹之緒。象呂反。○賦也。閟、深閉也。宮、廟也。侐、清靜也。實實、鞏固也。枚枚、礱密也。時蓋修之、故詩人歌咏其事、以為頌禱之詞。而推本后稷之生、而下及于僖公耳。回、邪也。依、猶眷顧也。說見生民篇。先種曰稙、後種曰穉。奄有下國、封於邰也。緒、業也。禹治洪水既平、后稷乃始播百穀。○后稷之孫、實維大音泰。王。居岐之陽、實始翦商。至于文武、纘大王之緒。致天之屆、于牧之野。叶上與反。無貳無虞、上帝臨女。音汝。敦都回反。商之旅、克咸厥功。叶居古反。王曰叔父、扶雨反。建爾元子、叶子古反。俾侯于魯。大啓爾宇、為周室輔。扶雨反。○賦也。翦、斷也。大王自豳徙居岐陽、四方之民、咸歸往之、於是而王迹始著、蓋有翦商之漸矣。屆、極也、猶言窮極也。虞、慮也。無貳無虞、上帝臨女、猶大明云、上帝臨女、無貳爾心也。敦、治之也。咸、同也。言輔佐之臣、同有其功、而周公亦與焉也。王、成王也。叔父、周公也。元子、魯公伯禽也。啓、開。宇、居也。○乃命魯公、俾侯于東。錫之山川、土田附庸。周公之孫、莊公之子。叶奬履反。龍旂承祀、叶養里反。六轡耳耳。春秋匪解、音懈、叶訖力反。享祀不忒。皇皇后帝、皇祖后稷。享以騂犧、虛宜虛何二反。是饗是宜。牛奇牛何二反。降福既多、章移當何二反。周公皇祖、亦其福女。音汝。○賦也。附庸、猶屬城也、小國不能自達於天子、而附於大國也。上章既告周公以封伯禽之意、此乃言其命魯公而封之也。莊公之子、其一閔公、其一僖公。知此是僖公者、閔公在位不久、未有可頌、此必是僖公也。耳耳、柔從也。春秋、錯舉四時也。忒、過差也。成王以周公有大功於王室、故命魯公以夏正孟春郊祀上帝、配以后稷、牲用騂牲。皇祖、謂羣公。此章以後、皆言僖公致敬郊廟、而神降之福、國人稱願之如此也。○

秋而載嘗、夏而楅衡。叶戶郎反。白牡騂剛、犧尊將將。七羊反。毛炰薄交反。胾側吏反。羹、叶盧當反。籩豆大房。此下當脫一句、如鍾鼓喤喤之類。萬舞洋洋、孝孫有慶。叶祛羊反。俾爾熾而昌、俾爾壽而臧。保彼東方、魯邦是常。不虧不崩、不震不騰。三壽作朋、如岡如陵。賦也。嘗、秋祭名。楅衡、施於牛角、所以止觸也。周禮封人云、凡祭飾其牛牲、設其楅衡、是也。秋將嘗而夏楅衡其牛、言夙戒也。白牡、周公之牲也。騂剛、魯公之牲也。白牡、殷牲也。周公有王禮、故不敢與文武同。魯公則無所嫌、故用騂剛。犧尊、畫牛於尊腹也。或曰、尊作牛形、鑿其背以受酒也。毛炰、周禮封人祭祀有毛炰之豚、注云、爓去其毛而炰之也。胾、切肉也。羹、大羹、鉶羹也。大羹、太古之羹、湆煮肉汁不和、盛之以登、貴其質也。鉶羹、肉汁之有菜和者也、盛之鉶器、故曰鉶羹。大房、半體之俎、足下有跗、如堂房也。萬、舞名。震、騰、驚動也。三壽、未詳。鄭氏曰、三卿也。或曰、願公壽與岡陵等而爲三也。○

公車千乘、繩證反、叶神陵反。朱英綠縢、徒登反。二矛重直龍反。弓。叶姑弘反。公徒三萬、貝冑朱綅。息廉反、叶息稜反。烝徒增增、戎狄是膺、荊舒是懲、則莫我敢承。俾爾昌而熾、俾爾壽而富、叶方未反。黃髮台背、叶蒲寐反。壽胥與試。俾爾昌而大、叶特計反。俾爾耆而艾、吾蓋反、叶五計反。萬有千歲、眉壽無有害。叶暇憩反。○賦也。千乘、大國之賦也。成方十里、出革車一乘。甲士三人、左持弓、右持矛、中人御。步卒七十二人。將重車者二十五人。千乘之地、則三百十六里有奇也。朱英、所以飾矛。綠縢、所以約弓也。二矛、夷矛酋矛也。重弓、備折壞也。徒、步卒也。三萬、舉成數也。車千乘、法當用十萬人、而爲步卒者七萬二千人。然大國之賦、適滿千乘、苟盡用之、是舉國而行也。故其用之、大國三軍而已。三軍、爲車三百七十五乘、三萬七千五百人、其爲步卒不過二萬七千人。舉其中而以成數言、故曰三萬也。貝冑、貝飾冑也。朱綅、所以綴也。增增、衆也。戎、西戎。狄、北狄。膺、當也。荆、楚之別號。舒、其與國也。懲、艾。承、禦也。僖公嘗從齊桓公伐楚、故以此美之、而祝其昌大壽考也。壽胥與試之義未詳。王氏曰、壽考者相與爲公用也。蘇氏曰、願其壽而相與試其才力以爲用也。

〇泰山巖巖、叶魚枚反。魯邦所詹。奄有龜蒙、遂荒大東。至于海邦、叶卜工反。淮夷來同。莫不率從、魯侯之功。賦也。泰山、魯之望也。詹、與瞻同。龜、蒙、二山名。荒、奄也。大東、極東也。海邦、近海之國也。

〇保有鳧繹、叶弋灼反。遂荒徐宅。叶達各反。至于海邦、淮夷蠻貊。叶莫博反。及彼南夷、莫不率從。莫敢不諾、魯侯是若。賦也。鳧、繹、二山名。宅、居也。謂徐國也。諾、應辭。若、順也。〇泰山龜蒙鳧繹、魯之所有。其餘則國之東南、勢相聯屬、可以服從之國也。

〇天錫公純嘏、叶果五反。眉壽保魯。居常與許、復周公之宇。魯侯燕喜、令妻壽母。叶滿委反。宜大夫庶士、鉏里反。邦國是有。叶羽己反。既多受祉、黃髮兒齒。賦也。常、或作嘗、在薛之旁。許、許田也、魯朝宿之邑也。皆魯之故地、見侵於諸侯而未復者、故魯人以是願僖公也。令妻、令善之妻、聲姜也。壽母、壽考之母、成風也。閔公八歲被弑、必是未娶、其母叔姜、亦應未老、此言令妻壽母、又可見公爲僖公無疑也。有、常有也。兒齒、齒落更生細者、亦壽徵也。

〇徂來之松、新甫之柏。叶逋莫反。是斷音短。是度、待各反。是尋是尺。叶尺約反。松桷音角。有舄、叶七約反。路寢孔碩。叶常約反。新廟奕奕、叶弋灼反。奚斯所作。孔曼音萬。且碩、同上。萬民是若。賦也。徂來、新甫、二山名。八尺曰尋。舄、大貌。路寢、正寢也。新廟、僖公所脩之廟。奚斯、公子魚也。作者、教護屬功課章程也。曼、長。碩、大也。萬民是若、順萬民之望也。

閟宮九章、五章章十七句、內第四章脫一句。二章章八句、二章章十句。舊說八章、二章章十七句、一章十二句、一章三十八句、二章章八句、二章章十句、多寡不均、雜亂無次。蓋不知第四章有脫句而然。今正其誤。

魯頌四篇、二十四章、二百四十三句。

商頌四之五

契爲舜司徒而封於商、傳十四世而湯有天下。其後三宗迭興、及紂無道、爲武王所滅。封其庶兄微子啓於宋、脩其禮樂以奉商後。其地在禹貢徐州泗濱、西及豫州盟猪之野。其後政衰、商之禮樂日以放失。七世至戴公時、大夫正考甫得商頌十二篇於周太師、歸以祀其先王。至孔子編詩而又亡其七篇。然其存者亦多闕文疑義、今不敢强通也。商都亳、宋都商丘、皆在今應天府亳州界。

猗於宜反。**與**音余。**那與、置我鞉**音桃。**鼓。奏鼓簡簡、衎我烈祖。**賦也。猗、歎辭。那、多。置、陳也。簡簡、和大也。衎、樂也。烈祖、湯也。記曰、商人尚聲、臭味未成、滌蕩其聲、樂三闋、然後出迎牲、卽此是也。舊說以此爲祀成湯之樂也。

湯孫奏假、音格。**綏我思成。鞉鼓淵淵、**叶於巾反。**嘒嘒管聲。既和且平、依我磬聲。於**音烏。**赫湯孫、**叶思倫反。**穆穆厥聲。**湯孫、主祀之時王也。假、與格同、言奏樂以格于祖考也。綏、安也。思成、未詳。鄭氏曰、安我以所思而成之人、謂神明來格也。禮記曰、齊之日、思其居處、思其笑語、思其志意、思其所樂、思其所嗜、齊三日乃見其所爲齊者。祭之日、入室、僾然必有見乎其位。周旋出戶、肅然必有聞乎其容聲。出戶而聽、愾然必有聞乎其歎息之聲。此之謂思成。蘇氏曰、其所見聞本非有也、生於思耳。此二說近是。蓋齊而思之、祭而如有見聞、則成此人矣。鄭注頗有脫誤、今正之。淵淵、深遠也。嘒嘒、淸亮也。磬、玉磬也。堂上升歌之樂、非石磬也。穆穆、美也。

庸鼓有斁、萬舞有奕。我有嘉客、亦不夷懌。庸、鏞通。斁、斁然盛也。奕、奕然有次序也。蓋上文言鞉鼓管籥作於堂下、其聲依堂上之玉磬、無相奪倫者、至於此、則九獻之後、鍾鼓交作、萬舞陳於庭、而祀事畢矣。嘉客、先代之後、來助祭者也。夷、悅也。亦不夷懌者、言皆悅懌也。

自古在昔、先民有作。溫恭朝夕、執事有恪。恪、敬也。言恭敬之道、古人所行、不可忘也。閔馬父曰、先聖王之傳恭、猶不敢專、稱曰自古。古曰在昔。昔曰先民。

顧予烝嘗、湯孫之將。將、奉也。言湯其尚顧我烝嘗哉。此湯孫之所奉者、致其丁寧之意、庶幾其顧之也。

那一章、二十二句。閔馬父曰、正考父校商之名頌、以那爲首、其輯之亂曰云云、卽此詩也。

嗟嗟烈祖、有秩斯祜。侯五反。申錫無疆、及爾斯所。賦也。烈祖、湯也。秩、常。申、重也。爾、主祭之君、蓋自歌者指之也。斯所、猶言此處也。○此亦祀成湯之樂。言嗟嗟烈祖、有秩秩無窮之福、可以申錫於無疆、是以及於爾今王之所、而脩其祭祀、如下所云也。既載清酤、叶侯五反。賚我思成。叶音常。亦有和羹、叶音郎。既戒既平。叶音旁。鬷中庸作奏、今從之。假音格。無言、叶音昂。時靡有爭。叶音章。綏我眉壽、黃耇無疆。酤、酒。賚、與也。思成、義見上篇。和羹、味之調節也。戒、夙戒也。平、猶和也。儀禮於祭祀燕享之始、每言羹定、蓋以羹熟爲節、然後行禮。定、卽戒平之謂也。鬷、中庸作奏、正與上篇義同。蓋古聲奏族相近、族聲轉平而爲鬷耳。無言、無爭、肅敬而齊一也。言其載清酤而旣與我以思成矣、及進和羹、而肅敬之至、則又綏我以眉壽黃耇之福也。約軧祈支反。錯衡、叶戶郎反。八鸞鶬鶬。七羊反。以假音格。以享、叶虛良反。我受命溥將。自天降康、豐年穰穰。來假音格。來饗、叶虛良反。降福無疆。約軧錯衡、八鸞、見采芑篇。鶬、見載見篇。言助祭之諸侯、乘是車以假以享于祖宗之廟也。溥、廣。將、大也。穰穰、多也。○言我受命旣廣大、而天降以豐年黍稷之多、使得以祭也。假之而祖考來假、享之而祖考來饗、則降福無疆矣。顧予烝嘗、湯孫之將。說見前篇。

烈祖一章、二十二句。

天命玄鳥、降而生商、宅殷土芒芒。古帝命武湯、正域彼四方。賦也。玄鳥、鳦也。春分玄鳥降。高辛氏之妃、有娀氏女簡狄、祈于郊禖、鳦遺卵、簡狄吞之而生契。其後世遂爲有商氏、以有天下。事見史記。宅、居也。殷、地名。芒芒、大貌。古、猶昔也。帝、上帝也。武湯、以其有武德號之也。正、治也。域、封竟也。○此亦祭祀宗廟之樂、而追敘商人之所由生、以及其有天下之初也。方命厥后、奄有九有。叶羽已反。商之先后、受命不殆、叶養里反。在武丁孫子。叶獎履反。○方命厥后、四方諸侯無不受命也。九有、九州也。武丁、高宗也。言商之先后、受天命不危殆、故今武丁孫子猶賴其福。武丁孫子、武王靡不勝。音升。龍旂十乘、繩證反。大糦尺志反。是承。武王、湯號、而其後世亦以自稱也。龍旂、諸侯所建交龍之旂也。大糦、黍稷也。承、奉也。○言武丁孫子、今襲湯號者、其武無所不勝。於是諸侯無不奉黍稷以來助祭也。

邦畿千里、維民所止、肇域彼四海。叶虎洧反。○止、居。肇、開也。言王畿之內、民之所止、不過千里、而其封域則極乎四海之廣也。**四海來假、**音格、下同。**來假祁祁、景員維河。殷受命咸宜、**叶牛何反。**百祿是何。**音荷、叶如字。○假、與格同。祁祁、衆多貌。景員維河之義未詳。或曰、景、山名、商所都也、見殷武卒章。春秋傳亦曰商湯有景亳之命是也。員、與下篇幅隕義同、蓋言周也。河、大河也。言景山四周皆大河也。何、任也。春秋傳作荷。

玄鳥一章、二十二句。

濬哲維商、長發其祥。洪水芒芒、禹敷下土方、絕句。楚辭天問禹降省下土方、蓋用此語。**外大國是疆。幅隕**音員。**既長、有娀**息容反。**方將、帝立子生商。**賦也。濬、深。哲、知。長、久也。方、四方也。外大國、遠諸侯也。幅、猶言邊幅也。隕、讀作員、謂周也。有娀、契之母家也。將、大也。○言商世世有濬哲之君、其受命之祥、發見也久矣。方禹治洪水、以外大國爲中國之竟、而幅員廣大之時、有娀氏始大、故帝立其女之子而造商室也。蓋契於是時始爲舜司徒、掌布五教于四方、而商之受命、實基於此。

○玄王桓撥、叶必烈反。**受小國是達、**叶他悅反。**受大國是達。率履不越、遂視既發。**叶方月反。**相**息亮反。**土烈烈、海外有截。**賦也。玄王、契也。玄者、深微之稱。或曰、以玄鳥降而生也。王者、追尊之號。桓、武。撥、治。達、通也。受小國大國無所不達、言其無所不宜也。率、循。履、禮。越、過。發、應也。言契能循禮不過越、遂視其民、則既發以應之矣。相土、契之孫也。截、整齊也。至是而商益大、四方諸侯歸之、截然整齊矣。其後湯以七十里起、豈嘗中衰也與。

○帝命不違、至于湯齊。湯降不遲、聖敬日躋。昭假音格。**遲遲、上帝是祇、帝命式于九圍。**賦也。湯齊之義未詳。蘇氏曰、至湯而王業成、與天命會也。降、猶生也。遲遲、久也。祇、敬。式、法也。九圍、九州也。○商之先祖、既有明德、天命未嘗去之、以至於湯。湯之生也、應期而降、適當其時、其聖敬又日躋升、以至昭假于天、久而不息、惟上帝是敬。故帝命之、使爲法於九州也。〇受小球音求。大球、爲下國綴張衞反。旒。音流。何音賀。天之休、不競不絿、音求。不剛不柔、敷政優優、百祿是遒。子由反。〇賦也。小球大球之義未詳。或曰、小國大國所贄之玉也。鄭氏曰、小球、鎮圭、尺有二寸。大球、大圭、三尺也。皆天子之所執也。下國、諸侯也。綴、猶結也。旒、旗之垂者也。言爲天子而爲諸侯所係屬、如旗之縿爲旒所綴著也。何、荷。競、强。絿、緩也。優優、寬裕之意。遒、聚也。〇受小共音恭、叶居勇反。大共、爲下國駿音峻。厖。莫邦反、叶莫孔反。何天之龍、叶丑勇反。敷奏其勇、不震不動、叶德總反。不戁奴版反。不竦、小勇反。百祿是總。子孔反。〇賦也。小共大共駿厖之義未詳。或曰、小國大國所共之貢也。鄭氏曰、共、執也、猶小球大球也。蘇氏曰、共、珙通、合珙之玉也。傳曰、駿、大也。厖、厚也。董氏曰、齊詩作駿駹、謂馬也。龍、寵也。敷奏其勇、猶言大進其武功也。戁、恐。竦、懼也。〇武王載旆、有虔秉鉞。音越。如火烈烈、則莫我敢曷。漢書作遏阿葛反、叶阿竭反。苞有三蘖、五葛反、叶五竭反。莫遂莫達、叶陀悅反。九有有截。韋顧旣伐、叶房越反。昆吾夏桀。賦也。武王、湯也。虔、敬也。言恭行天討也。曷、遏通。或曰、曷、誰何也。苞、本也。蘖、旁生萌蘖也。言一本生三蘖也。本則夏桀、蘖則韋也、顧也、昆吾也、皆桀之黨也。鄭氏曰、韋、彭姓。顧、昆吾、己姓。〇言湯旣受命、載旆秉鉞、以征不義。桀與三蘖、皆不能遂其惡、而天下截然歸商矣。初伐韋、次伐顧、次伐昆吾、乃伐夏桀、當時用師之序如此。〇昔在中葉、有震且業。允也天子、叶奬履反。降于卿士、鉏里反。實維阿衡、叶戶郎反。實左音佐。右音又。商王。賦也。葉、世。震、懼。業、危也。承上文而言。昔在、則前乎此矣。豈謂湯之前世中衰時與。允也天子、指湯也。降、言天賜之也。卿士、則伊尹也。言至於湯、得伊尹而有天下也。阿衡、伊尹官號也。

長發七章、一章八句、四章章七句、一章九句、一章六句。序以此爲大禘之詩。蓋祭其祖之所出、而以其祖配也。蘇氏曰、大禘之祭、所及者遠、故其詩歷言商之先君、又及其卿士伊尹、蓋與祭於禘者也。商書曰、茲予大享于先王、爾祖其從與享之。是禮也、豈其起於商之世歟。今按大禘不及羣廟之主、此宜爲祫祭之詩。然經無明文、不可考也。

撻他達反。彼殷武、奮伐荆楚。罙面規反。入其阻、裒蒲侯反。荆之旅。有截其所、湯孫之緒。象呂反。○賦也。撻、疾貌。殷武、殷王之武也。罙、冒。裒、聚也。湯孫、謂高宗。○舊說以此爲祀高宗之樂。蓋自盤庚沒而殷道衰、楚人叛之、高宗撻然用武以伐其國。入其險阻、以致其衆、盡平其地、使截然齊一、皆高宗之功也。易曰、高宗伐鬼方、三年克之、蓋謂此歟。○

維女音汝。荆楚、居國南鄉。昔有成湯、自彼氐都啼反。羌、莫敢不來享、叶虛良反。莫敢不來王、曰商是常。○賦也。氐羌、夷狄國、在西方。享、獻也。世見曰王。○蘇氏曰、旣克之、則告之曰、爾雖遠、亦居吾國之南耳。昔成湯之世、雖氐羌之遠、猶莫敢不來朝、曰、此商之常禮也。況汝荆楚、曷敢不至哉。○天命多辟、音璧。設都于禹之績。歲事來辟、勿予禍適、直革反。稼穡匪解。音懈、叶訖力反。○賦也。多辟、諸侯也。來辟、來王也。適、讁通。○言天命諸侯各建都邑于禹所治之地、而皆以歲事來至於商、以祈王之不譴、曰、我之稼穡、不敢解也、庶可以免咎矣。言荆楚既平、而諸侯畏服也。

○天命降監、下與濫叶。下民有嚴。叶五剛反。不僭不濫、不敢怠遑。命于下國、叶越逼反。封建厥福。叶筆力反。○賦也。監、視。嚴、威也。僭、賞之差也。濫、刑之過也。遑、暇。封、大也。○言天命降監不在乎他、皆在民之視聽、則下民亦有嚴矣。惟賞不僭、刑不濫、而不敢怠遑、則天命之以天下、而大建其福。此高宗所以受命而中興也。

○商邑翼翼、四方之極。赫赫厥聲、濯濯厥靈。壽考且寧、以保我後生。叶桑經反。○賦也。商邑、王都也。翼翼、整勑貌。極、表也。赫赫、顯盛也。濯濯、光明也。○言高宗中興之盛如此。壽考且寧云者、蓋高宗之享國五十有九年。我後生、謂後嗣子孫也。

○陟彼景山、叶所旃反。松柏丸丸。叶胡員反。是斷音短。是遷、方斲陟角反。是虔。松桷音角。有梴、丑連反。旅楹有閑、叶胡田反。寢成孔安。叶於連反。○賦也。景、山名、商所都也。丸丸、直也。遷、徙。方、正也。虔、亦截也。梴、長貌。旅、衆也。閑、閑然而大也。寢、廟中之寢也。安、所以安高宗之神也。此蓋特爲百世不遷之廟、不在三昭三穆之數、既成始祔而祭之之詩也。然此章與閟宮之卒章文意略同、未詳何謂。

殷武六章、三章章六句、二章章七句、一章五句。

商頌五篇、十六章、一百五十四句。